尋隱劍

伍軒宏——著

目次

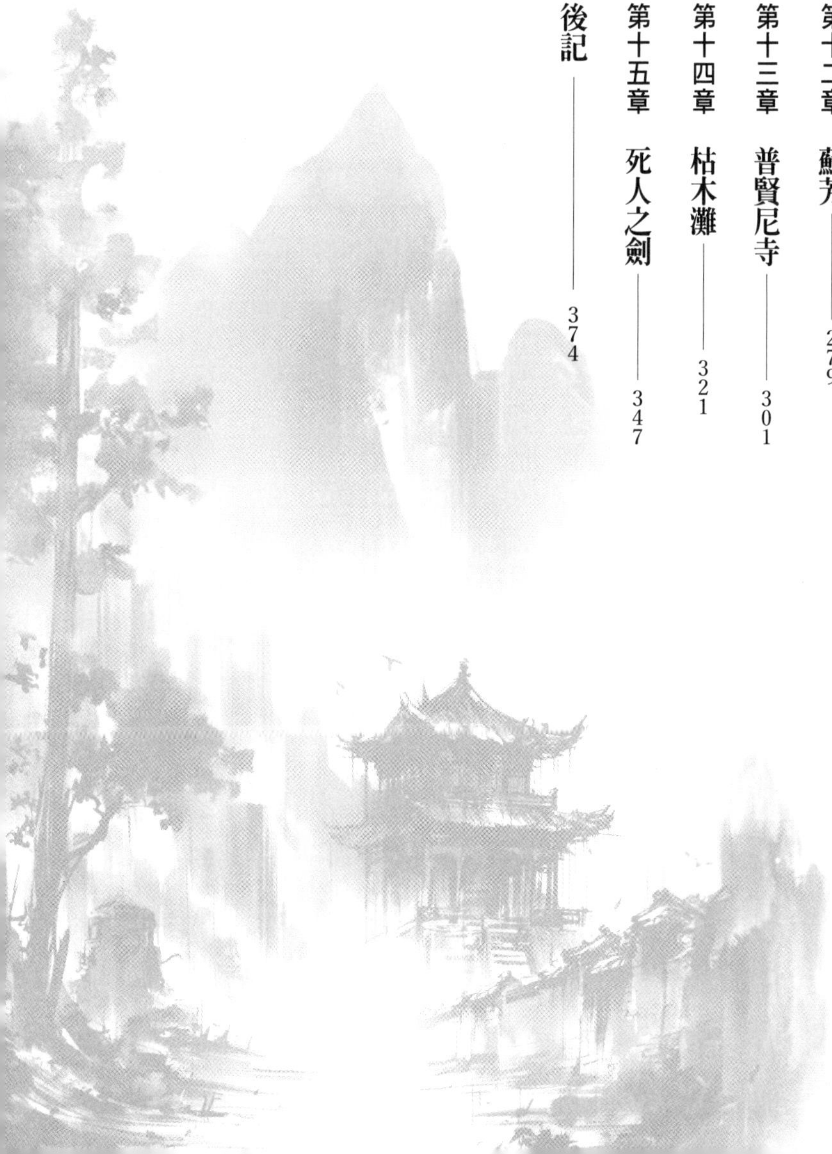

第一章　劍雨飄花

他喜歡把事情想得單純一點。貨送進城裡，做完這趟，就可以休息幾天。這裡距離甘棗村沒多遠，小珪住那裡，兩人或許能相會。

不急。想起小珪，他胸中一片開朗，鬱結散去，猜想目前必然嘴角微微揚起，儘管看不到自己。他可以等。兩人一個半月前見過，這趟他運氣好，地點又是榮城，當初接下鏢時不免暗暗興奮。不過，小珪不是他的女人，彼此互不歸屬。算是缺憾，但也因此沒牽掛。

近黃昏，他坐在路邊稍遠處大石頭上，看著趕在落日前進城的路人。稀稀疏疏，人不多，步行的、趕牛車的、牽驢的，久久才有少數馬匹經過，大概是官府差役，或商賈管事。其實明日進城也行，因為他在十天內，已經帶貨抵達榮城外，明日交貨不遲，依然符合約定。他在猶豫，磨蹭時間。心裡清楚今日進城比較妥當，知道即使去找小珪，今夜她來不及出來陪伴，他不願獨自在城外廢棄的佛寺裡過夜，還是進城找個溫暖的地方睡一覺，穩當許多。

廢棄佛寺很多。榮城內的大多被改為宅第，換了面貌，城外的走訪過好幾間，住過兩三間。那些廢寺，還未成廢墟，都是朝廷發布滅佛敕令的結果。小珪和他特別屬意一處，瓔珞寺，小小一間，位置偏遠，少人注意。僧侶被驅走後，沒有遊手好閒者聚集，也少見借宿路人。盜匪大概嫌它小，不足黨羽麇集，也不夠囤積物資。每趟來榮城辦事，相隔數月，兩人走過蔓草掩蓋的參道，攜手入瓔珞寺。小珪從伽藍中擇一隱蔽房舍，清掃乾淨，他會拾柴生火，一起稍做煮食，訴說分離期間各自遭遇，然後纏綿一宿。

滅佛令發布僅四年，伽藍雖被棄，架構尚稱完好，未至破敗傾圮。屬於佛寺的清幽感猶存，儘管小珪與他是男歡女愛，他們不覺褻瀆神佛。每次離去時，都覺得既暢快又清滌。

瓔珞寺，明天吧，他想。從大石頭起身，背起包袱，拍拍衣襬，走回通往城門的路。

榮城並非位居要衝，軍事價值低，城牆未見高聳。進城後，他一如以往投宿東明里的仁和客棧。雖然叫東明里，事實上位於城西。什麼原因，他不清楚？或許歷史上城池經過位移，東明里名稱依舊，但榮城布局已經變換。每次來榮城辦事，首夜會住進這間小客棧，不算上等，交貨之後，再去找小珪。但此次他幾乎忍不住，才會在進城前，坐路邊猶豫一番。其實那不太實際，他也知道。就是一股沒來由的蠢動。

同樣的，當夜晚餐，他必吃仁和客棧附近那間館子，招牌只有李家二字。李家館子雖小，幾道菜真不錯，又便宜，每次都點。小盤的爊鴨，小尾紫蘇魚，這兩道隔幾個月來吃一次，總能讓人滿足，又念念不忘。加上大盤現切萵苣，附湯，不喝酒。所以，他來榮城，如同儀式一般，辦的事、住的、吃的，還有小珪，相當固定，但不覺重複。而且，跟別處經驗不同，他來此地多次，幾乎沒碰到什麼狀況，順順利利，根本沒拔過刀。自己都要擔心，會不會鬆懈了？

晚間早早就寢，準備明日盡快把貨交出。他下身直挺挺地想著小珪身體，城西這一帶靜宓如常，不一會兒就睡著。

不過，半夜的時候，他還是被孤島天火喚醒。那是三天兩頭總會在他夢中浮現的景象，只在最夜深人靜的時候現身。也只有當年在花島睡通鋪的師兄弟，以及跟他一起在瓔珞寺過夜的小珪，才知道他會如此。自認並非被嚇醒，但他身體會突然亂動，手腳似乎想擺脫什麼，然後醒來，身邊同伴難免察覺。其實，他人不在場，已離鄉赴花島練武，從來沒親眼見過孤島天火，完全是晚三年也從家鄉孤島前往花島學藝的阿鴻所描述。後來，景象自己跑進他心裡，留在那兒，不時冒出。那不是煙火，是帝國戰船包圍孤島西海岸港口時釋放的砲火，在海面連綿數十里，阿鴻說得活靈活現，比手畫腳，口裡發出聲響，碰碰碰。一般而言，白天醒來，他會忘得一乾二淨，只留丁點印象，這一夜也是。

次日一早，帶著貨，前往城南常去的羹店，照例叫了一客茶飯，那是加入多種食材的羹。坐在那裡等上飯的時候，陽光斜照路上，他看著身邊包袱。

這趟貨，不算貴重，昨夜去李家館子吃飯，並沒有帶在身上。仁和客棧是相比之下牢靠的住所，以安穩著稱，不像有些地方，老闆伙計自己占便宜，或勾結本地幫派伸手進來。晚餐出門前，他跟副掌櫃叮嚀幾句，就夠了。副掌櫃練過，負責防盜防火之類事務。不過，如果押的是值錢貨，進城後會先到自家鋪子，登記存放，確保無虞，次日再交給委託品收貨人。那是最保險的做法。如果碰到大件貨物或數量多，就不是獨自前來可應付，好幾人，幫手、副手，推車子，甚至領個小隊。那真是一番陣仗了。

早晨剛剛出門前，房間內，他取出三只鏢件，一一檢視。除了確認正身，還要查看是否損傷，再一層層包覆起來，放入包袱。交貨之前，必得如此。當初，接下委託後，鏢件安全等級，以及處置方式，鏢行裡早已評估，依計畫執行。這次認定，風險不大。需要護送，不是因為貴重，而是它們的屬性，最好保密。

由於不值錢，推測不太會有人要偷或搶，一路下來他心情輕鬆，心思幾乎都不在委託貨物上。

茶飯過後，他不動聲色檢視四周客人，以及稍遠處，顯然無人注意。真的是不值得一盜？心想，起身往自家鋪子走去。

路上行人越來越多，他也越來越接近熟悉的自家鋪子。那是間占地寬敞的店家，包含後方的院子和庫房，但門面不大。他習慣從後門進去，經過水井、廚房、幾輛卸完貨的車子、擺地上等待入庫的箱子、曾住過兩次的大通鋪，店裡幾位伙計擦身而過，點頭打招呼：「林鏢師。」他點頭，喉裡發出聲響，算是回應，但自己也聽不出講了什麼。

從後方走入店廳，顏掌櫃見到他，面露微笑，說：「德宇，果然準時到店。」

「昨晚住仁和客棧，」他回答。

「我想也是。一路平安？」

「沒事，貨不熱。」

「那好，我們進來看看。」掌櫃指了指隔壁房間。

店裡目前沒客人，二掌櫃照規矩補位，望著門口以及路過行人。

房間裡，他放下包袱，在桌上解開，小心取出三件絲綢包裹物件。

「店裡只知道要進來三件，不貴重，不許外洩消息。其實，總鏢行根本沒講是什麼？」

看著向來穩重的掌櫃，流露熱切眼神，十分有趣。雖然沒有明白說出，顯然他很好奇。

德宇依照大小之分，打開包覆的絲緞，三尊佛像置於桌上，一大二小，似乎被聖光環繞。

「原來是這幾件，一尊半跏思惟菩薩，一尊十一面觀音和一尊釋迦如來，都是青銅鎏金。」

掌櫃說，拿起三尊中較大的思惟菩薩，端詳背後題字。

「供養人獻詞，楊家先祖放置在碧水城永明寺祈福的佛像。」幾乎是喃喃自語，「願亡者上生天上，直遇諸佛，彌勒下生，龍華三會，聽受法言，一時得道。」

他也跟著拿起十一面觀音像，背後發願文刻著：「敬造觀世音像一軀，皇帝、師僧、無邊眾生，咸同此福。」

不是精工的佛像，三尊都不是，但年代久遠的樣子。

掌櫃解釋：「想必因為滅佛令的緣故，碧水城到處在拆佛寺，或改建，城裡大戶楊家想要取回早年供養在永明寺的小佛像，才需要請人祕密帶來榮城。」

「但永明寺幾年前就……」話還沒說完，被打斷。

「對，一定是廢寺的時候託人保存，隱藏一段時日，現在才讓我們運鏢至榮城。」延遲和祕密委託，都是怕朝廷得知，惹禍上身，他想。

「看來不是特別精細的佛像，的確不熱。不過，相當古老，也是價值。」掌櫃把半跏思惟像放回桌面，似乎失去興趣，碰都不碰另外兩尊，往店裡走去。

「掌櫃見過委託物件，可以簽收嗎？」他急忙說。

「沒問題。我們到前面去，馬上登錄，只差交件結案。」聲落，人已經離開房間。

他留在桌邊，慢慢把三尊佛像包覆好，放回包袱裡。

德宇覺得半跏思惟像，十分有趣。菩薩坐在那，右手靠近臉頰，偏著頭，若有所思，嘴角帶著微乎其微的笑意。想必思索悟道的大事，不是他這樣小人物會懂的，但他喜歡見到佛陀或菩薩似乎也有困於情與思的時刻，而非已經大徹大悟的樣子。是呀，他有時也會如此姿態，翹一隻腳，手撐著臉，想事情。想家鄉，想以後，想做錯過什麼事，想下一趟買賣，也想著小珪。

掌櫃入內，準備前往交貨。

大廳後方等待的時候，鋪子內其他鏢師，看了幾眼他的配刀。不是盯著，掃過而已，但看得出來他們注意到了。也難怪，他的刀鐔稍嫌顯目，引人側目。心裡盤算多次要不要換掉，就是沒換。

他們只是瞥過護手刀鐔。其實，他的刀才應該引人側目，樣子跟一般不同，窄窄、直直的，像劍，卻是單刃。沒拔刀，看不出來。不過很少人見過他拔刀。還好那幾位鏢師並不魯莽，沒直接跑來問。還好彼此不熟，前幾次來榮城自家鋪子，遇過幾次，幾乎沒交談，點個頭而已。他自覺外地人，沒被排斥，已經很慶幸，保持距離是上策。

這刀鐔，在花島學藝時購得。某次仲夏假日，大約是他到那裡的第二年，師兄弟們一夥人前往附近寺院參拜，恰好市集日，參道上擺滿各種攤位，有些還搭了棚子。他想，平常附近村子靜悄悄，不見什麼人，怎麼突然跑出這麼多？大夥東看西逛，被擠到一攤，人最少，一位老者顧著舊茶碗茶具。但他瞥見角落擺了十幾個刀鐔。友伴年輕，對茶碗茶具沒興趣，看幾眼走向下一攤。但他注意到了，而且不想跟別人分享，不明緣由。

停在刀鐔那個角落，輕輕用手指撥動那一片片金屬。左右瞄一下，攤子不見刀劍，不知道跟鐔搭配的刀劍如何了？斷了、舊了、壞了？刀客劍客呢？死了、老了、退隱了？孤獨的鐔，一堆湊在一起，他當時想，同時聞著空氣中樹葉的清新，混雜佛堂燃燒的淡淡線香，未被市集眾多物件的其他氣味蓋過，因為攤子位處邊緣。那是花島各種寺院裡，他特別喜歡的味道。

老者跟他說了什麼，面無表情，眼睛閃過瞬間即逝的光。但他聽不懂，來了一年並沒學會多少花島人的話，只能講少許日常短語。

搖搖頭，手繼續翻動。角落裡十幾個，各式各樣。方形、圓形、不規則周邊，有的鏤空、半鏤空，都有。虎形、龍形、馬形、鳥形、鶴形、蝴蝶、花草、稻葉、竹子，多種文飾。最後，低著頭，他翻出一件，金色烏鴉的刀鐔，烏鴉在一邊，另一邊雲朵，雕工相當細。雖然不再耀眼，但象嵌的烏鴉和雲朵金色未退，僅稍黯淡，看來半新不舊。

他從小習慣視烏鴉為不吉之物，但花島人似乎並非如此。那一天，不知道為何被金色烏鴉的刀鐔吸引，用不熟練的短語問了價錢，付錢買下。

緣分如此，他認為。後來幾次到寺院走走，如遇市集日，又碰到那老者的攤位，都只他單獨一人光顧，陸續挑了幾個刀鐔買下，恰好是前一次沒見過的，每次也想起那些不知到哪裡去的刀劍，以及刀客劍客的遭遇。老者哪裡弄來的貨呀？不久之後，師兄弟注意到他裝上的刀鐔，讚嘆好看，也嚷嚷要去購買，等到下次寺院市集，卻再也沒遇到老者擺攤了。

此刻，等待掌櫃的時候，手中之刀正套著金色烏鴉刀鐔，可能由於比本地帝國流行的刀鐔醒目一些，暗金色跟刀柄、刀鞘的暗色對比，如果又反光，的確引人注意。尤其如果遇到用刀劍之人，習慣看一眼別人武器，它很容易吸引目光。自家鋪子鏢師的反應完全合於出身背景，毫不意外。他早知金烏刀鐔會有此麻煩，說不定某日還惹禍上身，但總捨不得換掉。

大概由於那是花島的記憶，他少年學藝的地方，初次離家那麼遠。記憶中的寺院廳堂、樹木、參道，有時靜謐，有時熱鬧，老者孤伶伶的攤位。金烏刀鐔連帶這一切，平常握著刀，他會用拇指撫摸刀鐔，好像在喚起什麼。

顏掌櫃從大廳後走出，換了件回青色袍子，體面許多，不再是平時櫃臺後常見那種灰色不起眼的料子。兩人相視而笑，掌櫃做出手勢說「走吧。」沒停下腳步。

這時他才想起，我是小人物，無須準備更衣吧。

從側門出去，往北走，掌櫃說沒多遠。

他一路觀察街道往來行人，店鋪買賣的客人，看看有沒有小珪她們村子的人，進城辦事。幾次看見好像是小珪的姊妹淘，他認識的那兩位，結果都不是。大約是太想見著她了。

說沒多遠，卻也轉了好幾條街，抬頭望了日頭，才大致知曉方位。眼前一座大戶宅第，楊府沒官家標示，看來是本地世家，掌櫃沒說，他也沒問。大門關著，無誇耀裝飾，頗為樸實的樣子。掌櫃帶他敲了邊門進入，一路僕人帶路，走廚房、庫房邊通道，蜿蜒曲折，最後經過景致不錯的庭園，來到顯然是書房的地方。

理當如此，他想。這次他帶的鏢物，算密鏢，雖不貴重，卻屬性微妙。滅佛令之下，收藏或運送佛像，等同忤逆朝廷，罪名不小。楊家冒著危險，付託給鏢行，顯然十分信任，之間的深遠關係，不是他會知道的。因此，楊家不能在大廳接待他們，甚至也得避開側廳，只能選在書房。看來，剛才在邊門等掌櫃敲門的僕人，早安排好了。到了書房門口，他還特別看了那人背影一眼，應該不是一般僕役。

果然，那人轉身，伸出手掌，表示他不能入內，掌櫃才行。

顏掌櫃微微點頭，顯然早有默契，看了他一眼，示意交出包袱。看得出來掌櫃雙手審慎握住包袱，不希望在最後交貨時，出什麼問題。隨即入內。什麼都沒解釋，連「等一等」都沒說。

德宇自知，最近能接下鏢行的幾趟祕密運貨，跟他可靠、絕不多話有關。他不漏口風，少與人交往，不會吹噓做了什麼買賣，而且總是準時送到，平安無事。他不自認聰明，知道最好不要引人注意，減少犯錯風險。另方面，鏢行裡的人不需多說明，他很快就摸索出事情該怎麼辦，即使是臨時狀況，幾個眼神足夠溝通。

摸著刀鐔，他待在書房外，觀賞庭園裡的小山水。

那僕役沒立在書房門口，而是在庭園入口，不像看著他，但意思很明白。

對於庭園，他並非完全陌生。

花島學藝時，當然沒資格去欣賞什麼庭園，不過師兄們認識一些幫人做事的小廝，不時聚在一起，有時起鬨說去瞧瞧那些他們熟門熟路的家族院落。小廝們如果喝醉了，或賭輸了，會帶師兄一群人趁家主不在時，去開眼界，他也跟去幾次。還好大家被小廝們告誡再三，小心翼翼，沒出亂子。

雖然不懂庭藝，看不出裡面的學問，他十分欣賞那些庭園的氣氛，因為只要去感覺就可以得到。小廝們和師兄弟他們在那裡嘰嘰喳喳，講庭園山水和平面的巧妙，不知道到底懂不懂？他只管坐在那裡聽水聲，看著土石樹木高高低低的層次，以及陰影變化，聞著各種草木淡淡之味。

他聽過石橋、飛石、洲濱、鶴龜石組之類的詞，不過沒用心去搞清楚，而且花島他去過的那幾次，只是地位高大戶家的園子，據說也不是什麼著名庭園。此刻，掌櫃在書房辦交貨的時候，他很高興自己不准進去，待在外頭。楊家書房的庭園，跟他與大夥偷偷逛過的不一樣，缺少那種靜謐。似乎花草山石，色彩太雜，東西太密太擠了一點。儘管如此，氣氛還是不錯，跟外面街道相比，還是劃開界線，自成一世界。

記得有一次，他師兄弟又跟著一位小廝到村落附近山城城主家長老寓所。小廝敢帶他們進去，因寓所內大多數人跑去村裡節慶。那家的庭園，清爽開闊，他不會形容，總之沒有一叢一叢的修剪花木擋著視野，四周草木錯落有致，完全不整齊。院子之中只有幾塊石頭，大片青苔包住地衣，起起伏伏。其他人跑到廚房去找好吃的，他沒去，也不敢走下到庭園裡，靜靜坐在園邊迴廊，單獨一人，突然想練起刀來。

好主意，他想，幾乎莞爾一笑。

身邊無刀，先空手比比樣子，沒重量沒感覺。順著迴廊走，一間間找，見一支枴杖，不好使，重心偏斜。還好，師兄弟他們自己找到樂子，沒來尋他，繼續找。又摸了一會兒，發現迴廊下方凹處，一支用來撿拾庭園落葉用的夾子，放在畚箕旁。

重量、重心都不對，但如果反著拿，勉強堪用。立在迴廊上施展幾招自己平日操練之餘，覺得有用的突圍刀法。緊鄰一片寂靜的庭園，揮舞充滿力道的招式感覺真神奇。但必須異常留意，因為如果夾子打到廊柱或房間門牆，留下刻痕，　定會替小廝惹麻煩，追查下來，必連累師兄弟，自己也會很慘。

結果，在廊上把夾子當刀揮舞，避開廊柱前進、退後，似乎成就一種特殊的步伐，以及揮舞的節奏。感覺不是自己在控制，而是整個人在迴廊間被帶動，一股力量推著他閃動移位。

當時，刻意留心之下，隨眼前空間變化，他的揮舞，時而放開，時而謹慎，並沒有打到廊柱或屋壁，或任何物件，大概只微微掃到迴廊邊緣幾片伸出的枝葉草尖。還記得碎片飛舞的情形，自己似乎置身事外。

離開城主長老家的時候，跟師兄弟們走在回村子的路上，路邊樹木間葉了與花瓣零星飄落，他想起剛才自己在庭園邊廊柱間的動作，決定稱呼自己的招數：劍雨飄花。

稱劍雨而非刀雨，一方面覺得好聽，另方面來自花島刀劍不分的習慣。稱個別使用的武器時，稱刀，但講到武器整體代表，又以劍概括。所以用刀高手，被稱劍豪。剛到花島時，頗不習慣，久了也慢慢接受。最主要，是感覺吧。劍雨飄花，比刀雨飄花，好聽多了。

當時，覺得自己可笑。小徒弟一個，發明什麼招數，還給名稱?可料到別人會不以為然，他決定絕不跟任何人提這事，就是他的招數。花島習藝時如此，後來到帝國，更是如此，他只是個鏢師，不是武術大師，哪有資格發明什麼招數?所以「劍雨飄花」始終只有他單獨一人知道，而且招數隨著經驗累積，不斷修改、增加，現在已經到了五式。常想到，也許有一天，會跟小珪講這件事，應該不會被笑。

掌櫃差不多該出來了，超出他估算的時間。負責顧著他的僕役，有點不耐煩，從庭園門口位置，走了好幾步，到池塘邊。那僕役的衣服乾乾淨淨，剪裁得宜，看來楊家待人還不錯。這時候，念頭浮起，想要在園裡練一練自己的招數，劍雨飄花五式。來到帝國之後，他幾乎沒機會見到什麼人家的庭園。庭園是富貴人士遊憩或沉思用的，非不相關人等可以一覷，更不要說進出走動。今日運氣好，被格在書房外，他憶起花鳥時城主長老家庭園迴廊舞著夾子的往事，眼前面對難得進入的園地，舞刀練招的衝動油然興起。

僕役在池邊，不可能真的動作，至少在園中走幾步，心裡把招式也走一遍。

僕役注意到他的移動，望著。

他享受這一切，好像在監視之下作弊，但完全無傷。

禮儀無逾，守住規矩，花草樹木無傷，一片葉子也沒有。

大概走了三圈，掌櫃出來了，一臉沉重，大出他意外。

「買賣出問題了？」他轉身快步向前，急著問。

「沒事，買賣順利。楊家主人樂見三尊佛像回歸榮城家中，放下心中一塊大石，對我們鏢行讚揚有加。」掌櫃露出笑容，但看起來是苦笑。

「那為何……？」話沒講完。

「另外有事。」

他不問了，知道掌櫃也許會告訴他，也許不會。

「我跟你說。」把他拉到池塘另一頭，「楊家很滿意，但他們突然另有委託，是急件。」

一趟買賣做完，馬上接另一趟買賣，這麼好的事！為何看起來愁眉苦臉？掌櫃就是這麼不開朗，他想，或者這裡面牽涉什麼難處？

「是急件，也是密件。但比上次貴重。」如此解釋了愁眉苦臉。

「不好做，可以不接。」說完，馬上覺得不得體。那是他自己的想法，但對於鏢行，榮城自家鋪子，掌櫃本身，可能有諸多考慮，哪是不好做不要接那麼簡單？

「我們鏢行跟楊家關係密切，生意來往頻繁，而且楊家做生意照規矩、好商量，從不惹麻煩。所以你這趟密件，雖然有朝廷風險，我們也接。順帶一提，辛苦你了，楊家主人特別感謝。」

這趟鏢，一路無事，他不覺風險。臨進城，他還差一點跑出找小珪。

「我們鋪子的難處是，」掌櫃繼續說，「除了已經在外的，本地當職鏢師今天陸續出動，包括三位要押一趟車，十日後才會回返，此刻鋪子裡已經沒人可用。所以，要請你幫忙。」

掌櫃的語氣特別客氣起來。

平常待人和善，但也不曾這麼客氣過，顯然真的需要協助。

「掌櫃，急件我可以做，您評估可做就行。」嘴裡這麼說，心裡也沒不願意，只是這趟就見不到小珪了。捨不得。

「願意，太好了，」掌櫃露出笑容，卻尚未放鬆，「今晚來不及，明早立刻出發。」

那真的見不到了，心裡一沉。

鋪子的買賣為先，他當然懂得道理，不會為了私情拒絕。其實，他根本沒有其他想法的餘裕，畢竟只是資淺的年輕鏢師，而且還是外地來的。

就這樣了。可是，掌櫃似乎還有話沒說完。

「明早出發，先把貨存在鋪子裡？」他問，想確認動作。

「不過，有個小曲折。」

沒接話，等待說明。

「楊家欣賞你這趟買賣順利完成，但眼下的急件，我說過比較貴重，他們原本打算請鏢行派出金字，或至少木字等級的鏢師。但因為急件馬上要出，我們榮城鋪子本來就沒有金字、木字級鏢師，去總行申請，緩不濟急。我跟楊家商量之後，決定試一下，才好放心託付。」

少言的掌櫃說出今日以來，最長的一段話。他不知道自己是否聽懂？但鏢行以五行列等級，他清楚。

「試一下？比試？」

「對，如果不介意。」掌櫃弓著身，似乎有歉意。

「意思是說，要看我武功夠不夠好？」

「大致如此，為了確保鏢件安全。」

掌櫃的擔憂也合理，學武者似乎在意被認為武功不如人，即使武功真的不怎樣。所以，掌櫃怕得罪人。本來，他只是年輕鏢師，被小看也沒關係，但手上在談的急件買賣，需要靠他來完成，不想多生枝節，影響生意進行。何況，鏢行跟楊家的關係，不只生意。

「掌櫃不用擔心，怎麼測試都行。」他大方說，但不覺得可以通過比試。

「那好，」掌櫃鬆口氣，看了他一眼，開始移動。

他沒問比試要如何進行，等下便知。跟著走出庭園，側著頭捨不得多看了池塘草木一眼，才踏出去。僕役跟著離開，卻走另一個方向，循原路往廚房、庫房去。

來到楊府裡一個類似校場的角落，但小很多，推斷是護院的練習場。他猜，大約就是跟楊家護院比試一下，也許是副護院，或護院頭，應該都比他資深，即年紀大些，經驗也不差。應該武藝高過他，畢竟他只是護送一般鏢件的小鏢師，對自己沒多大期望。

他一向如此，對自己武功平平，沒什麼感覺，始終覺得夠用就好。到目前為止，他的功力應付保鏢路上的盜匪，大致足夠，足夠保住護送的財物，也保住自己。幾年前，剛進鏢行時，曾經一兩次遇到棘手的對手，打到一個地步，判斷形勢對自己越來越不利，他趁還能抵擋時候，找機會先跑為上。如此丟過兩次貨，由於不算貴重，他被訓斥幾句，鏢行道歉賠款了事。只是如此一來，他一直負責低階鏢件。這次是例外，祕密任務，利用他的低階，作煙幕正好。

打不過逃走的事，如今想起來汗顏。那時剛當上鏢師，不太會運用自己能力，也不夠機靈。遇到一群盜匪，他守不住負責的位置，為保命而失職。由於是多人走鏢，掉的也只是部分鏢物，鏢頭負擔較多責任。從那兩次之後，德宇覺得學了不少，反省不少，自己不同了，心態、武藝、機智，各方面。

不過，遇到比試，他還是沒把握。他不喜歡比試，或各種考試，因為成績通常不太好，在以前，他小時候。然而，他的好處是，不怕輸。不屬於任何派別，學過藝但其實無師門，來到帝國之後只在鏢行做事，跟他人無瓜葛。他對自己的看法很一般。瞭解自己武功平平，沒想過追求更高境界，只求能做好派任工作，不要送命就好。

東學一點，西學一點，他拼湊出一套解決問題的刀法。加上臨場反應，武功平平也能保住自己。至於「劍雨飄花」，那是他慢慢累積，盡心修改的夢幻招式，目前只有五式，在心中琢磨，無人之境才練，從不示人。

初來到鏢行，憑著在花島結識的康叔推薦，雇用之時，並未比試，只讓他自己施展幾步基本招數，見他動作紮實有力，即被錄用，因為一開始只需擔任跟車和外圍戒備之類的工作，比小廝好一些而已。

這時候，練習場裡三位護院，或站或坐。他想，楊家不會有太多護院吧。

「楊家護院不多，」掌櫃好像猜到他在想什麼，「但護院教頭有點來歷。」

顯然這是比試前的提點，讓他知曉大致情況。

「崔捕頭曾是省城首席捕快，頗有威名，你當然不知道。後來楊家屢遭竊賊騷擾，經官府派崔捕頭布網捉拿，順利恢復平靜。幾年後，楊家主人重金聘請崔捕頭擔任護院總管，維護楊家宅邸安全。雖然已經離開捕頭職務，大家還是以崔捕頭稱呼。」

「原來是官府出身。」他回，心想也不意外，拇指觸摸著金烏刀鐔。

「不用擔心，我跟管家討論過，用木劍，避免傷害。」

「如果比試之後，他們不滿意，急件就不做了？」

「嗯，只好如此。鋪子此刻沒有其他可用鏢師。」

那沒通過最好，他想，沒說出來。

不是不想幫掌櫃，或自家鋪子，或總鏢行，只是他也沒理由拚命做這急件。所以，輸掉比試也沒關係。符合他一向人生態度。

「能幫就幫，不勉強。」掌櫃補了一句。意思似乎是，不宜顯得怕事、消極，但此情況下，比試沒過，接不下急件，不是問題。

能這麼說，夠意思，他覺得。自己並非鏢行骨幹，做的是例行買賣，今日關係密切的楊家託急件，只剩他可用，卻也沒理由逼他達成做不到的事。不逼迫人，這正是為什麼他在這家鏢行一直做下去。

三位楊家護院都站起來了，一名年約四旬的男子從通道走入練習場。中等身材，藍色袍子，體格精實，雙手握拳，不過眼神溫和，不似他預期的銳利目光。

來人看了他一眼，微微轉身，雙手一抱說，「顏掌櫃，真是不好意思，事出突然。」

「崔捕頭太客氣。正好來交貨，貴府主人急件相託，我們鋪子人手不足，慚愧。」

「實非得已，為難兩位。不過，小兄弟看來相當有神。家主人也許過慮，只求放心。還望不要介意。」說完，又抱拳起來。

一來一往都是制式回應，他聽著，沒什麼意思。但在外面混，不這麼說，又能怎樣？他能不說話，就不說。

崔捕頭吩咐手下取來兩支木劍，交給他一支。他早已把自己的刀解下，請掌櫃照顧。不出意料，掌櫃拿在手中，看了看刀鐔，也觸摸刀柄。他知道，因為他的刀柄比一般帝國常見的長了一小截，拿在手裡難免感覺出來。

手中木劍一定用不習慣，他揮舞幾下，考慮怎麼使它。

「無須求勝。」掌櫃在背後提醒。

他側過頭，點了兩下。

比試的目的很清楚，要探探他是否堪用。但習武之人會為了輸贏、勝負，帶來不必要的傷害。掌櫃清楚崔捕頭武藝高於他，怕他年輕氣盛，昏頭拚命，自己倒楣。

崔捕頭走向前，倒持木劍抱拳說，「林鏢師，這就開始。」

顯然之前在書房，掌櫃已經告知楊家他的姓名來歷。

「崔捕頭，請！」也只好來個抱拳。

前兩招，崔捕頭只往他手腳施展，看看他如何拆招和回擊，力道如何。他基本功紮實，一一擋下。然後，崔捕頭突然迴身，大角度從左上方往他頭部劈下，他快速立起劍，打消來劍攻勢，並快速移位。如此，崔捕頭連攻三招，都被他化解。

下一波就沒那麼輕鬆了，心裡想。

崔捕頭接下來放慢招式，似乎想誘他出擊，但他不出擊，只願意守勢，而且目前守得不錯。如果會落敗，除了自己狀況不好之外，主要因為對手比你快，或力量比你大，或人比你多。依照前面幾招判斷，無論速度和力道，他都不輸崔捕頭。常聽人吹噓，說某掌門人功力多少年，有多厲害。他知道那是騙人的，比劍術，年紀越大，越不利，因為速度和力道日衰。像崔捕頭這樣的名捕，能勝過他的，就是經驗、技巧和穩定。他不確定能維持多久，而崔捕頭見多識廣，會利用什麼破綻，破壞他的防衛？如果他出擊，很可能犯錯，立刻會被揪住。何況，此次比試，目的不在勝負，他只要守住，就不輸，就通過試探。

反而是崔捕頭，見他始終不出擊，完全沒有年少劍客的衝動，轉而急躁。結果，加強攻勢，試圖激怒他出手，崔捕頭自己的步伐開始淩亂起來，常露出空門。

木劍一來一往間，他考慮，應該出擊嗎？這已非被誘出擊，而是他應該把握攻擊契機。可是，他應該贏嗎？在楊家其他護院的面前，如果他擊破崔捕頭的劍招，會不會失禮？畢竟只是一場查看他小鏢師是否堪用的小比試。

崔捕頭數度露出破綻，他放過幾次出擊機會。

情勢陷入僵局，他守住不攻，崔捕頭久攻不下。

如此下去，難料會發生什麼？他不知道怎麼辦，擔心起來。

連旁觀的楊家護院，原本坐著觀察比試，現在至少兩人站起來，他眼角餘光察覺。

「崔捕頭手下留情，小鋪林鏢師受教！」顏掌櫃大喊一聲，做了一個揖。

還好掌櫃機靈，及時發聲。顯然他看到比試陷入僵局，萬一發生尷尬，難以收尾。畢竟任職自家鋪子多年，善於察言觀色，及時處理突發狀況，決定馬上介入。

崔捕頭慢下來，往後方移動兩步。他也立刻配合，撥開最後幾道減弱的攻勢，收起木劍。

「崔捕頭好劍法！」沒想到自己也會說出這樣的客套話，心裡跳一下。

「對呀！我們林鏢師快招架不住了。」掌櫃馬上接話安撫，怕護院總管動氣。

「不不不，小兄弟招招穩健，不疾不徐，真是人才。」崔捕頭走向兩人，並請手下收回木劍。

他說的是實話，德宇說不出「過獎」之類的回應，只好低著頭，點點頭。

「林鏢師穩健，崔捕頭凌厲。」掌櫃想講得四平八穩，也非亂講。德宇覺得顏掌櫃人不錯了，掌管榮城自家鋪子這麼多年，雖客氣但不油嘴滑舌。

崔捕頭整理一下凌亂的衣服，伸手一比，說：「那就下一步。」

德宇和掌櫃跟著走出練習場。

途中，沿著楊家堂弄走道，掌櫃跟他解釋，書房中商量的結果，是如果德宇通過比試，讓楊家放心託付急件，下一步就是馬上帶走物品。因為，如果鏢件放在楊家，明日德宇要出城時再來取，或明天楊家專程送貨品到鋪子，都表示楊家新託付了東西給鏢行，是什麼？多引人注意，多引人猜疑。然而，剛才掌櫃帶他來交貨，結束之後自然回鋪子，有沒有新付託，沒人知道。看起來，就是交貨而已。連楊府中人，也會如此認為。總之，少一個動作，少一分風險。至多，令人覺得不平常的，是崔捕頭跟年輕鏢師切磋武藝這個枝節，不過誰會料到是比試？

他們現下，就要去取這急件。

德宇心想，看起來這急件真的非比尋常。他來鏢行已經五年，還沒遇過此等級的鏢件，微微興奮起來，也有點緊張。如果就此提升一個等級，以往接件之後的輕鬆將不復返。

換了一條路，幾經轉折，他們還是回到原來的書房，以及庭園。

能再訪楊家庭園，呼吸草木花香，感受水畔片刻寧靜，讓他頓時舒坦起來。

掌櫃轉過身跟他說，楊家主人之前就決定，如果比試後認定委託，必然要親自當面交付。

德宇想，這下麻煩了。又要打躬作揖，講些客套話，無論坐或站都拘謹累人，好不自在。寧可掌櫃去交涉一切，他只要做事，那最好。

也許他的表情露出想法，在庭院門口，掌櫃停下來說，「此事關乎楊家安危，事出突然，請我們鋪子救命。責任落到你肩上，楊家為表重視，親自交給你，而非由我交辦。這是他們的誠意，你就忍耐一下。」還看了他一眼。

他點點頭，兩人穿過庭園走道，進入書房。

第二章　隱密如來

書房內，先走進來的崔捕頭立在一位富貴人士身旁，顯然是楊家主人。德宇猜得到，顏掌櫃還是輕聲補了一句：「見過楊老爺。」那是對他說的，他做了個揖。但房裡還有另外一個人。

「這位是楊府門客，朱先生。」崔捕頭宣布，算介紹。

不清楚府裡門客為什麼此時現身書房？掌櫃和他都點頭致意。

楊老爺五旬左右，鬢角稍白，無老態，衣著素雅，先說了簡短客套話，為比試之事略表歉意，然後開始解釋委託的急件。同時，門客朱先生入內取出一只直立小木箱，放置書房大桌上。楊老爺走近，伸出雙手打開木箱正前方小門，露出一尊木雕佛像。原來是個小佛龕。

德宇馬上看出那是大日如來，在花島曾經見過多次，來到帝國後卻少見，相當驚訝今日竟然在楊府遇上，大出意料。也許無意中流露對佛像久別重逢的表情，顏掌櫃甚至看了他一眼。

佛像做出智拳印手勢，右手掌握住左手食指，舉於胸前，大日如來無誤。

「此像乃蘇中洲大人所贈，背後題詞刻字，如今已經刨去。蘇大人遭人陷害，入京師大牢已三個月，預料將被定罪。楊家自上一代即與蘇家交好，往來頻繁。入獄之初，吾等靜待發展，蘇大人清清白白，必無犯罪之實，應可證明清白。然而朝內安國黨堅稱蘇大人違反滅佛令，結黨對抗，居心叵測，近來已經擴大逮捕門生。楊家於榮城安居樂業，守法守紀，從無違抗朝廷之心。如今唯恐遭蘇大人案牽連，除了早已焚毀書信之外，必不能再留此佛像於楊家，以免成為構陷入罪之藉口。」楊老爺一口氣，說得坦白。

然後特別轉過頭來，望著德宇，繼續說了一段話。

他仔細聆聽，直到楊老爺告一段落，收尾：

「以上所言，乃楊家當下困境，崔捕頭、朱先生知之甚詳，顏掌櫃也略知一二。但今日與林鏢師初次見面，即說出以上，如平時必顯突兀，然而當下有重託於林鏢師，所以明白告知，望能了然緊急託付之緣故，以及本身將面臨之危厄。」

德宇知道意思，不等掌櫃示意，馬上抱拳回應：「感謝楊老爺據實以告。」

是呀，楊老爺親自向一位年輕、級別低的鏢師說明託鏢原委，而非找人傳話，叫人吩咐下來，很夠意思的。而且至少看起來並無隱瞞，將鏢件背後牽扯到的朝廷糾葛明白說出。這等於說出家族遭遇的風險，以及鏢件會招來的危險。德宇想，楊老爺必定認為這一趟鏢非同小可，既然要託付於他，就說清楚來龍去脈，不能讓他在不明事態之下接鏢，也要他明瞭自己將遇到險惡情況。

然後，那些全力以赴、使命必達之類的話，就由掌櫃去說，他只是站在旁邊點頭。還好掌櫃在，不然他可說不出那麼多場面話。

他瞥了幾眼窗外，庭園景致，草木水塘，希望自己在外面，而非裡面。

楊老爺並沒有點明這尊是大日如來，也許那不重要，或認為一般人反正分不清眾多如來的差別。釋迦如來、阿彌陀如來、藥師如來、盧舍那如來、大日如來，還有很多，他也不完全清楚。但德宇很確定，楊老爺木箱子裡放的是大日如來。除了智拳印手勢之外，還戴著寶冠，眾多如來像裡，通常僅大日如來戴寶冠，其他少有頭飾。當年在花島，為了分清楚不同寺裡供奉的佛像，他曾經花了點工夫做區分。只為好玩，他並不拜佛。

楊老爺、朱先生、掌櫃三人那邊靜了下來，同時轉向他。

要交代任務了，他想。

「計畫是將此鏢件，送到葛山。」朱先生解釋。

葛山在西南方，相當遠，他從來沒去過，也從沒碰到去過葛山的人。真是隱密的角落呀。

「更確切些，葛山腳下的雲莊。」

德宇開始覺得興奮起來，不是因為神祕的密鏢，或朝廷安國黨的勢力，而是能夠前往從未涉足的葛山，有意思。沒去過，也沒打算去，突然之間被派去，他腹部感覺到陌生激動，一種未知才能給予的新奇。

「估計大約三十日路程。」朱先生繼續說。

作為門客，朱先生大概是出主意的，德宇猜想。類似官家的幕客、幕僚，參贊意見、供人諮詢。楊老爺是民間仕紳，非官府之人，但家產豐厚，父遊想必甚廣，事情繁多，因此需要聘請幾位門客，輔佐各種對策。

「地處偏遠，一路相當辛苦。」又說。

「那裡接近邊境，官府的兵馬應該力有未逮。」掌櫃補充說。

「的確，顏掌櫃說得是。正是因為那裡管轄重疊，事權不明，具模糊餘地，才往葛山送。」朱先生附和。

「但要到達葛山，可不容易。真是辛苦了。」掌櫃看著德宇，似乎帶著歉意。

「沿路官府的兵力不會跑來管安國黨關心的案子，戍守邊境的更不會。兵員不足，他們也不放心。要擔心的，是龍華營。」

「龍華營出動了嗎？」掌櫃問。

「據說已有先遣人員往榮城移動，所以要馬上送走蘇大人所贈佛像。」朱先生說。

「龍華營出動，必有大事。原本，就猜想委託急件，恐怕跟龍華營有關，果然。」

德宇聽過龍華營，沒見過。那是安國黨專屬兵力，歸兵部某位將軍直接統領，他不清楚是誰。本來事不關己，平時他哪會去注意誰是龍華營統領？不過，龍華營辦事神祕，手段強硬，倒是偶爾聽過。

「等下再告知林鏢師如何對付龍華營，目前先講路線。」朱先生言畢，轉身從架上取下一卷軸，攤開顯現帝國西南地區地圖。

「往葛山之路選擇有限，很容易被盯上，所以林鏢師先到南禺山，再往葛山。」

「先到南禺，再往葛山？」德宇跟著重複。

「沒錯。分兩段進行，留心不要在第一段就被抄了。只要撐到南禺山，評估情勢，思索對策。我們在南禺，會有安排，利於讓林鏢師安全轉往葛山。」朱先生說。

「真是抱歉，我們鋪子分不出人手幫忙，不然至少兩人上路，也會好一點。」顏掌櫃之前提過，書房裡又提一次。

「單人前往，有其好處，他們也許不會料到只有獨行客負責此密件，反而不被注意。不過，獨行的負擔與凶險，當然倍增。」朱先生解說。

「明白。」德宇簡短回應，認為碰到讀書人講話的時候，自己最好不要多說。

他應該緊張，龍華營不會好對付，卻丁點未感到警戒，反而憧憬沒去過的葛山。加上繞路南禺山，又更有趣了。自己似乎過於貪玩，缺乏應有的認真用心。還好他少言，常被誤認為穩重。

他的思緒跑到葛山腳下的雲莊。也許抵達雲莊之後，會上山去什麼地方？

原本在旁聆聽的楊老爺，這時走兩步靠著書桌，親自舉起裝著如來雕像的木箱，交給德宇，看著他說：「一切拜託！」並吩咐在場幾位盡快著手準備，明日啟程。

顏掌櫃接下去跟楊老爺討論密鏢合約的事，提到總行云云，德宇聽不清楚，因為朱先生和崔捕頭拉著他，分析葛山行將會遭遇到的各路地頭強豪，以及龍華營的行事作風，與可採行對策。

他自認已經想好絕佳對策。幻想自己飛出窗外，身在庭園內，水聲淙淙，從水塘彼端看著書房窗內，被兩人左一句右一句叮嚀葛山行種種該注意事項的自己。

回自家鋪子的路上，德宇和掌櫃沒說半句話。

雖然才過了大半天，感覺上似乎忙了一整天，經歷好多事。而且，現在算是辦完事回鋪子休息，其實他們的憂慮才開始。德宇的包袱空空的，看來卸完三件小款佛像鏢物，他手裡拾著四小箱榮城常見的餽贈禮品，糕餅酥類，都是吃的，綁在一起。祕密鏢件，藏於其間。

離開前，兩人在楊家簡短吃了中飯。為了保持低調，他們在練習場旁的護院小廳，跟崔捕頭他們湊一桌。看得出來加了菜，崔捕頭也把話題擺在德宇順利交貨的前趟鏢上，讓這頓飯看來像慶祝大功告成的樣子。

返回鋪子之後，一直要到吃過晚飯，掌櫃才過來探望。今夜德宇留宿本店通鋪，不宜住偏愛的仁和客棧，也沒辦法去吃李家館子，更沒有紫蘇魚那些菜了。不過，中午楊家那餐加了菜，脆筋巴子、煎鵪子，他沒怨言。

「德宇呀，我知道你在想什麼，但不能那麼做。」掌櫃現身通鋪，見無旁人，劈頭就說。掌櫃家緊鄰鋪子後方，飯後隨意穿著，踱了過來。

「想什麼？」

「你想楊家為了避禍，急著送走東西，為何不像燒掉往來書信那樣，毀掉入罪之物即可？何須跑那麼遠到葛山，一路艱險？」

「是這麼想過。」德宇露出難得的笑容，因為簡單的心思被掌櫃猜到。

「但不能那麼做。」

德宇也知道那麼想太簡單，所以不打算回嘴。

「首先，楊家信佛，不願意丟棄佛家之物，理所當然。你沒信佛，對嗎？」

德宇搖頭。

「你因此不覺捨不得，丟棄不難。但對於信者而言，絕非易事。當然，滅佛令頒布以來，佛像、佛具被棄，處處可見，路邊、河畔、荒野，零星或成堆，也不知多少佛經被燒。所以，迫於朝廷鎮壓，背棄所信者，大有人在。但那並非楊家，非楊家所願，非他們所能，也非他們所為。只要能保存信佛之物，他們盡力而為。何況，這次的物件，事關幾代世交，涵意更是不同。」

雖不信佛，德宇一向喜愛往佛寺跑，只要踏入，頓覺輕鬆無憂。所以，儘管不懂佛法，也無意學佛，對於僧人，他總是抱持敬意。因為能維護佛寺良好氣氛之人，應該相當有意思才對，他認為。

也因此，滅佛令之後，護鏢路程中，到處可見廢棄佛寺，不少佛像被推倒、斬首、斷手，或被焚，佛寺廊柱被拆掉、毀壞，分外令他感到可惜。於是，只要碰到廢棄佛寺，他常流連其間，想想毀滅之前的平安，竟如此脆弱。

後來，他屢次跟小珪到廢棄的瓔珞寺相會，除了享受無人寺院的放縱，也似乎想尋回那裡原有的平安。

「其實，不管信不信佛，」掌櫃繼續，「真正要緊的是，我們幹保鏢的買賣，只要接了委託，無論是總鏢行談的，或我們榮城鋪子簽的，必須盡力完成。我們不許自作主張，決定鏢件處理的方式。懂嗎?」

今早在楊家折騰的大半天，顯然拉近掌櫃和他之間的距離。原本兩人在德宇每次護送鏢件至榮城時才稍有接觸，客客氣氣，從沒深談。經過今日急件之事，掌櫃這下子直接講到重點，沒用半點圓滑手段。

也許是太緊要了吧，德宇想，並非掌櫃突然失去世故的分寸。

「瞭解，我們做的是護鏢，送到約定之處便是。」

「我猜你大概會想，既然涉及楊家安危，又有朝廷黨爭介入，說不定會出人命、抄家，何必送來送去禮拜佛陀之物?你這麼想，有道理，我也會這麼想，但我們的想法不能改變我們的買賣。記得，依約送到。」

「知道，一定。」德宇回。

「好!不過啊，」掌櫃聲調和緩下來，「臨時拉你跑這趟，真是難為你，真是對不住。碰到龍華營的話，崔捕頭和朱先生教你的那些對策管不管用也不確定?儘管方才說了以上，萬一情勢過於危急，我們鏢行守則最後一條，允許棄鏢保命。因此，如果萬不得已無法保全，你就毀掉鏢件好了。」

德宇沒有回話，一時不知怎麼回。掌櫃今夜一開始就提醒他不要自作聰明毀掉鏢件，最後卻表示可以毀掉，如果危急。繞了一圈。德宇幾乎覺得好玩了起來，但掌櫃的表情一點都不好玩。

守則最後那一條，鏢行裡人人皆知，但幾乎很少人說出來。

講到這裡，掌櫃看來無比疲倦，拍了拍德宇肩膀，往通鋪門口走去。

「好好睡，明早送你到街口。」

裝著大日如來的木箱，整夜都靜靜待在包袱裡，伸手可及之處，並未放入鋪子的安置櫃中。與前夜一樣，他直挺挺地握著自己睡著，血氣方剛。才一日之隔，昨晚的期待，今晚已成泡影。原本巴望跑完這趟，可以跟小珪相聚數日，不然一日也好，怎知臨時冒出葛山行，連見一面都成奢望。也許昨夜不該進城，該去找她？也許原本的衝勁是對的？他搖搖頭。躺在空蕩蕩的通鋪，德宇握著自己，回憶小珪的美好，兩人首尾相連，絕對貼近，滿溢彼此的氣息。

次日一大早，鋪子尚未開門，顏掌櫃送他走到不遠處的街口，一路沒說話。

德宇揹著包袱，不大不小，跟來的時候一樣輕便。

兩人站在街口，路人稀少。

「我想，你打不過龍華營，但只需躲過龍華營，總可以吧。我才會答應。」掌櫃面無表情說出。

德宇想，也許，不自覺笑了起來。

「回榮城的時候，我請吃紫蘇魚。」掌櫃揮揮手，轉身。

道別後，德宇並未走向通往東門的出城大道，反而悄悄彎進生意一向興隆、人聲逐漸增加的街道。雖然急件又是密鏢的責任重大，不能耽誤時間，須立即上路，德宇卻尚未斷念，自忖出城前過來轉一下，不算失職。賭一下，也許碰到小珪進城辦貨，或小珪好友。也許，只能寄望。可是，繼而想，時候太早了，村子裡的人除非來賣菜，會這麼早進城嗎？

轉來這條街，僅基於頑固執念，不願就這麼斷念，非做不可，一定要走過來，雖然清楚機會渺茫。他有時如此，會做傻事，事後也不後悔，因為那股執念不會退散，揮之不去。還好都是私下小事，無關鏢行買賣。

然而，儘管這次他運氣不太好，見不到想見的人，也並非極差。街上轉來轉去，即將放棄前，終於遠遠看見熟悉的身影。

不是小珪，是小藍。小藍一直不喜歡他，因為不贊同他。小藍認為小珪不該跟德宇來往，理由是他沒辦法娶小珪。不止於此，他們的來往一定會害到小珪，對她的婚事不利，小藍認為。這些都是某次當著他的面講的。

他知道小藍說得對，不怨她。如此直言，表示她是真正的朋友。的確，德宇只偶爾來榮城，兩人只能短暫相會。他做的買賣，不安定，四處行走，而且常遇凶險，完全不是付託終身對象的材料。加上他來自外地，也許在帝國落戶，也許終有一天要離開，返回孤島。這一切，都佐證小藍看法是對的。他和小珪，只是喜歡彼此，但那不夠。

那是間剛開門營業的布莊，他看到小藍走進去，或像小藍的身影。門邊稍微張望一下後，他靜靜站在門外一段距離等待。半晌，見小藍捧著用紙包好的布匹，走出店門，德宇向前，口氣有點急：

「怎麼這麼早跑來這裡？」

其實，雖然沒見著小珪，能在出城前遇到小藍，大喜過望。可是，不知怎地，講出的話像質問人，完全沒喜悅。聽起來反而好像不想見到此人，連他自己都意外。心裡真正的意思，其實是：「只是來碰運氣，沒想到真的遇見你。」怎麼想法跟說法，差那麼多？

「你，怎麼這麼早跑來這裡？」小藍回話，一模一樣。

小藍端莊清秀，主見強，總帶著嚴肅表情。

「對呀！我這麼早來這裡幹嘛？昨天進城，原本今天要去找小珪，可是突然被派了件差事，馬上要出城，沒辦法去看她了。臨走前來這裡碰運氣，想也許遇見什麼人。」盡量簡短說完，知道小藍不會有耐心聽，而他也沒時間多講。

「你好運，碰上我家夫人昨天進城到舅爺家住了一夜，一大早差我來取訂購的布匹，所以遇見了我。」小藍的東家跟小珪的同村，夫人們常往來，所以小婢們也結為好友。

不太跟人言語的德宇，離城前好巧遇上小藍，是福氣，只能客客氣氣說話。即使跟小珪，他都沒那麼小心客氣。

「真的，還好遇見你。幫我跟小珪說一聲，說這次沒辦法去看她，很懊惱。等跑完這趟，一定來找她。」想說心裡更多的話，但面對小藍，說不出來，而且她鐵定不會傳那些心裡的話。

「突然來，急著走？急事？去哪？」

「急著回去。」模糊回答，不能說清楚。

「什麼時候回來？」

葛山行如果順利，來回要兩個月，至少。如果不順利，說不定回不來。掌櫃認為他能躲過龍華營，自己可不確定。但都不能說。

不想說出要兩個月，一方面怕洩密，另方面怨恨要那麼久才能見小珪，說不出口。

「沒準，看要忙多久，我一定盡快。」

「講都講不清楚，怎麼去跟她說？」小藍看來不高興了。

「就跟小珪說，原本今天要去看她。跟她講，拜託。」

小藍沒回話，捧著紙包著的布匹，撇過頭，轉身走了。

德宇沒追上去。

她會告訴小珪，雖然不贊成我們，小藍會告訴她的，他想。

等背影消失在逐漸增多的人群中，他才想起身邊沒有可用來討好小藍的小物。小珪總是教他，送點東西給人，事情會辦得順暢些，他老是忘記。

算了，人都走了。反正來不及，反正對小藍也沒用。

出了東門之後，在城外晃了一會兒，試探有無跟蹤，才走向朝南方之路。如有人問起，他會說要前往南禺山。到那之前，須經過吳林、赤鍚、檀谷。葛山行路線討論過的，他可以自行更改，但最好還是先到南禺，再轉折，多一個應變機會。他身上無圖，減少被搜查風險，不過雖然沒去過那一帶，五年下來跑了那麼多趟鏢，朱先生的地圖看幾眼後，已經牢記。

朱先生假設榮城裡龍華營眼線，記錄下近來出入楊家人士身分。由於楊家與蘇大人關係密切，他們恐謀劃已久。等營部支隊人馬抵達，會過濾出入人士，德宇從碧水城來，必然比本地人士引起疑慮。支隊應該會派人踩德宇走的路線，找機會查探，尤其看看帶了什麼物件。

根據朱先生推測，支隊會先在吳林初步試探，如果不成功，或研判需進一步搜查，會在赤錫、檑谷，依序實施。龍華營暫不直接現身，先策動宵小盜匪下手，因此需留意此類人物。如果到了檑谷，依然無法排除或確認德宇和楊家關連，龍華營就直接出手。

才剛出城，不用想那麼多，他想，輕鬆走在路上。

雖然遺憾未能跟小珪再訪瓔珞寺，只要出了城，還是覺得開朗許多。從榮城往吳林，走過幾次，赤錫則只往來過一次，而且是跟車，大約四年前的事。檑谷、南禺超出他行走範圍，鏢行也許做過那裡的生意，應該不多，至少他沒碰到。

快跨越榮縣地界的時候，德宇走到路旁不遠處，稍做歇息，心想真的要遠離小珪了。不知道小藍何時隨她家夫人返回村子？又不知何時可傳話給小珪？會的，雖然嘴上沒答應，小藍會傳話的。

他知道前方從大路岔出去，沿小徑一直走，有間曾拜訪過的廢寺，景寧寺。可能由於靠近道路，易於進入，屋宇遭破壞甚於瓔珞寺，但當時寺內幾尊佛像狀態尚可，如今不明，他沒時間去看看，也沒意願。相比之下，瓔珞寺位處偏遠，山腳附近樹林深處，得以保存。

現下，只剩他的刀相伴。楊家比試之後，關注葛山行種種該留心事項，以及懊惱於私會被阻，他已經好久沒注意自己的刀了。想到此行一路上難免要拔刀，拔刀多少會傷人，而聽他們說此次安國黨的龍華營來勢洶洶。如果躲不掉，難免一場惡戰，或好幾場。那不只傷人，他準備好要殺人了嗎？他未曾殺人。

想及此，他的指頭摸到腰際，要去觸碰金烏刀鐔，緊張時候的習慣。

但摸不著。

刀未繫於腰間，德宇一時不安起來。

才想起，刀用布包覆，跟包袱綁在一起，揹著。朱先生和掌櫃都認為，葛山行是暗鏢，不同於平常買賣，盡量低調，刀不外露為上。

鏢行鏢師，尤其走鏢的時候，可佩武器，朝廷特准。跟其他鏢師一樣，他隨身帶著鏢行發的木牌，那是帶刀的許可。如遇官兵盤查，亮出聚英鏢行牌子，定可通過。不過，他不喜招搖，刀子能收起來，盡量不露，隱身民眾之間。

他不是刀客，無須誇耀刀法，無意與人比試，除非像昨日那種情況。為了保鏢而傷人，是不得已。那麼殺人呢？難道要為了包袱裡的大日如來殺人？多麼奇怪？無法繼續想下去，坐不住了，他起身。也許忙著趕路，可避開思索，也許他的刀，會自己決定，是否開殺戒？他只知道，一定要回來滎城。

接下來五日，沒見到暗樁跟監。路上沒遇到多少人騎馬擦身而過，大多看起來只是州府或縣城衙役、小吏，往來辦事，沒有龍華營的威風。不過他笑自己，從沒見過龍華營的人，哪知道他們威不威風？

這五日，如果當天入夜前沒碰到住宿之所，他就借宿滅佛令之後，處處門戶洞開的佛寺，除了進門前朝內合掌致意，無須請求允許。這幾間佛寺的伽藍布局、景致、院堂，各具特色。不過，都比不上他最喜愛的瓔珞寺。

他似乎一直等待事情發生。

跟平常的買賣多麼不同！平常護鏢，最希望一路無事，平安交貨。每夜回顧當天沒出事，心裡慶幸，期望次日也是如此，直到順利完成。葛山行，當然希望無事，但由於楊家幾乎確定龍華營會介入，德宇在路上懷疑每一個遇見的人，也許會使出什麼詭詐手段，不然總覺得，路上轉個彎，會出現官兵擋他下來，巡行搜索。都沒有。每到夜裡入睡前，他竟然疑惑，怎麼還沒動靜？

太奇怪了，怎麼沒動靜？太奇怪了，沒動靜不是好事嗎？

五天下來，他借宿一處築路工寮，一農家穀倉，三間荒蕪寺院，抵達吳林。

令人不安的平安。他不斷懷疑，也許龍華營相關人士，已在路上觀察過自己？

明明平靜無波，反而更加累人。

吳林是個人口中等的小鎮，德宇投宿以前住過的客棧，跑到鎮東邊光顧過的館子，好好吃了一頓。叫了大碗燉羊飯，羊肉和蔬菜煮在一起，配上塞外香料，再加點一堆小菜，真過癮，抵銷五天下來累積的提心吊膽。然而，吃飽到精神有點渙散的時候，共桌一位還在等上菜的黑衣書生，三十開外，自認聰明的樣子，開口問他去哪裡？看來是隨口問問，找話講。

「前往南禺。」德宇依計回答。他不敢把包袱和布包起的刀，留在客棧，所以看來就是個旅人。

「從榮城來，去南禺山嗎？」書生問。

「止是。」

「看兄台不是南禺人，冒昧一問，前往南禺，所為何事？」書生說完，看了一眼德宇身邊包袱。

德宇突然警覺起來，不再渙散。想回答「不便相告」，似乎不妥，只好順著答。

「稱兄台不敢受。家中變故，投靠親戚。」那人顯然年長，稱他兄台也許是客氣，或習慣。

「唐突提問，請包涵。但不知投靠南禺何人？南禺地處邊境，家戶有限，人煙稀疏，在下略知一二，也許幫得上忙。」

「不敢勞煩。」德宇快受不了講這些話了。

「不用客氣，但說無妨。」

德宇想，這傢伙煩不煩？已經說不勞煩了，還囉唆。好心幫忙？或另有目的？

「投靠親戚，姓李。」

「喔？李家？讓我想想。等等，還真想不起來，南禺李家？南禺有李家嗎？」

「方才沒講清楚，是黎家，黎明的黎。」

「黎家？也許那附近有，但南禺黎家？也是想不起來。兄台果真前往南禺？」此人難道熟悉南禺所有家戶？真的假的？

「千真萬確。」

「那就奇了，未曾聽聞過。難道？」

「兄台，南禺山地處偏遠，家戶分布廣闊，難免有所疏漏。」德宇改被動為主動。

黑衣書生靜默不語，帶著微笑。

「敢問，最近何時走訪南禺？如果時間久遠，也許忘了黎家所在？」

「也許如此，在下其實忘了上次拜訪南禺是前年，還是大前年？不過那也不算久遠，哈哈哈。」

黑衣書生如非愛耍聰明，逗外地旅人打發時間，就是有意試探，居心不明。德宇全面警戒起來，這就是他一直等待的事件嗎？

對方只是看著他，微笑。

此時，書生點的飯菜端上桌來，不是燉羊飯。

「請慢用。」德宇起身，提起包袱與刀，櫃臺付帳離開。

這夜，儘管晚餐吃得過癮，卻睡不安穩。微笑書生的臉，多次浮現腦海中，越想越懷疑是龍華營密探。或只是好事者？自作聰明的書生？自己是不是想太多？追問他投靠的親戚身分，太像刺探，或測試。老是微笑的臉，讓人猜不透真假。但另方面，德宇回答的李家、黎家，是臨場捏造。也許書生是對的，南禺真的沒有這兩姓人家，德宇完全空白。但如果書生知道自己是對的，應該會繼續逼問。德宇其實在等他逼問，還好對方自己止住。

朱先生安排的南禺接頭人家，不姓李，也不姓黎。

吳林不宜久留，次日街邊的朝食攤一開始擺凳子，買了好幾套燒餅和包子，急忙上路。

往赤錫，越來越多山路，他想起剛到鏢行滿一年時，隨四名大哥來赤錫那一趟。最資淺的他尚無表現，負責推車，比較像轆轤車工，但是個帶刀的車工。護鏢由三位大哥、一位鏢頭掌管。雖然只出苦力，當然趁機熟記這段路須留意的事：吳林——赤錫間地形起伏，山路多，不平靖，官府無力清勦，前後段由兩大勢力控制，而且水火不容。當年，憑著鏢頭出示總鏢行蓋印的拜帖，呈上禮品，表示打過招呼，山寨也不敢得罪威名遠播的聚英鏢行。三位大哥負責警戒，提防臨時出事，打點之後，順利通過兩大山頭，只有他最辛苦，一路推車，崎嶇山路。

如今，四年後，人事更迭，誰知道換手頻繁的山寨，當家還吃不吃總鏢行那一套？鏢行威信還在嗎？何況，他身上無帖，沒禮品，單獨一人。

赤錫這段路，要走七天，可累人了。山路之外，聚落少，盜匪盤據。雖然山林之間建了景致清幽、適合修行的佛寺，但數量不及吳林之前那段多，而且距離道路稍遠，位置高聳，出入極不方便。有時，遇上樵家、獵戶，又覺不便打擾，一開始那幾天弄得很狼狽。好幾次，德宇真想把包袱中楊家委託密鏢，丟進深邃山谷。如此一來，連龍華營都不見得願意爬下山谷搜索取回，勾結蘇大人的罪證不就消失了嗎？但是，顏掌櫃在通鋪給的叮嚀，總是適時在耳邊發聲，他知道不能違背委託，除非萬不得已。

他的刀，這時已插在腰際。配刀行走盜匪肆虐的山區，以便立即反應，再自然也不過。德宇又可以走著走著，一面想事情，一面觸摸金烏刀鐔，恢復習慣動作。此外，這段路上，只消閃進兩側山林，厚實隱蔽，要練多少次自己私藏招數「劍雨飄花」都行，無人見著。

再度走向赤錫，事隔四年，他不用推轆轤車，但其他的事都必須自己做，加倍辛苦。首先，方離開吳林時，幾轉山路後，他得找位置瞭望，不只一處，確定微笑書生沒跟上來。同時，心中納悶，龍華營人馬呢？至於山寇，倒不特別擔心。一般往來路人，吳林與赤錫間，應該不至於遭搶，沒什麼好搶，而且招致民眾怨恨，他們也怕。山寇通常搶富人或商家，尤其運送貨物和餉銀的隊伍。如果商家上道，講好價碼，給些銀子，交買路錢，他們也會接受，不然逼官府不得不上報出兵清勦，山寇也會很麻煩。像德宇這樣的獨行客，平安通過，應無問題。就算被擋下搜查，應不至於連大日如來木雕都要拿走吧？又不是金銀佛像，何況那些都只是鍍上一層，並非足金足銀。

赤錫路上第四天，過晌午，山中陰霾，遠遠看見一群人擋道。路人雖不多，但都被堵在那裡，大約六七人，另外有兩人還沒到那裡，放棄前行，掉頭走向他來。

「怎麼回事？」德宇問。

「赤山盟，不知道搶錢，還是搶人？我們要躲一躲。」往回走的旅人回。

「赤山盟？」

「山寇。要趕快走了。」兩人加快腳步，往德宇背後方向去。

德宇記得四年前兩股山寇之一不是叫這名號。改了？當年叫赤錫盟嗎？後來分家了嗎？赤山寨還差不多。在楊家時，朱先生他們好像沒提到這個改變？還是他沒留心聽？

遠遠看，原本被堵住的人，幾位通過了，只剩三位。

他想，我不用躲吧？看來不像龍華營，方才二人說是山寇。於是他繼續往前。

走近時，看到擋道的大約十人。稍後方又大約十人，左右各五名站路邊。都站無站像。

「沒事快通過，沒事快走。」擋道中兩人見他走近，揮手叫快點走。其中之一瞄到他腰際佩刀，給另一名做眼色，但後者沒看到。

德宇則注意被留住的三人，看來一家人的樣子，夫妻與男孩，大約五歲。

快快走過就好。不只那兩個山寇這麼喊，他心裡也如此告訴自己。

「說了好幾遍，不要再囉唆。你娘子留下，你跟兒子繼續走。不然，你們也要一起跟我們回去嗎？」聽到帶頭的這麼說，對一家三口。

「不行，我兒年幼，要母親照顧，求求大哥！」

德宇走到可看清一家三人面貌的角度，大致猜到是怎麼回事，停下腳步。

「停下來幹嘛？快走。」

應該繼續前行。一家三口，跟他無關。他要趕快脫離山寇，盡快趕到赤錫，再去檀谷。他不應該停下來，對他一點好處都沒有。但德宇一動也不動。

「不走，你找死喔。」

「一家三口，要拆散他們嗎？」他不管旁邊喊叫的嘍囉，直接對著帶頭大哥問。

「不要多管閒事。以為帶著刀就怎樣？沒看到我們人這麼多？」帶頭的說，倒是注意到他的刀了。

烏合之眾就是如此，個個都沒用、膽小，什麼都做不好，但湊一堆就以為人多勢眾。廁身其間，原本最無用的廢物，也講話大聲起來。全靠數量，人多。德宇很清楚烏合之眾的心態，打群架，混水摸魚，最看不起。

手下們漸漸圍過來，原本繞著一家三口，慢慢移動到他四周。

「錢財拿走就好，不要搶人了。」他勸說。

對方十人在前，十人在後，看得見的地方。也許還有一兩名在暗處？看他們行事粗心大意，大概沒有。

「關你什麼事？」左方嘍囉喊。

無須提醒，當然不關我的事，我難道不知道？他想，手扶在刀柄上。

林間山路，瀰漫樹木香氣，山間微涼，無比舒適。要在此處濺血了嗎？

「如果放人，在場各位可以保存手臂。不然，斷手斷腳的人，一定被赤山盟拋棄，混不下去。」勸他們沒用，不如激他們。二十山寇面對一人，不會有人要退。烏合之眾，總是依賴別人替自己打，總是人多起鬨。他們不會退，可是一旦見討不到便宜，跑得比誰都快。

既然非打不可，那一出手就要狠。帝國武術傳統，博大精深，但喜歡擺樣子，先弄半天排場，才開始打。德宇到花島學藝，雖僅習得基本招式，但體會基本意念之不同，是一大收獲。花島武者，也許自認體格不夠高大，以立刻致命攻擊為原則，在最短時間瓦解對手戰力，減少過招數量，避免消耗。面對烏合之眾，立刻出狠招為上策，不然纏鬥過久，對方人多，輪番上陣，再厲害高手也會力竭。

先衝出來攻擊的嘍囉，必定個性衝動，不等帶頭大哥指示就出手。通常身材魁梧，靠蠻力常打贏。缺點是步伐紊亂，空門很多。

眼前，衝出來兩名，德宇鎮定轉身避開，兩次，已到其中一人身邊，瞬間拔刀，卸下持棒的手臂，血流如泉。

刀出鞘的回音尚未消散，他幾乎沉醉其間。如果此時有懂刀劍的人路過，一定能從清脆而持續的出鞘聲，聽出這是把材質頂尖、精工鍛造的好刀。可惜只有他自己，那群山寇不可能分辨出來。

另一名搶著當先鋒的，用刀，樣子跟德宇的不同，見同伴手臂掉落，吃驚之餘，似乎動怒，正要動作。德宇略覺歉意，疾走兩步向左，反手揮刀由下斜切而上，砍掉刀客左臂。

使出左手刀。

幫眾開始騷動，揮舞手中傢伙，但沒人敢衝過來，僅只叫罵，很大聲。帶頭大哥推拉身邊四人出戰。

德宇選擇四人中腳步最猶豫的一個，直接朝他劈過去，其他三人並未積極介入，或來不及。那人擋下一刀，慢了下來，已經足夠讓出空隙。德宇閃過他身邊，朝帶頭大哥臉部揮去。原本預期自己手下人多，足以應付山路上遇到的狀況，帶頭大哥不料來人穿越前方四名手下，直接攻向自己，連手中武器都來不及舉起來，只能移動身體閃躲，但依然被削去一隻耳朵。

此時，後方十人中，有人拉弓射出一箭，發出咻咻聲。但由於德宇跟帶頭大哥站得太近，不好瞄準，或訓練太差，箭從眾人頭頂上方飛越。

「退不退？」

「來者何人？」大哥倒坐在地上，手卜扶著。

「在下跟赤山盟無過節，只要放了一家三口，就沒事。」

其實他們只要那名婦人，但跟為難一家三口一樣。

「府上親戚？朋友？」

「無關係，不認識。放不放？」

帶頭大哥沒了右耳，流血不止，手下撕了塊布壓住。失去手臂的兩位衝動先鋒哀嚎著，其他人有些擺出很想殺過來的樣子，但猶豫著。

「不認識？但為那婦人出手？」大哥疑惑著。

德宇開始不耐煩起來。這人遲遲不下令退，是怎樣？

於是把刀刃貼在他另一邊臉頰，輕輕一挑，割掉另一隻耳朵。帶頭大哥大叫。

「快退，不然帶頭大哥的臉會沒有掉。」德宇大聲對眾人說。除了大哥和身旁扶著他的手下，其他人開始退。

德宇用刀指向他們，轉頭查看一家三口是否平安？一名身材高大蓄鬍的山寇正要拖走婦人。她男人顯然剛剛才被踢倒，從地上掙扎站起，男孩跑去拉他。

德宇搖頭，這些人怎麼就是聽不懂？從頭到尾，只是請他們放了一家三口，為什麼就是湊不齊數目，總是不放過婦人？

他快步跟上去，刀在手。大鬍子回頭看到，丟下婦人，手中大刀擋下數招，但德宇比他快太多，結果被截去左手掌，加上右腳，那是刻意的懲罰。

帶頭大哥已被幾名幫眾折返抬走，德宇沒追上去。只要山寇放了一家三口，不再擋路，他隨即恢復平靜。

面對方才爆發的殘酷殺戮，他自己也很訝異。這就是為什麼不愛拔刀的原因，拔刀之後會發生什麼事，超出他掌握。總覺得是刀自己決定的。

幾年下來，他已經不是棄鏢逃生的那個人。

拔刀瞬間的繚繞回音，還在記憶裡，很新鮮。林間山路重新回復靜謐，除了一家三口的竊竊私語聲。

夫妻告知，決定帶男孩回返吳林，再做打算。德宇表贊同，給予祝福。他無法護送三人至赤錫，從婦人被山寇盯上看來，一家三口不宜繼續前行，掉頭往回走，可暫保安全。

在路邊目送他們離去，三人揮手致意，越走越遠。

是為了婦人而動手嗎？他問自己，望著人影消失於蜿蜒山路。帶頭大哥只是赤山盟裡的小頭領，帶隊的，排不上當家。是他臨時起意，要搶走婦人？還是被差遣來，帶領二十嘍囉的陣仗，不僅擋路搶財，還在此堵人，針對婦人？沒問那對夫婦，也不想知道，自己的麻煩夠多了。那麼，帶頭大哥為什麼問他，為那婦人出手嗎？

婦人容貌的確出眾，德宇一眼就注意其手姿、體態，自己也感受一陣心笙起伏。然而，雖頗具風情，眼神卻始終沉穩不飄移。對德宇而言，更增魅力。方才一家三口拜別轉身，他忍不住盯著婦人走動的身形，無法移開。

不願見如此女子落入山寇之手而拔刀，做出斷人手腳的殘暴之舉嗎？

無法解答。

儘管出手有些狠毒，但終究無人失去性命，還趕走山寇，幫一家人解圍。應該算義舉，非暴行，他想。

感受到包袱裡，隱密大日如來的提醒，需要繼續趕路。行走三里之後，見路邊石碑，隱沒雜草之後，僅露出碑頂，撥開遮蔽，才見刻著「凝玄寺」三字。決定今日提早歇息，隨石階而上，一探究竟。

第三章　葛山行

通往凝玄寺的石階，又高又陡，從底下抬頭，樹木野草遮蔽，不見山門。赤山盟手下撤退之後，應不至於跑到這裡。攜帶傷者上去太辛苦，而且山寇大多懶散，不願做費力的事。今夜在此歇息，不會惹麻煩。不過，偏遠山寺和尚，不見得聽命滅佛令規定，少數依然留在寺院中，尤其是官府不易查察之地。德宇碰過幾次。

踏石階抵達頂端，見伽藍久未維護，僧團顯然已經散去。不過房舍仍可住人，僅收容一夜即可，只需要這麼多，他想。走一圈尋找可用之物，寶殿供奉藥師如來坐像，看來是乾漆造，身軀厚重，板著臉，嘴角下拉，右臂脫落，左臂受損，掌中依然托著藥瓶。德宇一向喜歡淡淡微笑的佛像，但在花島和帝國常見藥師如來，總是苦著一張臉，覺得沒趣。後來才知自己淺薄，未能體會藥師佛為眾生病痛擔憂的慈悲心。

除了寶殿，伽藍內還有幾處小堂院，供奉觀音、毘沙門天等，雕像有些不見了，剩下的也不全，德宇一一巡過，算打招呼。

山中潮濕，夜間陰冷，必得找到尚稱乾爽的角落才好。之前幾日，也是如此，但山路地勢越走越高，凝玄寺尤其。兩天前在村落小店買了幾顆饅頭帶著，剩兩顆聞起來似乎還沒餿掉，他去廚房找殘留可用的陶碗裝水。不久天就黑了。

配上幾片肉乾，吃完饅頭後，德宇把刀又用布包起來，放在身旁。原本佩在腰際，行走山寇肆虐的路途，果然派上用場。但由於拔刀後發生的事，自己仍無頭緒，未能全然接受，所以雖然深山荒寺的夜裡，需要刀不離身作為警戒，他還是用布包起來，不想面對。

幾道月光穿透厚重樹葉遮蔽，射進德宇棲身房舍旁院落。看著包袱，想起這麼多天沒親眼見到大日如來是否安好？搞不好被賊竊走而不知？他不是沒有這種莫名焦急，每次護鏢都有。此時四下無人，也許該打開包袱，檢查木箱？考慮之後，打消念頭。他確定佛像置於木箱內，木箱安好無虞，包袱巾並未劃破，並以他特定手法打結固定。

從棲身一夜的僧房，見不到前方寶殿的藥師如來，他卻想起識真。花島學藝時，假日常往寺院跑，但不參拜的德宇，遇見了來自帝國的年輕和尚。雖然口音有差，兩人在異地講話可通，因而結識。那幾年，偶遇或相約，最初在識真所在佛寺，一起喝茶聊聊，後來還結伴巡禮各地寺院。識真比他年長幾歲，當年隨師父渡海到花島傳佛法，就一直住了下來。渡海過程，相當艱辛，經過幾次失敗才成功。識真常講渡海的故事，以及來到花島後經歷，同時也教了德宇關於如來的事。

識真說，各寺院供奉不同如來，各有所司，樣貌、名稱也各異，似乎是不同的佛陀。不過，雖然不同之處甚多，他們其實也還是相同。供奉在不同寺院，稱號不同的如來，只是呈現如來的各種屬性，歸根結底，也可說他們是同一位如來。各宗派對此說法不一，但少數宗派認為所有如來，都是同一如來分殊出去的表徵，因此有一位根本的如來，就是大日如來。

那時候，一面聞著茶香，一面享受人多的假日裡，寺院小角落的難得清幽，德宇聽著識真解說，並不瞭解如來不同卻又相同的大道理。心想，不關他的事，反正他又不拜佛。

識真補充，自己並不屬於那些宗派，無法說更多。

所以，德宇隨便聽聽，沒有把識真的話聽進去，也沒放進心裡。但沒料到，大約是七八年之後的當下，遠在帝國赤錫一帶的山路附近，名叫凝玄寺的山寺裡，自己帶著一尊受託祕密運送的大日如來木雕，單人獨坐，月光之下，竟突然憶及識真的解說。

有時候，事情的關連，還真是奇妙，他想。算是緣嗎？

寒意加深的夜裡，快要睡著之前，德宇只慶幸還好認得出大日如來，沒跟釋迦如來、阿彌陀如來、藥師如來、寶生如來、阿閦如來搞混，儘管分辨不出來也沒關係。也慶幸記得那次的茶敘裡，識真告訴他的話，儘管還是不懂那是什麼意思。

次日，德宇離去前，照自己慣例，至寶殿見了藥師如來一面，合掌告別，感謝庇佑一宿。同時，再度想起識真，想起他如何教自己分辨不同佛像，不只如來，還有菩薩、明王、天部眾神，兩人因此結伴參訪花島多間寺院，跑了不少地方。

走下凝玄寺參道的漫長石階，也許由於心情放鬆，不同於昨日往上爬時，帶著拔刀後的沉重與疑惑，德宇這才注意到，不只蔓生的野草，兩側盛開著白色石楠花，煞是好看，讓他在抵達最底下一階後，回頭朝上觀賞半天才離去。

忘了拔刀之事，速趕往赤錫，才是道理，他轉身，告訴自己。

路上行人依舊不多，遇見幾位交錯而過，表情看來輕鬆，似乎不再有山寇擋道惹事。不知一家三口回返吳林，情況如何？昨夜曾經想起那婦人，但沒想太久。

在一處彎道空地的茶棚，聽歇息路人閒聊，說兩股山寇中的另一支，錫山盟，受赤山盟之託尋找在地盤滋事後逃走的五名刀客，只是錫山盟沒動作，根本沒在查。德宇暗笑，明明二十人被一人打亂，卻號稱五人，為了保存面子。就算把對手人數增加到五，還是很沒面子吧。不管他，既然錫山盟無意出力相助，我應該趁機加快腳步。

兩天半內，順利抵達赤錫。除了途中無人干擾，也歸因於山路逐漸下降，好走很多。

赤錫是採礦小鎮，不知一家三口欲來此何事？或許跟他一樣要轉赴他處？德宇依慣例大吃一頓，沒遇到微笑書生之類的事，好眠後上路。

這時，大概已經猜到龍華營要不然不會出現，要不必定在檑谷攔截他，搶奪包袱裡的鏢件。接下來的六日路程，雖平安無事，德宇憂心忡忡，無法不受將要發生的檑谷對決牽引，無心欣賞沿途越來越不熟悉的景色。他從沒走過這段。

往檑谷之路，已無多少山寺，偶見山壁淺穴、石龕、石佛，簡單質樸，與山中草木親密為鄰，別有境界。找不到借宿之處的時候，會去距離路邊不遠的石龕，勉強塞一夜。

櫺谷鎮外，他刻意等待，盤桓了一日才進城。那是因為在鎮外觀察到看似龍華營的小隊人馬，已經進駐鎮內，出入頻繁。未著官兵服裝，未戴標識，但那十人一律穿藍色勁裝，舉止有節，彼此接應，顯然是同一先遣探隊。通過櫺谷的三條道路，都派人看守，尤其往南禺山那條。德宇見避不了，只得硬著頭皮進鎮。

到底蘇中洲大人和楊家犯了安國黨什麼大事，值得派人到遠在西南的山間小鎮，追索箱中之物？流連鎮外那一日，他反覆自問。但那僅是抒發情緒，並非提問。其實他並無意知道答案，所有朝廷的事都如此，不然在楊家書房就問了，不然後來也會問顏掌櫃，都沒有。除非牽涉他的家鄉孤島。或許，楊家遭遇的事，跟帝國對孤島的威嚇，也有關係？

進入櫺谷之後，卻待在客棧三天，延誤行程。

他在等龍華營探隊離開，可惜並未成功。

進鎮的時候，藍衣人盤查，只說「官府辦事」，晃了下金色腰牌，並未言明身分。德宇安全過關，因為早把木箱藏在石佛龕之一的隱密處。不得不這麼做。雖然密鏢離身，置於別處，冒被人取走的險，其實那石龕所在算偏僻，加上位置高聳，如非刻意尋找，即使知道木箱在附近，極難搜出。

沒帶木箱，用布包起的刀也藏在石龕，免得引起注意。如果負責盤查的龍華營密探看到裝著金烏刀鐔的兵器，一定不會放過他。

他的盤算，通路卡住的情況下，入鎮探虛實，才有活路。先等待，也許他們自行離開，轉往下個地點搜查，一切好辦。不然，也要知道龍華營先遣探隊的兵力布置，目前只有十人左右，如果沒暗樁，他也許可以找到破綻，突破攔截。

等待中那三日，欆谷大雨。位處山區，雨勢滂沱。心想，還好已經進鎮，在客棧等時機，也等雨勢消散，至少吃喝睡無虞，好過困在山壁石龕，與石佛為伴。

但心裡不免抱怨，龍華營要在欆谷待多久？能待多久？

後來，聽足雨聲，幾乎絕望之際，終於找出破綻。那也拜遠在花島修行的識真之賜。

十多天前，離開凝玄寺後，除了目睹白楠花之美，一路下來，也察覺好幾段路邊，開滿一串串鐘狀白花，相當密集。樹大約人高，或更高，葉子形長而中寬。一時間，叫不出名字，只覺鐘形白花成串，一大片，好幾株，甚是壯觀。從地上撿起幾串掉落花朵，插一串在包袱打結的地方，其餘拿在手上，走了段山路，快要丟棄時，才想起曾經見過。過去幾年護鏢行程中，也許見過，但未拿在手中，以致沒留意。這天拿著走了不短的路，終於記得，在花島時，某次結伴參訪寺院，金堂附近盛開的，就是此花，像鐘或鈴鐺，白色成串。他也曾撿起端詳。

「此花有毒！」識真跑到他身旁，大聲說。但非警告的樣子，帶著一點嬉笑的意味。由於是出家人，不宜嬉鬧，動作並不大。

「真的？」他鬆手，花串掉到地上。

「有毒沒錯，但也不是不能摸。」識真笑著說。

德宇跑去不遠處的洗手水池，舉瓢洗手，先左後右。

「吃一兩朵花，大概麻麻的，昏昏的。」識真在旁邊補充。

「會死嗎？」

「要吃很多吧。我也不知道。」

德宇回頭，望著整株滿滿一串串白花。

「花還好，枝葉應該才毒。不過，大家都知道不要去吃。」識真說。

「我可不知道。」

「你來不久，沒碰到，師兄弟沒機會告訴你。」

「叫什麼？」

「馬醉木。」

「什麼？」

「馬醉木，馬喝醉了的樹木，馬醉木。」識真回答。

「怪名字。」

「據說，馬如果吃了它的花或枝葉，會昏昏沉沉，像喝醉。」

「原來如此！名字好傳神。」

兩人說笑著，從洗手水池走回那棵馬醉木旁，彷彿看到馬喝醉了站不穩的樣子。當時，誰會想到開滿成串鐘狀白花的樹，能提供德宇脫身密招？

龍華營移動迅速，全靠馬。先遣探隊十人，十二匹馬，其中十匹坐騎，一匹馱物，一匹備用。一旦失去馬匹之助，探隊威力大減。目前德宇手上，只有一串馬醉木花，幾天前隨手塞在包袱裡，早已凋萎軟掉。如果弄到足夠馬醉木枝葉，也許能讓馬匹無法行動，德宇得以脫身，搶先抵達南禺。

由於不確定另外兩條路上是否也有馬醉木生長，他不敢冒險。三天大雨過後，通過檢查哨離開櫃谷，回頭往赤錫的來時路走，兩天後找到路邊一小片漂亮馬醉木林，摘取大量嫩枝與葉子，順便帶幾串花。另外，離開櫃谷時，準備了草繩，找到馬醉木後，回程一路撿拾樹枝，綁成一大捆，揹進櫃谷，通關時低著頭說：「賣薪柴。」沒引起注意。

當夜，潛入龍華營探隊徵用的馬廄，把夾在薪柴中的馬醉木枝葉，分給其中十一匹馬。原本擔心，如果馬兒不吃，訓練過或不喜味道，那就賭輸了。不過，馬醉木之名也不是無緣無故得來，馬兒挺愛吃的，反而擔心會不會給太多，萬一馬死了，非他所願見。他不清楚該給多少，只打算讓牠們跑不動，但也死不了。怕給不夠，又怕給太多。

至於德宇看上的一匹體格好、聰明樣深栗色公馬，只給牠吃了幾朵馬醉木花，意在降低警戒心，減少遇見陌生人的抗拒，不至於把德宇從馬背摔下。食花的馬仍有力氣載他離開，儘管非全速。

負責道路關卡的探隊士兵，擋不住德宇騎馬衝出路障，來不及。

他只能想像衝出關卡後，龍華營探隊官兵跑到馬廄，看到十一匹馬，或呆站，或動作歪斜，或坐，或倒，無法起身，甚至有一兩匹死掉了都不一定。

德宇並非熟練的騎士，平常騎馬機會有限，此時戰戰兢兢。幸好他盜來的坐騎，還在馬醉木花輕微毒性影響之下，不能飛奔。他再度走回頭路，騎栗色馬到兩里外的石龕，取回包袱與刀，然後趁龍華營探隊陣腳慌亂之際，回到欇谷，出乎他們意料之外，穿過街道，揚長而去，奔往南禺之路。

此時，深栗色馬已恢復全副精力，也似乎開始熟悉德宇。

走路到南禺，需要四天的行程，他一天半就抵達，拜馬之賜。但之前損失了一天觀察，三天等待，以及來回共四天的採集馬醉木之行。

在只有村落大小的南禺，劉家占地雖大約是榮城楊家一半，依然頗具規模。朱先生的指示，南禺劉家會提供接應，其他沒多講。吳林鎮館子裡，遇見微笑書生的時候，德宇說投靠親戚姓李或黎，只是煙霧。深栗色馬踏入南禺地界之後，問了兩戶人家，都指向遠遠看得見二樓高的綠瓦碉堡。

劉家管家告訴德宇，將為他換馬，自龍華營盜來這匹會惹麻煩。相處不滿兩天，卻是關鍵逃命時刻所依賴，深栗色馬將會如何？他不敢想，不敢問，深深不捨。只好輕輕撫摸牠脖子好幾次，告別與感謝。

被牽走前，食花的馬擺頭，似乎看了他一眼，也許只是自己多心。

劉家少爺在大廳接見。年紀跟他相仿，個子不高，但一副精明樣，詢問德宇櫃谷脫困詳情。講的人得意，聽的人開心。沒多久，劉家主人現身，他才放心。原本擔憂如果要跟劉公子討論葛山行下一步，不確定能否信得過，儘管他也沒見過劉老爺。

年約四旬近五旬，劉老爺沒有楊老爺的書卷氣，看來強悍。他說，等待楊家託人過來，但不知來者何人。德宇再度報上姓名。

「林鏢師一路辛苦。劉家知道龍華營進駐櫃谷，但無法採取行動。見林鏢師脫困，令人欣慰。劉家答應楊家，幫忙的事，從南禺開始，南禺之前，不在我們範圍。」劉老爺解釋。

原來如此，德宇想，劉家也許是地方豪強，但勢力僅及南禺一帶，管不了其他地方，尤其是龍華營暫時接管的櫃谷。合理，說得通。但劉家力量有限，能夠接應什麼呢？

「那麼，接下來？」試探問。

「要請林鏢師交出佛像。」劉老爺說。

「為什麼？鏢件送至葛山，不是在南禺終止。」德宇回，露出警戒神色，左手摸上腰際刀柄。

「林鏢師請勿誤會。」原先站在旁邊的劉公子，向前一步說。「從藏匿的石龕取回後，刀直接佩在身上。

德宇退了一步，但已經握緊刀柄。

「沒事，沒事。」劉老爺急忙說。「照約定，林鏢師把佛像交給我們劉家，轉交給龍華營，然後得以安然帶著密鏢前往葛山。」

「交出佛像？」德宇問。

「林鏢師當然知道，密鏢另有他物，不只包袱內佛陀雕像。」

他頓了一下，才接話：「當然，但朱先生要我先拖延一下，問幾個問題，研判之後再交出。他說謹慎點好。」

德宇方才的警戒反應，是必要姿態。當然不能輕易放棄大日如來，那會洩漏佛像非首要鏢件的祕密。依照朱先生指示，無論誰要求交出佛像，必須抗拒，再探虛實。

「劉家只知佛像並非首要鏢件，但不知到底是什麼？這是楊家的安排，劉家其實並不想知道首要鏢件是什麼，最好不要。劉家要做的事，就是如遇形勢所需，可取得林鏢師帶來的佛像，交給龍華營，告知這就是鏢件，立下功勞。條件是龍華營不追究其他，取得鏢件後，離開南寓。」

那天，楊家書房裡，楊老爺親自委託，親手把裝大日如來的木箱交給德宇之前，對他講過一段話，說要讓所有人，尤其安國黨與龍華營，以為刨去背後蘇大人題字的大日如來雕像，就是緊急委託的密鏢，但其實木箱內另有他物，第二件密鏢。所以，後來朱先生一再叮嚀，務必把木箱，送到葛山。鏢件有二，都重要，如需取捨，木箱不可失。

隱密如來並非主鏢。

劉家，不知道首要密鏢是什麼，也不想知道，只知佛像不是。

德宇，知道木箱是重點，非佛像，但不知劉家要如何接應，保他前往葛山。

這是朱先生的方法，參與者只知部分細節，以確保計畫不會洩漏。

儘管交出佛像似乎是該做的事，德宇卻不太情願。這麼多天盡心保護，沒出大事，但歷經幾件小事，前兩天還稍有驚險，已經把大日如來佛像當作鏢件不可分的部分，佛像與木箱視為一體。如今要分開，真有些無法接受。

而且，不能不擔心交出佛像同時，木箱會不會也被搶走。所以，他慢條斯理取下包袱，解開刻意綁的結，同時觀察大廳內劉氏父子動作，以及廳外有無埋伏。

「林鏢師請勿擔心，依朱先生指示進行，不會出差錯。」劉老爺顯然看出德宇的疑慮，他心情一向寫在臉上，難以遮掩。

也是。不然如何？人在劉家堡內，這兩天必須住此，等待劉家與龍華營交易完成。他放不下佛像，那木箱呢？人在劉家地盤，吃喝睡，隨時可以被做掉。其實，德宇只剩信任對方一途，無論他怎麼想。

於是他打開木箱，終於再見大日如來，小心請出，一路顛簸依舊完好，覺得安慰。

次日，龍華營追上，二十騎上門，來到劉家堡大門，至少兩小隊人馬，隱身暗處的則不知多少。但，真正為首主官是州府統領五百人的把總，也帶了二十名官兵，非龍華營探隊的隊長。顯然那是劉家主動聯絡的熟識官員，帶隊而來，如此才能確定龍華營不致在劉家交出如來時翻臉，堅持捉拿走鏢者，或搜索劉家堡，造成衝突。

交給素有往來的把總，再轉交。順便壓制龍華營。

沒德宇的事，由劉公子前去交涉，交出佛像。

德宇等待二日，木箱擺在房內，懶得再去操心，完全放手，一切交給劉家負責。

兩天後被告知，經劉家手下查訪，確認龍華營已撤，未在往葛山路上見其蹤跡。德宇換了一匹青色帶白斑的馬上路，包袱裡帶著木箱。

放下之前的七上八下，疑神疑鬼，似乎終於可以開朗前進。他的馬術進步有限，但自信增加，足以在高山起伏的邊境，稍微馳騁，不過還是小心翼翼。南禺地境，劉家地盤，龍華營也要退避三分。

只是，放心不了多久。龍華營也許忌憚劉家，或把總，避免正面衝突，卻並不想輕易放過護鏢的德宇。離開南禺五里左右，藍衣人五名騎馬追上。青色馬的警覺勝過他的，從牠呼氣就聽得出來，德宇回頭，瞥見追兵，來勢洶洶。

難免又要拔刀了，德宇心中不祥預感升起。龍華營也許識破佛像並非密鏢？或探隊不爽在櫺谷被德宇玩弄，並盜走一騎？如果識破計謀，應出動大批人馬，而非五騎。看來，探隊寧可破壞與劉家協議，在豪強地盤抓人，針對德宇。

拔刀濺血，在所不惜，當下他想。

一向不願拔刀的他，遭遇赤山盟時斷人手腳，相當後悔，卻不後悔救了婦人一家三口。凝玄寺一夜之後，決定盡量避免再拔刀。後來運氣好，得馬醉木逃脫櫺谷，無須使刀。但現下已至葛山行最後一段，如果龍華營探隊執意翦他，必定出手，而且不留情。

但難處是，龍華營非烏合之眾，是安國黨精兵，訓練有素，一打五，德宇不見得是對手。何況已結下恩怨，料難對付。更糟的是，若要在馬上揮刀，他缺乏經驗，遲早會摔下來。追逐中想到自己落下畫面，心中只能苦笑。

一面凝聚殺氣，一面暗自叫苦時，騎至一處山坳。突然左側衝出一騎，不知道從哪裡冒出來？是劉公子，德宇差點喊出來。身子急忙貼近青色馬，免得跌下馬去。

「林鏢師，請跟我來。」劉公子制住坐騎，避免相撞。然後往樹林邊小徑前進。

德宇跟上。

「我爹猜到龍華營必來翦徑，命我來此，帶林鏢師離開。」

兩騎先後繞小徑脫身，隱入林木間。劉公子說，佛像交出過程，雖由把總主持，也在場的探隊隊長，堅持要劉家堡交出櫃谷盜馬作亂之人。劉家拒絕，認為交出佛像，朝廷滿意，交易已成。盜馬作亂之事，探隊隊長個人在意，與劉家堡無關。由於把總在場，也帶著兵，隊長不好再堅持，表面接受。劉公子向父親報告之後，劉老爺斷定龍華營隊長，久仗安國黨之勢，必定不服。命他適時介入，帶德宇沿當地民眾熟悉小徑，擺脫龍華營追捕。

德宇忖，當初無力入櫃谷助他，但只要在南凷，劉家的確說到做到。這就夠了，想必這也是朱先生的盤算。

劉公子補充，劉家與滎城楊家素無來往，庇護德宇、參與佛像交易，皆受葛山下雲莊之託。

原來如此，他想，這兩天正納悶劉家與楊家如此不同，為何一起涉險？而且，住在劉家堡時，完全沒人提到楊家，只談到朱先生的指示如何如何。原來力助楊家，擋下龍華營，是葛山雲莊之故。本應如此，那是他此行目的地。

至小徑出口，德宇謝過劉公子，相約將來再會再聚，再無阻礙，順利到達葛山。

雲莊雖說位於葛山腳下，但本身位處高山，難分山腳或半山。青色馬一路前進，地勢越來越崎嶇，樹林越來越密，感覺走入深山密林之間。但每隔一段路，會看到類似崗哨的亭子，裡頭一兩位打扮奇異人士，德宇沒見過的。

這些就是僧兵嗎？他想，盡量不動聲色。戴頭巾，穿短袍、粗布袴，手持灰布包起來的長形物件，應是某種兵器。雖然在花島聽說過一些大寺院養僧兵，護教護產，攻防敵對宗派，甚至跟地方諸侯抗爭，德宇從沒見過，也許因為勢力龐大的寺院不在他學藝的地區。來到帝國之後，常聽人談武僧，卻少提僧兵，直到那天在楊家書房，崔捕頭提起。

當時，朱先生告訴他，葛山雲莊收容大量滅佛令之下，抗拒還俗的僧侶。由於被趕出寺院，或寺院被毀，必須離開，卻不願違背佛法，回返俗世生活，導致無容身之地。口耳相傳之下，不少人投靠雲莊，繼續修行。崔捕頭接著說，他們憂心朝廷派兵鎮壓，弭平最後清修之地，具軍旅經驗、曾為官兵，或習過武的各路僧侶，組成僧兵團，護衛雲莊，以求自保。所以，德宇對雲莊僧兵，略有耳聞，今日終於目睹，充滿驚奇。

僧兵觀察他，並沒有盯著看，也許因為馬鞍上掛著劉家印記，表示經過篩選，可安全通行。最後，一名僕人，似乎在路旁樹下候著一段時間，走到青色馬之前，表示要牽馬入莊。

在楊家之前，德宇根本沒聽過葛山這地方，更不知相關的雲莊或僧兵團。但一聽到地名，就產生好感。當然，那沒道理，因為他對於葛字，始終有好的聯想。他的理由相當瑣碎，無關重要，僅是他喜歡吃葛根做出的各種點心。葛餅尤其最愛，配豆粉，還有葛湯、葛切。在花島的時候，師兄弟一起出去玩，或跟識真參訪寺院，必定找食寮享用葛製小點，甚至買葛粉回去自己煮、自己做。相對險峻的葛山，以及神祕的雲莊、手持兵器的僧兵，德宇對葛的偏好，渺小而幼稚。自己都覺得好笑，不會告訴任何人。

雲莊占地頗廣，但擺在葛山腳下，毫不起眼，除非走近看。面向南方的門口，站著管家模樣的人，領他進門：

「林鏢師請進，家主人恭候多時。」

「不敢。」德宇照著制式回答，但心裡禁不住想，恭候多時，簡單幾字帶過，但過程可不輕鬆。多時，算起來差不多一個月，第一次覺得護鏢時間漫長。想不到葛山行竟然只剩最後幾步，想不到自己從榮城楊家，經過幾段路程，已經抵達葛山下的雲莊。雖然沒遇大凶險，只碰到幾段小插曲，對他而言，這是五年以來最辛苦的一趟鏢了。緊急密鏢，果然累人，自己畢竟能力有限，他自認。之前，雖然極善於趨吉避凶，總能躲過惡事，其實他有點天不怕地不怕。可是今次開始怕了，因為如非運氣不錯，如果龍華營早點派人攔截，或派更多、武功更好官兵，更高階武官，他極可能無法走進此門。

大概就是自己被低估，才能僥倖完成，他想。

「家主人姓黎，稱甘木居士，講堂等候。」管家說。

曾為了回答微笑書生，編造投靠南禺的親戚姓李或姓黎。這裡是葛山雲莊，不是南禺，差了幾日路程，沒想到投靠於此，主人真的姓黎。

管家沿途介紹之下，德宇看到莊園內部民家布局，不過已改為伽藍之用，大廳稱為中堂，書房改作講堂。管家說，在過往，常有宅邸改作佛寺之用，滅佛令下，佛寺改為宅邸者也不少。不過，雲莊雖轉作修行之所，並非佛寺，也未改建。

中堂供奉二本尊，釋迦如來與阿彌陀如來，管家沒說明原因，他也沒問，猜想由於投奔來此的僧侶源自各宗派，為涵蓋大部分所需，因此供奉二尊。但也許是別的緣故。

一般說來，寺院中佛堂或寶殿，供奉多尊佛陀、菩薩，所在多有，但有主從之分，同時供奉二位本尊，相當稀少。這是他從識真那裡學來的。

雲莊講堂，據管家說，則供奉藥師如來，但德宇踏入之時，堂內昏暗，目光又被坐在右側的長者吸引，來不及查看佛像是否嘴角下拉。

六句上下，頭髮斑白，眉毛如雪，眼神威嚇，似乎隨時要暴起，面無表情，手上拿著一書卷，剛放下的樣子。見德宇走近，眼神依舊，面容放鬆，卻也沒笑容，雲莊主人起身迎接，著瑠璃色袍，身材高瘦，但頭部占比稍大。

「林鏢師，歡迎來到雲莊。」

「見過居士。」

「聽說途中遇上風波，還好平安抵達。尚未讓林鏢師歇息，就請來講堂理事，望多包涵。」

甘木居士雙手合十說。

「理應先完成交貨。」抱拳回，之後一面說，一面卸下包袱。心想，早就想交出，越早越好，還想丟掉呢。並補回應：

「能化險為夷，雲莊的功勞。劉公子告知，是雲莊請他們出面。」

「欄谷盜馬那段，實在精彩。」居士露出笑容，好像在讚美一齣戲。

運用馬醉木脫困，自己也小得意，但只能回：「運氣罷了。」

一旁小桌上，解開包袱的結，打開顯現木箱，原本放置大日如來，如今是空箱，但從外觀看不出來。

甘木居士走近桌旁觀看，管家站在原地，講堂入口，自帶領德宇過來後停留此，並未往前。

「想看看裡面的大日如來雕像，但無緣。」居士伸手打開木箱門，望著裡面的虛空，又說：

「還有什麼時候，更適合觀照虛空？」

德宇沒說話，接不下去。那是出家人講的話，識真偶爾也會講，他才不理會。

「是空箱，也不是空箱。」居士又說。

朱先生教過如何打開夾層，所以德宇動手了。需要按木箱內三處暗扣，之後可移除木箱底座。

底座有個厚度，再按一處暗扣，就看到摺疊收納其間的多色彩布匹，看不出何物。當初在楊家書房，朱先生拆解木箱，指出暗扣，曾展示密鏢所在夾層，然後再恢復木箱模樣。那次，德宇只瞥見夾層裡，密鏢摺好露出的一角，並未看過整體，更不要說展開的全貌。

居士伸手取出緊緊壓在底座裡、重重摺疊的布，小心翼翼張開。

那是一幅非常大的畫，比人高，居士雙手張開，也無法完全展開。此時，從右側閃出一人影，德宇機警，立刻手握刀柄。居士見狀，依然張著雙手，對他點點頭，表示無須憂慮。

來人快步走到居士身旁，幫忙展開圖畫。著焦茶色袍，蓄髮，但一看就覺得是出家人，大概舉止的關係。

這時候，德宇才看清日夜相處約一個月的物件真貌。偌大的圖畫裡，塞滿大大小小各式神佛圖像，數不清多少，紅綠金色，分為九組，九組裡又有九組，繽紛有序，華麗卻不刺眼。他知道，這是曼荼羅圖。那幾年他跟識真的假日寺院參訪裡，至少見過兩次曼荼羅。記得識真跟他講了半天，興致勃勃，說畫的是神佛世界的關連、修行的冥想境界，不過他只是聽著，從不用心。

「果真是金剛界曼荼羅！」來人說，讚嘆的口氣。

識真當初告訴他兩種主要曼荼羅，這件聽起來大概是其中之一，他沒記那麼多，不記得名稱。

來人臉部貼近曼荼羅，端詳圖畫表面。手指靠近，但不敢摸的樣子。

「摺起、壓著這麼久，必然有損。」那人說，一聽就知道捨不得。

「大致完好，無須太在意。」居士試圖安撫。

那人看來比居士更在意曼荼羅，德宇覺得。

這時，管家悄悄跑去打開幾扇窗，不過也只是半開。原本堂內太暗，調整又顧忌太亮。慢慢的，兩人舉著的金剛界曼荼羅，隨光線進入增加，清楚起來，顯露金碧輝煌的宏大規模。德宇的位置，正面看全幅，覺得滿天神佛大約就是如此。

講堂裡，居士與來人雙手都忙著，抓穩巨圖，各站一邊，只能從側面觀看。德宇立在曼荼羅前，部分光線來自背後，目睹神佛全副光耀，好像只有他一人在場，似乎應該做點什麼，於是合掌，點頭致敬，雖然並不信佛。

至此，本趟護鏢正式結束。

大日如來雕像不計，主鏢件完好無缺，交到葛山下雲莊主人與不知名出家人之手，現下真的緊緊抓在手上。朱先生的計畫在德宇執行之下，順利完成。由於是急件、密鏢，連收據之類的都免了，雲莊自有管道，跟楊家以及總鏢行確認買賣成交。曼荼羅收起，放入雲莊早備妥的長形木箱中。兩人再三向德宇致謝，請管家帶入內歇息。

次日，雲莊西院角落，一座亭子內，甘木居士才把那幅金剛界曼荼羅的始末告訴他。其實不見得需要，但知道也無妨，德宇覺得。

那位著焦茶色袍的蓄髮出家人，原本是臨江城宗聖寺住持元亨大師，滅佛令後流離南方寺院，不得其所，最後落腳雲莊。昨日德宇護送來的曼荼羅，本是宗聖寺鎮寺之寶，伽藍被抄之後，先放蘇大人處，後蘇大人被囚，曼荼羅送至蘇家世交榮城楊家保管。由於安國黨急於牽連楊家入罪，一直希望取得此圖，證明蘇大人勾結佛寺，抵抗朝廷禁令，並與楊家合謀，私藏佛寺寶物，伺機反撲。

楊家傳出消息，說曼荼羅已焚毀，一片不留。安國黨權臣半信半疑，但其實楊家斷無可能任意毀棄宗聖寺至寶。一個多月前，左衛將軍決定派龍華營小隊人馬至榮城查訪，探虛實。楊家因此急於將曼荼羅歸還身在雲莊的元亨大師，算返還宗聖寺，儘管伽藍已圮。其餘，就是德宇參與的此趟護鏢之旅，葛山行。

同時，德宇啟程後，龍華營三心二意。起先無法確定楊家偷運出城的，是傳說已焚毀的曼荼羅？或如楊家另外釋放的傳言，說是蘇大人贈與並於背後題字的大日如來雕像？龍華營也研判，聚英鏢行不至於派尋常鏢師，接受楊家重大密件委託。他們認為德宇只是故布疑陣的誘餌，密鏢必定另有他人負責。他們拖延多日，才決定派探隊前往櫺谷攔截，而且毫無準備，對德宇一無所知。沒想到在櫺谷被戲弄，德宇順利脫身，進入劉家堡地盤。最後，木箱內大口如來，精工雕製，相當珍貴，的確是蘇大人所贈，也是此次鏢件之一。不過，既已刨去題字，遭奪走危害有限，但龍華營必須取走，回去交差。

山邊的夏日格外涼爽，一面與雲莊主人品茗，一面聽曼荼羅的故事，牽涉許多不知的人事，好像一張網，退一步看，才見著自己在棋局裡的角色。

大約一個月的行程裡，不只一次想到，為什麼相信他？應該是臨時找不到人，那時只有他在，如顏掌櫃說的。但他自己都不相信自己。不是說會背叛、出賣。而是能力，不相信自己做得到。也許不太瞭解自己吧。

在雲莊待了五日，本來打算待至少十日，或半個月，多認識這裡，或多坐在西院望著葛山，發呆也好。他察覺這裡的僧侶還真不少，不是在雲莊，而是葛山上。相信前來投靠、不願還俗、抵抗滅佛令的各路僧侶，散布在葛山各角落，因為據說來了不少，他也看到陸陸續續有人來，但雲莊人口就那麼些，稀稀疏疏。德宇想，如果有事，應該會一下子冒出不少人。

至於僧兵，終於看到用灰布包起來的兵器，是朴刀，長柄。他覺得有趣極了，特喜歡它的長度，比一般刀劍長，又比槍矛戟短，使起來必定另有妙處，完全不同的感受，想借來使。僧兵在哪裡操練？也想看看。在雲莊看不到，聽不到。神出鬼沒的僧兵，讓德宇確認，葛山各處藏滿了僧侶和僧兵。

但他只觀察，不問。作客之人，最好不要東問西問，他想。

尤其是隱密之事。

打算待至少十天，卻待了五天就離開，因為開始想念小珪，他的解釋是，畢竟自己血氣方剛。這些天夜裡，雖然他也會想赤錫路上碰到的婦人，思念小珪的時候還是多很多。

第四章　結夏

上次來榮城，仲春時節，結果待不到兩天，沒見著小珪。葛山行來回差不多兩個月，再訪榮城，已是夏天，路旁山櫻花早不見蹤影。

這次，打定主意，絕不先回自家鋪子，也不拜訪楊家。沒必要，他想。雲莊主人說，自有管道通知楊家和總鏢行，確認鏢件收訖。平常走鏢結束後，本無須回報委託人，除非出事。回鏢行述職倒是慣例，一向遵守。此次密鏢，情況特殊，人回到榮城附近，似乎至少該跟掌櫃說一聲，但他不願。

不過，還真有點想念顏掌櫃，感謝出發前的開導，也想見見楊家門客朱先生，讚賞他的計畫安排，但那些都可以等，以後再說。同時，德宇也擔心顏掌櫃和朱先生又推他去接什麼麻煩的鏢件。

沒忘了掌櫃道別時說，回來請吃紫蘇魚。

不行。兩個月前一念之差，如今好不容易返回，不能再被派出去，不是馬上。

至少過完夏天。

回程其實快一點，有些路段他會雇用馬車。回程也沒那麼辛苦，住客棧的次數變多。去程，沒雇過馬車，盡量少住店，都為了怕被密探盯上。不過，回榮城路上還是常常住廢棄佛寺，因為喜歡。

說回返榮城，其實有點奇怪。德宇家鄉在孤島，前往花島學藝之後，來帝國受雇鏢行，他的家換了好幾處地方。最終，會回去孤島，他想。但目前，暫時以總鏢行為家，碧水城幾位鏢師大夥一起窩著，總鏢行提供的地方。出鏢結束，理應說回總鏢行，或回碧水城，但心裡只有回返榮城唯一想法。當然因為小珪在此，也因為上次榮城行意外中斷，總覺得未完，必須回來再續。

踏入榮城地界，不往城裡走，直去城北甘棗村，梁家莊。在邊門等僕役進出，託人帶話，請小珪來邊門一會。梁家僕役中，好幾位認得德宇，進出間，點頭致意。看來小珪平常對他們不錯，記得打點，如她一向教他做的。

其實，這麼多時日不見，沒把握小珪願不願見？

不只兩個月不見，之前一個半月，再加兩個月，太久了。

三個半月時間，足夠多少變化？

三個半月，說不定小珪已談好婚嫁，說不定已足夠討厭他，說不定已聽進去小藍說的那些話，也認為跟他在一起沒好事。那樣也好，小藍是對的，他始終相信。只是，還是會跑來，不由自主，從葛山一路回來。

三個半月，足夠自己沒命了。這次沒有丟掉，運氣好。

想起劉公子在南禺騎馬衝出山路，助他擺脫龍華營探隊，避免拔刀衝突，特別感激起來。當時如果打起來，他會一直被官府追捕，無法再來榮城跟小珪會面。事後這麼久，才感嘆：好險！

心思又回到小珪願不願見？

心裡七上八下，雙腳反覆移動。

近午，漸漸熱起來，站在梁家莊邊門附近的絨花樹下，德宇看著被風輕吹落下四散的小小片葉子。

又眼睜睜見了不少人進進出出，大約過了午飯時間，他肚子都餓了，才見小珪從邊門後，伸出個頭張望，在找他。

德宇趕緊揮手，跑過去。

小珪包著頭巾，顯然在工作，臉龐依舊細緻，跟他記得的一樣，不一樣的是，怎麼又更漂亮了？兩人每次分開一段時間，再見面，他總是驚訝為什麼每見一次，變漂亮一次？剛開始沒說出來，懷疑是自己記不清楚臉，導致隔段日子重新認識小珪，重新喜歡上。不講，是覺得自己笨，不好意思講。後來察覺，多數人並非如此。隔段日子再見面，越看越難看。心想，怎麼會？上次也長這樣嗎？

小珪不同，每次讓他驚豔。

後來告訴她，小珪說德宇會講話，討好她。

知道不是那樣。他怎麼會是會講話的人？最不愛說話的才對。

這次又是，比幾個月前漂亮了。

「怎麼這麼久？」小珪問。

德宇安下一半的心。沒說，還來做什麼？沒說，不想再見你，或不要再來了。或找人傳話，卻來個石沉大海，完全不回應。

怎麼這麼久，表示想見他，嫌他隔太久來見。

而且，小珪聲音稍低，非細聲高音，但也不低沉，特別好聽。怎麼這麼久幾個字說出，聽起來沒火氣。

「抱歉啦，小藍跟你說了？」小珪點頭，德宇繼續，「臨時被掌櫃派去當差，去很遠的地方。」

「去哪裡？」

應該說出地點嗎？密鏢，該保密？還是說南巴？也算實話？

「葛山。」脫口而出。

「沒聽過。」小珪說。

「我也是，可現在都去過了。」

「那你告訴我。」

「好呀！」德宇停了一下，又說：「一定。」

「那你等我。夫人吃完午飯去午睡，我才能過來，馬上要回去。待會我跟夫人告假，說明天要回家一趟。」

「那我去瓔珞寺準備。」這已是兩人會面的慣例，德宇先去打掃。

小珪點頭說：「明日午後，近黃昏，到梣樹那裡接我。」說完，頭巾消失在門後。

就是如此順暢，兩人默契仍在，沒事。

帶了些需要的用具和少量食物，他要先去瓔珞寺整理。寺裡有個地方儲存了他們的東西，但放了那麼久，必定要清洗，很多活要做。寺裡常去的房舍，目前狀況也不知如何？久違幾個月，如果損壞加劇，就得另外找，那又需要打掃和清理。

都不成問題，只要小珪理他。

明大一大早，他會去買菜。到明天下午去接小珪，有一天多的時間，事情雖多，應該來得及。原本路上帶的，加上榮城附近買的，都塞在大包袱裡揹著，不覺得重。因為，東西雖多，它們比那個裝著大日如來雕像的木箱輕鬆多了。

瓔珞寺位置稍遠，好處是連閒雜人等都懶得跑去，真正清靜。距離甘棗村大約四、五里，往鄰村道路中途，而且要爬一段山路。小珪提到的梣樹，接近通往瓔珞寺的向上小徑入口，十幾步之遙。入口原本掛「瓔珞寺」木牌，寺院被棄後日久掉落，德宇拾起，回歸寺內。

沒了牌子指示，加上雜草掩徑，瓔珞寺似乎消失於世界之外。

兩個月前想來而不成，終於再度探訪，看來改變不多。跨進山門，腳踩著參道石板，一片一片往前，重新踏入伽藍，再度確認這是他們倆喜歡的佛寺。德宇身子轉了一圈，看著熟悉的寶殿、鐘樓、講堂，然後到後方，查看齋堂、廚房、僧舍，找到他們儲藏物品的櫃子。鍋碗瓢盆，還好，要清。被褥，都潮濕，酸了，要洗要晒。不過，在開工之前，必得入寶殿看看。

瓔珞寺供奉觀音坐像，但非女形，畫著兩撇細微捲起的髭，他在別的寺院也看過。不過，更多寺院的觀音像是女形，尤其立像，婦人貌，慈眉善目，膜拜的人多。小珪和他最早來探瓔珞寺的時候，兩人曾聊過觀音是男是女的事，德宇說男的女的都好，反正他不信佛。

後來，德宇只要說反正不信佛，小珪會回：「每次都這麼講，又愛跑佛寺。」但最早說的那次，她沒回頂。只接著說：「不男不女不錯，看人怎麼看。」

雖說都好，德宇其實喜歡模樣分不太清楚男女的觀音，即使上唇上畫著小小兩捲髭。不喜歡慈眉善目的婦人模樣，也許太常看到，太普遍。記得識真說過，男身或男女形分不清的觀音，屬早期造像，古一點。

或許，他喜歡古一點佛像。

或許，只要是瓔珞寺供奉的觀音，他都好感，因為小珪和他在此受庇佑。

當時兩人認識不久，往鄰村找地方，避免被甘棗村人撞見，走山路越走越深入山裡，聊著聊著無意間踏入瓔珞寺，留下過了一夜。那是他們第一次。

小珪後來會說，觀音菩薩領我們來的。

菩薩木雕像，比真人稍大。瓔珞寺是小山寺，寶殿不大，菩薩像置於台座，大小適中。滅佛令後，寺院或家中，銅鐵佛像全送走，或被官兵抄走，交給鹽鐵司收管，熔掉鑄錢或工具、器皿。

乾漆佛像則大多被拉扯破壞，或因欠維修而殘缺，如赤錫路上庇佑德宇一宿的凝玄寺藥師如來。木雕佛像看運氣，被丟出寺院與民家，受損倒於路旁、水邊，或蔓草間，損壞程度不一，或當柴燒。瓔珞寺這尊，僅色澤稍落，塵埃累積，仍安處台座，樣態完好，可說境遇特殊，備受佛法保佑。

他當時辨認出，瓔珞寺菩薩應是不空羂索觀音，六臂，其中一對雙掌合十，左手之一持羂索，意在拯救眾生。這當然是識真教的，他們在花島遊歷附近寺院時，每參拜一間，識真就考他，不同堂院，供奉佛像如何不同？區分不同又相同的如來，這麼學來的。不過，觀音特別多樣，據說有三十三種形態。

「其實不止。」識真笑著跟他說。

聖觀音、不空羂索觀音、十一面觀音、千手觀音、如意輪觀音、准胝觀音，甚至馬頭觀音，各式各樣。觀音大多立像，強調救濟，少數坐像，表達思惟的意思。其中，光是不空羂索觀音，就有許多變化，單面、三面、十一面，六臂、八臂、十八臂。每次出遊，識真反覆考驗，德宇雖非信徒，一方面要對付識真，免得茶點都被贏走，另方面覺得學會分辨也好，至少認得出各寺院裡是哪些如來或菩薩，或其他神祇，而非糊裡糊塗。雖沒用，卻好玩。

不空羂索觀音，其實並不常見。他們遇見的，大多八臂、單面、立姿。

「總是有例外。」識真說。

所以，跟小珪初探瓔珞寺時，即使這尊觀音只有六臂、單面，而且是坐姿，德宇從三眼，左下臂手中的羂索，依然確定了觀音的身分。

當時，告訴小珪，這是不空羂索觀音，但樣子很特別。

「當然，是我們的觀音。」小珪回答，挽著他的手。

打完招呼離開寶殿，暫別觀音，趁著還有天光，他趕緊掃地，丟棄堆積，擦拭床板地板，清洗鍋碗瓢盆，還好井水依然清澈。並洗濯放久了的床單被單，晾起來。夏日炎炎，明日過午後，應該會乾。目前只清出一小塊地方，暫時夠用，其餘再說。去把浴室也整理一番，趕走跑進去聚集的各種小動物，之後沖澡。

次日，早早去菜市買菜。不是甘棗村的，鄰村的。回來的時候，見著昨日整出成果，心情大好。看起來，是個可棲身之處。當然還是委屈了小珪，但那一小塊地方，算乾淨。再開始打掃從山門一路到僧房的環境，至少讓小珪走進來清爽些。接著收起床單被單，已乾爽發出日照香氣，趕快鋪起來。

如此，差不多該去欅樹那裡接人了。

那株欅樹所在，僅是通往鄰村的次要道路，本來經過的人較少。加上如今除他們倆人外，已無人前往瓔珞寺，來往行人更少了。他沒等多久，遠遠看見小珪玲瓏身影，跟他昨日一般，背個大包袱，德宇快步走向她，搶過包袱，拉者手往小徑入口走。一旦隱入徑中，德宇用另一隻手臂輕輕摟著小珪，感受柔軟的身體、體溫，和淡淡香氣。小珪露出淺淺微笑，讓他摟著，兩人同步前行。

不能久無擁抱，他心想。

小珪一定覺得德宇變了，好直接，不知這幾個月遭遇什麼事？

一路上，她問德宇做了哪些活？清理了哪裡？最重要的是，被單床單洗乾淨沒？他一一相告，小珪說等下檢查。

兩人牽手走入瓔珞寺伽藍。她也三個多月未來此，看著周遭熟悉又不熟悉的環境。心知德宇能清理到什麼樣子，時間又短，小珪不會挑剔，聲聲肯定。反正過兩天她只需稍微出手，就會妥當。如果是小藍，也許會直接說這沒做好，那裡沒弄乾淨，怎會這樣，等等。小藍是好人，但太直，常惹惱人，跟德宇尤其不合，不過德宇不敢頂她，只會私下抱怨。

瓔珞寺這角落，只要兩人同心，幾天內就絕對可以安居，他想。

德宇買菜無章法，沒想過搭配，自己喜歡的菜買很多，其他的沒買，問他，他說根本沒想到。小珪早預料到，從家裡帶了需要的配菜。梁夫人放她假之外，還讓帶莊裡廚房剩料，都還新鮮，也包了大菜的剩菜，很豐盛。那些是夫人給小珪家裡的，她不會帶來給德宇。回家交給爸媽，然後編了個藉口，說馬上要回府，但從家裡廚房，取走一些常用食材，加上自己的私用品、換洗衣服，帶來瓔珞寺。

久未生火的廚房，終於點燃，煮起飯菜，炊煙升起，瞬時間瓔珞寺不再荒涼，而是有人居住、煮飯的處所。德宇望著小珪忙著重新啟用一切，心裡覺得踏實，真正覺得回到家了。

回到榮城，回到瓔珞寺，有了小珪，才算回到家。

「阿德，幫我拿那個過來。」做菜時，香味四溢中，喊德宇幫忙，用手指著切好的薑末。

只有在家鄉孤島，母親叫他阿德，鄰居也跟著叫阿德，其他人叫他阿宇。來到帝國，有人喚他阿宇，或宇哥，少數人叫小宇，年長一點如顏掌櫃則以德宇稱呼。只有小珪叫他「阿德」。當時沒提到家人和家鄉鄰居叫他阿德，小珪始終以阿德相稱，不知道為什麼，好像自然而然，理應如此。

二菜一湯的晚餐，一下子做完，德宇一下子吃完。

「吃太快了，每次都。」小珪抱怨，笑著。至少他愛吃，這麼快。不過，並未真的清光，還有得吃，他看著小珪捧著碗，慢慢吃的樣子。

多數人吃東西不好看的，小珪當然不同，德宇有點得意。盯著她的臉，嘴巴動著。

「盯著看，不禮貌。」

「那我看著菜，或看著手。」

「手有什麼好看？」

「好看，不騙你。一面等你一面看，慢慢吃。」

德宇一直認為那是他見過最漂亮的一雙手。雖然無須做粗重活，每天在梁家莊還是要動手理事，然而小珪的手始終細細柔柔的，手掌小指頭修長，完全看不出天天做事的樣子。剛才舉著鍋鑊炒菜，滿有力的，他望著背影，感覺奇異。

常抓著小珪的手讚美，她總回說不覺得。

等她慢慢吃完，德宇說我來清理碗盤桌面，小珪跑去沖洗之後，德宇迫不及待拉著小珪，到昨天稍微整理出來的庭院空地，擠著坐在蓆墊上，抱著。小珪讓他抱著，山間夜裡漸漸微涼起來，兩人蜷縮在德宇取來的薄被單之下，肌膚相貼。

「買了東西給你。」

「真的？葛山很遠，一定很特別。」

「對呀！碰到的東西也特別。」

「真好。」挪了挪身子，兩人擠更緊。

但小珪不會問是什麼，也不會問他要，說拿出來看看。德宇想拿出來的時候，就會拿出來，無須多說。

「那你告訴我去葛山的事。」昨日梁家邊門說好的。

德宇把旅程說了一遍，從榮城、吳林到赤錫，提了赤山盟擋道，也提了一家三口，講到自己打了一架，一打多，但沒說斷人手腳，沒描述婦人。提到微笑書生，以及他的怪裡怪氣，當笑話講，儘管當時被那怪裡怪氣嚇了一跳。也繪聲繪影講了櫺谷盜馬，但沒講戲弄的是龍華營探隊，只說是當地強梁。馬醉木和盜馬部分引起不少反應和問題，一一解答。然後，大略描述南禺劉家，著墨雲莊多一點，尤其看來神祕的甘木居士，以及喝茶看山的悠閒。在劉家堡交出佛像之事，沒提，更沒提探隊隊長半路偷襲。

至於鏢件，跟以往一樣，每次講走鏢的故事，從來不及鏢件，更不要說這次密鏢的曼荼羅了。小珪也從不問。

在他懷裡，抬頭望著月亮，小珪的臉貼著他的，鼻子秀而挺，德宇撫摸著她身子，小珪輕輕擺動享受。她孝順父母，認真在梁家幹活，有天會嫁人成為好媳婦，但今夜要好好享受。她會很放蕩，德宇知道，他也會很大膽。

「要進去了。」她輕聲說，轉頭對他耳邊。

把她抱起，半身包著薄被單，走向德宇清出來的房間。

當小珪一絲不掛的時候，德宇幫她戴上瓔珞，葛山行買的手信。

她淺淺微笑，望著。

往南禺到葛山一路上，心繫密鏢，即使常閃過買東西送小珪的念頭，實際上無法認真考慮，因為擔心這擔心那的。直到抵達雲莊之後，交貨完成，心中才浮現一幕幕錯過的機會。路上經過兩大鎮、一小鎮、一村落，即使雲莊外也有市集。各地商號攤位，只要經過，雖無心採買，都足以留下印象。除了吃的用的，也有穿的戴的，各式各樣。去程一個月下來，目光瞥過東西不少，然而只能塞在心的最底下。所以，事情辦完後，累積的印象通通從底下放出來。回程時，一定去逛，他決定。

路上，念念不忘小珪之外，背景當然是兩人私會的瓔珞寺，那些親密時光。也順帶想起，曾經聊過瓔珞是什麼？

小珪說，瓔珞戴在頸上，珠珠和玉串起來的。

德宇說，瓔珞是珠玉串，纏在身上或手臂。

兩人所知，略有不同。

小珪知道瓔珞，來自夫人如此稱呼頸部的首飾，好像大家都這麼說，理所當然。寺院名叫瓔珞，他們倆不知原因，猜過瓔珞寺是否尼寺？也猜過是以供奉的菩薩穿戴命名。不過，兩人並未認真探究，沒去搜索寺內文書或碑銘記載。另方面，小珪不願意在父母家或梁家莊問人，免得引人注意。瓔珞寺靠近鄰村，滅佛令之後，在甘棗村雖然未被遺忘，但幾乎無人提及，最好不要喚起記憶，導致別人出入原本兩人專屬園地，徒增麻煩。

同樣的，德宇每次走鏢到榮城，即使想起，也無意請教顏掌櫃或其他人關於瓔珞寺的事。就讓大家漸漸忘記兩人不時私會的祕境，他盤算。但對於瓔珞，還是好奇。如小珪所言，瓔珞是頸飾，但不知他從哪得來印象，並不只是頸飾？他確定識真沒談過瓔珞。在花島時，識真考他辨認各種佛像，講過穿戴，卻不及瓔珞。相信識真知道，不過在他面前從未提過，也許視為瑣碎。

留駐葛山下雲莊那幾天是他過得最放鬆的日子，剛交出嚴密護衛一個月的密鏢，捱過龍華營探隊的最後追逐。對比之下，幾乎有點無所事事。雲莊裡東晃西看，或待在莊裡西院，喝味道極濃的茶，望著葛山發呆，猜測山上有多少僧侶和僧兵。

甘木居士有時不見人影，有時坐在德宇旁邊，但一句話都不說，讀書。

德宇想起小珪和他的親密時刻，想起瓔珞寺，想起該買手信帶回去。也想起該問問瓔珞到底是什麼？甘木居士讀萬卷書的樣子，應該知道。

他不是沒擔心過，甘木居士會不會認為他無聊，問如此小問題？一般人不是不知道瓔珞是什麼，何必問？不過，顧不了那麼許多，瓔珞讓他著了迷，或瓔珞代替了小珪？那幾天，瑣碎之物占據他所有心思，超出掌控，不想也不行。就是非搞清楚，到底是戴脖子上，或掛其他地方？

沒什麼理由，只覺非問不可。

於是，等待甘木居士放下手中書本，喝口茶的時候，他問了。

居士看了看他，似乎眼睛一亮，說「好問題」，高聲喚人加一壺熱水。

年少時也曾遇類似疑問，居士說，書裡關於瓔珞的說法不一。不少說是頸飾，跟民眾講法一致；也有寫說是珠串，戴在身上，不限部位；有的則把瓔珞當作首飾或珠寶的通稱；不少書裡也用瓔珞代表繁華和世俗。也許都對，沒矛盾，但到底是什麼？居士問人，得到不外以上幾種答案，言人人殊。其實說法不同，沒什麼大不了，可他想知道來龍去脈。後來讀書時，特別留心瓔珞，發現佛經裡提及，意為各種珠寶，用來比喻菩薩的等級。高僧往返西域的紀行裡，也提了數次，指珠玉綴成的飾品，意思像是串起來的珠寶，戴在身上，沒特定部位。有人說，在印度叫枳由羅，大多指臂飾，或說頸飾，佛家說法。另外，寺院佛堂懸掛的珠串吊飾，也可稱瓔珞。依然莫衷一是。

所以，居士說：「林鏢師，瓔珞一詞來自西方，可指珠玉成串，纏於手臂，或懸掛身上，不一定何處。但在帝國，大多指頸飾，少數指珠鍊掛飾。說法不一，端看你如何取決。」

原來在瓔珞一事，自己也算少數。德宇謝過甘木居士，對於沒請教經書佛法，卻問了枝微末節的穿戴物件，表示歉意。但居士連聲稱好，問題再小，只要有惑，就值得問，他樂於回答。瓔珞引惑，必有緣故。邊說，邊露出難得的笑容。

大概被居士一眼看透。什麼都不問，只問首飾，明白自己執念。

回程中，心裡念念不忘的，就是瓔珞。

也就是小珪。

不到半個月後，再訪赤錫，在街市攤位見到一串串瑪瑙、瑠璃、玉片、銀圈接成的瓔珞，心中默念久違了。挑選良久，想像小珪戴著的樣子，幾乎忘了身處街市。等到回神，卻又因擠身姑娘和婦人之間，聞到淡淡香味，思念之情猛烈襲來，一陣血氣衝上身，再度失神。

那時，人在赤錫的德宇，腦海浮現的，就是此時此刻，伽藍廢墟中，眼前所見：燭光閃爍中，一絲不掛的小珪，戴著購自赤錫街市的瓔珞。表情半害羞，半放縱，並未以手遮掩身體，她坦然立於德宇眼前，頸上瓔珞在燭光下耀動。遭棄的僧房裡沒鏡子，唯有全裸德宇是她的反映，方知戴起來多好看。

然後兩人肆意享受對方身體，無比激動。太久沒廝磨了，等太久，渴望太深。另方面，從來沒有戴著瓔珞交纏，全新體驗。

編成瓔珞的瑪瑙、瑠璃、玉片、銀圈，彼此碰撞，不斷發出拍擊聲響，提升情趣。好幾次，兩人停下，相視而笑。還好四下無人，此處獨屬他們，珠玉盡情拍打出聲，不絕如縷，加上呻吟聲，實在放肆。不過，儘管久別重逢，無比新鮮，他們口舌雙手齊用，貪婪探索彼此每一吋身子，德宇卻一如以往，謹守承諾，不會進去小珪。

那是他們一開始就講好的。剛熟的時候，村子附近私會，兩人膩在一起，德宇忍不住要接近她，碰觸越來越多。貼著身體，想引誘她，但小珪頭腦清楚，儘管被德宇摸得神魂顛倒，依然說出顧慮。兩人既無法婚嫁，她不願違背父母，將來必要嫁人，因此不能給他。德宇當時抱著衣裳脫了一半的小珪，停下來，感覺挫折。同時也覺她說得有理。既然喜歡小珪，自己不能娶她，至少該替她將來打算。衣衫不整的兩人，當下約定，雖然男歡女愛，但尊重小珪，不會進去。

初來瓔珞寺私會的前幾次，小珪擔心德宇無法自持，或騙她，總要提醒說不能進去喔。德宇始終信守承諾，雖然激情，從未突破防線，也不曾哄騙或引誘小珪棄守。

幾次下來，建立了兩人特有的信任。小珪知道德宇真喜歡她，因為雖然那麼明顯著迷跟她在一起廝磨，同時也絕對保護她，尊重她意願。

如此，隔著最後一道界線，他們反而更接近，擁有無比默契。

其實，也不是沒想過犯規，也差點失控，但小珪喊他名字「德宇！德宇！」提醒，而非平時叫的「阿德」。他頓時清醒，最後忍住。那次之後，沒讓小珪感受到半點不安。遠離小珪，在外護鏢住店的時候，每次握住硬梆梆的自己，總覺得自己怎麼忍得住？不可思議。那麼青澀又華麗的身子，那麼貼近。然而，只要在她身旁，他還是會忍下來。

能夠相見，這麼接近貼在一起，已經夠好了。怎麼會覺得不夠呢？他早有體悟。自己已經太幸運。

「這次你要待多久？」兩人盡興之後，抱在一起，小珪膩在他身旁說。

「整個夏天。」

「真的！」小珪喜出望外，聲音顯示。

「之前太辛苦，放個長假。」德宇親吻她額頭。

「太好了，整個結夏。」

「對呀，結夏。」他回答，幾乎也是自言自語。

兩人身處佛寺偏間，繾綣之間，提到結夏，是兩人的默契。

回程路上，結夏二字不時腦中冒出，不知何故。大約是反映亟需停下休息的渴望。沒料到終於跟小珪會合之後，最親密的時刻，從她口裡吐出結夏二字，好像從德宇腦中躍出，進入兩人世界，在夜深人靜的山寺。

夏，恰好是僧尼入佛寺休息、免傷草木虫類的時期，結夏從四月十五日到七月十五日。雖然瓔珞寺在滅佛令之後，已無僧侶，德宇非出家人，無掛搭問題，但葛山行之後，他自行來此長休，正好符合結夏時段，算是他們倆的緣分。他一隻手挽著小珪肩膀，輕輕攏一下，心裡無比放鬆。好像除了自行決定之外，他也得到准許，只有十足理由，真的可以放假了。

小珪提到結夏，就算小珪給的假。

重逢那兩天，他們沒有離開瓔珞寺一步。兩日後，小珪必須回梁家莊，德宇一路送她下山，到通路口道別時，她說：「整個結夏阿德都在村子附近，真好！」

小珪就是這麼會說話，點出要處。他們倆從來沒有這等餘裕，能在彼此附近生活，像同村或鄰村男女那樣。這次葛山行替他們掙到難得相處時光，那一路辛苦都算值得。

之後幾天，德宇得自己過，小珪沒那麼多假。他遠遠目送她進梁家莊邊門，布衣下輕巧肩膀隨步伐擺動，遠遠想要伸出手指輕輕觸碰，隨即閃入消失。

除了心情徹底放鬆，德宇也沒閒著。繼續清理瓔珞寺，讓兩人小窩更舒適。他也沒忘修練自創的「劍雨飄花」。遠行之後，啟動靈感，也許在難得的結夏修練，他會想出第六式，甚至第七式。

約莫五日之後，德宇把在瓔珞寺占據的地盤，整理出個頭緒，看來度過夏日沒問題。過程中，翻出若干殘留書籍。佛經他不懂，也無意讀。倒是清掃時，尋獲一本關於佛寺的書，取來閱讀，發現提到諸多佛寺，名目繁多，紀錄由誰興建、有何事蹟等等軼聞。然而，此書唯獨未提各寺供奉的佛陀或菩薩，甚是奇特。唯有提及少數出現異象的，如會出汗的佛像。

德宇雖未信佛，也不拜佛，但在花島，每參拜一佛寺，識真必然告知主要堂殿供奉什麼，次要還有哪些。釋迦三尊、藥師三尊、大日如來、各種觀音、明王等等，原本他覺得眼花撩亂，搞不清楚，經過識真反覆提醒，多次參拜之後，竟然也大略知曉各寺不同供奉。所以，德宇料想，在瓔珞寺找到這本，雖然寫佛寺，數量眾多，卻對佛一點興趣也沒有。如此一來，讀著讀著，總覺得少了什麼，相當不習慣，真是怪呀。

於是，德宇便在練功、補給物資、維護環境、接送小珪來寺相會幾件事之間，守著結夏。他享受林中蟬鳴，佛堂間的安詳，午後大雨躲在屋角發呆的樂趣，幾乎沒有再去想葛山行的遭遇。僅偶爾憶起，被他餵食馬醉木的龍華營駿馬，東倒西歪，以及出手砍傷赤山盟土匪，被自己嚇到。

瓔珞寺的夏天，規律交錯於日常瑣事與陪伴小珪之間，德宇幾乎完全放空，除了一事之外。那就是，回到榮城卻刻意避開鏢行和顏掌櫃，原本覺得理所當然，很想好好休息，並彌補兩人上次錯失的機會，但過了一個月後，慢慢覺得太過任性，有失職守。他是鏢師，結束鏢案之後，理應回報。即使照甘木居士所言，葛山雲莊會聯繫總鏢行以及楊府，作為鏢師，德宇還是應該打個招呼，至少跟榮城自家鋪子的顏掌櫃說一聲，告個假，算是做了交代。而非沒消沒息，人就不見了。

他自知有此毛病。反反覆覆，一時覺得只想這麼做，過不久又怪自己怎麼這麼做？矛盾，都是德宇自己，同一人，在不同時刻，意願截然不同。不是思慮不周，因為想過，但就是不想那麼做，無法違背衝動，不願意聯絡。

蟬鳴聲中，德宇望著林梢，自我反省：還是不穩重，心思變化，不受節制。那就是自己的毛病。

於是他想，什麼時候去見見顏掌櫃吧？瓔珞寺位處榮城地界，只消去拜訪，順便吃頓當初說好的紫蘇魚，鏢行那邊的回報義務輕鬆達成。何樂不為？

但德宇的另一個毛病又出來了，猶疑不決。不是每件事都猶疑不決，有時他還頗當機立斷的，不過有些事就會猶疑不決，說不準是哪些。有些事可以拖到永遠，明明只要去做即可完成，他還是拖。好像有種情緒絆著他，不讓去做。所以，聯繫顏掌櫃的簡單任務，始終拖著，未完成。而他心裡，於是總帶著事情該做未做的丁點遺憾。

沒人問他，指責他，只是他想像應該有人會指責他。但他在心裡也不忘為自己講話。如果回自家鋪子打招呼，也許他的假期就沒了，沒辦法三天兩頭發呆，然後跟小珪相聚。誰知道鏢行又會派他什麼臨時任務？

他也想過，不知哪日顏掌櫃突然現身瓔珞寺，也未可知。

也許那就是德宇在等待的，顏掌櫃自己出現。

如果鏢行真有事，會設法找來，就算他如何隱蔽。不然，如果自己跑去報到，其實沒事，不是自討沒趣，或自找麻煩？他總有多一事不如少一事的心態，不願意太積極。另方面，自己是小鏢師，無關緊要，大事發生有其他人出面，輪不到他。上回的葛山行，只是臨時缺人手的意外中意外，不會再發生。如此琢磨，雖然心中曾經不安幾日，覺得不太負責，過幾天後，德宇的小人物心態恢復，又放輕鬆起來。想說，就讓他們有事再來找好了。

等待小珪放假相聚、打掃和採買的庶務之外，德宇最重視，倒不是「劍雨飄花」，而是每天必練刀劍招式，基本的功課。另外，隔幾天必定用隨身簡便組合，徹底保養他的刀。因為德宇知道，自己並沒有特別的武藝，非名門無名師，未經傳授奇招密譜，只能靠基本功的熟練，以及體態的維繫，再加上武器的保養，遇事才足以保全自己。

許多習武之人，累積一些底子之後，懶於刀劍的維持，總有一天會出差錯。他看在眼裡，告誡自己不能疏漏。

看看手上擦拭的刀，到底是刀或劍？連自己都疑惑起來。

鏢師們是粗人，用刀，無人使劍。儘管士人、官員配劍，做樣子裝飾成分居多，其實不會使，加上劍不堪用，單薄易斷。而且他們讀書寫字，大多不維護配劍，只是掛在房裡，或偶爾配於腰際。德宇推估，即使少數會使，萬一打起來，交鋒兩三下，劍必折斷。

德宇的兵器卻不刀也不劍，難以論定。

當初在花島習武，某次跟師兄弟跑去拜訪鑄刀師阿常，去觀摩師父為每人訂製的刀，部分製成過程。因為師父吩咐，學徒們必須知曉刀是怎麼造的。在二師兄帶領下，大夥七人到山邊的場舍，連去三日，當日往返。阿常師說，刀坊住不下師兄弟這麼多人，更不要說餵食。稱為刀坊，其實完全看不到招牌，就是山腳下農舍改建工坊，相當寬敞。阿常師獨居，每日下午有位學徒來幫忙鑄刀雜務，搬運、移動重物。其他吃住打掃都由阿常師一人打理。

刀坊距離武場沒多遠，但三日連續往返，觀摩鑄刀，還是有人抱怨。於是，等他們的刀鑄好之時，眾師兄弟公推德宇負責領取。由於他輩分最小，又是外來人，而且還滿喜歡山腳下刀坊，他欣然接受。師父只問他是否力量足夠揹回七把新鑄刀。

取刀那日，阿常師午餐煎了鯖魚，配炸豆腐，以及黑豆等小菜。到現在他仍記得鯖魚配飯入口的混雜香氣，以及刀坊空地的陽光。

阿常師少話，直到德宇詢問刀架上單獨擺放的那把直刀。

「師父的寶刀嗎？」

「我鑄的刀，每把都寶刀，如果好好用，哈哈。」

「師父的配刀嗎？」

「我的在那裡。」阿常師指指插在門口邊巨大花瓶裡的大刀，反射著黝黑的光。

「那這把？」沒說完，似乎意識到不該再問下去。

「既然你問，我就告訴你。」

「師父不用告訴我。」心想，我不想知道了。

「你看它樣子怪，所以才問，對不對？」

德宇點頭，後悔自己多問了，不是一般他的作風。

「那是個是嘗試。」

沒接話，什麼意思？

「當年我想鑄把古刀，直刀，依照古代模式製作，運用手邊的材料，以及最新的鍛法。刀雖鑄成，但沒人要用，因為它的型態、重心、用法都跟武術學堂的動作不合，不是一般用刀者習慣的。大概只有少數人懂得使古法的刀劍，足以駕馭。所以，是把沒人要的刀。」

「看起來像劍。」德宇試著擠出話來接。

「沒錯！」阿常師喝了一口茶說，「當初想鑄一把像劍的刀，筆直、單刃，好奇古代的刀使起來如何？完全沒想要誰來用，算是放縱吧。照古書上的圖做，加上自己的推斷，應該跟古刀只有樣子像，哈。」說著乾笑起來。

「使起來呢？」德宇對此，真的好奇。

「邊鑄邊思量它的重心、厚度，每階段都掂著、握著、舉起評估，始終斟酌力道的走向，很難，跟我打造過所有的刀都不同。戰戰兢兢利用空餘時間鑄完後，使起來力道不易掌握，有驚喜，也有點後悔。驚喜它帶來意想不到的牽引，我好像被刀拉著動。後悔，因為搞不好會傷到用刀者，第一個就是自己。」

這次他沒接話，想到用刀者的確常被自己的武器傷到，何況是不熟習的陌生類型。

「不過，我還是摸索出大致如何使用它的辦法，不傷到自己。即使如此，如果我舞起它來，旁觀者最好躲遠點。」阿常師露出微笑說。

「所以沒人要？」

「來過刀坊的人，瞄到它也沒人問，而我也不太想要它。」

「所以說是沒有人要的刀。」他插嘴。

「大致如此。」

阿常師顯然覺得自己的好奇嘗試，未被欣賞，似乎懊惱。

「嘗試沒做過的事，又沒害到人，應該沒事。師傅對它有期望嗎？」他大膽問。

「一把像劍的刀，身分成謎，不好使，無用武之地，但因為花了不少工夫鍛造，捨不得丟掉，只好供起來，代表我的心境。」

有點訝異阿常師會講「身分成謎」的話，想說它的「身世」再清楚不過了。

「我瞭解了。」他沒再多說，趕快再扒幾口飯，配上鯖魚和黑豆。

飯後，點收完七把刀，包紮好，準備回返的時候，德宇望了望掛在那的直刀，問說：「可以看一下嗎？」

阿常師見他似乎念念不忘，嘴角微微笑了一下說：「不如拿來舞一舞。」

阿常師注目下，德宇雙手取下直刀，走到刀坊前方空地，緩緩拔刀，小心翼翼練了一套基本式。的確，從第一動開始，就感覺身體被刀子微微往左邊扯，雖然輕微，但連續動作下來，可以肯定自己大約只能控制一半，因為用刀的準確減低許多。手握刀劍這種致命武器，那意味著失控。武術學堂習得的刀法，跟直刀格格不入，相當抵觸。如果與人交戰，必定馬上落敗。光是自己舞動，不留神也會傷到自己。

德宇停下來，喘口氣，輕鬆左右斜切幾刀，重新再把基本式走一遍。好多了，不過微微的牽引依舊，小很多便是。

阿常師坐在板凳上，什麼都沒說，盯著，面無表情。

「好神奇！」德宇收住刀勢，停下來說。

「怎麼說？」

「好似刀自己有想法，要走自己的路，一舞起來，像跟我打架，拉來拉去。」德宇笑著說。

「你的基本式舞得不錯喔。」阿常師說。

「是嗎？覺得自己總歪一邊。」

「有點，不過你後來控制住了。學得快。」

「如果真用此刀，要學的可多了，恐怕得另外想出個運用它的辦法，不能用學堂教的招式。」說著，平擺直刀，雙手捧著，還給阿常師。

「慢慢學，就送你吧。」阿常師手未抬起，沒接下。

出乎意料，阿常師贈刀。

德宇不知如何應對，主要因為不常有人送東西給他。沒少給，就不錯了，這是他生活的原則。師弟阿義，眼睛大，人緣好，到哪去都有人餽贈些東西，吃的玩的，多到跟大家分享，但德宇沒那麼討好。

不知道怎麼接受，不習慣。只好說：「無德領受。」

哪裡學來的句子？自己有點驚訝。

「不是賞賜，不是獎品，是把沒人要的無用之刀，老是擺在那裡我心裡不舒服，就算你幫忙拿走。主要因為你好奇，而且也不是不會使，我可以放心。」

德宇握住原本捧著的直刀，拉正到面前，耳邊阿常師的話才落下。

刀面反映出自己的左眼。

好似他跟刀子在商量些什麼。

第五章　來自鹿山莊的人

常幻想，某日，也許買菜回來、撿柴回來，或打掃中，顏掌櫃身影出現參道起點、寺門附近，等他。此景隔幾日就浮現在心思裡，打消了又浮現。結夏期間，滯留瓔珞寺越久，顏掌櫃也許突然現身帶來的不安越強烈，都是未能好好稟報，自行決定放假的結果。走鏢完成，卻無結束感。

猜想顏掌櫃並不知他身在何處，僅是德宇自己憂慮導致。不過，主持榮城鏢行業務多年的顏掌櫃，如果派人查訪出他的下落，也不意外。只是，處事謹慎、注重分際的掌櫃，萬一現身，也不會跑到進寺內地界，唐突行事。因此，德宇的焦慮幻想裡，顏掌櫃僅以朦朧身影，佇立寺門，幾株大樹不遠處。

幾次在寺中階梯處擦拭刀具時，想起顏掌櫃。

當年阿常師的意外贈刀，雖然是好事，卻帶來小小困擾，因為師兄弟問東問西，說憑什麼他多一把刀？當然，眾人摸摸看看之後，見是把不太好用的刀，紛紛失去興趣，不再提及。師父也喚他去，檢視阿常師鑄的直刀，未拔出，刀未出鞘就交還給他，問：「會用嗎？」

「不太會，還在摸索。」德宇據實回答。

「別傷了自己。」是師父僅有的指示。

德宇視之為肯定。意味著，師父認為他只需稍微留心，就不會傷到自己。而傷到旁人，則無須一提。如此一來，表示師父允許他自己舞弄阿常師的古刀，只要別傷了自己。

作為來自外地的學徒，加上不特別討人喜歡，大概能力也不出眾，德宇知道師父並未看重自己。這符合他一向的遭遇，到哪裡都一樣，從孤島、花島，後來來到帝國，皆如此，習慣了。他只求，跟別的師兄弟一樣，學到基本刀法，接受指正、監督練功，不企求奇招絕學。

常聽一些傳奇故事，講到學藝之人遇上奇人異士，激賞其資質，授以不傳神功，他覺得荒唐。老是傳那種故事，那其他習武之人，就沒有意義了嗎？難道神功絕學，不是從基本功夫演變出來的嗎？在學堂，當然是練好大家都會的，至於領悟與火候，看個人的投入。師父很公平，該教的都教了，那就足夠，不用另眼相待。

結夏期間，雖各地炎熱，位處林間的瓔珞寺境內，清涼無比。小珪隔好幾日才能過來，好的時候留宿繾綣數日，不少次則只能短暫相會。不過，小珪每次總會帶來一些夏季節日的物品，吃的戴的，也有些作為祈福避邪之用。

除了小珪嬸婆包的清淡口味粽子之外，某次她帶來湯餅，說吃了避邪。其實，那是種麵團粗短的麵條，但在榮城一帶，尤其是甘棗村，湯餅稱之。據說北方傳來的吃法。小珪會加上南瓜、芋頭、紅蘿蔔、菇等配料，當然還有肉片，把麵湯煮得稠稠的，絕對勝過德宇自己亂煮的伙食。至於為什麼說可避邪？大概因為在炎炎夏日吃熱呼呼湯餅，全身發汗，調節身體吧。

德宇吃湯餅，汗如雨下，總要用毛巾不斷擦拭才行，幾乎有點狼狽。

過了幾天，小珪在兩人吃完湯餅、洗浴完畢之後，秀出五彩絲，幫德宇綁在手臂上，說五彩絲，又叫五色縷，可避兵、避鬼，少跟人打架，也避瘟疫。

「正好我需要，好東西。」德宇讚說，小珪沒一會兒就綁好。

「有用，而且好看。」她退一步，欣賞德宇左臂上的五彩絲。

德宇配合，做出握拳展示臂章的樣子，兩人都笑了。

他往前抱住小珪。

每次都緊緊箍著，儘管只是簡單的擁抱，因為不知道還有多少機會，要珍惜。小珪覺得緊，沒怪他，瞭解德宇心情。

德宇想起葛山行，其中幾場衝突，還好一一化解，心裡暗禱，願今後少拔刀，少見血，多來榮城相會。

當夜，他綁著五彩絲，她戴著瓔珞，此外無他，探索彼此。

他一人獨處瓔珞寺的時候，難免東想西想。

除了顏掌櫃何時現身、葛山行幾次小歷險之外，有時想到識真不知道怎樣了，還會到各寺院參拜嗎？當然會，理應也跟以前一樣結伴而行，跟誰呢？他也想何時返鄉，回去孤島，好好再看看久違了的家，尤其難忘孤島夏天的蟬鳴，總記得比這裡的大聲，鋪天蓋地，大概那時候年紀小，印象特深。

這段坐雨安居的日子，除非小珪來訪，德宇獨占瓔珞寺，大概是本寺有史以來，最安居的一個夏季吧。不，應該是前幾年滅佛令剛下來，僧尼被逐或被迫還俗之後，寺內空無一人，也許那才是最安居？不，他又想，如果沒人的話，怎麼算安居？人都沒有，談什麼居呢？也許對草木，或林間動物，它們安度不聞暮鼓晨鐘念經祝禱以及香火味道的寂靜瓔珞寺，也算安居？

夏日午後大雨，雷聲隆隆。

如果大雨來的時候，小珪也在，他們倆會默默坐在廊上，看著雨點落下，伴著水聲，享受著涼爽。下雨是動態，卻讓其他一切靜止，雖然吵雜，反而更加寂靜，相當奇特。他們抱在一起，如果小珪動情，德宇會做更多。

如果午後雷鳴，他一人剛出寺辦事，會馬上折返，反正沒什麼非辦不可的事。如果碰到他在採買歸途中，走在林中小徑，那就要顧好大包小包，有些不能淋濕。他早就摸清楚附近哪裡的樹葉密集，可以避雨。

多少年來，出家人大概都如此坐雨安居吧，他猜。只差沒念經，作法事。

雨聲隆隆中，德宇總是想到孤島天火的滿天火砲，雖非親眼所見，只是耳聞轉述，由於是自己家鄉被攻擊，更加令人心驚膽戰。也許比當年經歷過的孤島人，想像出更可怖的場景。

原來，在寺中無所事事，也能煩惱無窮。初次聽聞的震撼，久了之後，以為對孤島天火，已不太在意，僅偶爾夢到驚醒，然而結夏之中，卻時時浮現心中，相當頻繁，令他心悸不已。原來，平靜無事之時，反而念頭多，心情亂。孤島天火，沒隔幾天就浮現，似乎跟顏掌櫃的出現搭配，此起彼落。必須找事做，才會平復。也許該返鄉了。

天氣好的時候，尤其早晨，要做事可多了。不過，做任何事之前，一定先檢查他的刀，那算職業之必須。運鏢期間隨身帶的小瓶丁子油，由於突發任務，早就用罄，忘了在葛山行哪段路上斷的油。交出鏢件、山莊停佇那幾天，應該問的，但僧兵雖然不遠，跟他接觸的皆佛門中人，討刀劍用的丁子油，似乎過於斬刈殺伐，不宜開口。所以，缺油無法保養，眼看著阿常師古刀一天天疏於照顧，心裡急也沒辦法。直到跟小珪重逢，相聚數日之後，等她回莊時才請託，看有沒有山茶花油，帶一點給他。

刀劍武器，用丁子油為上。不然，保養一般刀具的椿油，也能抵一下。

雖知保養一般刀具的椿油，來自於山茶花，但他以往沒去注意椿油怎麼做的？大概只有少數用刀劍者知曉吧？他猜。刀具用的椿油，跟一般的山茶花油有何不同呢？現在他獨自在瓔珞寺結夏，坐雨安居，連榮城本鋪都沒去回報，無人可問。

如果問顏掌櫃，略知一二絕無問題，說不定知之甚詳。

想著，不覺笑了起來。

如果能問顏掌櫃，何至於須知椿油與山茶花油之差異？鋪子裡就有丁子油，隨時可取用。當然，就是如此，導致鏢師們無須探索保養油之究竟。

數日後，小珪回來說，用了點手段，大人見她對梳妝用的山茶花油問東問西，賞了一小瓶給她。

「喏，你瞧，就這！」小珪笑吟吟，手舉起，細細兩指夾著深綠色小瓶子。

她總是能變出東西，德宇再度讚嘆。

不知道說什麼才好，笑著接住瓶子，打開後聞了一聞。還好，沒什麼味道。如果加了香料，不知道能不能用？抹上去，會不會傷了刀了？為了確定，聞了又聞。

「聞什麼呢？」

「聞有沒有加香精？」

「聞過了，沒有。」小珪停了一下說，「夫人拿了這瓶，說給我試試。應該跟平常用的不同，那種香香的。」

說得過去。夫人沒給小珪最好的，合理。

「沒香味最好，哈哈。」德宇鬆了口氣。

「所以，可以用嗎？」

德宇一手摟住小珪，一手抓緊綠色瓶子說：「感謝你，最厲害了。」

後來，每次在寺內不同角落，保養阿常師的古刀，總想起小珪最初幫他掙到山茶花油，雖然非制式用油，但身處林中野寺，不得不湊合，已經很幸運。應該是幸福，小珪之故。

那是原本賞她的梳妝油，毫不猶豫就讓給他的刀用。

椿油滑而不膩，用紙沾薄薄一層，塗上刀刃。德宇摸了摸，感覺接近，不過仍有差異。或許是他太刻意想分出差別造成？管不了那麼多，只好冒險。已經多久沒保養了？

在家鄉孤島，叫苦茶油。最早在花島聽到椿油的稱法，馬上從椿字想到香椿，渾身不舒服，儘管連影子還沒見著。後來才知道椿油跟香椿無關，從山茶花籽榨出，恰好都有那個椿字罷了。從小，他最討厭香椿的味道，不懂為什麼，就是討厭。村里長老推說，體性之故，大概吧。總之，在他長大的村子，孩子們嬉戲的廣場邊，長了好幾株香椿樹，相當濃密。跑去玩的時候，德宇總是躲得遠遠的，有時風向的關係，站得遠仍然逃不過飄來的香椿味，他只得趕快換地方，或乾脆不玩了，丟下大家。

母親知道他不喜歡，曾經想以香椿炒蛋，誘他接受。不過他很堅決，始終碰都不碰，一臉不舒服的樣子。最多，他會把切成末的香椿挑掉，只吃蛋，不過還是得忍受連帶的臭味。母親炒了幾次之後，只好放棄，讓他偏食。

會聞了又聞，除了想確定沒加香精，不影響油的質地，更來自記憶裡的不安。

結夏這些日子以來，連續使用小珪討來的山茶花油，看來古刀可以吸收，恢復了神采。磨刀石小小一塊，一路下來並未丟失。保養完成後，試著砍薄木材幾次，斬斷聲與木材切口都極俐落，應該不用擔心了，阿常師贈刀完好無事。

這些，已經是剛來瓔珞寺短駐時候的事了，如今結夏將屆，快要解夏。

小珪出現的日子之外，待越久越覺得幾乎快離不開此地。他開始後悔手中有太多空閒時間。東想西想，會想起不願意想起的事情。有時陷入往事，但幾天過後卻覺得根本不需要想起，自尋煩惱而已。我沒對不起什麼人，怎會如此多悔恨？大都是早年小疏忽，結夏期間無故變得沉重。應該要走了。

離開那一天，跟其他日子一樣。雖不拜佛，每天早晨會去寶殿，跟不空羂索觀音打招呼，不同的是這次心裡暗暗說，不知道何時回返瓔珞寺。

跟菩薩說了，心裡說。但小珪和他之間，什麼都沒說。

他們的默契。既然無緣相守，能見面時就見，無法見面就留在心裡。他們從一開始已講好，不要成為另一個的負擔，因為他們是完全不同路的人。

以前那麼多次，無法選日子。德宇需要啟程接鏢或返總行報到，沒得商量。這次，他跟小珪說，「我們度過風光明媚的兩天，我再走。」

「那沒有風光明媚的兩天，都是陰天、雨天，怎麼辦？」

「我等，賴到風光明媚的兩天。」

「如果只有一天，然後變天？」

「我們再等，等到有兩天。」

如此延長好幾天，直到七月中旬，接近解夏日。

不清楚掛搭僧侶們是否透過某種儀式，解除結制，離開寺院？德宇只是照自己的想法進行。早早就把活動範圍內的房舍場地，清掃乾淨，等與小珪共度風光明媚的兩日之後，送她走到甘棗村梁家莊邊門，看著她身影消失，再回瓔珞寺做最後巡禮。

他從來不讓小珪送，從以前就這樣。總是他送小珪。

不願意留她一人孤伶伶看著自己離開。由他送小珪，及早讓她身處梁家土僕之間，或回家陪父母，減少孤獨感，是他至少可以做的。絕不能讓小珪送他。

回瓔珞寺之後，會再巡一遍。走到寶殿，不空羂索觀音前，除了告別，也盼僧侶早日回來維護菩薩。然後，沿伽藍通道，走一遍各堂院，確認門窗關妥，最後掩埋剩下食料與廢物，帶走自己的包袱，走參道，於山門處回身，望伽藍一眼後離去。

下山途中，心中除了惦記小珪，也不安於回到自家鋪子之後，會發生什麼事情？被責罵？被質問？被解職？猜不出來。雙腳似乎自己作主，不斷前進，心思在別處，覺得對不起顏掌櫃，他的不歸隊，應該會惹出麻煩，他邊走邊猜。

有點後悔，如果照規矩做就好了。但也不後悔，當初結束葛山行回到榮城附近，就是不願意回來報到，就是想在山寺放空，不是德宇自己可以扭轉的。

心裡七上八下，後悔與不後悔之間，竟然已經走到自家鋪子後門。

其實自己並沒有距離這裡多遠，才一轉眼的腳程，心裡驚訝發覺。

自後門經過廚房、庫房、卸貨場，進前廳途中，遇到之前見過的小廝，正雙手搬運袋子，開口說：

「林哥，顏掌櫃在城西李家館子等你。」

什麼時候成了「林哥」？以前都叫他林鏢師。

「李家？顏掌櫃不在店裡。」

「掌櫃說，你快回來了，他要做準備。」小廝笑著說，德宇想不起他叫什麼。

「準備？」

「準備你要回來了。」

「掌櫃說的？」

「沒錯，他說欠你一頓，在李家館子。」

德宇想問小廝，你知道李家館子在哪裡？自己熟悉的館子，以為鋪子的人不知道。也許大家都略知一二，也許常去，只是自己來的那幾次沒碰到。包含位於城東的鋪子裡小廝。或者，顏掌櫃常提？

懶得再問。頓時，清醒許多。本來一路下山，心不定，有些恍惚。現在覺得似乎整個夏天都在顏掌櫃掌握之下？該提起精神了。

他跑去前廳櫃臺，見到二掌櫃，其實是顏掌櫃的學徒。

的確，顏掌櫃今日早退，不到黃昏已經離店，說要去城東李家館子等德宇歸來。

「林鏢師，歡迎回來！」二掌櫃比長他幾歲，還好沒以「林哥」相稱。不過態度異常親切，跟以往不同。

看來，結夏瓔珞寺這段時間，榮城自家鋪子發生了些事情。與其問小廝、二掌櫃，不如直接去會顏掌櫃，答案一定都在他那裡。

跟二掌櫃閒聊幾句，有口無心，不記得說了什麼。之後，德宇直奔李家館子。

沒錯，招牌上只有李家二字的館子，是他們約定之所。

「回榮城的時候，我請吃紫蘇魚。」當初一大早送別時，站在街口，掌櫃的請客承諾。

怎知是今天？或者，這幾天都跑來碰看看？掌櫃哪有那麼閒？

瓔珞寺附近，偶有樵夫經過，但從未走進。之前德宇曾覺得蹊蹺，如果他是樵夫，定會踱入山門看看，廢寺不久，也許裡猶有可用之物？幾次樵夫經過時，他還刻意閃躲，藏身隱密處觀察，結果無事。雖不算白忙一場，幾次下來，覺得奇怪。會不會顏掌櫃派出的探子，只觀察不介入？

當時判斷樵夫必定不是龍華營手下，因為如果是，必定入寺查看。

自家鋪子的探子則不然，也許只是要確定他在哪裡，卻無意逼他現身。顏掌櫃的審慎手法，他猜。

不過，始終無法確定，只能猜。

心中念著這些，沒多久已經在李家二字之前。

顏掌櫃一派輕鬆，著淡藍衫，不同於尋常在大廳的打扮，坐在店裡右側，離門不遠但從門外不易瞧見的座位，半側著身。果然是鏢師選位，易脫身、不易被察覺，好應變的位子。

跑堂認得德宇，他點點頭，走向掌櫃。

掌櫃頭也沒抬，已經在吃魚，比了比左手邊凳子：「德宇，快坐下來。」

他繞到掌櫃背後，坐在右手邊凳子。

掌櫃看了他一眼，似乎在說，走過我背後，不太好吧！又吃了一口魚。

「這快被我吃光了，再叫一客。」

德宇微微指了一下紫蘇魚的盤子，示意跑堂再來一客。

他當然好奇掌櫃怎知在此等他，不是地點，而是時間。請吃紫蘇魚是講好的事，他幾次住仁和客棧，跑來李家吃飯，掌櫃也知。然而，如何掌握他在此時回滎城，並先至李家館子？想問，卻忍住不問。

也許被猜到葛山行後結夏隱居、解夏復出？或許見他遲未歸隊，鏢行遣人四處搜尋，早察覺藏身瓔珞寺，監視多日見他離寺入滎城，顏掌櫃來此等候，並吩咐鋪子小廝告知？大致如此，不用問了。

如果開口，似乎落入掌櫃預期。似乎等著他問，他就是不問。

被人掌握了，這問題出不了口。他的脾氣。

德宇的紫蘇魚上桌時，掌櫃的已經吃得差不多，喝著湯。

見他不言不語，掌櫃說：「楊家準備了禮，要送你。」

這完全出乎預料。結夏中，德宇完全沒花半點心思在楊家。完成運鏢之後只想著趕快見到小珪、別忘了途中買瓔珞、不想馬上回鏢行、該不該回鏢行，以及關於家鄉孤島的事，就沒多想委託人楊家。最多，大概是感謝門客朱先生的巧妙安排。禮？沒期待，沒想過。其實，他全無酬勞之念，總認為算在本來的餉裡。

「什麼禮呀？」是他唯一擠得出來的話。

「這有趣了。」掌櫃笑著說，「楊家說了好幾遍要送禮，但始終沒有差人送來鋪子。」

「沒關係。」

「不表示他們食言，不然不會說好幾遍。而且，我們從沒提要禮，他們自己提的。」

德宇自忖，以他的地位，對此事不宜表達意見。什麼禮？到底是什麼？說要送，卻遲遲不送？這些，不宜說出。

「總之，」顏掌櫃見他不說話，「楊家樂見葛山行結果圓滿，鏢件順利送達，人員無傷，非常滿意本鏢行的協助。簡單說，他們很感謝你，臨時被抓來跑那一趟。說要送禮，不無道理。」

「其實，他們無須備禮。如果他們堅持，就看鏢行的意思。」德宇懶得管這事，而且禮根本沒蹤影。

「對對對，要不要再點些菜？」

顏掌櫃雖然沒等德宇出現，就點了魚，而且吃了起來。但並未點其他菜，意味著要等德宇來決定。於是，加點大盤的爊鴨、現切萵苣，以及蔥潑兔，部分跟數月前來滎城那一餐相同，有點懷念意味。那時的自己，跟現下多麼不同呢。

「我直接說了。」

看來顏掌櫃要說嚴肅的事了。果然，來此會他，並非接風而已。只希望不是麻煩事。他等著上新菜，也等著掌櫃開口。

「總鏢行有要務，想請林鏢師出馬。」

還真有事，德宇想，繼而說：「掌櫃，別講請林鏢師出馬這種話，太客氣，也見外。我僅聚英鏢行初階鏢師，要跑什麼鏢，吩咐就是。上次事出突然，人手不足，邀我協助，理應參與。事後我自行放假，未歸隊，相當理虧。所以，現下無論什麼活，都可以接。我回鋪子，就是要幹活。

掌櫃無須客氣了。」

吃了幾口菜，掌櫃繼續：「好，有這句就行！」

又說：「事涉來自鹿山莊的人。」

「來自鹿山莊的人？」

「信差，自稱來自鹿山莊的人。此人已回，但留下邀約。嚴格說，即信函一紙。」

「送到榮城自家鋪子？給誰？」

「給你的。」

德宇嚇了一跳，張著嘴，提高聲音說，「怎麼知道是給我的？沒聽過鹿山莊，不會跟來人有關。」

「你不要急，慢慢跟你說。」顏掌櫃湯早已喝完，對其他的菜並未動筷，表情嚴肅。

德宇知道又有急鏢，跟上次一樣。感覺只要踏入榮城，就被扯入，跑不掉。他心裡並未抱怨，只覺得怎麼這麼剛好？

掌櫃側身，想從隨身扁布袋拿出物品。

「別拿出來！信函上寫我姓名？」

「並未。」

「怎知是給我？」

「我知道。」掌櫃接續原本被德宇勸阻的動作，取出信函，擺在桌上。

信封上一個字也沒有，未言明致何人。抽出信紙，上書「邀訪無景園」，未署名，無其他文字。

什麼信呀？一張紙，五個字。而且無景園的名字，真怪。

「無景園？無景，如何成園？」平常德宇不曾立即表達心中疑慮，這下子有點忍不住了。

「等等，你去了就知道了。我也沒去過，沒受邀。」

「我沒受邀，信不是給我的。」

「我說過，是給你的。總鏢頭受人之託，出人力協助解決重大事故。老總找我商量，我推薦了你。」

「重大事故？怎麼輪得到我？聚英鏢行人才濟濟，總鏢頭之下幾位金字級鏢頭，武功高強，經驗豐富，為什麼找我？還有，什麼重大事故？跟葛山行類似的急鏢？又是佛像、佛畫之類的鏢件？」說了這些，德宇才發現自己有點沒大沒小，失去該有的禮貌與謹慎。大概是因為太奇怪了。

要好好斟酌接下去的應對，莫以下犯上的樣子，他想。

其實，應該接受掌櫃的安排，不該問東問西。他也不是什麼事都問東問西的人，只不過剛回榮城，見到鏢行的人，馬上得知有東西給他，卻看不出是給他的。怪怪的。

而且，顏掌櫃雖然主持鏢行在榮城的鋪子，並非他的頭兒，不是鏢頭。嚴格說，不算上司。何況，自從上次到楊家之後一連串的遭遇，他們似乎有種伙伴的默契。

所以，德宇的反應顯得沒大沒小，也許滿自然？

「比葛山行棘手喔！哈哈。」

見德宇沒接下話，掌櫃收起笑容，繼續說，「當然有鏢。只要是鏢行參與的，當然有鏢。這次算是護鏢，不是運鏢。但鏢件無著。」

「什麼意思？」

「此次鏢件非物品，也非銀兩，而是人。但是此人目前下落不明，所以說鏢件無著。」停了一下，又說：「鏢件無著，不如說鏢件找不到。」

德宇靜靜聽，守住規矩。

「算是尋人吧。」掌櫃幾乎自言自語。

「本鏢行也尋人？從來沒有吧。我進鏢行以來經驗。保物、保財，也保人，或護院，但未見尋人。」德宇說。繼而想起，掌櫃一開頭就說，這次是總鏢行派下來的案子。

「碧水城來的命令，總鏢頭親自吩咐，當然與眾不同。」

德宇點點頭，沒辦法反駁，但也不想說什麼。

「據說，鹿山莊跟總鏢頭從父執輩就相識，顯然看在老交情的分上，接下業務之外的工作。你要去的鹿山莊，榮城之東七日路程，不遠，腳程快的話，五六日可達。只是，位於山中幽谷，隱密，聽聞其名者極少，到訪過的更稀。」

「我明瞭了。我要帶著那封信，受邀前往鹿山莊，像個信物。」

「的確。」

「掌櫃尚未說明，為何選德宇？聚英鏢行的鏢師，人才何其多？為什麼輪到德宇？」

方才到自家鋪子轉了一下，沒遇見掌櫃，但瞥到駐在滎城的本地資深鏢師，木牌都在板子上，表示並未出鏢。他們的本領，不比德宇差，至少等級比他高。因此很明顯，此次的狀況跟上次無人在鋪，找他出急鏢，完全不同。

或者，找他做這事，難道是虛應故事，其實無意幫忙？總鏢頭親自出手的案子，不會吧。學乖了，考慮以上，卻都沒說出。

「鹿山莊其實向五湖四海的英雄提出支援的請求，不止本鏢行，還有至少九位或十位來自其他鏢行、武術學堂、門派，甚至從官家衙門的退休高手，一起響應鹿山莊。」

面子大，人面廣！他心想。

但掌櫃並未回答，為什麼找上德宇？

顏掌櫃沉默良久，才開口，「其實總鏢頭當然推薦了他的得力左右手之一，現任京師鋪子羅首席，參與其事。但是由於兩代深交，情意厚重，考慮多派一人，以利早日尋得此人。」

誰呀？他想，可是說出的是「哪一位？」

「抵達鹿山莊之後，自然會告知。那之前，知道越少越好。」

「總鏢頭願意多出一員，可理解，但為什麼是我？」

「德宇不願前往？」

「不是不願，是不解。總鏢行有太多人可選負此重任，而我自從完成上一趟鏢，甚至未能返回鏢行報到述職，自認算不上認真負責。」

「沒那麼複雜，道理很簡單。」

多簡單？沒說出。

「我推薦的，總鏢頭接受了。」

「顏掌櫃推薦的？」

「沒錯。聽說總鏢頭擔心人手不夠，不能即時找到人。我看你葛山行順利完成，歸隊後可幫忙。」

「那位何不來找我，早日參與？看來不急？」

「其實借給鹿山莊尋人的各路人馬，早半個月已前往，相信立刻投入搜尋。我是後來得知總鏢頭的憂慮，於是提議加上你。」

「總鏢頭並不認得我，為何接受建議？」

「當年在碧水城待過好幾年，總鏢頭當時任金字級鏢師，我們交情不錯。後來我自願來榮城當掌櫃，離開碧水城。不過，依然保持聯絡。他信得過我吧。」

原來有這一段，德宇完全不知情。從來沒想去探顏掌櫃的來歷，但今日觀之，掌櫃過往並不單純，跟總鏢行的交情夠深，才會在此號稱要務的事說得上話。顯然不能小看顏掌櫃。不過，德宇從來沒小看過誰，只是沒料到掌櫃跟碧水城總行的深交。能說他信得過我，不容易，尤其在保鏢行業。

只顧著說話，菜都沒吃。趕緊動起筷子，沒兩下吃掉大半，他一向狼吞虎嚥。

儘管依然問題重重，看來不適合一再逼問。說總鏢頭信得過，意味著掌櫃信得過自己。點到如此，不宜推辭。

放下筷子，德宇伸手從顏掌櫃手中接下鹿山莊信函，表示願意走這一趟。

掌櫃點點頭說：「對不住拉你接此案，這趟極為嚴峻危險。你是各路人馬中，最資淺者，如果不堪應付，務必自行撤出。記得，你是找推薦去，作為增援與候補，無須拚命。」

接下委託的德宇，只想好好享受李家館子這頓飯。還不知道怎麼看待顏掌櫃對自己的信任與看重。不曉得甘木居士跟楊家說了什麼，又轉告了掌櫃什麼?由於覺得之前問太多，轉而沉默起來。他一向如此，從小到大。

所有未解的疑問，到鹿山莊再說。

是夜，投宿幾步之遙的仁和客棧。躺在床上，才體會小珪不在附近。整個夏天，即使她沒睡身邊的夜裡，德宇知道人在不遠處，家裡或梁家莊，心中篤定。睡在仁和客棧的他，此時才從心裡感覺分離。

次日，出發日。

顏掌櫃說各路人馬已出發半月，德宇得馬上加入。掌櫃未現身送行，遣昨日鋪子遇見的小廝，帶來足夠路上約七日所需乾糧與用品。

「林哥，掌櫃說，您就不用準備了，快快上路。」

出客棧時，小廝代結帳，說自家鋪子負責。然後用運貨馬車載德宇出城，到城外十里處土地公廟。

一報到即投入護鏢，不出他意料，畢竟自己休息這麼久。但未料到又是一份神祕鏢件。上次鏢件至少帶在身上，儘管隱密。這次則影子都沒有，連是誰都不知道。

搞不好等他抵達鹿山莊，人已經找到，安然無事。他想想，自己笑笑。

跟以往一樣，他還是找廢棄寺院過夜，如果不是過於傾圮。

葛山行之後，大概來自於雲莊所見所聞，德宇對滅佛令多了些認識，也因此對廢寺、廢棄佛像佛具有了不同眼光。結夏期間，瓔珞寺是本來就熟悉之處。往鹿山莊一路上，全新路線，也許當地官員貫徹執行滅佛令，破壞程度超過在別處看到的。

比之前，他更注意各地差異。滅佛令之下，不同人為態度、不同地域風俗、不同反對抗拒，導致有些區域雷厲風行，有些地區應付交差。廢棄寺院只是剩下的遺跡，對德宇而言原本是旅程中借宿之地，如今他開始想像人們的遭遇。滅佛令並非只一聲令下，而是分諸多公告，諸多細節，逐日而出。僧尼被逐、強制還俗，有些必須留在原地，有些則遣返原籍。寺產、寺內物品、寺領莊園農田的處置，皆有公告命令，不少相互矛盾。

雲莊期間，那裡的人並不一股腦兒跟他抱怨，他們沒那麼自憐。但多少會聽說人們怎麼跑來葛山，他感受到裡面的不得已，與不義。零零碎碎拼湊起來，那是多少人投奔遠在西邊高山避難的故事。也聽說，外國僧如果沒有祠部所發證明，強制還俗、遣歸本國。那算好的。據說，受滅佛令牽連，以及其他罪責，某外教的教師，他記不起名稱，甚至遭下令格殺。

行程第四日之後，轉入山區。接近正午時分，一處岔路旁空地，見一老者蹲在樹蔭下，身旁一張深色木凳子，上頭擺著茶壺與兩只茶杯。此外，還有一立牌，上書「功德茶」。功德，可佛家，可道家，算不算抵觸滅佛令？應該可以喝吧？德宇閃過想法。他揮手點頭，未做合十手勢，免惹禍上身。

老者農夫打扮，看不出是否由他奉獻功德茶，或僅經過喝茶後小憩？

「感謝奉茶。」德宇說，指了指茶壺。

「非我功德，路過喝茶而已。」老者揮揮手說，隨後單手做出「請用」的意思。

他猶豫該不該喝？正午口渴，但此茶不知何人擺設，也無人看管，誰知裡面有什麼？雖然多年保鏢，喝過多少路邊擺茶，但往鹿山莊這趟，顏掌櫃特別提醒險惡，加上此地滅佛執行徹底，讓他警覺提高。

見他猶豫，老者說：「你喝是不喝？」

「不喝了。」

「不喝快走。」

「我不能蹲在這裡嗎？」言畢，走到凳子另一邊蹲下，依然樹蔭遮陽。

這老人脾氣差，是他擺的嗎？

「天熱，我還是喝一杯好了。」德宇說，站起來。

老者又做出「請用」的手勢。

倒了一杯，水微溫，色濃，味道似乎沒問題。但他不敢太近聞。拿著茶杯，沒喝，最後走到原來位置，蹲了下去。

「不喝會後悔，路很長，會口渴。」老者說。

路很長，是暗語嗎？暗示知道他欲何往？老人顯然非尋常農夫。

「不知該不該喝？」

「不喝快走！」比上次大聲，還揮了揮手。

指示我快走？還指引方向？哪一條岔路是對的。

應是如此，茶不該喝，老者是引路人。

「多謝指引。」德宇起身，杯口朝下歸位，迅速離去。

幾步之遙，他回頭瞄了一下，老者依然蹲在那裡，但手上多了個茶杯，啜飲中。

抵鹿山莊前，不知還有多少考驗？功德茶老者似乎是引路人，有多少是攔路人？

初入山谷，沿指點的岔路，兩側樹木高聳，原本十分陰涼，走一段路之後，始覺悶熱異常，全身大汗，數度停下拭汗。路旁山溪清澈，樹枝伸展於上，溪邊花草繁盛，看來清涼。

頓時想起，這兩年經過兩三所名叫清涼的寺院。

怎知清涼與悶熱，並排而存。

也許自己腳程太快，才會這麼熱，他推斷，明確感覺汗粒流到頸項方，濕答答的。

前方遠處，一名婦人帶著男童，徐徐前進。等德宇靠近二人，婦人牽著男童的手，因為小孩一隻腳拖在地上，扭動身體，似乎不願繼續走。

「不走了，我累了。」男孩聲音宏亮。

「快到了，再走幾步。」婦人哄說。

「不要！」快兩隻腳都拖在地上。

「別鬧了！你瞧你弄這麼髒。」

「不管，我不走了。」

德宇幾步之間，已經追上。婦人農婦打扮，雙手拉著孩子，免得他倒向地面。

「要幫忙嗎？」一面問，一面評估。母子二人是附近人家，還是暗樁？如是暗樁，是引路人，如功德茶老者，或阻止他前往上山，前往鹿山莊？

「你能幫什麼忙呀？」婦人回答。

對呀，德宇僅一名鏢師，沒帶過孩子，能幫什麼忙？一時沒話可回。德宇更沒把握能哄小孩繼續走路，除非用嚇的。

「這樣吧，扶住孩子，我把他褲子綁好。」

的確，眼前亟待處理的，是男孩的褲子。由於扭動身軀、拖著雙腳，褲腳在泥土地上拉行，衣褲早已脫離，差點光屁股了。

「當然。」德宇放下包袱，略微遲疑了一下。山林之內，陌生之人，雖母子二人，難保他們是餌。如果遇伏，同黨來襲，自己配刀離身，大不利。還有鹿山莊的邀請函，在包袱裡，也不能丟。拾起包袱，綁在身上，蹲下扶著扭動不已的男孩，讓婦人去把他褲子穿好。

沒想到，小孩往身上一靠，黏他身上。

一向不讓人近身的德宇，這下子失了防禦。他對此極敏感，即使是小孩，或尤其是小孩，因為必得小心翼翼。目前是小孩環抱住他。

婦人試圖把小孩褲子拉上來、固定、綁好。做了幾遍，由於孩子持續扭動，始終沒弄好。同時，抱著他的小孩在耳邊嚷嚷，不要不要。

「又不是打屁股，穿好褲子而已。」婦人說，似乎回應男孩說的不要。

一陣慌亂之後，德宇鎮定下來，嘈雜聲中理出頭緒。

如果這對母子是偽裝密探，目前他前身洞開，無設防。一隻手拉著包袱，另一隻為了穩住小孩，輕輕按在背上。要攻擊他，太容易了。

同時，他又覺得自己過慮，一路上疑神疑鬼，當初葛山行的心態跑回來了。

自己跟自己辯論中，感覺小孩一直在摸他包袱。扭動時無意碰觸，或在找什麼？偷什麼？還好，婦人終於繫好孩子褲帶，嘈雜聲也慢慢靜下。

不過，懷中原本柔軟的小身軀，突然之間結實起來。由於身體貼在一起，感受到的變化再明顯不過。德宇心中一驚。

小孩不是小孩，閃過第一個想法。

他在運功，第二個想法。

身旁的婦人，原本勾著身子拉小孩或穿褲子，頓時挺立，手上不知拿著什麼？

德宇當機立斷，站起來，馬上把輕放孩童背上的左手抽回，用力將男孩推了出去，飛向路邊空地。

「你夠狠！」婦人斥說。

還好我夠狠，德宇想，差點被暗算。只見拋出去的小孩帶著一條尖銳的兵器，來不及碰到他，烈日下閃了幾下。他馬上卸下包袱，取出阿常師古刀，同時摸摸鹿山莊信函是否尚在？

婦人手中兵器，不等古刀完全取出，已經襲來。這時才看清楚是支容易隱藏的三叉短棒，德宇輕易躲開，但趕忙把包袱掛回肩上，差點被勾走。遠看像匕首的三叉短棒，中長二短，守勢武器，但用得熟練的話，兩側短叉可卡住刀劍，甚至折斷刀身。如果另一隻手加上短刀或匕首，會不好應付。而且母子搭配，成二人組，更難對付。

那孩子應該是侏儒，假扮男童。德宇不得不說，扮得滿像的。吵吵鬧鬧，聲音易模仿，五官揪在一起，令人忽略細節。懂得放鬆身體，讓人抱著時，感覺到孩子般的柔軟。德宇雖不會抱小孩，總還是抱過。當年，幫家鄉孤島的親戚或鄰居，尋找跑到村外玩過頭的孩子時，一次要帶好幾個回村，或拉或抱。他記得小孩身體的脆弱和柔軟，不能太用力。侏儒要攻擊，得吸氣運功，好在自己反應快，辨識出來。推出去時，已心存厚道，只推，非掌擊。畢竟僅片刻不到時間判斷，如果真是小孩，又下重手，豈不傷害無辜？當時只需迅速脫離可能危害就夠了。

掉落路邊草地的侏儒，看來沒事，打挺回身，拿著小一號的三叉短棒，兩人圍住德宇。他刀未出鞘，輕易拍掉左右突刺，所以沒有刀身被短叉卡住的憂慮。心裡想，二人組偷襲不成，應該早早走人，最好不要拖到他不耐煩拔刀。那時候，會發生什麼事，連自己都無法預知。

德宇故意給兩人一個空檔，讓他們得以順利脫逃。

看來只是派來探虛實的，非引路人，也非刺客，他想。

難道會遇上一連串試探？來看看夠不夠格？因為我是默默無聞的鏢師嗎？還是，鹿山莊對各路上山人馬，一視同仁，每位都要經歷探測？德宇想起，顏掌櫃提及，受邀之人中，各家高手，包含聚英鏢行京師首席，也有從衙門退下來的人。他不禁想起楊府護院教頭崔捕頭，兩人在校場的測試。一面循山路走，一面苦笑起來，老是要試我。自己資淺無名，不堪大任的樣子，別人要試，沒話講。

楊府一別，崔捕頭還好嗎？應該不在此次各路人馬中，但著名捕頭，神捕之類人物，也許有幸遇到？好期待。

不過，大家分頭找無著鏢件，而且早已出發，碰得到嗎？

目前顯然只有他一人，隻身前往鹿山莊報到。

另外，李家館子短暫會面那餐，不僅忘了問問崔捕頭近況，竟然也沒多打聽總鏢頭特薦羅首席的事。自己在碧水城總鏢行，聽說過京師羅首席，但所知有限。然而那晚才發現掌櫃與總鏢頭交情匪淺，應該與聞更多內情祕辛，也許對他這趟鏢，有所幫助。總之，那一餐，一切都匆匆帶過，開頭問太多，後來太多沒問。

答案在鹿山莊，快快趕到才好。

鹿山莊，莊裡養鹿嗎？或者，山莊位於鹿原周邊，鹿群圍繞？想起家鄉孤島的梅花鹿，村落附近常見，倍感親切。

見著鹿群之前，下一關會碰到什麼人物？會如何試自己？如今算過了兩關，並未真的動武，下一位人物很容易猜到也是暗樁，對方會如何發動？越來越有趣起來。

山勢越來越陡峭，山路也更蜿蜒。快黃昏的時候，德宇遠遠見到一壯漢，揹著一疊超長薪柴，腰間掛著一支短斧，往山上走。雖然在櫺谷遇上龍華營那次，德宇也曾喬裝賣薪柴，背了一捆，但眼前壯漢背的，相當壯觀，可見膂力驚人。

看來，免不了一鬥，他想。

第六章　百手書生

壯漢一副樵夫打扮，看來長德宇幾歲，不過太有勁了些。往來各地幾年下來，德宇碰過不少樵夫，老中青皆有，老朽或健壯，但如眼前如此壯碩，絕無僅有。此人體格可從事收入更豐的行業，非劈柴撿薪。

入山這一路，沒遇過人下山，只有上山者。已過晌午，上山的都是返家之人？不過，如果像之前母子二人，同方向行人走得不快，甚至有點慢，他會想，他們在等我。

壯漢的大疊薪柴，橫擋山道，他超不過去。

山道狹窄，沒縫隙可鑽。只能等，路寬點處。

翻個筋斗，跳到大個子前面？似乎不敬，引起不必要敵意。如果鬧出糾紛，要打一場？能不打就不打，聚英鏢行的規矩。

但山路始終沒變寬，大概因為壯漢的薪柴實在巨大。

一直在後面慢慢走，頗有耐性的德宇，快不耐煩。而且，得在天黑之前，物色好過夜的角落。對此山路完全陌生，最好早一點找地點。可是，拜大個子所賜，越拖越晚，不行不行。

得想個辦法。

「老兄！」德宇呼喚大個子。「老兄，嘿，老兄！」沒反應，叫了好幾聲。

「老老老，什麼老？」終於回應。

「兄台！能不能讓我過一下？」

「兄台？我是相公嗎？」大個子對稱謂，頗有意見。

「大哥，有急事，讓我過一下好嗎？」

「我擋到你了？」

「沒擋到，只是路窄，我過不去。」

「對不住！薪柴太長。你等等，前面路就寬了。」大個子聲音低沉，似乎真有歉意。好吧，如果真是山樵夫，熟悉此地山路，說前面路寬，應該沒錯吧。

其實，想請大個子轉一下身，側身即可，讓出一點空間，足夠擠過一人身，就沒事。不過，既然大個子說等等前面路放寬，也行。

「可以、可以。我等。」

感覺半時辰過去，德宇在薪柴後緩慢跟著，仍不見山路放寬。

「大哥，路怎麼還是一樣寬呀？」

薪柴不動了，突然停下，德宇差點撞上。

「路不是我挖的，我生下來就這樣。有什麼辦法？」

「對對，走了這麼久，還沒到開闊地方嗎？」

「走了很久嗎？」

看來，壯漢在裝傻，故意擋他。目的？看外地人不順眼，整他？山賊斥候，困住他要打劫？或，又是鹿山莊的試探關卡？荒山野地，不先打點好住宿，小則麻煩不適，大則危險。何況，德宇信函在身，受重託，不能耽誤。山路擋人，會要人命，他想，上火起來。

既然已停下，正好說清楚。

「大哥，能不能側個身，我鑽過去。」

「你老鼠啊？鑽過去？」大個子背對著德宇說。

其實，德宇屬鼠，可以回「對，我屬鼠，會鑽」，但無意如此回。

「大哥，趕時間，幫個忙。拜託。」

「難道我不趕時間嗎？天快黑了。」

喔，大個子提起天快黑了，可發揮。

「天快黑了，我要趕快找到過夜所在。」

「放心，這一段沒別的人家，你可以到我家。」

誰知道壯漢家是不是山寨，或真是樵夫人家？

「不敢打擾，只消稍微讓出條路，拜託。」

「讓出個洞，你說？」

故意要激怒我嗎？他想。

「好吧，讓出個洞，我鑽過去。」

「可以，但還是要等等，你要幫我。山路窄，薪柴太大，擋到你。其實我是想，前面有段路，一邊是懸崖，我擔心我這捆薪柴太重太大，如果風大吹動，走過崖邊路段會不穩，所以央你幫忙，扶一下。走過那段之後，海闊天空，好不好？你趕你的路，我趕快回家。幫個忙。」

大個子這麼說，有其道理，而且出言請託求助，人在外行走，幫這點忙是應該的。只好回：

「合力度過崖邊路，義不容辭。」

「夠意思！」薪柴動了起來，大個子開始緩慢前進。

雖然尚未到懸崖路段，德宇開始輕輕扶著薪柴。等兩人走到崖邊，天色又更暗了。德宇心裡七上八下，不確定合力度過是否壯漢的計策？

「小哥，怎麼稱呼？」危險路段開始，大個子發聲，問起名字來。

「可叫我德宇，道德的德，宇宙的宇。」

「小宇呀！我叫阿星。」大個子阿星有個駭人的習慣，說話的時候會擺頭往後看一眼，也許是禮貌。在前段塞住山路時，感覺不明顯，現下一邊山壁一邊懸崖，而且還滿高的，頭往後撇的動作，讓扶著薪柴的德宇清楚感受到左右搖晃。也許因為一邊空曠起來，加上那裡風勢特強，德宇心想大個子最好不要回頭引起晃動。

只好更加用心扶好，戰戰兢兢，不講話，免得大個子亂動。

「魁星，所以叫阿星。」又來了，晃動。德宇心中叫苦。

「好名字！」不得不回。

「對呀！住山裡，晚上抬頭都是星星。」動作更大起來。

「阿星，我們等下再聊。崖邊路不好走。」實話。

「不會啦，我常常走，天天走。今天有你扶著，根本不用擔心。」

也許吧，德宇想。但也擔心這大個子阿星如果有心相害，只消用力擺動薪柴，順勢就可以逼自己落崖。風越來越大，天色越來越暗。

只能暫時忍住，保持沉默。

「對了，小宇，你來曹夕山，有何貴事？」互相告知名字之後，很難不繼續問下去。德宇輕輕搖頭，阿星看不到，但不敢大力。

該告訴阿星自己欲往鹿山莊嗎？他一定知道鹿山莊，雖仍有段距離，但位處群山之間，必有所聞，何況共享此山路。沒理由不提。

「小弟受託前往鹿山莊。」

「哦，那山莊叫鹿山莊嗎？」轉頭動作又大了點，德宇急忙穩住擺動的薪柴。

「對，鹿山莊。」

「我們都叫隱莊。」

「為什麼？」他好奇起來。

「那裡雲霧多，常看不見，只有天晴的日子得見。大家說，若隱若現。」

所以叫隱莊，他心裡接下去。

「也因為他們姓尹。」

「哪個尹字？」一時不確定是哪個字，只聽到音。

「哪個字？哪個字？我想想，對了，府尹的尹。」阿星似乎很開心，動得特別大。

雙手努力穩住的德宇明白了。尹家莊，尹莊，常隱身雲霧中，也叫隱莊。反正念起來都一樣，尹莊，隱莊，都行。那麼，誰叫它鹿山莊？

「你們外地人才叫鹿山莊吧！那裡鹿滿多。」阿星說。

小心翼翼扶著，眼看崖邊小徑將盡，德宇鬆了口氣。

「小宇，前面彎路，有個岔路，往上走去是我家。你繼續走這條，會到隱莊。有段距離，明天才到得了。而且，很難找喔。」離開崖邊沒多久，阿星要到家了。

「天色很暗了。不如你來我家吧。」繼續說。

還不是你害的，德宇心裡埋怨。

「不了，我找個地方休息，沒事。」他不想跟阿星回家，誰知會有什麼詭詐？

「對了，小宇，我家在上面，往上爬之前，我覺得薪柴似乎往下滑，想調整一下。你幫我頂一頂，如何？我調妥馬上接手。」又要幫忙？都是我幫你，你又不幫我。幫忙扶一下走崖邊小徑，又要幫你頂一下？心裡不願意。

可是阿星一臉誠懇的樣子，不好拒絕。只能說：「好吧。」不是很情願。

「注意囉。」阿星鬆開綁在身上的粗布條，看一眼身後，微微往後頂一下。薪柴落在德宇雙手，感覺非常巨大。他必須把薪柴舉起來，不然無法施力。

「不錯嘛！」阿星表示讚賞，轉過身，搓搓雙手，交叉在胸前。

德宇頂得吃力。跟隨鏢行裡小隊走鏢的時候，他常負責推鏢車，也是走山路，不乏體力活的經驗，還撐得住。但這疊薪柴實在巨大，頂著頂著，不是手臂先酸，而是雙膝開始無力。想起從小到大他每位師父不斷重複的教誨，馬步是一切武功的基礎。

舉著不同於揹著，施力不一樣，漸漸快撐不住。阿星在旁伸展筋骨，無意接手的樣子。德宇這才發現自己走錯了一著，孤立無援，可能中了陷阱。不然，就是阿星要整他。問題是，為什麼整他？

「阿星啊，快來接手，我快不行了。」

「你們來隱莊的客人，都有兩三下，搞定一捆薪柴，不會不行啦。」看來跟隱莊，或鹿山莊，或來訪客人，有些過節。出氣在他身上？

「我真的不認識隱莊的人，一個都不認識。」真話。

「我不相信。」

「我們鋪子掌櫃差我來看看，無他。」

「你是伙計？不是什麼公子？」

「看我打扮像公子嗎？」這阿星吃了鹿山莊什麼虧嗎？

如此一言一語往來，德宇雙膝更受不了，加上雙臂開始發麻，頂不住了。

德宇開始退後，往山崖小徑移動，他要把這疊巨大薪柴丟下崖去。此刻馬上放手，扔在地上，也可解決手上麻煩，但我要阿星這傢伙損失。辛苦抬上來的柴，德宇要他拿不回家。

不過，就在他慢慢退著走的時候，突然升起一大疑問，之前急於超越大個子阿星，沒注意。樵夫早上揹柴去山下的村裡或鎮上賣，下午趕回山上，合理。可是阿星下午時間揹著薪柴上山回家，不像剛從山裡砍完的，沒道理。其中有什麼詭詐？想不通。

「小宇，去哪裡呀？怎麼往回走呢？」阿星不解他想幹什麼。

「我要把柴丟下崖。」

「丟下崖？怎會有那種主意？我好不容易才背過來。」

「你整我，我當然要丟你的柴。」退著走，很慢，但也快到了。

「哪裡整你了？」

「故意不換手，讓我頂著。」

「只不過想看看你力氣如何？」

我有力氣毀掉你的柴，這傢伙裝傻，德宇想。

「你背這些柴回家幹嘛？家裡不是還有柴嗎？」德宇問。

「對啦，今早我是從家裡背下山了，但有人買了柴，叫我背回來。」阿星說。

「買主住山上？」

「就隱莊。他們常跟我們買柴，送進莊裡。今天不知怎的，到了村裡買柴，又要原路背上山。我也很累好不好？平常背一趟下山，賣了柴，在村裡逛逛買東西吃東西，輕鬆散步回家。今天背兩趟耶！而且，今天來不及背進隱莊，先回家，等明天再背過去。所以，你要拜訪隱莊的話，可以住我家，明天一起去。」是他們倆個都被耍了，鹿山莊的人幹的。

「誰跟你買柴。」

「老人家。給的好價錢。以前碰過，不知名諱。」

德宇猜，難道是神出鬼沒，擺功德茶的老者？又是試探吧。真煩。

本來火大，真想把薪柴扔下崖去。這下子瞭解兩人都被整之後，算了，做不出來。阿星雖然有點頑皮，不能說詭詐。算了。

只是，他心中還有火氣，而且筋骨酸痛，需要發洩。於是，後退接近崖邊的時候，雙手一放，並拉開捆繩，讓薪柴落下，散在地上，僅大約一兩枝滾下山崖。

「你怎麼丟下來，都散了。怎麼這樣？看我揍你！」阿星急著嚷嚷，跑向他。

德宇迅速閃過衝過來的阿星，不想等他取下腰間短斧，沿山路快速離去。

天幾乎都黑了。

本不想如此分別，也算有緣同行。雖然只有一段，由於共度危險的懸崖邊，兩人不同心但協力，勉強像伙伴。可惜最後鬧翻。德宇自我反省，總偶爾沉不住氣，發火或拔刀。還好今天沒拔刀，像幾月前在赤錫路上，遇上赤山盟人馬那樣。不過那是碰到山賊無理，這次的阿星，其實不惹人討厭。

沒到要拔刀的地步。如果跟阿星腰上掛的斧頭對上，自己能應付嗎？值得先想好對策。

天已近全黑，還好來得及找到路旁不算大的地藏摩崖，旁邊山穴，入口處刻了好幾尊，略為清掃，足以安歇。自包袱取出厚的大罩衫，抵擋山裡陡降的低溫。那是小琟在他解夏前，拿回梁家莊洗的、晒的，香味猶存，他抱得緊緊。其實剛才就越走越冷，然而那時急著想超越大個子阿星，又得應付薪柴，竟然滿頭大汗。直到現在才感覺到冷，那是當然，山中之夜，而且不在屋內。

吃完隨身口糧之後，罩衫下抱著身體，看著明亮星星，德宇想的是入山以來，碰到連串暗樁。他們顯然接到指示，只觀察不接戰。但他今天目睹的，是鹿山莊防衛的外圍。他們明知他無敵意，所以只是摸摸虛實，如果來者不懷好意，會遇上更多花樣。

次日，德宇早早上路，趕往鹿山莊。阿星想必也揹著薪柴往山莊交貨，他最好動作快點，不然又被大個子塞在哪一段路上，還要鬥嘴半天也說不通。

鹿山莊所在的曹夕山，有五峰。德宇從西入山，需高低蜿蜒才能到東峰。今天如果順利，沒遇阻攔，午前應該可以抵達，出發前如此評估。但願沒其他暗樁，或就算有，不要再找我測試，不然。他摸摸插在包袱裡的古刀刀柄，以及刀鐔，暗暗勸自己不要隨意發火。

曹夕山東峰，山勢、風向、水文之故，雲霧瀰漫，久久不去。所以才叫隱莊吧，他想。昨日被阿星所堵，儘管發生小摩擦，但言談間得知鹿山莊兩三事，不無幫助。顏掌櫃告知來自鹿山莊的人帶來邀請，卻完全沒提鹿山莊是怎麼一回事，一副你到時候就知道的態度，也許是要他自己來摸索。

一路上沒再碰到阿星，而霧氣則越來越濃。他看得見山路，不過視野沒多遠。等到他突然立在一個隘口，意識到鹿山莊應該就在眼前。在那位置，看不見山莊，但哪裡有比把山莊建在隘口另一頭更好的防衛選擇？任何人都必須經過此隘口才能進入山莊，只要部署幾個人即可擋住千軍萬馬。何況，千軍萬馬根本來不到他現在站著的地方。

不僅如此，會認為山莊位於另一頭，也因為遠遠瞥見幾隻鹿躺在隘口附近，散在好幾處，發呆或望著他。也有一隻站著，動也不動，在稍遠處。

見著鹿，山莊應不遠，他忖。

抬頭望了半天，見不著山莊守衛。此距離，該有個放哨的吧。好歹也露個臉，跟我打個招呼，揮揮手，都行。我可是帶著邀請信函而來，德宇心裡嘀咕著。如果不見守衛打招呼，要他硬著頭皮通過隘口，他可不幹。誰知道什麼時候飛來暗箭，或掉下落石。不喜歡那種明知橋要斷，非得過橋去的感覺。

德宇料想，此地一定派有守衛，因為鹿山莊就在另一頭不遠。而且，守衛不出面示意，表示等他要通過時，一定出手試他。他老是被人測試，來自自己資淺、不夠格，他認了。但是，先講好嘛。如此對峙，似乎前輩們有默契要試，卻不明說，很不爽快。

對，這就是鹿山莊的調調，神神祕祕，不爽快，從送邀請信函到此時此刻。

也許只對我如此，因為我是顏掌櫃舉薦給總鏢頭，再推薦給山莊，多出來的一個？是否是多餘呢？

此刻，想念起阿星起來。如果阿星也要過，必定大聲嚷嚷，一切都變得熱鬧起來。

可是阿星顯然已經過去了，揹著那一大疊薪柴，他判斷。

如果不是一人獨走，就跟著鹿群過去。

原本或躺或坐或立的鹿群，見德宇直直往他們方向跑去，顯得驚慌，紛紛爬起來走動，原本立著的則迅速移動。他往後跑，繞了大圈，為了趕鹿群入隘口。雖然並未完全成功，好幾隻趁德宇繞大圈的時候，利用空檔跑到距隘口更遠處，但總算還是趕了五六隻進隘口，他馬上跟進。

這些鹿，也是梅花鹿，但跟家鄉孤島梅花鹿不太一樣。反正不是很大隻，無法給他多少掩護，只好盡量捱著石壁，隨小群鹿跑動。

果然，暗箭馬上就到。

耳邊聽到颼颼聲，趕快閃。

「在那邊，快點！」人聲從上方傳來，迅速抬頭看不到。

「那隻大隻的，動作慢，可以拿下。」又來幾箭。

也許無意傷他，箭落在他身邊。如果真要射他，隘口狹窄，他單人處完全劣勢，遭射中必然，問題是如何帶傷逃走。

「你看你怎麼射的?連皮都沒碰著。」弓箭手之一說，聲音低沉。

「你還不是?」另一個抗議，明顯年輕多了。

「這箭一定中，你看。」颼颼聲馬上跟來。

德宇陷入困境。看不見弓箭手，沒地方躲，更無法反擊。混亂間，人突然滾到地上，拉著身旁慌亂失方向的梅花鹿，擋住一箭。血流到他身上。

「你射到鹿了，怎麼跟莊主交代?」年輕人說。

「沒要射鹿呀!這傢伙詭詐，拉鹿當擋箭牌。」年長者說，似乎火大。

倒在地上的德宇，趁此機會看看周遭地上，撿了兩塊比蛋小一點的石頭，翻身離開受創的鹿，在換位置之際朝聲音來源甩出一塊。

「噯，小子丟東西上來了。」

「滿強的，聽聲音。」

「打不到我們，何用?」

「可你也射不到他。」

「我不是射不到，你也知道為什麼。」

「好啦，可這回他不見了。」

「這樣讓他太好過了，可惡。」

「還損失一隻鹿。你要被罵了。」

「一定要射他一箭洩恨。幫我看看他在哪裡，我準備一下。」

「看不到，只看到那隻鹿，可憐。嘿，又來了。」

德宇甩出第二塊石頭，雖然打不到兩人，但突然飛上來，嚇了年輕弓箭手一跳。

「看我射你！」年長弓箭手往石頭射出方向，連射三箭。

「我們要往前才行，他已經移動位置，快出隘口了。」

「這小子！」

德宇想，除非隘口也安排了弓箭手，不然他已脫離險地。丟出第二塊石頭之後，那三箭，射得氣急敗壞，失準頭，當然碰不到他。而那兩人在山頂移動，地形崎嶇，絕對沒那麼快抵達可攔截他的位置。

鏢師不帶飛鏢，太重，行走不方便。遇到剛才的情況，遭遇弓箭手，是劣勢，只好用飛蝗石搗亂。在總鏢行的時候，教過他，就地取材，撿卵形石投射。近一點可傷人，剛才那麼遠，跟弓箭沒得比，但可以搗亂，再找機會脫身，或用刀攻擊。

跑了這幾年的鏢，沒一次用上飛蝗石。不過，德宇喜歡丟石頭，從小就是，所以此次掛單瓔珞寺結夏，小珪不在的時候，他會跑到離寺不遠的蓄水池塘，丟石頭、打水漂，順便練手勁和準度，可以自己玩個半天。一面想事情，一面丟，只聽見石頭擊水聲。想小珪，想念家鄉，想起花島佛寺，或腦袋空空，撿石就丟，丟到附近沒有大小適合的石塊。沒想到在鹿山莊派上用場。

出了另一頭的隘口，他找了一處離制高點有段距離的大樹，躲在樹後歇息片刻。看著自己上身沾了大片鹿血，濃濃味道，相當苦惱。不過，慶幸總算過了那關，今日他們無意傷他。回想一下，如果派駐足夠弓箭手，小心布陣，此隘口可擋下大隊人馬。要攻入鹿山莊，並不容易。

猜那兩位弓箭手，也許是山裡獵戶，雖看不到人，兩人你言我語，聽起來是一家人。德宇一直想練弓箭，始終沒機會。孤島的家鄉村落附近，都是農戶，沒有使弓射箭人家，山區部落獵戶不少，村子接觸有限。也許那時候他還沒感興趣吧，後來回想。花島學藝那幾年，周遭練弓箭者不少，但德宇隻身在外，如果武術學堂不教，找不到門路學。不敢問師父，問過師兄弟，他們說弓箭所費不貲，不適合他們窮人孩子。學好刀劍就好。

武術學堂附近的大寺院，每年舉辦成年禮通之矢，周遭鄉里年輕男女子弟集合長射，場面浩大，絕對壯觀。德宇跑去參觀了好幾屆，見到跟自己年歲相仿，穿戴華麗的男女持弓等待、準備，再上前拉弓，一批換一批，越看越興奮，但最後也只能帶著自己始終無緣學射的遺憾，慢慢走回學堂。

今日被兩位弓箭手站在制高點戲弄，差點無法脫身，心中難免有感。

難忘通之矢呀！

明年結夏，一定找個地點好好習弓箭，他暗下決心。

至少，張羅所有器材，自製箭靶，在瓔珞寺苦練，還能見到小珪。他想像那場景，笑起自己來。

起身走出樹林，沒幾步，見到雲霧中的山莊。依山而建，附於山壁，形勢險惡。如果不是今日天氣好，而且是正午之前，不然可能又隱身雲霧中了，難怪叫隱莊。

大個子阿星已在莊內嗎？他想起阿星，昨日告知莊名。

若隱若現，又易守難攻，絕佳藏身之所。

莊門口無辨識標記，只有插了一塊木牌，上書「卸劍 解刀」。

正想阿常師的古刀要解下放在哪裡，門開了，走出年輕男僕，比德宇高、肩膀寬闊、身強力壯。德宇原本預期是小廝或老僕應門，沒想到來人年紀輕輕，不自覺警戒起來。看來，鹿山莊是個高度武備的莊園無誤。

「林鏢師，交給我就好。」來者說，語氣平和。

照顏掌櫃說，自己是最後報到的，山莊知道林鏢師到了。他的刀沒佩在身上，插在包袱裡，而且用布包著。花了番工夫才把刀取出來，交出。

「林鏢師好身手，一路上山，寶刀安置包袱內。」青年說。

之前倒沒考慮這點。的確，刀沒出鞘，只在遇上假母子檔時，曾從包袱取出，以刀鞘擋下幾招。意味著，一路雖然事件多，但無危險。

「非在下身手好，是貴山莊沒有為難。」德宇回。

功德茶長者、使短叉假母子、大個子阿星、隘口弓箭手，四個暗樁，都是點到為止，想必他們還有本領未使出來，而且只派出小部分人手。真正全力阻擋，德宇自認過不了關。

「請跟我來。」青年捧著刀說。

他隨之進門，循沿著山形建的木頭長廊一階一階往上走。長廊兩側封閉，有小窗，相當暗，必須依賴青年從門口取下的小支火炬，才看得到階梯。大概一方面為了應付變化多端的山中天候，另方面則為了防禦工事。

終於到達鹿山莊院子，又見天空。不過，雲霧低沉，幾乎壓在頭上不遠。

「林鏢師，此處尚有一關，無景園。請稍待。」青年捧著刀，轉身不見了。

尚有一關？但刀子被拿走了，是看拳腳？或猜字謎？德宇心裡開玩笑。

雖是上午，院子僅有微光，何況火炬也隨青年消失，德宇看不到兩步之遙。由於院子充滿霧氣，他自己的腳也見不著，如果地面不平，移動之際難免跌跤。

正試圖適應中，他聽到後方似乎有人過來，急忙轉身。

突見迎面一掌，他來不及想，側身閃過，但腳下凌亂，差點摔倒。

感覺霧中伸手又往他過來，好像不是針對他身體，而是揹著的包袱。

德宇只能閃，刀不在身邊，連刀鞘都沒得用。他幾乎沒有任何搏擊功夫，來人想必高手，他無法對應，陷於極端不利情勢。而且，此處霧氣導致連人影都見不著，加倍不妙。

他一向的原則，打不過就跑。沒有門派，沒師承，沒名聲，不怕人笑，反止沒人知道他是誰，可十足發揮小人物的好處。

看不到對方，對方同樣看不清楚。怕什麼？不過，在別人院子裡，對方熟悉地形，還是比他強，而且拳腳遠勝過他。盡量躲便是。

雲霧中伸出的手掌，快速淩厲，德宇大多靠聽音閃避，但被觸到多次，只不過未中要害，扭動身軀讓對方的手滑走，逃過數劫。情急之間，德宇甚至啟用自己「劍雨飄花」的步伐起來，好像頗管用。始終守住包袱，沒被穿雲手拉走。

對，這人身手用於此院，應該叫穿雲手，他在左右閃避間想到。

雖然也想在守勢與躲避之間，找到出手攻擊機會，但時間拖長之後，他理解自己無法進行攻勢，能躲開，已經超出預期。如果攻擊，必定露出空門，被痛擊，或包袱被勾走，萬萬不得。

德宇想起在楊府，與崔捕頭那場測試，不能攻、只能守。

穿雲手慢了下來。

「林鏢師躲得好。無景園，即無影園，穿雲手、無蹤拳在此更難防。」應門的青年僕役從左前方出現，手持火炬。

無景園，無影園，濃霧瀰漫，美景消逝，有影無影之間，瞬息萬變。

「見笑了，在下只會躲。」德宇自覺慚愧。

「林鏢師身形快，大概不喜鬥拳腳。反正別人也打不到。」穿雲手自霧中現身，三旬多年紀，中等身材，鼠色穿戴，易與周遭合一。

「本莊李護衛副領，方才試林鏢師拳腳。」青年說，算介紹兩人。

「我沒拳腳功夫，過不了關，李副領寬大為懷。」沒想到自己會說這些話。

「林鏢師，李某在此致歉。聚英鏢行多派人手協助敝莊，林鏢師攜信上山，不勝感激。但我想趁林鏢師此次上山，測試各崗哨的警戒調和。非測試林鏢師，是探探我們自己。」

「各關卡隱藏得宜，發揮起來，功效不小。」德宇想，山莊必定僅啟動小部分人力，非全面動員。他再度確認。

李副領見德宇猜到大概，無須解釋，只說：「如加強動員，每關卡可增三倍或五倍人手，看情況調適。」

「那會難以抵禦。」他可以想像，鹿山莊如果下令全面禦敵，一路上山會有多困難。

「一般官兵、江湖人士，或盜匪，應付應無問題。但如果是龍華營，人數眾多的精兵，就難說了。」李副領露出苦笑說。

「龍華營會打來這裡？」有點驚訝。

好幾個月沒認真想龍華營三個字。結夏期間，想起葛山行種種，只回憶戲弄龍華營探隊，未認真。所以在雲霧瀰漫的鹿山莊院子裡，聽到有人提這三字，頓時嚴肅起來。

不應驚訝的，繼而想。顏掌櫃推薦的事，跟一串事牽在一起，滅佛令、楊府、佛像、安國黨、龍華營、雲莊、僧兵等等。夏天斷線後再接起，如果又被拉回到之前這一串事，不應意外吧。唧信來鹿山莊只是開頭，什麼時候碰到龍華營，慢慢看。

「龍華營的確不好應付。」他隨口回，卻是親身體驗的心得。

「林鏢師碰過龍華營？」李副領顯出驚訝。

「略有接觸。」德宇不想多談龍華營的事，除非絕對必要。其實，完成葛山行之後，他只跟小珪報告行程概略，刪掉跟龍華營交手那幾段。除此之外，完全沒跟任何人講，即使是李家館子裡，分派給他算是新鏢件的顏掌櫃。

但只要是顏掌櫃拉的線，一串事跟著來，似乎也會扯到龍華營。

上次接觸，化險為夷。下次，跟龍華營不會是簡單交手，而是衝突，甚至血戰，從鹿山莊覺得需要演練來推斷。

「看來聚英鏢行推薦經驗豐富的好手，感謝感謝！」邊說，邊多看德宇一眼，似乎覺得年輕鏢師對過龍華營，可能有兩下子。

院子此時開朗不少，雲霧迅速散去，顯露金色中堂。應門捧刀而後再度出現的青年僕役，早跟著霧氣消失不見。

既然提到了龍華營，李副領收起和煦的待客態度，語調與神情嚴肅起來。他馬上喚來小廝，說林鏢師從榮城趕來，一路辛苦，帶到客房好好休息，並告知德宇，山莊晚宴之後，兩人將前往山莊中段的不動堂，會見二當家，準備次日行動。

戒備森嚴的山莊，應門解刀由年輕男僕負責，內務則小廝擔當，未見女僕。德宇難免憶起小珪，沒女僕也好，不然心中聯想，引起思念。

的確需要休息，但最需要沐浴。已經趕路好幾天，昨天塞在摩崖地藏旁的小山穴過夜，最想要沐浴。小廝做了安排，浴畢，下午時分山中大霧又起，整座山莊見不到一個人，也聽不到一點聲音，德宇小憩約一時辰。

隨後，李副領親自來客房，請他去食堂，享用鹿肉大餐。德宇猜出這必定來自隘口弓箭手疾射之際，他拉來阻擋的那隻鹿，心中有愧。他才要開口，李副領微微手勢，令他無須多言，吩說好好享用，才不辜負鹿山莊的靈獸。德宇理解其意，不過這餐吃得心情複雜，口中享用卻無法盡情。

飯後，李副領提醒德宇返回客房，攜帶掌櫃交給他的信，兩人沿山莊木製長廊的斜坡，往上走，到中段的不動堂。

鹿山莊雖名為山莊，其實是沿山壁建築的長形木構，首尾相隔甚遠，高低落差大。最底，院子所在，無景園，也就是李副領的穿雲手考驗德宇之處，是一般人知道的鹿山莊。但其後蜿蜒分布，還有好幾座廳堂屋房。

不動堂，是德宇特別覺得吸引的名字。花島學藝時，拜訪過好幾座寺也配置了不動堂。對他而言，並不陌生。

顧名思義，供奉的是不動明王，密教所拜。通常不動堂非佛寺主要供奉，屬眾多從屬祭拜之一，不會太大間。德宇去過好幾間，也位處山勢險峻的角落。兩人一路上爬，走出蓋覆的木製廊道，經過文殊堂、地藏堂、鐘樓、觀音堂，來到規模最小的不動堂。

不動堂幾乎掛在山崖上，靠幾支木柱撐起，德宇感覺似乎隨時會潰散崩解，墜下山谷。大概因我非信佛之人，缺乏信念支撐吧，他反省。然而，純以景來論，不動堂貼附陡峭崖面，交纏天人之力，無比驚人。從山道看過去，遠處山峰背景壯闊，不動堂微小樣貌，引人嚮往，與遐思。

堂中燈火微亮，門戶開敞，李副領先上台階，德宇跟著。只見狹窄堂內一人盤坐，背對著門，口中念念有詞，堂中立姿不動明王雕像，木刻火焰光背，右手持劍，左手握羂索，天地眼和牙上下出，在兩旁蠟炬火光閃爍之下，似乎抽動不已，讓人有要走下岩座的錯覺。

聽到兩人步上簡易台階的聲音，二當家迅速轉身，維持盤坐姿態。李副領和德宇隨即脫鞋入內，盤腿坐下。

「稟二當家，這位是聚英鏢行林鏢師，總鏢頭特別推薦支援。」李副領報告。

朝廷頒下滅佛令已經幾年，鹿山莊各佛堂，乃才沿山道經過，雖未見內部，看來維持參拜的樣子。這會兒親自目睹不動明王香火依舊，確定鹿山莊不屬朝廷管轄範圍，罔顧禁止，敢於反抗。這自然讓德宇想到葛山麓的雲莊、甘木居士，以及把他拉進一連串人與事的顏掌櫃。

「感謝林鏢師前來協助，目前本莊陷入困境，亟需奧援。」二當家五旬左右，鬢髮微斑、短鬚，著寬鬆群青粗布衣，一臉誠懇，抱拳說。

德宇也立刻抱拳，但不知回什麼好。

「林鏢師，我們徐二當家掌管本莊實際運作，大當家緊急外出處理要務。」

「如能幫上忙，必定盡力而為。」

「我就明白告訴林鏢師，什麼事導致大當家緊急外出，以及什麼事煩勞增派人手來本莊。」

二當家炯炯眼神，盯著他，似乎在探虛實。

「請說。」德宇完全不明狀況，只能擺出平靜的樣子。實則是，他很好奇。從顏掌櫃說「來自鹿山莊的人」留下信函，但一路探測，整件事神神祕祕，不好奇也難。

同時，德宇取出信函，雙手奉上。推測此算是信物之類的，需要給二當家查看一番。

李副領從旁接下，轉給二當家。但二當家只摸信兩下，就側身把它放置不動明王像前的小平台上。似乎觸摸即足以確認信函，無須看內容？

「本莊兩個月前，曾款待一位貴客長達兩年之久。貴客出身名門，學識過人，見解高妙。自朝廷頒布滅佛令以來，著作不輟，抨擊禁教之不當，針砭安國黨專擅、排除異己、壟斷朝政，倡議變易。尤有甚者，此人熟知朝廷高官作為，不斷揭發弊端，周知營私舞弊錢財流向，暴露官場醜態。由於每句必出一帖，論政、倡議或揭弊，大受歡迎。抄本流通甚廣，官府頭大，高層震怒，早早發布通緝。」二當家一口氣說。

「大家稱之為百手書生。」李副領補充。

「百手書生？」德宇孤陋寡聞，從不在意時事，沒聽過。口中複誦。

「出帖量大，又快又好，如百隻手同時運筆書寫的樣子。」

「好稱號。」他嘆。相當貼切的形容，想像百手奮筆疾書，如劍俠出招，變幻莫測。

二當家繼續說：「遭通緝之後，百手書生摯友數人維護他安危，結伴到處遊走，逃避朝廷追緝。本莊莊主與書生摯友之一家門素有來往，聞書生膽識、見識過人，願提供保護，因此收留書生一行人。於鹿山莊期間，百手書生依然寫作不輟，每旬必出帖，友人送下山，置於遠方城鎮市集，供人傳抄。」

「朝廷全力追捕，除啟動各衙捕快、招募民間好手，甚至下令龍華營派探隊加入偵察。」李副領接著說，看了德宇一眼，大概因為兩人早先提過龍華營之故。

「百手書生暫住山莊期間，維安由本莊統領與副領帶隊負責，極度保密，所以儘管曾有三次查到密探經由林鏢師上山路徑，前來查訪，皆隱藏得宜，密探無功而返，並未引起懷疑。」

「百手書生來歷？」德宇知道，如果他不問，二當家他們也會講。不過，他突然覺得問一下也好，表示興趣，比較禮貌。原來自己也在改變。

「此事極少數人才得一窺。大家只知百手書生，無人識其姓名。其實，書生姓趙，其父乃戶部尚書趙春城，也是安國黨核心之一。本來，任何人做了趙公子如此觸犯朝廷大不韙的事，必遭株連，全族獲罪。但據本山莊得知，趙春城與安國黨其他核心重臣，達成協議，留其性命，但任憑處置，族人免責。至於幫助趙公子對抗朝廷者，含其摯友，無論達官顯貴，或販夫走卒，殺無赦。」二當家語氣沉重道來。

「那麼鹿山莊諸位？」德宇顯出憂心。

「林鏢師無須掛心本山莊。由此不動明王像可看出一斑，本山莊地處山林，一向並未聽從朝廷號令，尤其違逆義理、罔顧民心者。原本，我們不公然反朝廷，暗地收容趙公子，無視滅佛令，照舊禮佛。如今公子出事，我們號召各路人士襄助，必然引來危險，此乃山莊的考驗，但我們不能棄趙公子於不顧。我們相信，我們足以自保。」

「公子出事？」

「百手書生，就是公子出的事，待會再說。本莊須先知曉林鏢師意願。前述可知，如欲加入協助公子之列，即違逆朝廷，與位高權重的安國黨為敵，將獲大罪。之前回應山莊求助，參與此事的十一位人士，含貴鏢行京師羅首席鏢頭，皆久入江湖，深知風險。林鏢師年紀輕輕，初入此途，最好明白，此後與朝廷作對，將無寧日。慎思之。」

德宇沉默片刻。顏掌櫃在李家館子講過，這趟極為嚴峻危險，但其實希望他來。大概因為走了趟葛山行，德宇已經反抗朝廷了，再反抗一次沒差別？或，顏掌櫃了然他的孤島出身，本來就跟朝廷不合，知其心向，根本不必問？鹿山莊客氣多了，像之前的楊家。

「二當家、李副領，兩位考慮周到。敝鏢行總鏢頭多薦一人，早已思考清楚前後關聯。德宇榮幸可以加入，只擔心幫不上忙，不會考慮自身安危。實則是，在下早已得罪朝廷，鹿山莊無需為我擔心。」如此，必定影響他和小珪的未來，如果有未來，他明白。

「這樣嗎？」

「沒錯，鹿山莊應相信聚英鏢行總鏢頭判斷。快快告知公子出何事，才要緊。」

「既然如此。」二當家雙手合十，似乎祈願的樣子，「兩月前，公子一行人中傳出鹿山莊不再安全的講法，有意遷至他處。本山莊，又名隱莊，對遮蔽隱密，相當自負，認為不再安全一說，並不可信。派駐在外的密諜網，經再三檢視，也無法確認本莊出現漏洞。然而，儘管本莊自負，也不會盲目相信防衛滴水不漏，何況公子一行人皆名列朝廷捉拿名單首要之列，對身處鹿山莊的自我安全產生疑慮，雖無法證實，本莊只能尊重。」

「尹莊主曾親自探詢趙公子意見，總是在案頭讀書或書寫的公子答曰，摯友之中得知密報如此，建議速速遷移，以策安全。」李副領補充。

「沒錯，既然公子信任摯友，莊主不使多言。只提醒，此時改變住所，變動之際，反而容易遭人察覺，洩漏本身動向。不過，公子信任摯友理所當然，莊主尊重。於是一行人在本莊方統領帶隊護衛下山，於山麓村落騎馬迅速離開。莊主心繫公子安危，意圖保持聯絡，作為支援，不料遭拒。如此一月後，公子一行人音訊全無。由於不宜大張旗鼓尋人，不然等於給朝廷捉拿官員點燈，但不聞不問亦非辦法，尹莊主於是邀請最信任並同樣反對滅佛令的熟識友好，派最少人馬，最保密情況下，分頭打聽下落，只希望得知公子安好。如果發現需要協助，也好及時應對，保住百手書生。」

如此，鹿山莊徐二當家解釋尋找百手書生的困境。

德宇點頭，表示理解，也知道自己該做什麼。不過，他其實不確定自己能做什麼？顏掌櫃太相信他了吧！德宇自己無法像掌櫃那樣，相信自己。

不該是以為葛山行匆促上路，意外得善果，這次也行吧？

上次送密鏢，這次尋欽犯，差多了。

此事，超出聚英鏢行小鏢師能力範圍，他覺得。

表面點頭，他心裡搖頭。

不動堂裡，三人靜默無語。堂門未關，外頭一片漆黑，山中夜晚冷冽，況且已初秋。原本全神聆聽，不覺寒冷，靜默下來，感到陣陣冷風吹進。不動明王像前蠟炬閃爍更劇烈，明王的天地眼、牙上下出，似乎扭動起來。

「聽說，出動十位？」德宇問，來自顏掌櫃在館子所說。

「已有十二批，一批數人。」李副領澄清。

「如此，在下算第十三人？」德宇問。

「林鏢師無須憂心重責。先前十二人分區尋人，看待自己為增援人力，補足十二人之不足即可。他們是功成名就、揚名立萬之人，重責由他們扛。」二當家看出德宇心境，語出安慰。

「夜已深，早點安歇。明日會告知十二人的分區為何，以及林鏢師可走哪一條線。另外，也會走一趟趙公子一行人於山莊的住所，多認識要尋找的目標。」

二當家似乎無意離開不動堂，兩人拱手道別，起身穿鞋。李副領從門口取下一支火炬，一起走下短階。二當家雙手合十目送。

兩人沿來時山道往下。

德宇回頭，只見山谷一片黑暗中，不動堂門口發出的微光。不知道再往上走，鹿山莊還有什麼奧祕的堂房？

第七章　紫紙坊

鹿山莊才待了一天，就要離開。

連看都沒看清楚，身處其間只覺模模糊糊，果然是隱莊。德宇留宿一夜，沒見到幾個人，倒是整晚聽到人員移動的聲音。微乎其微，但他聽力甚佳，還是察覺。並未接近自己房間，大概是巡守走動，以及少數人員進出。

早飯時，依然迷霧中。到了要離開，回頭一望，恰好短暫晴朗，才看清鹿山莊所在山谷的參天巨杉環繞，沒一會兒又遁入白色濕氣中。

還好，有機會看了兩眼。早飯後，李副領帶他到百手書生一行人原本安居之隅，山莊狹長範圍裡一處折進去林地，算隱密中的隱密。如沒人引領，加上莊內總雲霧瀰漫，外人進來不知要找多久？他們一行人匆匆離開此絕佳避難之地，為了什麼好理由呢？

德宇隨李副領蜿蜒林中小徑，來到幾間相隔不遠的小木屋，進入其中一間。

「這間公子所住。」

裡頭布置簡單，跟德宇住的客房差別不大，寬一點，但明顯的是書桌巨大，上頭留下稀疏幾疊白紙，還有筆架掛著筆，與硯台、墨。他看著兩只長形紙鎮，鹿形，頗精美，忍不住拿起一只端詳。

「什麼色？」李副領走近書桌，拿起一張數摺的紙，交給德宇。

不白，也非淡黃，有點溫暖的色。把它拿遠點，到窗邊換了幾個角度，說：「原來如此。」

「此乃各地襄助人士分派出去之後，二當家注意到的線索。二當家也負責莊內庶務監督，想起趙公子特別要求莊內為他準備紫色宣紙，以供書寫，因為公子從小喜愛此色。自會寫字伊始，家中一直供應淡紫色宣紙，書房從來不缺。」

德宇聽著，手指撫摸紫紙紋路，同時想起自己常如此摸著刀鐔。

「本莊準備紫紙，煞費苦心。趙家自有常用的紙坊，往來數十年，供應特色紫紙也有二十年。但公子避禍於本莊，為免被官府透過紙坊出貨，循線調查，導致追捕，莊主派人另行尋得紫紙坊供紙，以免因換紙影響公子文思，阻礙書寫。」李副領解釋說。

會嗎？他沒問出口。阻礙文思？會吧，他推想。自己不是讀書人，難以理解寫字的種種心情吧。自己覺得好笑起來。還好沒問。

「公子自己沒提此事，但他摯友數度強調，我們莊裡辦事的人不敢或忘，以免待客不周。莊主一再告誡我們。」

「莊主真是盡心盡力。」德宇不是講客套話，真心覺得。

「不過，尋得適合的紙坊，並不容易。首先，除了趙家熟悉的紙坊，幾乎無別家製作紫色宣紙。莊主認為不宜請平常供應本莊的紙坊參與，於是請二當家赴鄰縣，在當地數家紙坊間，挑選其一，委託製作紫紙。」

「鄰縣，非山下城鎮，怕過於接近？」他問。

「稍遠，免立即危險，但又不會太遠。事實上，本莊派人進駐紙坊，如遇官府密探查訪，馬上會回報。」

德宇未接話，大致料到鹿山莊要他幹什麼了。

「公子一行人離開後，本莊調查，紙坊並未洩漏線索。不知公子方面認為哪裡出問題？」

德宇在等李副領說出來。

「公子失聯，十二人投入搜尋之後，二當家認為應當往紫紙這條線下工夫，也許可事半功倍找到公子，因為那是他必須使用的物品，而且需要大量。」

「因為他是百手書生。」德宇插嘴。

李副領點點頭，說：「十二位各方好友，都已分配尋找區域，或特定處所，無法追紙的線。本莊人馬，部分已由方統領支配，外出找人，尹莊主於是親自出動，帶領其他護衛，依紙尋人。這是為什麼林鏢師來訪，本莊冷冷清清的原因。」

原來如此，他想。耳朵被「依紙尋人」四字聲音吸引，心中複誦，來來回回。

「然而，出門三日後，莊主捎來口信，說警覺到他以鹿山莊莊主身分，太容易被官府盯上，尤其龍華營。如果真的如二當家建議，依紙尋人成功，反而暴露趙公子一行人下落，豈不落入陷阱。」

沒錯，真找到人，黃雀在後就慘了，德宇認同。莊主顧慮得是。

「此時，轉往碧水城的莊主，拜訪聚英鏢行總鏢頭，恰好被詢及是否還需要幫手？管不了是否僅是客氣探詢，莊主馬上提出需要增援。」

李副領說完，看著德宇，意味這就是你為什麼在鹿山莊的原因。

德宇內心苦笑，臉上則是似笑非笑，不知道做什麼表情好。

顏掌櫃，這次你真的害到我了。當初葛山行，因為榮城鋪子缺人，事情緊急。而且走人跡稀少的西邊山路。這次尋百手書生，跟安國黨直接槓上，且在朝廷人馬眾多的州縣，我小鏢師哪有能力應付？怎麼會把我推薦給總鏢頭？如果再碰上龍華營，真是慘了。

兩人走出木屋，德宇望著四周杉林。此時手中無刀，很想去撫摸金烏刀鐔。

蜿蜒走回住過一夜的房間，李副領交給他清單一份，列出供鹿山莊用紙的紙坊、鄰縣供應紫紙的紙坊，以及遠近大小紙坊，囑咐說「依紙尋人」就是他的任務。先查訪清單所列，如果公子一行人跑到其他區域，那麼紫紙供應就非鹿山莊能夠查訪的了。

離開鹿山莊的路途上，經過隘口、山崖，一路而下，來時路碰到的暗樁，毫無蹤影，只在最後看見「功德茶」牌子與茶具、擺設，都在，人不見。他一直希望能遇到大個子阿星，不過無論在莊子裡外，或昨日分手的岔路，都未見人。本想爬上岔路，瞧瞧阿星數度邀請他去的家，是什麼樣子？隨即打消念頭，覺得還是專注依紙尋人才是正途。

雖然資格最差，但忝為第十三人，趕快找人吧。

走出百手書生所住木屋時，他取走兩摺紫紙。其實是李副領從大書桌上抽出一摺，交給他，意思是當按圖索驥的依據。但他自己又伸手取了一摺。多拿一摺，總會有點用，花了工夫上鹿山莊，下次什麼時候來誰知道？總不能只帶一摺紫紙尋百手書生吧？丟了怎麼辦？難道再回山莊？他還想拿第三摺呢。這是德宇被師兄弟，以及其他鏢師揶揄的原因，說他緊張兮兮。不是嚴重的揶揄，尚可容忍，不然他會翻臉，造成自己無法預測的結果。

下山後十日內，德宇一一查訪清單中紙坊，未見供應紫紙貨單，亦無隱藏跡象。百手書生摯友訂貨，必避免留下痕跡。但是，痕跡絕對有，還得看你是否找察覺得到？

鏢師也勝任尋人嗎？德宇尋訪一家又一家紙坊途中，問自己。

運鏢容易多了，起點終點明確，走對路就行了。中途的事，一一解決便是。

找東西，模模糊糊，只見線索與徵兆，但不確定。捕風捉影之後，極可能一場空。

他不喜歡搞丟東西，更討厭找東西。花島學藝期間，以及後來住碧水城，偶見他翻開自己床位，尋找臨時想起不知放在哪裡的東西，有時僅是無關緊要的物件，只是想起，就得找到。大伙一開始勸他，也幫他找，後來知道他不會停，不理他、讓他累了後放棄。

自己最不應該做尋人差事。這句話，尋訪途中不時浮現。

他還想了很多其他。

趙公子，嗯，還是別這麼叫好了。沒見過人，心裡不習慣叫什麼公子的，沒那個敬意，覺得稱百手書生好些。德宇想，叫外號比較順口。百手書生，出身官宦之家，父親乃朝中大臣，還是安國黨核心人物，從小耳濡目染，卻不認同朝廷政令，立說批駁反對，而且著作不輟，源源不絕。至少，李副領和二當家在鹿山莊如此告知。

不容易呀！多少公子仗著家中高官背景，享受富貴，濫用權力，攀附結黨。就算眾公子中，有人看不慣，最多沉默以對，不招惹不理會，有幾個會提筆批判？

怎麼樣的人呢？油然生起想會會這號人物的心情起來。

不喜歡尋物尋人的自己，也許可以藉此克服心中的不願？

不是為了顏掌櫃和總鏢頭的推薦，也非為了鹿山莊的請託，只為了會會此人，想看看到底是何等人物。

閃過百手書生奮筆疾書的樣子，完全出於胡思亂想，外號的推衍而已。

但德宇無法把那案頭不斷寫字、幾乎跑出三頭六臂的書生模樣，趕出心中。反覆出現。那影像，超過三頭六臂，是百手。

不跟菩薩像一樣了嗎?不禁想起當年在花島，那些親眼所見的多臂菩薩像、明王、阿修羅。大概都被他混在一起，變成百手書生的樣貌了。

當然也沒忘屬於小珪和他的菩薩，瓔珞寺不空羂索觀音，不久前才解夏道別。最像的，是千手觀音吧。識真曾說，千手觀音雕像只有極少數真的做到千隻手，大多四十二隻手，或四十四，意思到了就夠。

百手書生，類似意思。

想著想著，讓原本懶洋洋的他，提起勁來，加快行程，探訪一家一家紙坊。最忘不了兩種截然不同的味道。進出各家紙坊時，紙坊的店鋪，散發陣陣紙香，忍不住多聞幾下，身子四周彷彿受味道結界庇佑。但工場則臭氣瀰漫，原料木材浸泡，以及製作過程中加入各種材料後，發出惡臭。原來這麼臭的東西，可造成這麼香的用品，以前沒注意過，沒想過，沒機會。

雖然心中不願，但他非藉故潛入工坊探個究竟才行，就是為了看看有無紫色顏料。

紫，大概是德宇最沒念頭的顏色，那是當然。人們說紫是皇朝之色，連一般富貴人家都少用，他出身孤島異地，帝國化外，蕞爾村落，半點貴氣都沒有，自然與紫無關。百手公子貴冑之身，長於金玉，嗜用紫紙也是自然。可是，德宇如今不得不跟最沒念頭的紫色糾纏一起，因為鹿山莊指示他依紙尋人，實則是依紫尋紙，再依紙尋人。簡單說，等於依「紫」尋人。

對他而言，當務之急是查出哪間紙坊用了紫色顏料製宣紙。

鹿山莊二當家沒忘這點，指示李副領交代德宇去找山莊紫紙供應來源，青竹紙坊，裡頭的周師傅，講授紫色顏料的種種。

李副領說，下山後，先去兩家紙坊轉轉看看，看看有無跟蹤，再前往青竹坊，請教周師傅。那是他拜訪的第三家，也是印象最深刻的。跟其他紙坊類似，青竹坊的作坊位於水邊。顧名思義，大片竹林在西側，清幽漂亮，小工坊乾乾淨淨的，遠看一幅靜謐景致，但走近即飄來臭味。德宇心想，對了，沒走錯地方。

原本做事的伙計，放下手上的活，看著他走近，明顯的外人。

「你找誰呀！」一位小哥不客氣地說。

他們覺得被人闖入吧，他想，不然挺沒禮貌的。

「找周師傅。」

「你他誰呀？」還是不客氣。

「朋友相託，從碧水城帶口信給周師傅。」

「從碧水城來，那麼遠啊？」

本想說自己來自別城鎮，怕口音不對被抓，招惹麻煩。還是說碧水城來好了，至少住了好幾年，好掌握些，儘管自己口音也不太對。

「恰好我要去長松嶺訪友，周師傅的老鄉知會路過此地，因而相託。」不好說要去榮城，那會給出太多消息。碧水城是總鏢行所在，他工作處所，其他地名不宜真實告知。長松嶺距榮城有段距離，但如要從碧水城前往，的確會經過青竹坊附近城鎮一帶。

「什麼口信。」怪了，這人問太多了吧。

「哈哈，須親自告知。」乾笑兩聲。

「什麼祕密呀？」

難道是盤查嗎？這只是紙坊的作坊，來人拜訪製紙師傅，非機密大事。到底是誰神神祕祕？德宇不再好言回話，把包袱從肩上取下，以備萬 需要用刀。阿常師的古刀大多時候還是包在包袱裡，少拿手上。雖然他總帶著鏢行發給、官府蓋印的帶刀許可牌，能少引人注意，就盡量少招搖。如此低調，也許是顏掌櫃相信他的原因吧，他想過。

手摸著包袱裡的刀柄，繼而後悔起來。青竹坊不是鹿山莊特約紙坊嗎？能合作這麼久，包含製作紫紙，應是十分信賴。何況，李副領提過山莊安排了人在坊裡，也許是這小哥？不，不會是說話衝的小哥吧。李副領沒說穿是誰。不信任德宇？沒必要告訴？或人已撤走？一直認為也許是周師傅，那似乎太明顯。

小哥大概看他是外地人，有點警戒，或只是粗魯，別想太多。

德宇責備自己，莫名的脾氣上來，要控住。

這趟事關重大，面對的不是遙遠赤錫山路的山寨盜寇，自己絕不能發作。

「哪有什麼祕密？一些周師傅老鄉的事罷了。」

「那我轉達。」

「不敢麻煩。」

「哪有什麼麻煩，告訴我便是。周師傅現在不在作坊。」

「我等他好嗎？」

「行，那你站遠一點，別礙事。」

德宇看看工坊其他人，沒人出聲打圓場，看來小哥是惡霸，或老闆慣壞的兒子？親戚？不像。沒別的選擇，慢步踱到坊外。

等待期間，除了謹慎觀望紫色染劑的下落，看著伙計們忙裡忙外製紙，他搞不懂程序。不過百手書生奮筆疾書的千手觀音變體，又在他心中舞動起來。真能寫那麼多字呀！還得言之有物，還會激怒朝廷。

想到自己小時候，字總寫不好，書法一塌糊塗。直到今日，讀讀書還行，寫字總是吃力，除非不講究好看與否隨便寫。

遠遠看工坊院內，小哥不罵人，乖乖搬運這搬運那。

德宇踱來踱去，想為什麼此人見了他就凶？

雖然他不是特別人緣好，也沒這樣惹人討厭過。

過一會兒，沒人注意德宇的時候，一位小廝擦著手跑到他身邊，小聲說：「周師傅在南方兩里，鎮上的鋪子。」接著，轉身走了。

青竹坊的鋪子位於柴鎮，德宇一下子便找到。鎮雖小，街頭相當熱鬧，把他拉到當年結識小珪的回憶裡。紙坊店門口不遠處止步，那樣子讓他想起榮城鏢行的鋪子，以及顏掌櫃。不知什麼時候才找得到人？希望十二位各路好友早日尋得百手書生，他怎麼想都不覺得自己會比那些高手更早找到人。

紙坊鋪子裡的人都客氣，沒工坊小哥那種麻煩人物。才開口問了一句，馬上有人帶他入鋪內，見到周師傅，毫無折騰。

周師傅見到他，微笑不斷。怎麼這麼開心？他想。

「以為會來鋪子找，所以跑來這裡等。沒想到你直接到工坊去了。」

「想看看顏料的狀況。」德宇解釋。

「那裡味道重，我是習慣了。不過，要查看染劑，去那裡是對的。鋪子這邊看不到。」

「查訪了兩家，預期會有味道，哈哈。」

「小哥很凶吧。」周師傅笑著說。

周師傅是否知道自己遭遇了什麼，有點促狹的感覺？想必預期到了。

「青竹坊小哥？真的。」

「我雇的，大家都怨我。脾氣大。」邊說邊搖頭，但微笑依舊。

怪了，為什麼雇個脾氣大，惹人怨的傢伙？周師傅必有考慮。

「小哥特討厭外地人。本鎮人丁雖不多，但人來人往，外地經過的人也不少，大家沒工夫留神。但此小哥敏感，只要見到外地人，就會揚起聲音盤問，沒完沒了。倒不會打人什麼的，就是態度差。」

「周師傅因此雇他？」

「只要有外地人上青竹坊打聽，一定有事，小哥不會放過。」

「原來如此。」

「所以，你也被他嗆了半天，對吧？鹿山莊來的人。」

現在，他成了鹿山莊來的人。原本，他帶著鹿山莊來的人交給顏掌櫃的信上山。多麼奇異的轉換，他如此感觸。

莊裡派人來告知？

「沒人跟我說誰會來。」周師傅似乎猜到他的疑問，「只說來人會問紙。」

「在下聚英鏢行鏢師林德宇。」邊說，邊做個抱拳的手勢，自我介紹。

「沒想到來人這麼年輕。」依然帶著微笑。點點頭。

「你沒被小哥惹火吧？」

想到自己當時把包袱取下，做拔刀準備，心中慚愧。都在周師傅估算之內，其實還不止。怎麼配當第十三人呢？

戒之在鬥！戒之在鬥！他在心裡提醒自己。

不喜歡尋人，覺得做不好，因此這趟特別易怒？

沒法好好回答周師傅，只能苦笑，形成跟滿臉微笑相對。周師傅猜到怎麼回事了。

「小哥平常待人處事可靠，在坊裡不好也不壞。雇他，沒給坊裡添麻煩。但作為警示，提防朝廷派人打探紫紙，十分好用。我有時在店裡，無法顧到作坊。這時候，就靠小哥，足以氣走任何外地人，守住紙坊，不得接近。」

那還要感謝無禮的小哥了，他想，露出釋然的神情，至少臉上不悅的樣子不再。周師傅邀他到鎮上館子吃一頓，又讓德宇想起顏掌櫃。兩人對德宇的態度十分類似，包容而親切。

兩人到了鎮西的海州館子，周師傅招待朋友的店，點了桐皮熟燴麵，配三脆羹。

除了大致問了問鹿山莊現況，以及來柴鎮一路上的經過，還有再度消遣一下工坊小哥，周師傅知道德宇此次前來，是為了紫紙，尤其是染劑，於是做了以下的報告。

兩年前，從鹿山莊開始採購紫紙，就一直保持高度機密。二當家親自拜訪，帶著一名洪姓書生，與坊主密會。之後，召來周師傅，進一步討論紫紙製作、用料、運輸等細節。青竹坊與鹿山莊素無往來，算不上鄰近，也不算遠，但供應起紙來，就算遠了，運送並不方便。鹿山莊本有往來紙坊，找到青竹坊來，而且特別指定要紫紙。這一切，都不尋常。洪生說，所需紫紙，並無特定染劑喜好，只需呈現淡紫即可，畢竟鹿山莊要的紫紙，依舊用來寫字，非觀賞或裝飾。周師傅當時回說，會選擇數種紫色顏料，製作樣張，交給山莊決定。當時，青竹坊只知紫紙乃山莊貴客所需，不知是大名鼎鼎的百手書生。那要很久之後，坊裡的人才略知一二。

周師傅幾乎沒動筷子，德宇狼吞虎嚥。有自覺，擔心吃太快，幾乎吃光，不太禮貌，但停不下來。倒不是很餓，而是菜色味道對他胃口，平時他可以隨便吃，這時候有點控制不住。

「其實我對染劑略懂一二，紙坊除了寫字的宣紙，也做各式各樣的緞紙、彩紙，節日用的、祭拜用的、婚嫁用的，五顏六色。紙坊生意，彩紙占比相當大。剛才說五顏六色，大多染色不講究，好看就行，客戶也不挑。工坊用固定染劑，極少更換。不過，五顏六色，就是很少紫色。」

德宇邊吃邊聽，聽到周師傅一口氣講了三遍五顏六色，不注意也不行，抬起頭來。只是，那四字不像暗語，只是師傅似乎想強調，青竹坊所製彩紙，色彩繽紛，少見紫色。然而，由於五顏六色再三出現，難免讓他心思游移到別處，小珪在瓔珞寺給他綁上的五彩絲，祈求辟禍、辟兵。

依然記得小珪講話嘴巴的樣子：「五彩絲，又叫五色縷。」

他也沒忘那晚發生了什麼事。

「人們一口氣說紅橙黃綠藍靛紫，似乎是常見顏色，實情是紫色多用在富貴人家，貴族顯赫，一般人家少用，更不要說我們小小柴鎮。當時我想，用在衣物布匹，應該還有，用在彩紙，實在不多。至於宣紙，唯有那麼一次貴客指定染紫。」

由於周師傅答應鹿山莊，會提供數種紫料染色，作為選擇，但紙坊只有一種紫料，而且極少量。只好去請教染布坊的老闆娘卓嫂，熟人，青竹坊主人親家。她說，能染紫的料可多了，用在布料講究，因為怕掉色，也要求好看，不斷反覆處理。不同原料造成的顏料，差別大，很費事。但用在寫字的宣紙，相對簡單、因為色不能太深。如果買家沒指定要哪種紫，紙坊可從容易取得的料上面著手。」

德宇不是容易不耐煩的人，但聽著聽著，不知周師傅到底要說到哪裡去？何況他已經吃飽。不過，他後生晚輩，只能慢慢聽。他想問，「所以呢？」但沒說出來。

然而，周師傅似乎越說越起勁：

「卓嫂跟我提了一大堆紫色，以前沒聽過這麼多。因為太多了，當時我還找了紙筆記下，還放在作坊。現下只記得一部分，但那也不少。」

好吧，聽聽看吧。德宇只能這麼想。

「你聽過深紫、帝王紫、藤紫、杜若色、菖蒲色、楝色、堇色、葡萄色，還有油紫、黛紫、玫瑰紫、青蓮色、藕荷、茄色、雪青、燕尾青？」

搖頭。周師傅也不是真的在問他。

葡萄色當然知道的，他想。其他的根本聽不清楚是哪幾個字。好像聽到的茄子色？不確定。德宇討厭吃茄子，顏色倒是滿漂亮的。這些都留在心裡，沒說出。

「紫色名稱這麼多，來自於取材。帝王紫貴重，來自海邊貝殼，特殊品種，海外才有，當然貴了。其他紫，用花草的多，紫根、紫草、藤花、菖蒲、楝木、紫苑、茄子，還有葡萄。雖然經過一番手段提煉，以上都可做出紫料，但一般都是哪裡產什麼用什麼，方便大量取材製作。紫根最多，來自貝殼的帝王紫最稀少，顯而易見。」

「那麼，書生用的紫紙？」德宇覺得總不能都不答話，於是問了他只關心的。

「紫色種類雖多，名稱一大堆，其實不見得真的從名稱的料做出，染坊會用一兩種染劑，模擬各種紫色。因此，名稱所指，原本是講材質，後來只是分辨顏色近於某紫色，並非材質如此。」

德宇有點懂了，也許眼睛亮了起來，但他自己看不到。

「你懂了吧？」周師傅終於停下，看來要回答德宇的提問。

顯然，坐在對面的他見到沉默的德宇眼睛一亮。

「卓嫂跟我說，最常見的作法，紫根，剛才說了，磨成粉，加上山茶與枝幹燒成灰，叫做椿灰。然後，混入米醋，加入沸水。紫料如此產生。詳細步驟暫且不論，卓嫂他們才知。簡單說，最普及的紫色染料，就是紫根、米醋、椿灰，即山茶與枝幹燒成灰。」

他猛點頭，這樣清楚多了。紫根他沒印象，米醋、山茶花，常見。

「問題來了。紫色用得不多，所以各處染布坊、紙坊備料也少。簡單說，就是需求少，所以大家所備紫色染劑，大都來自此三料。換句話說，想要依據紫料找到百手書生，難上加難。」

他又點頭。對嘛！誰說依紙尋人的？沒道理。如果到處都只用紫根、椿灰加米醋，根本無法從紙坊紫料辨別書生一行人出入痕跡。死路一條。

果然自己是多餘的。十二人足矣，何需第十三人？

德宇想，可以回榮城自家鋪子，向顏掌櫃報告以上。也許又可再見小珪？

「更糟的是，」周師傅終於起身，根本沒動幾次筷子，準備離席。「還有一招，許多店家採用，尤其是紫料用量少，而且不講究質地的。」

看來，從紫紙坊入手尋人之途，真要不通了？

「二藍，就是把紅和藍色染料混在一起，也可得紫。如此，誰都可以做出紫料。」言畢，周師傅結帳，兩人走出館子。

腳踏在路上走，心裡空空的，頭上已經是星空。

應該失望，或解脫？臨時被捉來尋人，他最不擅長的事，本來就很不想做，心裡直怨顏掌櫃。後來，覺得百手書生是個人物，敢於抵抗朝廷，百手書寫不輟如千手觀音救世，想會會此人。如今，依紙尋人一途被宣布行不通，心情說好不是，說壞不是，只能說空。

聽了那麼多紫色、紫料的事，沒聽過這麼多名稱，心中稱奇，儘管當時面無表情。周師傅大概只說了卓嫂相告的百分之一，他聽得糊塗，但非無趣。只是最後得到失望的答案，應該心情不好。

不是第十三人的命來找到百手書生，得靠那一二位了。

想偷懶跑回榮城的想法，德宇按捺下去。

周師傅安排他住在青竹坊鎮上鋪子的守屋，說跟坊主說好，德宇晚上幫忙看顧一下。不過，周師傅說，不用擔心，鋪子從來沒被劫過，櫃子裡根本沒錢。何況他是鏢師，絕對夠夜裡守護。以守屋而言，算乾淨，德宇在柴鎮當晚，可好好安歇，感覺自己任務已除。

他想起在鹿山莊，斜坡上夜裡的不動堂，四方寧靜，二當家與李副領細聲相告，十二位尋訪百手書生的人士。

沒說十二人身分，因十二人間未必知彼此姓名、所屬，只告訴所去之地。

首位前往書生母親娘家，帝國東部豪族，舅舅統領，勢力龐大。

五位走訪五摯友故鄉。五摯友與書生在京師結交，來自帝國四方，也許此次出奔，藏身其一位的家鄉亦未可知。

兩位至書生師尊的故里。由於書生著作不斷，抨擊朝廷政策，多位師尊被問責，儘管貴為碩學大儒。其中最親的二位遭飭令離京，返回原籍待罪。

一位查看趙大人老家、祖籍。公子生長於京師，僅歸返其父祖籍一兩次。由於是老家，親戚猶在。

一位跋涉至北方佛窟，據聞公子始終嚮往參拜，諸洞佛雕奇觀，其中一窟繪有現已無存的聖鐘山全貌，凡四十二寺，至為珍貴。

一位監視公子乳母家鄉，南方城鎮。乳母仍在京師趙府，但公子幼年結識乳母外甥。同齡，總角交好，不排除投靠於此。

一位京師查訪，暗訪諸衙，一窺朝廷緝捕布局、進度，尤其是龍華營。如此十二位，大多依照公子，或百手書生，人倫關係為軸，拉開搜尋網。有條線則依照公子的想望，另一條則從朝廷角度查訪。至於自己這條，依紙尋人，算比較怪異的切角。

德宇在青竹坊鋪子後方守屋，回想周師傅晚餐所言，輾轉難眠。

他是頭碰枕頭就可睡著的人，輾轉難眠幾乎不曾發生。即使在葛山行途中，擔心密探追蹤，也從未失眠。這次是例外，因為討厭找東西，不喜尋人的德宇，這下子連線索都丟了。

周師傅的意思是，盯紫料無法追到人，宣紙染紫太容易，只消用紫根加椿灰即可得，不然，二藍，紅藍相混，一樣有效。任何紙坊，只需一點容易取得紫料，就足夠做出百手書生溺愛的紫紙。

原來，紫紙也不是那麼珍稀，只是沒人像百手書生那麼堅持，或執著，自幼開始，一心一意，只用紫紙。

那麼，第十三人下一步要怎麼走呢？

幾乎一夜未眠，德宇次日上路，相當無神。

周師傅仍然滿臉笑容。送他離開。之前，不忘帶他吃頓豐盛的髓餅、雞蕈羹，還塞給他一包髓餅帶在路上。

怎麼還一直微笑？德宇心想。我都快不知道要怎麼找人了，還一副沒事的樣子？

繼而想，這兩年青竹坊雖然提供鹿山莊紫紙，讓百手書生得以寫出數百篇時事論帖，傳抄遍全帝國，但畢竟無太多個人接觸，也許並不關心書生所寫內容。作為供應紫紙的作坊師傅，並不見得會擔心書生此時下落。連德宇自己，也幾乎類似狀況，只不過由於是顏掌櫃介紹、總鏢頭認可、鹿山莊委託，以致於他如同背負千斤重擔，喘不過氣來。

周師傅始終微笑，才能做好事情吧。

我愁眉苦臉，又有何用？

想起葛山行，自己天不怕地不怕。應該恢復那種態度。才像是自己。

於是，放寬心，開心吃完香味四溢的髓餅之後，德宇告訴周師傅，雖然依紙尋人機會渺茫，他依然會按計畫，跑完其他紙坊，再考慮怎麼辦？

周師傅只回「好呀！好呀！」微笑著看他上路。

繼續紙坊之旅的德宇，不斷想起染紫用的椿灰。

沒料到又是山茶花。安居瓔珞寺時，苦缺保養刀劍的丁子油，拿椿油充數，小珪讓出夫人給她的梳妝油，幫他掙來頂用的，就是山茶花油。到了染紫，竟然又碰上了，要用椿灰，山茶花與枝燒成灰燼。

聽周師傅一席話，除了他幾乎悶著頭吃掉桐皮熟燴麵，以及習得眾多紫色的名稱，最大收穫，就是得到啟發，色彩變化超出事物表象。

紫根，很直接，混入米醋，還好，不少東西都需要醋，煮菜也是。但燒成灰的山茶花枝？竟然要加入調色，達到效果，沒人教還真不曉得。

事情不能只看表面，這趟學到的。

離開柴鎮的路上，他有點心不在焉。不過照了原定計畫，一一走訪鹿山莊擬出的名單上紙坊，跟青竹坊一樣，都只有少量紫料，用在彩紙，非宣紙。再下去，就不知道怎麼辦了？

想回鹿山莊跟二當家他們商量一下，不然他這第十三人不曉得從何找起？榮城稍遠，而且顏掌櫃並非主導尋人，再訪鹿山莊有其道理。

一路上，大概那天夜裡聽了太多染紫的事，滿腦子裡充滿各種紫色。貝殼紫、紫根、藤花紫、菖蒲、楝、瑾、葡萄、紫苑、藕荷、青蓮、茄色，等等。不過，他搞不清楚雪青、燕尾青，大略記得名字而已。

太多紫色名稱，搞得德宇一路見紫。

下山後第十二日，德宇回到柴鎮附近，無意走近。絕對不想再碰到青竹坊作坊小哥，自討沒趣。另外，跟周師傅談自己下一步顯然沒用，只得到微笑。所以他避得遠遠的。

正午過一會兒，已經入秋但陽光普照。路上人不多，遠遠前方有人騎著驢子擺著擺著走，不疾不徐。心想，這時候有隻驢騎也不錯，大概自己有點懶了。看著看著，距他越來越遠。可是，看著看著，怎麼騎在驢子上那人頭上閃現紫光？

一定是看花了。十多天找紫料、論紫、掛念紫，依「紫」尋人，快成了一路見紫。現卜則是抬頭見紫。

德宇小跑步追到驢子後方，跟上。從後看，騎驢者，不是年輕人，大概是中年長者，非老者，因為肩與背看來健朗。為何頭上現紫光？一面跟著一面推想。又過段路，決定跟到旁邊瞧瞧，左側。

他行事小心，一向不露神色。這次也是，只找機會偷偷瞄幾眼。看不出頭上塗了什麼，似乎無異常，但紫光閃呀閃的，隨著驢子的步伐搖晃。

儘管留神不要無禮盯人看，還是被察覺了。那騎驢長者似乎很有自覺。

「跟上來是看我髮色嗎？」長者偏過頭發聲。

「嗯，不想無禮，只是隨紫光而來。」實話實說。

「紫光，其實我自己看不到。」

什麼意思？德宇不明白。

「好幾年前，碰到人告訴我頭髮顏色特殊，不懂對方在說什麼？後來，遇到好幾位不相識的人，大多是路人，也提髮色。說是紫色，與眾不同，誇我大膽。我才知道有這麼回事，原來自己頭髮看起來染紫。」

「路人這麼說，親戚朋友怎沒早說？」德宇問。

「他們天天在我身邊，反而沒注意。不常去看熟人的頭頂吧。總之，都是戶外，大太陽，路人跑來表示訝異。其實，外人見著的也許不少，但只有膽子大，不拘小節者，才會告知吧。」

也對，德宇想。之前在後方，抬頭見紫，並無打算詢問，只想跟來看看。如非長者主動問他，以自己個性，斷不會唐突提問。

「頭髮見紫，沒錯。自己看不到？」

「鏡子裡未察覺。鏡子本來就看不清，又擺在屋裡，不夠亮吧。要到戶外，太陽大，別人看，才行。」

原來如此。遇到光亮，才會顯現紫色。可是沒說為什麼。

長者年約五旬，看來健朗之外，也十分健談，頗有自信的樣子。著藏青短袍，驢子養得乾乾淨淨，手持一根竹條，但未見用過。

由於這段日子到處尋紫，加上曾聽過周師傅講了那麼多紫的名稱，滿腦子都是紫。今日抬頭見紫，不是布，也不是紙，卻是毛髮，夠奇怪了。平時不愛東問西問的德宇，不得不問問。

「敢問，頭髮怎麼會發紫呢？」

「沒什麼稀奇，染髮而已。」

「哪有人染紫髮？」他脫口而出。

「沒去染紫，哈哈。」騎驢長者乾笑兩聲，「只是染深。我很早就少年白。友人自天竺返回，或稱印度，帶來木藍粉，說當地人多用來染髮，可讓髮色變深。我用了之後，發現是染成深藍，旁人說是靛色。早先頭髮黑白夾雜，染了靛色，色澤變深，乍看跟黑髮差不多，有時側看才覺深藍。」
德宇沒想過染髮的事，也沒人跟他講過，只記得母親曾叫他幫忙拔幾根白髮。但他們不曾談論。
「用木藍粉染髮，很久了。差不多一個月染一次，自己染，很簡單。直到最近這幾年，才有人說頭髮見紫的事。納悶許久，後來又碰到從天竺回來的朋友，商討之後，推測大概是我頭髮越來越白，木藍粉的靛色沾上之後，無法再讓頭髮色澤像以前那麼深，反而在陽光下出現偏紅的紫色。」
長者很熟練地說了髮色變化，似乎常常講。應該是常有人問吧，德宇猜。
推論頗有道理，滿符合周師傅說的二藍，就是紅藍混出紫色。
陽光下，靛色變紫。德宇不由自主地抬頭望了一下炎日。
「滿有道理的。」回應長者的說明。
他也再多瞄長者紫髮兩眼，想起兩人連姓名都互不知曉。
在碧水城道觀，聽過老子紫氣東來的故事，也許跟眼前長者，類似道理？傳說中，老子西行的時候，函谷關令看見的，也許是老人家白髮染了靛藍，陽光之下，卻呈現紫色的光暈吧。
走著走著，來到了岔路。一條入柴鎮方向，那不是他要去的，但騎驢的紫髮長老往那轉。紫髮長老，德宇幫長者私自取的稱號，當然未告知，算外號。
「在此別過。」他先做表示，抱拳。

「不入柴鎮？鎮上館子不賴的。」紫髮長老無意停下，騎在驢上，真是散發紫氣，一派修道高人的樣子。

德宇閃過念頭，朝廷下滅佛令，但對道家禮遇有加，據說道士可以戴紫，僧人不得著紫。紫髮長老行走輕鬆，相比自己葛山行需要隱匿佛像以及曼荼羅，差別之大。

「去過柴鎮，的確好吃。」

「那要趕緊去了。」長者夾了夾驢腹，手中竹條依然未用。

「見識紫髮，受益良多。」德宇再度抱拳，告別。

同時擠出如同周師傅般的微笑。

紫髮長老點點頭，揮揮竹條，當作拂塵，頭也不回騎著驢往柴鎮前進。

竟然在未預期之處，發現紫色。也許不該放棄尋找百手書生，儘管依紙尋人似乎已經行不通。還是先回鹿山莊聽候指示再說。

於岔路與紫髮長老分道之後，一路默默前進，未再見紫。

傍晚時分，即將到達長松嶺的時候，路上出現騷動，原本稀疏的人流被阻，都停了下來。德宇聽到人說，有人把貨物擺在路中，賴著不走。

他馬上想到，擋路不是阿星的招數嗎？難道那天山道窄路相逢、不歡而散之後，試圖再見而不得的阿星，出現在此？

再會阿星，算好事吧。山道分手時，留下不愉快。等德宇終於安抵鹿山莊，卻一直沒機會碰上阿星。到達和離開的時刻，他都不忘莊裡莊外稍做觀望。所以是想找到阿星的。但另一方面，阿星其實很難搞，再遇上，意味著麻煩。

略帶遲疑走近路人聚集處，看到一大捆薪柴，實在眼熟。繼而望著擋路大漢的寬背，那不是阿星是誰？路人紛紛責罵大漢阻塞通路，已經快黃昏了，大家忙著趕赴落腳處，都很急。

大漢摸來摸去，就是不把薪柴舉起來，其他人也抬不起來，即使好幾位漢子一起。

阿星又想幹什麼？德宇忖。

當初曹夕山道上，擋德宇的路，是鹿山莊的計謀，現在又是為何？

考慮下一步該怎麼做的時候，一位挑夫等不耐煩，拿扁擔拍了阿星背後。應該是要打他，結果像拍了一下。

阿星轉過身，瞪著眼找誰拍了他，馬上見到德宇站在後方，臉色頓時和緩，大喊：

「小宇！終於找到你了！」

的確是阿星的叫法。也有人叫他小宇，小時候多點，大多在孤島時期。到了帝國當上鏢師後，叫他小宇的人稀少，大概因為他顯得嚴肅，多是阿宇、宇哥、德宇。另外，只有小珪叫他阿德。近幾年，就阿星這麼叫了。

「你找我？」相當訝異。

「對呀！他們說你在這附近，我來找，說不定找得到。」

「他們？鹿山莊？」

「沒錯，李副領他們。」

一定出事了。我還沒去找他們，他們已經差阿星來找我了。什麼情況下，會讓阿星這麼一棵大個子出來尋人？想想，自己也被派了尋人的差事。如今是尋人者被尋？

「你找到了，把路讓出來吧。」

「好啊，好啊。」阿星心情好起來，把薪柴一抬，轉個方向擺下，路讓出來了。

往來路人急忙通過，一方面急著在日落前安頓，二方面怕大漢又發作，沒完沒了。其中幾位經過阿星，邊走邊罵，瞪著他。大多數快快走過，盡量不發聲。德宇同情他們，自己大約半個月前也是如此，不過並非鄉鎮要道。

兩人蹲坐路邊，等人流散去，天色已漸昏暗。

「你這是什麼爛招，堵住這麼多鄉親，不給通過？」兩人當初鬧得不愉快，如今異地相遇，感覺像朋友起來。真怪呀，德宇覺得。

「他們說，這些日子你在附近辦事，搞不好我們會碰在一起。」

「這樣惡搞擋路，多久了？」

「好幾段路，三天了。」

「三天，不怕衙門捕快捉拿？」

「我打得過。」阿星抗議，停一會兒，又說，「不過，捕快來不好，對啦。聽說，要惡搞五天，衙門才會派人，不會那麼快。我還可以再找地方擋路兩天。你看，第三天，就找到了。」

看來，阿星比我會找人，三日完成。自己依紙尋人，目前毫無頭緒，他心裡不得不承認。

「那你找我幹嘛？」差阿星找人，有何要事？

「你不知道嗎？鹿山莊沒了。」阿星站了起來，德宇依然蹲著，呆著。

「什麼沒了？」阿星在亂講什麼。

「鹿山莊被破，人都走光了。」

第八章　消失的駿馬

鹿山莊被破，人都走光了？阿星在說什麼？

什麼叫沒了？懷疑阿星說話過於簡略，講不清楚。還是過於直接？

路人皆已遠離，德宇立在日落微光中，望著蹲坐一旁的阿星，看來頹唐，但似乎帶著笑容，因為找到人了嗎？

「講清楚點。」德宇管不了入夜前找好安頓處的需要，急著要知道阿星到底什麼意思。

「他們攻上山了，前面的關口擋不住，一直到隘口才停下來。弓箭隊死命射，我看到了，損失好幾人，鹿也死掉不少，才終於擋下來。」

「他們？」德宇問。

「據說是龍華營戰隊，整整一營的人。」

德宇複習自己走過的鹿山莊上山路徑，想像龍華營的移動與攻勢。第一關僅作為警戒，第二關伏擊，足夠對付江湖人士，面對朝廷軍隊力有未逮，第三關的擋路策略呢？阿星顯然不在他的位置，其他第三關人員也未成功，但也許推了些兵勇下崖，減損對方戰力。第四關隘口箭雨，德宇當時只是淺嘗，遇到龍華營的話一定是精銳盡出，所以擋下來了。大概龍華營損失過於慘重，只可惜那一帶的梅花鹿也會連帶犧牲不少。

當初，他自己也用了一隻鹿擋箭脫逃，晚上還吃了牠的肉。甩不掉心中那萬箭齊發的場面，在狹窄、高聳的隘口，一波又一波。也許不到萬箭，但也該夠多了。也許那些死者屍體目前還散布山谷地面，棄置草木露水之間。

鹿山莊經歷最慘烈的一役了吧，他猜。

「後來？」

「龍華營剩下的人撤退之後，李副領告訴我說，鹿山莊外圍警衛損失慘重，無法重組，尤其弓箭隊。山莊護衛，防江湖人士、盜匪，或少量官兵，沒準備對付大批朝廷軍隊，更別說龍華營。這次對上朝廷，不會安然度過。雖然龍華營這次襲擊，最後沒打進來，李副領他們說，龍華營一定會再來，官兵人數更多，那時候就擋不了。山莊決定撤出，循莊北密道，只留少數探子，在附近觀察，包括我。」大個子一口氣說。

德宇想見山莊攻防之慘烈，那麼幽雅的山居，竟承受如此沉重殺戮，對比過於強烈。另方面，他雖習武保鏢，其實這些年只見過小場面打鬥，流血少許。葛山行中拔刀傷人，仍然有限，比起阿星說起殺戮，差太遠。他知道自己踏入完全不能掌握的領域了，凶險重重。

不久前，他還埋怨被召來做最不適合的尋人任務，還斤斤計較何種紫料被用來染紙，以及抬頭見紫，遇見如世外之人的紫髮長老。俄頃間，阿星擋路，竟帶來殺戮的消息。

如同慢慢走的路人，突然被猛推一把，快速前進。

「鹿山莊撤了？」心想，如此算被破？或不算？

「全撤。」阿星點點頭。

「到哪裡去了？」

「我哪曉得？他們會告訴我嗎？」

「叫你來找我？」

「也不算啦！我不太會找人。」阿星說，笑笑。

我也不會，德宇想。

「他們沒叫你找我，那你為什麼在這裡擋路找我，你說的。你不是留守嗎？」

「我說要去找你，李副領說也好，就交代我把隱莊的事告訴你。」阿星依然習慣用隱莊稱呼，而非鹿山莊。

「哦，是你要找我？跟我道歉？」

「道什麼歉啊？」

「上次山道擋路呀！」

「誰會為那麼小的事，跑這麼遠，找人道歉？」

「那你講清楚呀。」

「等下慢慢告訴你，好嗎？」

沒想到阿星也要慢慢講，儘管看來有什麼說什麼的直率樣貌。也對，兩人身邊已無他人，夜幕已降，開始漸寒，趕快找好過夜之處才是要務。

眼看來不及尋店投宿，無法進城入村，德宇想還是用老招。附近的廢寺，近日查訪紙坊時，多少留意了一下，心裡有譜，選一間不難。只希望寺院尚未被別人占據。不過，即使旁人先登，分出一小塊伽藍角落，應無問題，除非整寺遭盜匪盤據。

「先找地方住。」德宇說，阿星點頭。

儘管四周幽暗，路上不見人影，兩人完全不擔心。

德宇之前在附近探訪時，早留下印象，離此處不遠有間寺院，看來不錯。沒想到跟阿星聊了幾句後，發現他們看上同一間，雖不知山名。

阿星人大隻，貌似粗魯，但不愧是鹿山莊擋路先鋒之一，地形地物觀察到位。德宇覺得不應小看。

從岔路走一小段，到寺院山門前，月色下見著被推倒路邊草叢中的大片木牌，微光中辨別，上書荒陵山栖禪寺字樣。原來叫這名字。

小寺，伽藍裡一兩處閃著燭火，有人在此搭住。

不知是長住，還是臨時來此歇一晚？德宇想。

那不關他們的事，見先來者沒阻止他們的意思，德宇和阿星找了一處兩人都同意的禪房角落。

張羅並清洗廚房找出的鍋碗，燒一鍋水。此時，阿星取出包袱中塞著碩大燒餅，慷慨掰了一塊給德宇。又抓出一把青菜，說「路上撿的。」

德宇看了看青菜，返回廚房洗淨，並在那裡搜出鹽罐子，儘管已結晶變硬。於是，那鍋水成了青菜湯，頓時有個晚餐的樣子。

餐後，他不忘踱至寶殿，想看看栖禪寺本尊是哪位？

原本擔心夜裡昏暗，看不清神佛樣貌。也擔心，如果寶殿遭人占住，不好打擾。結果皆非以上。佛不在位，不知被人搬走他用、保護，或丟棄？連左右脇侍也沒蹤影。如果被丟棄，也許明天在附近會遇見倒在地上、溝裡？也許。不過也許被燒掉、毀掉。往好的地方想，據說有些佛像不見了，是被僧尼或信徒埋入地下，免遭摧殘，等待日後挖出崇拜。

沒見著，滿失望。從花島開始，幾乎養成習慣，每至一寺院，至少探望本尊，基本禮儀。只要見不著，即使這幾年滅佛令下不意外，還是難免失落，因好奇落空。

叫栖禪寺，大概是釋迦如來吧。他忖度。

在月光下廊柱發呆片刻之後，回去看見阿星正大碗喝湯，滿足的樣子。

阿星顯然見他一臉困惑，動作停了下來。

「你不是找我嗎？什麼事？」德宇在旁坐下，一面說。

怎麼想，也想不出阿星找他有什麼事？還真有點好奇。

「等一下。」阿星說，轉身往包袱裡探，取出一塊黑溜溜的東西。

像變把戲，德宇覺得，之前包袱裡變出燒餅、青菜，現在拿出黑黑的物品，昏暗中，一時看不出是什麼？

「公子留給我的，你不是在找公子嗎？」

「沒錯，我在找書生。」兩人對百手書生的稱法不同。對阿星而言，他是公子，對德宇，就是傳聞中的書生。是否見過本人，差別也許在於是否見過本人。

「這算不算線索？」阿星揮一揮手上的東西。

德宇心想，當然算，但得先搞清那是什麼？他伸出左手。

「是塊硯。」阿星交出黑色物，同時說。

書生，最貼近的東西，不外筆墨紙硯。自己受託鹿山莊，正是依紙尋人。然而，阿星怎麼會帶著這塊東西，跑來找他？哪裡找到的？

落在手裡，很沉，會自然留心抓好。近觀，廢棄禪房燭光中，依然看得出黝黑發亮的質地，周邊還雕有花紋，應當是塊好硯。德宇猜想，坐下來端詳，對文房四寶所知有限。

「公子他們留下來的。」阿星解釋。

「留在哪裡？」

「我家。」

奇怪了。書生怎麼會跑到阿星家去？

「公子他們到你家，做什麼？」順著阿星叫法，稱公子。他們？所以百手書生摯友或隨從，也去了？

「常去呀！還幫我修房子。所以上次邀你來看看，你理都不理，還一臉不高興。」

回想起來，阿星的確邀他去山坡上的家，但當時被他堵在山路上，搞不清意圖，哪能放心去他家瞧瞧？後來，才知並無惡意，只是山路上擋道防禦的一環。不過，那已是事後。

「對啦，好可惜，沒去看看。」只能這麼回。

「公子他們修好我家，還在旁邊加蓋一間小屋，新房子。公子偶爾會來住一兩天，還帶著朋友。你當初如果來我家，我也會帶你到那間看看。」

原來如此。鹿山莊並未告知他此事，覺得沒必要吧。

帶著朋友，什麼意思？住一兩天？山莊護衛認可之下？山莊接待書生，提供庇護，書生安危算他們責任，所以即使人已離莊，一旦失聯，覺得有異，立刻出動人馬搜尋。如此一來，書生跑去阿星家的小屋一兩天，算在大個子阿星的護衛範圍？還是派人在附近警戒？畢竟不在山莊園區之內。

「什麼朋友啊？你見過？」

「跟隱莊那幾位不同。住我家，當然見過！」阿星聲音揚起。

小屋建在阿星家周邊，算阿星家。不過，德宇此問，只是要確定跟書生小住的朋友，非五摯友之一。

「真應該去你家看看，順便也看看小木屋。」

「對嘛！邀你來不來。」

「那這硯？」德宇舉起硯台。

「有次我揹薪柴下山，幾天後回來的時候，山路暗崗跟我說公子走了。我想，真的假的呀？說不定跑到我那裡去，你們才找不到。急忙趕回，小屋空空的，什麼都沒了，只剩桌椅床。等回到家中，發現桌上擺著這塊硯，不曉得什麼意思？」

「給你的？」

「我想也是。擺在我家，不在小屋。」

「給你一個硯，怪不怪？」

「對呀！我認識的字不多，硯台沒啥用。」

書生留下此硯，大概算是禮吧。德宇猜，因為看來是名貴的硯，又黑又沉。雖然自己不懂這些，但見多了帳房、掌櫃案頭的硯，沒一個有這等質地、色澤。值不少錢吧。不懂的人都看得出來。

「滿好看的，黑黝黝，我盯著看好幾天，覺得可以賣錢。不錯的價錢。」這阿星不笨，看出價值。

「或者，留下作為留念。」德宇又說。

「對呀！我不會拿去賣錢，會留下。」

「書生，」德宇改稱，「公子一行人走得匆忙，來小屋收拾物品之際，想留給你什麼。一時無法準備適當禮品，就把公子的硯留下。我知公子對紙的講究，可推想他用的硯，必定上品。除了它的價值不菲，更重要的是，此為公子貼身，每日必用之物，留給你，表示他真摯謝意。」

「隱莊收留公子，又不是我。」

「他們在你家旁邊，蓋了小屋，款待朋友。也算你大方收留。我想，公子必定如此認為。」

「好吧，大概就像你說的。」

「你跟李副領他們說這件事了沒？」

「小屋，或硯台？」

「小屋他們應該知道吧，即使你什麼都沒說。硯台，是最近的事，山莊知道嗎？」

「我沒講。」

「為什麼？」

「公子走了之後，隱莊亂烘烘的，每個人都好忙，進進出出。不久，大概一個多月後，來了好些人物，說是幫忙找人的。引路、接待都來不及。沒人問我什麼，我也沒機會告訴誰。」

「你該告訴他們的，也許是重大線索。」

「搞不好。我不知道。」

的確，誰知道？書生他們留下的硯，只是他用過的硯，不見得跟他們前往之處有關。硯給阿星，可變賣，可保存，阿星決定，但對書生而言，是個表示。德宇無法判定，除此之外，書生的硯是否隱含其他意義？算線索？

但，這是他目前僅有的。依紙尋人目前毫無進展，難道要依硯追人？

「你不告訴山莊硯台的事，找我幹嘛？」

「不是說了嗎？隱莊亂烘烘的，沒人理我。而且，他們不會聽我講話的。從以前就這樣，現在更是吧。」

「沒人聽你說話？」

「對呀，沒人聽我說話，都是叫我做什麼。」

所以，我有聽阿星說話？德宇捫心自問。上次被阿星揹著薪柴，堵在山路上，兩人胡扯了一段路，算是聽他說話？

「我想，上次跟你聊了，硯台的事大概可以告訴你。」

德宇想起小時候在孤島上學，鄰村的阿哉同齡，也來學堂。有次老師給他們的作業是寫自己的摯友，沒想到下課後，阿哉跑來，說要寫德宇，出乎意料。阿哉是老實人，德宇跟他相處平和，跟其他同窗一樣，但不熟。說得上話，但不多。除了學堂，無課後往來，不曾去河邊游泳、捉魚，也從未結伴爬山，或探險。所以，被阿哉認定為摯友，不知道要如何回答。尷尬在於德宇無法等同回應阿哉的友誼，他們是同窗，也可算朋友，但阿哉不是他摯友。當阿哉說以摯友為題的作業裡，要寫德宇，他無法回說要寫阿哉。

阿哉沒等他回應，往鄰村走去。德宇慶幸不用表態。不過心中對兩人的不同認定，留下深刻印象，踽踽獨行時，總想起這事。

現在，阿星決定把書生贈硯的事，告訴初識的自己，而非工作多時的鹿山莊上下人等，讓德宇又想起阿哉。類似的心情浮現。

「他們不太聽我說話。上次我們講比較多，我想這事跟你商量一下。」阿星繼續說。

德宇猜想，鹿山莊對阿星不錯，給他活幹，信賴他。莊裡人吩咐他做事，阿星好好做，甚至分配他參與擋路的護衛差事。不過，大概莊裡的人，只會叫他做什麼，不會聽他說什麼。也難怪，阿星看起來，不像有什麼要緊事可告訴人。如果看到需要警戒的事，也許還聽他說一兩句，不會預期他能說出什麼道理。此乃長期定下的往來樣子，久了，阿星就算有事要講也沒人聽。知道沒人聽，也就更不會說。一般來說，這不成問題。只是這次，誰知道阿星說不定碰到件大事！

「你沒告訴人？」

「反正沒人聽。大概我說的不值得聽。」

「沒關係，我們聊聊這事。」

「好啊！你怎麼看？」阿星興趣來了，吃完晚飯原本放鬆坐著的身體，挺了起來。

「我在想，公子留下這，是表示謝意。但除此之外，是否有其他意思？」

「謝禮之外，公子想告訴我什麼？」

「會不會跟他要去的地方有關？」

「會嗎？不是到處都有賣硯台的店？」

「你有注意？看來你不只賣薪柴喔。」

「我會到處看看，各地都有賣筆墨紙硯。」

「沒錯，不過公子用硯可能不是到處買得到。但這非重點，重點是此硯的出處，是否跟公子下落有關。是不是有意留下線索？或只是純粹謝禮？」
「我怎麼知道？如果是線索，告訴我有用嗎？」
「也許你會告訴山莊。」
「他們可以在山莊給線索，留在我這裡幹嘛？」
「也對，也許公子想留線索，但五摯友不願意，所以他趁機在你那裡放了硯台。」
「你想真多。公子跟他朋友不都一起的嗎？」
「我猜的而已，也許硯台沒什麼意思，只是給你一件貴重物。」
「值多少錢？」
「要找人問才知。」德宇想，如此討論不出結果，他們倆所知有限，商量也沒用，僅互換想法而已，也好。不過，他的困境是，鹿山莊依紙尋人的指令似乎無助益，讓他陷入瓶頸，如今冒出一塊硯，不妨一試。雖然也許不能指向百手書生的下落，至少有點關係，可探。
當初尹莊主想到書生用紫紙，或許有助尋到人。德宇因而受託，找了這些日子。現下再花幾天從硯台下手，也無傷。總比繼續在附近查訪強。
對於這麼多天毫無進展，他心裡焦急，心中每每責怪顏掌櫃，我就是不擅找東西，或找人。同時，懷念葛山行的單純。
另方面，唯一讓德宇心裡過得去的想法，就是自己僅第十三人，其他十二人之中，必有尋人高手，早早尋得書生，或解救他於苦難。

他於是一面收拾鍋碗，一面跟阿星說好明天找人問問此硯來歷，算是第一步。

阿星稱好，然後迸出一句：

「那我們去找石先生！」

德宇方才考慮要找誰問？顏掌櫃必定知曉一二，但榮城稍微遠了些，等二人抵達自家鋪子，問出硯的出身，已經多日之後。強烈感覺誤事已久，心中排除回榮城。那還有誰可問？可信？附近當然只有紫紙坊的周師傅，應該也懂，但不是那麼信任，畢竟見過一次而已。同時，周遭村鎮的文房四寶店家，都可問，不過遇上密探的機會不小，何況最近的查訪，皆前往作坊觀察紫紙動向，跟掌櫃、店員無接觸。正一籌莫展之際，沒想到平日揹薪柴的阿星，有了屬意人選。

石先生，哪位？他心想。

「石先生，是位隱士，住在不遠的山洞裡，說在修行。」

「洞裡？」德宇曾聽過一些土著，住山區，以洞為單位，首領稱洞主。是否此類？

「石先生其實不姓石，有人說他懂石頭，收集石頭。我有時挑薪柴在路上會碰到，見他搬不動蒐集的石頭，會幫他抬。不少從河谷撿的。」

「所以去過石先生的洞？」

「對對對。」

於是，德宇放棄擔心這位石先生可不可靠，也知道阿星不會有答案，乾脆問也不問。以山洞為家的隱士，很難是朝廷密探吧。

約好明日啟拜訪，阿星帶路。

毀棄伽藍，夜裡極靜謐，月光通透落下，並非無明。

佛像缺席的栖禪寺，貌似密跡金剛的阿星，成了導引的菩薩。

尋訪紫紙這段日子以來，德宇初次覺得安穩。

次日，走在巨大薪柴後方的德宇，想起阿星只願意向他吐露百手書生贈硯一事，以及孤島同窗阿哉。除了說沒人聽他講話的緣故之外，德宇推斷其實道理簡單。他們屬同一類人。鹿山莊往來人士，皆各地豪傑、名士，山莊本身雖有僕役，規矩嚴格，謹言慎行，完全沒有山野人士之態。雖位處深山，完全大家氣派。德宇在心裡跟小珪服伺的甘棗村梁家莊比一比，差異立見。儘管也許沒人提，阿星一定明顯感受到，自己跟鹿山莊格格不入。只能做事，說不上話。只能聽人吩咐，無法跟人聊天。

德宇自己也差不多。在聚英鏢行，在碧水城、在整個帝國各處，時時刻刻都體認自己是局外人，儘管大家說孤島人也是自己人，他知道不一樣。他們也知道，偶爾有人會脫口而出：「你不懂啦！」意思是你不在帝國長大，也非在此學藝，無法真正懂這裡的事。剛來帝國時，相當天真，沒多久就搞清楚了。花島學藝期間，也差不多。

阿星看似老粗，倒也不乏敏銳之處。兩人曹夕山山路相處短短一個多時辰，馬上認出他們都是局外人，覺得接近。大概也沒決定或不決定，總之只想、只能跟德宇說出口。

等他們爬一小段山路，抵達石先生洞口附近，他才大致放心。石先生蓬頭散髮，一副化外之人模樣，估計不是龍華營會安排的人。

阿星與石先生相識，由他負責請教，德宇站在洞口外遠處，順便查看周遭。石先生對陌生人戒心十足，不時飄來幾眼。德宇想，我擔心他，他還不放心我咧。

洞口掛著一長條木牌，看似玄木，上書「慶雲洞」。除此之外，別無擺飾，不同於德宇見過的修道人山洞。

兩人有說有笑，到底問得結果如何？阿星不會把百手書生的事，告訴石先生吧？難以放手把事交給阿星，他踱來踱去，越來越往洞口移動。見阿星這時才把硯從包袱裡挖出來，德宇忍不住探頭過去。

「就這塊。」阿星說，把硯擺在洞口一張簡陋小桌上。

石先生小心抓起硯，動作比阿星謹慎許多，看來在掂重量，然後左右翻動硯台，似乎在觀察色澤，比對在日光下與陰影中的不同。再輕輕放下。

「黑智石，絕對是黑智石。」他認定，露出微笑，肯定自己。

德宇當然沒聽過什麼黑智石，阿星顯然也是，一臉茫然。

「最上等硯台，黑智石自古就是製硯極品，也拿來製作棋子，擺一桌可漂亮了！如果本洞有一套多好。好了，不說棋子，黑智石硯台更難得，因為要找到大塊無暇黑石，比小小棋子稀少，而且做工繁複，不易取得，也不易馴服，只有在雪峰鎮了吧。」

「雪峰鎮？」阿星繼續茫然，看了看德宇。

德宇沒聽過雪峰鎮，鏢行裡不曾聽聞人提起。

「南方，漆吳山麓，聽過沒？」看了看阿星，再轉頭望德宇一眼。

兩人皆未回話，但睜大眼睛，意思是說，繼續說呀。

「往南走，半月路程，」頓了一下，看著阿星，又說，「你們倆人身強力壯，十天可達。漆吳山，十足神祕，故事特多，聽過嗎？」

見兩人依舊茫然，石先生興致來了，「也有人叫它通霞山，你們知道一座山，附近東西南北的人叫法不同。不管叫做漆吳山，或通霞山，高聳之意。高山少不了傳說，最著名的，是關於位在山麓以東的龍場。龍場，龍的場所、地盤。既然叫龍場，就是有很多龍的意思，那裡的雲都紫色。他們說，龍多了會打架，龍鬥。龍流血，黏稠像膏一樣。血色如果深沉，成為黑色的膏，像塗漆，小塊的博石，可製棋子，大一點可製硯，甚至碑石；偏紅的話，紫色的紫膏，製寶器。無論黑或紫，應該都很漂亮吧。想想，龍血成膏！」

稍停之後補充：「有意思的是，那裡的人沒叫它龍血石，或龍膏石，卻稱黑智石。也許跟那裡有座黑智瀑布相關。所謂黑智石，是黑智瀑布那一帶的水流沖刷出來的，與龍無涉。或者，瀑布之水就是龍？」

阿星聽得津津有味，德宇則想像數隻巨龍盤據的龍場，多壯觀。還有巨龍鬥毆，那真是驚天動地。另外，之前依「紫」尋人的他，聽到紫色雲、龍血紫膏，不免心中一沉，聯想到多日專注於紫色的種種辛苦。

「不過，傳說而已，誰也沒見過龍。只剩下漆吳山的黑智石，說是龍血成膏，巨龍殘留。看你信不信？」

「石先生去過漆吳山？」德宇問，心中同時想，沒叫龍血石大概因為太俗氣了吧。在帝國，一大堆東西名稱都有龍字，連自己一直戒慎的龍華營也是。

「沒。聽說而已。那兒有間硯鋪，據說不在雪峰鎮上，在往漆吳山的路上。據說附近就是著名的三明書院，大儒主持，不少朝臣早年耕讀於此。都是聽說，沒去過。黑智石硯倒是見過幾件，你們這件大概是最頂級的了，價值不菲。」

「多少？」阿星這時說話了。

「我看至少值兩百兩。」

「那麼多！」阿星站起來。

「你哪裡弄來的？」石先生抬頭，看著立在眼前如巨石的阿星問。

阿星遲疑了一會兒，望了望德宇。他沒表示，只把頭轉向洞口附近擺著稍有整理的各式大小石頭。心裡想，早先踱來踱去有點擔心，後來聽阿星應對而轉念。阿星不笨，應該不會說出來。

「阿舅交給我保管，說我人大個不好惹，沒人搶得走。不知道哪裡來的，要問阿舅。」

舅舅？阿星沒提過，不知真假？推給舅舅，這招還不賴。

石先生世故之人，見多識廣，識出阿星有所隱瞞。問話時好奇的表情頓時放下，身體放鬆往後，靠上椅背。

「總之，我只知道這麼多。此黑智石硯，取材漆吳山，值錢。至於龍打架流血，聽聽好玩便是。」石先生做了總結，表示話已講完，如果你們不願多透露硯的來歷，沒什麼好說的了。至少德宇如此認為，似乎是逐客令。

但石先生沒那麼冷淡，留兩人吃了一頓熱騰騰的麵食，阿星好多天以來吃到最好的了。不過，德宇並未放鬆戒心，想說為了兩百兩而施詭詐，不無可能。何況，跟石先生交往有限。也許阿星夠放心，他不行。導致，即使愛吃麵，卻小心翼翼，無法享用。餐後，石先生問是否留宿洞中，他趕忙帶著阿星摸黑離開，僅說好下次攜禮來謝。

「好想睡洞裡一夜，沒住過。」阿星嘆，德宇沒理他，快步下山。阿星不疾不徐，在後頭輕鬆跟著，因為原本揹著的巨大薪柴，剛才已送給石先生。

當晚，兩人不得不及時在路邊找一間小山廟過夜。不是佛寺，是廟，拜中壇元帥。此非滅佛令範圍，仍有香火，以及附近村民或洞民的殘留供品。小山廟殿堂窄小，跟大個子阿星擠在裡面將就一宿，夜裡差點踢翻供桌。

次晨，阿星竟然從包袱裡，翻出兩個大饅頭。德宇未伸手取，遲疑放了多久？餿掉不能吃吧。阿星馬上表明，從石先生那裡拿的。

兩人一邊啃，一邊討論，陽光從林間葉子縫隙漏下。沒多久，決議無論石先生所認定的黑智石硯，是否跟百手書生去處相關，他們應該前往漆吳山探究一番。德宇有點意外這麼快就決定了，原本預期需要跟阿星說半天，沒想到阿星一直說：「去看看，去看看！」

德宇非去不可，因為從紫紙尋人一途沒展望，他正愁怎麼辦？曾想偷懶，跑回榮城，表面上以跟顏掌櫃商量為理由，其實想會小珪。偷懶的想法一直有，不過終於被不時浮起的百手書生奮筆疾書意象打消，覺得儘管自己懶，還是可以為書生做點什麼。如今阿星的硯，是他手中僅有線索，而且阿星古怪地只告訴了他，他非去不可。即使是為了排除疑慮，也該跑一趟。

心中的前提是，鹿山莊所託十二高手出動，必然竭盡所能，高出他這多出的第十三人不知幾凡，既然自己是小人物，就只管眼前這條線吧。如果錯了，也無傷大局。

阿星的想法應當類似，他們倆都是小人物，做眼前的事，別想太多。

「去看看，去看看」的簡單表達，卻一言以蔽之兩人的任務。

簡短討論中，德宇也曾勸阿星返回山裡家中，他一人前往漆吳山就夠了。阿星只回：「我不想回去，那裡什麼人都沒了。」

兩人於是上路。

勸阿星把沉重的黑智石硯託給附近他認識的人家，免得路遠負擔重。阿星不願，「說不定有用，而且也是信物。」哪是信物？意思大概是此硯代表跟書生的山中情誼，是他們相識的具體證據。阿星根本不怕負重，不只帶著硯，沒走多遠就開始沿路撿柴，越積越多，巨大薪柴又揹了起來，德宇怎麼勸也不聽。旅程中，經過村鎮，阿星賣了薪柴，又在下一段路途中撿一大捆，如此反覆。德宇服了他，薪柴賣了錢，足供旅途花費且有餘。這大個子一路撿柴行路，根本不用帶錢財銀兩，德宇也跟著受惠。

「這疊薪柴可是我的刀劍，既可賣錢，又可禦敵，好用。」有次阿星路邊卸下高聳薪柴，稍作歇息的時候說。

德宇看了看他腰際插著的短斧，色澤沉重，頗為厚實。也許對阿星而言，斧頭遠不如薪柴的威力。

大個子繼續：「小宇，你說說看，我們臨走時，石先生說漆吳山是駿馬消失的地方，什麼意思呀？」

問倒他了，沒想到阿星還記得。上路多日沒問，現在突然冒出來。其實，這句話自己心裡也轉過好幾次，駿馬消失的地方。離開慶雲洞，道別之時，石先生拱手丟下此話，提醒兩人留神。當時，急著離開，沒多想，總不出山路險峻、陡峭，馬匹上不去的意思吧？由於他們沒騎馬，不覺需深究。不只當時，後來也沒正視，儘管那句偶爾浮現。顯然兩人都覺得怪怪的。

「怎麼說？」阿星催促著。

「我猜，山路險峻。」

「我也這麼猜。但那說法好奇怪，駿馬消失的地方？隱莊那裡，也山勢險峻，馬匹上不去。所以，來客的馬一律留在山麓角落林子裡，從岔路進去，一個管馬的小戶，有人照料。我們叫存馬的地方。那一帶，馬兒真的消失到岔路裡去了，等賓客下山領回。但我們都跟賓客說山路難走，或險峻，沒人說駿馬消失，好像不會回來的樣子。」

竟然有這麼個麇集馬匹之處，我竟然沒注意，德宇想。

阿星說得有理。石先生的句子聽起來凶險多了，有去無回的暗示。

「也許他要嚇我們。」

「真的假的？總覺得怪怪的。」

「我們應該請教石先生的。」

「應該。」

「我認為還是指山道難行吧。」

「說不定那裡的人吃馬！」阿星大聲說。

「誇張，那划不來，馬匹很值錢。」

「總之，跟我們無關。」

「但跟公子一行人，或朝廷追捕的人馬，大有關係。」德宇想起龍華營探隊，以及他們的馬匹，被他惡整過。沒打算告訴阿星。

「到那裡就知道了。」

兩人帶著急於得知百手書生下落的不安，以及消失駿馬的不解，還有期待，在第九天，抵達雪峰鎮地界。一路上，新奇的並非南方景色或食物，因為德宇來自南方海島，不少鄉親父輩來自雪峰鎮更南方的沿海地帶。雪峰鎮距海稍遠，靠內陸山區，德宇從來沒聽說過，但仍屬於同一區域。對他而言，新奇的是跟阿星結伴同行。以往護鏢，跟隊行動，幾位大小鏢師，由鏢頭帶領，尤其早期。後來，幾趟小鏢他獨力完成，例如跑榮城的線，次數有限。今年以來，他大多一人獨行，甚至習慣了。所以，兩人結伴，非常新鮮。除了跟小珪的相會，尤其今年結夏聚首，或花島時期跟識真的寺院巡禮，就只有這次跟阿星的雪峰行了。

但小珪、識真皆熟識，阿星完全不同。上路前幾日，他仍不習慣，擔憂會不會增加了個負擔？一路走來，沒想到阿星是個好旅伴，打理自己，不麻煩他人，而且什麼活都會做、不用教，加上撿柴賣錢、買吃的，沿路拔野菜，包袱裡總適時撈得出管用物品，完全出乎德宇行程初的不利估算。

雪峰行半途，某日在路上摸到放在包袱裡的刀，才發現已久久未撫摸金烏刀鐔，果真心情放鬆。雖然愛講話，阿星在長途之旅並非講個不停，德宇習慣的默默行進也不少。安靜下來的時候，望著秋日照射下，兩人一前一後長長身影，一大一小，他心裡微笑，祈求好運可以延續到雪峰行終點。在那裡，會遇上什麼尚未可知。

半月行程縮成九日，他們除了兩晚在大城住店，其餘仍是找廢寺過夜。包括照樂寺、靈巖寺、中頂寺、鶴雲寺、勝林院、崇虛寺。其中，中頂寺頗具規模，靈巖寺十分儉樸。照習慣，德宇每進一寺必去寶殿，或稱金堂，打個招呼，儘管他並不拜佛。

越來越走上坡路，山脈連綿矗立遠方，問來向旅人，說是漆吳山。雪峰鎮近了。

附近當然不見龍的痕跡，不要說龍場了。不過，想起石先生說那兩個字，還是興起奇異感覺，彷彿身歷其境，踏入古獸戰場。

聽路上行人推薦，不只一位，到雪峰鎮要吃客秋包，說餐館吃哪一家都行，民家也家家會做。那正是他們進入雪峰鎮之後做的第一件事，找了家餐廳，游家小館，指名點客秋包。端上來兩只熱騰騰大湯碗，裡面浮著幾個飽滿、鼓鼓的，像湯餃又像包子的東西，稍長、菱形、呈淡黃色，內裡顯然包著豐富餡料，聞得出來。德宇和阿星初次見著，一時不知如何下手。

游家小館跑堂見他們是外地人，茫然望著客秋包的樣子，馬上簡短介紹，說芋頭搗泥，加地瓜粉攪一起，作皮。包上肉、筍、菇、豆乾等，水煮而成，加上調味。看起來有點像湯餃，更膨，表皮韌度不是麵皮可比，這也是客秋包口味特殊之處。至於吃法，像湯餃或大湯包那樣，不過客秋包很韌，初嚐的客官難免要摸索一下嘴巴施力的力道。

阿星吃飯不等人，跑堂還沒說完，已經動手開口，筷子湯匙並用。德宇看他咬太大口、太用力，裡外湯汁噴了一臉，沒管他。但學會小口慢慢咬，同時看著阿星努力咀嚼的面頰與下顎。泡在熱湯裡依然堅挺，咬勁十足，是吃客秋包的享受之一，然後就是比水餃味道強的內餡。阿星從一開始的爆漿，很快就學會怎麼吃，德宇也是。

如此結實的客秋包，短時間內好幾個下肚，還真脹。加上德宇、阿星連日趕路，慶雲洞石先生麵食招待之後，未能放心飽餐，如今來到目的地，遇新奇菜色，難以收手，兩人吃撐在食堂板凳上，一時無法動彈。尤其是阿星，喊了多次太飽。跑堂見他們樣子好笑，跑來聊天，問他們打哪來等等。

德宇後悔吃太多，有失鏢師該有的警戒。雖然一時癱在桌邊，至少可問問消息，他想。便說兩人來自榮城，扯了些那裡的風景、街市、當地菜色等無關緊要的風土見聞，然後問雪峰鎮市集怎麼走，家主人命他與阿星兩人買回著名的黑智硯，要贈與城中權貴。

「你們倆人買硯？」跑堂問，轉頭看了看阿星，桌邊手撐著頭發呆。

「對呀！雪峰鎮黑智硯，知名上品。」

「我是說，你們不像買硯的人。」

「買硯，還有樣子？」

「買筆墨紙硯，當然跟買菜不同。」

「都是差僕人，哪有差？」德宇不想因為打聽黑智硯，引人注意，反而顯得急於撇清。

「遠道來我們鎮買硯的，都是被差遣的，沒錯。但通常啊，大都總務或辦事先生，帶著僕役。我們看多了。哪有小哥帶著這麼大個子的傢伙，揹著一大捆薪柴，擺在店外，然後來店裡問黑智硯的事？」跑堂這下子說了一大段，還說得有理。

「說得不錯，我們倆不像。但我們跟掌櫃走失了。大個子一路惹事，被掌櫃罵了一頓，不高興，說不走了。掌櫃更不高興，自己前去硯鋪，吩咐我盯著這傢伙，於後跟上。我花了好大工夫才安撫好，早追不上掌櫃，只好直接到硯鋪會合，不然可慘了。老哥一定得幫幫忙。」德宇刻意小聲說話，揮手叫跑堂靠近點，似乎要避免阿星聽到。

「看起來和善，不過凶起來也怕。」跑堂望了望阿星，又說：「你等等。」跑去別桌招呼客人，看來也是點客秋包。

「你們在說什麼呀！」阿星從桌子另一頭大聲問。

德宇移到他身旁，解說一遍。阿星吃了兩大湯碗客秋包，十分滿足，只聽不回。

跑堂進進出出廚房端菜，過了一會才回他們這桌，把德宇拉廚房口附近。

「你們大約沒法去硯鋪了。鋪子不在街上，在往山上的路。可路給官差封了，沒見過的官差，廚房打雜跟我說的。」

「出了什麼事嗎？」

「沒人知道。只知道路不通，封了。而且，有官兵騎馬入山，不守下馬令。馬從來不能進入的。」

「什麼意思？下馬令？」

「你們掌櫃如果到了山麓的硯鋪，那你們一時三刻見不著了。路封了，他在那頭，你們倆在這頭。如果他還沒去，大概圍在失馬橋看熱鬧一堆人裡有他，可找找。如果找到你們掌櫃，勸你趕快離開。那些官兵不是縣府的官差，也不像州府的。我們掌櫃聽了也說，那一定是大事。最好避一避。」

「我們馬上去看看掌櫃在不在。但什麼是下馬令、失馬橋？」

「說來話長，沒時間了。你們最好趕緊。簡單講，那不是官府下的令，是山裡的三明書院，不喜朝廷官員或富商拜訪書院，藉口山路險峻，易人死馬傷，在入山處立了個下馬令的牌子。意思是，要往三明書院，別騎馬。大概想勸退訪客吧。那兒山路的確不好走，但馬也不是不能走。

書院以此為藉口，想圖個清靜，專心學問。據說是這樣。所以，那個令，不是真的令，不是官府的令。不過，聽說書院子弟，後來在朝廷當官的不少，本地官府也怕它三分。這個令，大家都遵守。而且，後來大家附會，叫入山口那短橋失馬橋，就頗有樣子了。失馬橋，警告的意思，說在此不下馬，馬兒必失無疑。其實，鎮上根本無人騎馬入山。我們都拿失馬橋開玩笑的，沒料到今天真的有人騎馬入山，顯然不是附近官府的兵馬，外地人。」

外地人，德宇和阿星也是外地人。

在帝國，他總是外地人。

「我們也沒聽過，」德宇接話，轉頭對阿星又說，「我們要去找掌櫃了。」

阿星起身，往門外擺著的薪柴走去。又走回來，說要留下薪柴一半給店家。

游家小館跑堂樂了，兩人急忙鬆綁、分柴，阿星重新綑綁，跑堂則捧著部分薪柴，吆喝廚房打雜的幫忙搬運，從店外繞到後頭，柴房或庫房。

這阿星還滿靈光的，知道接下去要跑山上，最好少負重，但又不想身上完全無柴。送掉一半，好點子。

等跑堂邊走邊拍掉身上柴渣回到店裡，德宇他們已經結帳完畢。

「跟你們說，」跑堂收了柴，心情不錯，對比兩人的擔憂，「萬一你們掌櫃不在人堆裡，已經到硯鋪，你們沒法過失馬橋，就失聯了。跟你們說，本地人都知道在北邊上游，有個淺灘，可涉過再上山。不難找，但別被看守官兵瞧見。」還點點頭。

出店門，兩人直奔上游淺灘，在路上遠遠看到失馬橋前聚集一堆看熱鬧的鎮民。輕易涉過水淺但底下石頭尖尖難走的小河，急忙跑上山路，想知道為什麼正好在他們抵達雪峰鎮尋找硯鋪時，就有官兵封路騎馬上山。難道也是來找硯？找人？搜捕百手書生一行人？還是為了石先生提過的三明書院？

過了失馬橋，腳下踏著，就是所謂駿馬消失的地方？德宇心裡問。

漆吳山麓的小徑，不算崎嶇，但土石鬆軟，踩踏極易滑落，德宇和阿星踩滑好幾次，彼此拉回，阿星還一直笑。路上也有新鮮馬蹄留痕，顯然剛走過不久，也許少數也曾滑落淺溝？兩人原本出於無奈，來此探一探百手書生留給阿星的黑智石硯來歷，難道因此找到人？也太巧了吧？

又走了大約三刻鐘後，山路上出現散置丟棄的兵士甲冑護具，零散斷柄刀槍。這下不好了，顯然打了起來，是誰跟官兵衝突呢？馬呢？上山了嗎？

德宇開始不自覺輕輕摸起包袱裡，阿常師古刀上自己配上的刀鐔。

「出事了！我們趕快去看看。」他伸手抽出古刀，一面跑一面跟阿星說。

大個子揹著半捆薪柴，跑起來甚至比他還快，從身邊竄出。

他望著背影，急起直追。

心想，刀終於要出鞘，這次不知會沾上多少血腥？

第九章　雪峰滅跡

才多跑一段路，山路轉入一處稍微寬闊的平台，德宇和阿星見證馬匹的劫數。兩匹棕色官馬，從鞍具看出徽章，倒在路旁山壁，一匹栗色馬則倒在路中央。三匹都尚未氣絕，掙扎欲起身而不能，馬頭微弱隨著起身的企圖擺動，眼睛無力看著走近的兩人。

他們無法停留，德宇跳過栗色馬身，看得出是隻良駒，無法檢視傷口，不確定三匹馬倒下，是因為遭受攻擊，或山路難行滑倒？

果真是駿馬消失的地方，德宇心中閃過想法。

再往前疾行數十步，幾名兵勇趴在路邊，看來已經死亡。他們的甲冑上戴著蜷曲的龍形標記，紅底黑龍，那是龍華營的標記，他見過，一直覺得相當醜，尤其龍爪。

終於再會龍華營，他想。

除了覺得龍形猥瑣，龍華營的名稱也很怪。識真講過，少年英雄般的未來佛彌勒，後來會在龍華樹下得道，並舉行龍華三會，三次說法，普渡眾生。如今，安國黨爪牙名叫龍華營，卻大力執行滅佛令，完全辜負龍華二字。

阿星的動作比他迅速，已經衝進前方山路岔出小徑，隱入樹林。德宇跟上去，在路口又見兩具奄奄一息的兵勇身體，同樣標記。沒理他們，德宇繼續跟下去，小徑豁然開朗，眼前一棟小工坊。等停下腳步，才看見工坊位於活水池子邊，不遠處吊掛一幅細長瀑布，轟隆聲不絕。剛才怎麼沒聽到？這就是黑智瀑布吧。工坊則是硯鋪。既是坊，又是鋪。

兩人一路衝進來，並未接敵交戰，因為除了他們倆，其他無論人或馬都倒了，沒人站著。

「小宇，怎麼辦？」阿星望了望左右問，依然揹著半綑薪柴。

「你這裡守一下，我進去看看。」工坊內硯台散落，一片凌亂，還有一些未處理的石塊，擺放歪斜。但空無一人，不見師傅，大概都跑了。也未見龍華營官兵。

「裡頭沒人，我們回山路，繼續走下去，顯然這些只是龍華營的死傷殘餘，主力在前方。」

「對呀，硯鋪這兒瀑布聲響太大，也許再順山路往前走，會聽到人聲。」阿星大聲說，才聽得清楚。

確定四周只有他們倆站著之後，德宇才敢放鬆抬頭仰望瀑布奇觀，幾乎是水從天上來那麼高。他聞到樹葉的清香，以及大量的水落下後激起的瀰漫水霧。

隆隆水聲，讓這角落自成一天地。如果不是情況緊急，能在此被這一切環繞、包圍，一整個下午，該有多好？他感覺。

龍華營出動，必有要事。兩人必須趕到前面，想要駐足此境半天的想法，只有一瞬。

還不知此次出動的是龍華營哪一隊？絕對會比葛山行那一支更難對付。

阿星早已動身，跑在他前面，原本腰間插著的短斧，已拿在手中。德宇，面跟，一面想，一路碰到的傷亡人馬，是遇到了誰？誰敢斬殺龍華營兵馬？反抗朝廷的勢力眾多，尤其在滅佛令之後，因此難以推斷是否百手書生一行人做的，或尋找書生的十二人中哪位？或哪幾位？不過，他們倆循阿星受贈的硯台來歷，找到此地，不旋踵龍華營就來了。不，應該說龍華營先到了。難免讓人覺得必然與百手書生有關。

儘管龍華營的出現，帶來不安，他同時想，如果第十三人都找到此地，其他十二人還會有多遠？

快速前進中，瞥見山路邊的樹木和岩壁上，釘著小木牌，指示標籤，方便訪客之用，好幾個都寫著「三明書院」四字。看來，龍華營主力的目標，在三明書院，硯鋪、工坊只是被掃到而已。不到十日之前，石先生僅只提到名字的地方，將出現眼前。德宇這幾天想著的，是硯坊，因為阿星的線索，他包袱裡那塊贈硯。但他們倆片刻都沒想過硯坊附近的三明書院。誰料到這會兒他們急馳前往。

杉樹林中道路，寂靜一片，無蟲鳴鳥叫，甚奇。但也沒聽見刀劍相交的打鬥聲。一路下來，經過好幾處岔路，賴路標指示，兩人得以繼續無間前進，只聽見腳下跑步聲，以及阿星背上半捆薪柴的摩擦聲。

德宇瞄了一眼，薪柴都快散了。

半里路之後，遠方浮現書院樓閣的上半，杉樹林遮蔽之下，若隱若現。

德宇一向偏好書院樓閣，只要見到總多看幾眼，腳下多留駐一會兒，但沒進去過。識真愛笑他，明明是個武夫，卻對讀書人的房子著迷。知道識真在開玩笑，但他說的是真的。眼下的三明書院，深埋山中林間，更引他遐想。難怪百千書生跑來這裡，鹿山莊景色絕倫，三明書院氣質無雙。

注意到沿路馬匹糞便散布，龍華營罔顧下馬令，執意騎馬上山，顯然已經衝到三明書院。德宇握緊刀鞘，準備交戰，心情複雜，但無法思考。

他們跳過路上躺著幾具屍體，有著龍華營軍服者，從蜷龍徽章看出，其他則百姓衣著。

「隱莊護衛！」阿星脫口而出，似乎認出山上舊識。

看來，鹿山莊方統領的人馬已來到此地，並且折損。那麼，統領他們應在前方。

德宇和阿星互看一眼，沒說一字，加速腳程。

又經過一匹死馬，以及斷槍棄刀之後，他們碰上一群人堵在三明書院南門口，好幾位坐在地上，接受包紮。其餘持械警戒，另幾位頻頻往書院裡觀望。

「統領，你受傷了！」阿星衝向其中最左邊那位，顯然是鹿山莊方統領。德宇只見過李副領。

「阿星，你怎麼找來了？」統領問說，但眼看著德宇。

統領跟看來身手敏捷、身材中等的李副領不同，十分高大，即使受傷癱坐地上，大刀擺在地上，依然氣勢不凡，而且眼神堅定。

「對了，這位是小宇哥，不不不，德宇。」阿星沒回答問題，也許不知從何說起。想應該要先介紹德宇，不過不完整。

「聚英鏢行林德宇，見過統領。」他抱拳做了個禮，報上全名。

「林鏢師來得是時候，這麼快就找來，厲害厲害，我們正需你助陣。」

德宇心想，自己是誤打誤撞來此的，依紙尋人失敗了。跑來這裡，還是阿星促成。應該是阿星厲害才對。雖然還沒弄清狀況，不過從眼前的傷亡推斷，如此激戰必定是因為百手書生就在這裡。

「沒時間報告我們怎麼找來了。公子呢？公子他們一群人呢？還有，除了隱莊人馬外，其他人是誰？」阿星不來寒暄這套，講話單刀直入。

統領作勢要站起來，但起不來。兩人都沒去扶他，覺得他應該坐著。

「好吧，最初十二位分配尋找公子的人馬中，三批來到此地，撞上龍華營。我們先到幾步，跟公子摯友一起守住三明書院，並先在山路上伏擊，削弱他們。龍華營此次派出兩支戰隊入山，包圍了一天，就開始進攻。戰隊訓練精良，儘管之前在山路上，因狹窄而隊形無法施展，遭我們痛擊，失人也失馬，但追來書院後重整，恢復戰力。兩戰隊大約四百員，扣掉山路折損，編隊依然厚實。我們的防線守不住，他們突破、衝進來。山莊護衛死傷殆盡，只剩幾位還在，像我，被砍了多刀。另兩位高手，前京師虎衛營探隊曾首席、海松門盧大師兄，以及他們的部屬，也不敵戰隊連番攻勢。我們準備的人手，為了尋人，輕便快速為主，對上朝廷兵馬，力有未逮，即使三方合一。」

情勢緊急，統領已經臨陣長話短說，但德宇仍有太多疑問。

這下子不是疑問的時候。他左右顧盼，觀察眼前形勢，全身著近茶色深綠勁裝的明顯是海松門大師兄，阿星認得，已經跑過去，正蹲著跟他說話。此人旁邊，年紀稍長者，想必是前虎衛營首席，雖奄奄一息，眉宇英氣不減。德宇想，暫時不用過去了，他們需歇息，也不認識他，反正阿星也會告訴他們自己是誰。現下，亟需決定下一步。

「林鏢師，」統領繼續，「戰隊衝進來，直搗公子所在書房，五摯友大概凶多吉少。趙大人與安國黨同僚有約，留其子一命，任憑處置，其餘皆可殺。公子應可存活，除非自盡。我方傷亡慘重，只除掉戰隊若干兵馬，以致我們退出，撤至外圍，戰隊捉住公子他們，則守在裡面。」

「他們如果重整之後，從裡面殺出。我們擋不了。」德宇判斷。

「林鏢師說得不錯，況且他們以公子為質，我們不敢盡力。」

「大概也沒剩多少力。」德宇幾乎自言自語。

統領又想起身，不成，只好坐回地面說：「我的意思是，目下只有林鏢師，可以一戰。」

他想，統領手上大刀，加上手下，以及首席與大師兄，都擋不住，我小小鏢師，怎能對抗龍華營戰隊？

然而，統領似乎猜到年輕人怎麼想的，說：「據說林鏢師曾經打贏龍華營探隊，必定有兩下子，不用過慮。戰隊經過幾番強攻，也有折損。如果加上阿星，林鏢師仍有機會擋下龍華營，再創傳奇。」

什麼時候成了傳奇？不知道雲莊那裡，或哪裡，把他的葛山行吹噓成什麼傳聞？阿星跟他加起來？怎麼夠呢？覺得方統領應該是出於絕望，才會這麼認為。罔顧事實。

儘管仍然猶豫與不願，事不等人，寥寥數人勉強守住的門口出現狀況，戰鬥再起。

只見戰隊派出六人一組，意在收拾門口附近的殘留抵抗。鹿山莊這邊剩下的人馬不敵退走。

「我們所剩人馬，難以抵擋。尤其戰隊派出隊長左右鐵衛，我方能對抗他們的，都坐在地上。林鏢師，請立刻出手。」

到了此刻，已無須考慮。其實，未待統領央求，話還沒落下，德宇已經拔刀。

鏘一聲，餘音飽滿，充塞門前場域。阿常師古刀雖然個子細窄，聲響卻不凡。

阿星在另一頭，也聽到了，看德宇一眼，也衝往門邊，短斧不知何時已在手。原本負責抵擋的鹿山莊護衛，只剩三人未被放倒，見熟悉的阿星殺過來，士氣大振，配合身形巨大的阿星，繞著兩名鐵衛以及戰隊四兵勇，阻擋進逼。

那半捆薪柴，依然揹著，德宇嘆為觀止。但見薪柴隨著阿星移動，當作護身阻隔，十分有用。兩鐵衛根本無法接近，只要阿星一轉身，他們就得閃避。雖然他們也想砍斷薪柴的架子和綁繩，但由於阿星會馬上轉回來，揮舞短斧，雙衛只能一直左右閃避，每次進攻在　兩招內被中斷。三位山莊護衛則適時靠近騷擾，再退下。

看來，不急需我出手，阿星足矣。

望著手上垂下的刀，他想，如果加入戰局，要砍人了。

不過，此瞬間的安心被後方聲響打破，統領似乎在喊什麼？才要回頭，就見到一名白甲戰將從雙衛身後，三明書院門口，大步走出。

這時，才聽出統領說的是：「隊長出戰，林鏢師當心！」後面還有好幾句，可德宇已經聽不清楚，猜測是說此人武功了得之類的。

當然，龍華營戰隊隊長，武功應當不得了。後來才聽說，雖然官職是隊長，聽起來低階，但龍華營幾乎是安國黨私軍，菁英中的菁英，等級五品，同羽林中郎將，絕非一般隊長。

此人身著銀白甲冑，雖未全身包覆，但由藤與皮編織，加小鐵片，表面漆白，依然大大增加砍殺難度。出刀的力道、角度都必須調整，德宇馬上做了估量。

另方面，德宇覺得新奇，從來不曾與穿盔甲的人打鬥過。保鏢這行，應付宵小、盜匪，有時碰上山寨頭目，或地頭強梁，沒人穿甲冑，而且如此正式，如打仗般。真第一次。

德宇以手指觸摸金烏刀鐔，立刻投入戰局，不然阿星一打三，會招架不住。何況白甲隊長沒幾招就扭轉雙鐵衛的守勢，阿星有點不支，往後連續退了幾步。白甲隊長用劍連兩刺，阿星讓出空間，他移步往前，迎向德宇。

白甲移動中，尚未站穩，德宇已經出刀，希望得先機，也許可傷到人。不過，都被擋了下來，而且無論拆招，或回擊，白甲隊長的力道又穩且重，德宇知道這關難過了。儘管戰況緊急，無法在心裡繼續埋怨顏掌櫃的推薦，把他一路推到三明書院門口，德宇閃過念頭，想也許自己真的具備什麼能力，自己未察覺，但顏掌櫃卻看到了？

除了力道，白甲隊長的招式也十分嚴謹，難找破綻。那就弄出個破綻來，他想。基本式努力修練，無神功奇招，就算武功平平，也能擋住高手，只是也許擋不久。另方面，移動快速，是他年輕的優點，所以德宇積極走位，希望能引出對方破綻，或移動時錯手露出空門。只是，那些都未發生，攻勢反而越來越猛，他已被迫採取守勢。

絕望中想起，光對陣一名龍華營戰隊隊長，自己就招架不住，還有一位必定在書院內觀戰，隨時準備增援。

身陷刀劍交錯中，不知阿星鬥雙鐵衛，如何了？只要那兩人尚未來圍自己，就是好事，表示阿星牽住他們。

絕望中他又想起，戰隊隊長一定不知他是誰。他必定認得鹿山莊方統領，也許聽說過前虎衛營首席，甚至有人匯報說海松門大師兄也到了雪峰鎮，但絕沒聽聞過這位最後加入的第十三人。但無名小卒也有優勢。無名小卒可能很差，也許普普，說不準很厲害。你不知道他能做什麼，會做什麼？

處於劣勢的德宇，決心發揮無名小卒的長處，施展私練自創「劍雨飄花」的最新成果，第七式「破鐔式」。

一定有人會認為「破鐔式」是爛招，他想，但只要能救命，某些爛招還是得用。就是不傷及無辜的爛招。

離開鹿山莊展開依紙尋人那段沉悶的日子裡，德宇試圖為「劍雨飄花」想新招，以免頻感挫折。依據他來到帝國之後這些年的觀察，花島的製刀術來自帝國，但已經悄悄趕上帝國。雖然此地的刀劍冶煉，仍有能人，維持水平，但在刀劍身上若干部位，則落後甚多。花島在刀鐔的設計與製作，領先帝國許多，甚至產生專門師傅製作刀鐔，而且競爭激烈，以至於花島刀鐔不止質地精良，花樣也多，跟刀身緊密接合。學藝期間，他蒐集好幾個，除了古刀上裝的金烏，其餘留在碧水城，遠遊這段日子，時常想念，想摸摸。

如果說帝國鑄劍術目前勉強維持，本地鐔的製作，品質差多了，大都是刀劍師傅順便打造，常常交給徒弟處理，而且刀劍整體的裝配，並沒有那麼仔細。還有，他注意到帝國習武之人對刀劍保養，並不用心，也無耐性。他常想，哪天刀劍相向，不打人的要害，打你刀劍要害，也可得勝。

這就是德宇的「破鐔式」施力之處，除了他沒人知道招式名稱。

除了他，也沒人見過這招。

今時此刻，德宇越來越撐不住，勉強擋下越覺沉重的劈砍刺，僅依賴自己靈活的步伐，他要用新招救命了。瞥見對方護手的鐔，單薄、窄小，劍身則挺拔帥氣。值得一試。

其實不只自己無名小卒的命，三明書院門口三位高手，及幾位帶傷手下，書院內百手書生，以及不知存活幾位的書生摯友，也許要靠他打倒白甲隊長？

至於另一位戰隊隊長，白甲或黑甲？不管了，先砍倒眼前這位，如果能夠。

德宇微微後退兩步，是真也假，雖是計，他也真快不擋不下了。

戰隊隊長看到機會，追擊過來。這時，德宇突然雙手握刀，側身閃躲，刀打直，碰觸劍身，然後順著劍身滑向隊長。本來的刀劍碰撞聲，金鳴之聲，變為持續摩擦，好像豬肉販動刀前，雙手以砍刀與磨刀棒交錯摩擦的聲音，無限延長。隊長似乎驚訝對手並未退卻，反而欺身黏上來，還沒眨眼，已貼到他面前。

雙手緊握刀之外，他還加上全身重量，以及往前跑的衝力。練刀時，他幻想過此刻。傳說中的以劍御人，大抵就如此吧。

德宇賭阿常師特別打造的古刀夠堅固，也賭他的感覺。用刀劍者，只要手中武器稍有什麼地方鬆動，那怕只是極細微，揮舞時都會覺得不對。德宇不知道隊長知不知自己武器的狀況，更不知道隊長的劍是誰保養的？當官的人大概叫僕役或兵勇去弄吧。隊長的劍，不在德宇手上，但他們交手，等於他也感覺到了對方的劍。刀劍多次相交，多親密，又多敵對。你死我活，卻又幾乎交纏一體。那把劍，似乎哪裡有點鬆？非常細微。這，幫助德宇做決定，賭上用危險的「破鐔式」。

那瞬間，他沒想法，只有動作。

只聽到巨大一聲鏘、喀！什麼東西斷了？

不是我的刀，就是他的鐔。

阿常師的古刀，切斷德宇懷疑鬆動的劍鐔，截斷隊長右手一排手指，鮮血噴灑白甲。三明書院門口所有站著打鬥、坐著起不來的人，都聽到隊長的慘叫。

手部嚴重受傷，隊長痛不欲生，弓起身子蜷曲起來。

德宇看到機會，什麼也沒想，雙手舉刀，往隊長暴露的背部，脖子的位置，一刀砍下。他在花島時，師父嚴格要求的砍功，每天重複鍛鍊，現在發揮。

白甲隊長的頭顱掉下，滾動幾圈，比之前更多的鮮血噴滿四周。

出乎所有人意料之外。

也許他們並不願龍華營得勝，也許他們抱持德宇會贏的希望，儘管大多數在場者根本不認識他，因為跟他們的命運息息相關。即使唯一對他肯定再三的鹿山莊方統領，無論真假，想必沒料到這場對決竟然以斷頭為結局。

只是，雖然人頭落地，這並非結局。

以前，他只傷人，沒殺過人，連拔刀都很少。

首次，完全無法思索。

無頭之身隨後才倒下，德宇的手掌十分酸痛，原來斬首要耗掉這麼多力氣。全身放鬆下來之後，他看來失神，聽到旁邊呼喚他的聲音。

有人喊小宇，那必定是阿星。還聽說趕快救人，那應該是方統領，催促他入書院救出百手書生。另外，附近傳來眾人講話聲，模糊不清。

看著另一邊的阿星，嘴巴在說什麼，身邊倒一人於血泊中，看來是雙鐵衛之一。阿星短斧砍的，他猜。另一不知去向。鐵衛手下兵勇倒臥門邊，有死有傷。

「守護他們，不要跟來。」他跟搭配阿星打下雙鐵衛的鹿山莊三護衛說，指指療傷中的方統領等人。然後對阿星說：「我們趕快進去！」

「對啊！」阿星大喊一聲，隨德宇衝進去。

三明書院內廊道、庭園飛石路，幽雅書香氛圍攙雜地面上散落的兵器、殘肢，以及倒落的人體，或死或傷，好不突兀。阿星似乎遇見一位在山莊認識的，俯身聽他說了幾句，那人並且勉強舉起手指了方向。

「他說公子在鵲離齋，那個方向！」阿星指指院內朝西的位置。

「那麼，那是什麼？」德宇望著東邊竄起黑煙，什麼東西燒起來了？以為應該往那裡跑。

「我哪知？去找公子先。」說罷起步快跑，背上已無薪柴，只剩個架子。

兩人經過牌上寫著青溪樓的二層樓宇，再下去，眼前不遠書房樣子房舍，想必是鵲離齋，周邊三棵大槐樹，頗具庇佑的態勢。

但他們腳步很快慢了下來，因為門口警戒森嚴，四周都有龍華營戰隊兵勇戒備，人數不少，層層包圍，而德宇和阿星只有兩個人，後面加上一位原本該守護門口傷殘的鹿山莊護衛。

護衛不該跟上來，一定是方統領命他來幫忙。不是叫他來送死嗎？

原來龍華營重兵集中在此。之前派隊長之一，加雙鐵衛，以及單薄支援，大概看準書院門口那群人已經無人可戰，打算清剿完畢。沒想到天大的意外，無論龍華營或鹿山莊方面，誰會料到德宇、阿星二人組及時出現，甚至造成戰隊隊長斷頭的轉折？

那不算輕敵，是運氣不佳。沒人預料無名小卒德宇能做出那種事。

同時，於鵲離齋布下重兵，意思很明白，因為百手書生在此，不能出差錯。

破鐔式賭對了，但下一步卻不知道該怎麼走？加上剛剛趕上的護衛，他們三人絕對無法正面對抗龍華營。看來，救不了書生了。

手中阿常師古刀仍沾著血，未能擦拭掉。

「我們走吧。眼前形勢不利。我們來遲了，他們捉到公子，我們搶不回來。至少現在不行。」他跟身邊的阿星說，同時注意到東邊的黑煙沖天，越來越濃，嗆鼻味四竄，火勢似乎越來越大。哪裡燒了起來？

阿星沒回話，似乎同意德宇的評估。只口中嘟噥地說：「救不了，但不知看不看得到？」

沒錯，救不到，但至少要看到，一眼也行，人之常情，德宇同意。

阿星發呆，等著。德宇一旁戒備，怕龍華營偷襲。過沒多久，依然沒動靜。只能等這麼短，兩人準備轉身，在龍華營尚未派人追捕他們的時候，趕快撤。

沒想到這時候，鵲離齋的門開了。二列龍華營兵勇走出，原本在外戒備的士兵配合調整隊形或陣勢，表情更緊繃。大人物要出來了，德宇猜。

接著兩位鐵衛人物跨出門檻，左右查看後，眼光定在德宇、阿星身上，手握劍柄，蓄勢待發。之後，一名看似主將人物，身著藍色甲胄，跟白甲隊長極為相像，顯然是龍華營此次派出另一戰隊隊長，手按在劍柄上。

龍華營戰隊支隊，應有正式官方名稱。區分白甲藍甲，僅民間方便分辨，因一目了然。

「來者何人？大膽斬殺龍華營戰隊隊長，該當死罪。」聲音相當宏亮。德宇這時才想起，之前白甲隊長一出現，半個字也沒說，就開始打，沒聽過他說話聲。僅在破鐔式傷他手之後，聞其哀嚎。斬首之後，除了噴血嘶嘶聲，什麼聲音都沒有。

兩人完全無意回覆「來者何人」的詢問，想到自己小人物，說出來也沒人知道，何必？江湖人物大都極在意名聲，會為了別人如何稱呼自己拔刀相向，也對報自己名號這事，十分講究，甚至加上一大堆威武的稱號、封號、別號。注重名聲信譽，好事，德宇同意，但過於在乎，或取些花俏誇張的別名，就頗好笑。

「報上名號！」鐵衛之一大喊。

兩人依舊不理。傻瓜才報給你，心想。陣勢整齊的龍華營戰隊中好幾位乓勇，在底下叫罵，嗆他們不敢報出名號。藍甲隊長一揮手，部隊頓時安靜下來。

「不說無妨，你們殺害朝廷官兵，且是戰隊隊長，罪大惡極。朝廷必追捕到案。本戰隊損失將校，全龍華營將不眠不休，嚴懲暴徒，但非今日。今日本隊成功逮捕朝廷欽犯，人稱百手書生的趙某。趙某違反朝廷禁令，持續發表謀反言詞，汙衊朝廷，指摘滅佛、呼籲寬容，不服勸阻，違法亂紀，經數年逃亡，終於收服於藏身之處三明書院。本隊斬斷其雙手，致令終身無法再持筆書寫，斷絕後患！」

「公子！」阿星聽到這裡，禁不住叫了出來，往前移動兩步，難忍不捨，看得出他們在鹿山莊相處時情誼。德宇雖未見過書生，聞遭斷手也不敢想那場景，但未動聲色。

藍甲隊長輕輕瞄了阿星一眼，繼續說：「百手書生，已是斷手書生。儘管你二人殺害我營將校，應立即伏誅，然而本隊受命，始終以捉拿趙某為重，當務之急乃運送斷手趙某返京，其餘皆枝微末節，應該摒棄。因此，本隊在此勸兩位盡快退下，勿阻撓本隊移動欽犯趙某，以免遭殲滅。」

「還不快退下！」鐵衛之一喝道。

「你二人雖不敢報上姓名，顯然跟鹿山莊一夥，不言而明。先前鹿山莊關聯三股人馬，欲阻欽犯歸案，不成，損失慘重，你二人應引以為戒。但你們下場將與欽犯趙某摯友一般，今日三伏誅二就逮，明日就是你們。」

「還不快退下！」另一鐵衛又喊。

此時，鵲離齋門口，只見龍華營兵勇抬出一塊長板，像門板，上面躺著應是百手書生，蓋被毯，面目不清，只見一片慘白，也不知是否清醒，但雙手白布包紮，遠看似乎滲血，部分染紅。書齋四周，兵勇雙重人牆圍住，決意確保數年追捕成果。看來戰隊並未備妥板輿，臨時找了塊木板。

百手書生，已成斷手書生。藍甲隊長的話，不斷在德宇心中重複。

「公子！怎麼這樣啊！」阿星感嘆，沒像上次叫那麼大聲，一臉茫然，看來傷心欲絕。

不只質樸的阿星，德宇也大受打擊，他想像中始終奮筆疾書、神采飛揚的書生，此刻在他眼前臉色蒼白，奄奄一息，雙手遭砍。有什麼比這更慘？無法寫字的書生，被安國黨斷肢的書生。

好議論、勸說理、寫文章的書生，被剝奪了發表意見的手段。

尋人過程中，德宇曾想過多種結局，有好有壞，大部分是壞的。但沒想過百手書生存活，卻失去雙手。他不清楚阿星懂不懂失去雙手對書生的意義，但可確定阿星既憤怒又傷心，表情頹唐，卻緊握短斧，似乎要抓個粉碎。

這隊長愛動口，德宇很想跟他對決，方才戰勝的興奮還在血中翻滾，心態跟惡鬥之前不同。他急忙估量是否可以搶下書生，只靠他們倆人，外加一位跟上的鹿山莊護衛。

怎麼看，都不成。就算山莊委託的十二高手中來了一半，恐怕都攻不下。

江湖習武者的打法，碰上軍隊的行列編隊，必定被吞掉。就算個人功夫了得，在行伍包夾之下，很快就力竭，無法顧全，露出空門，被迅速壓制。

他想也許在書生旁各兩排的隊伍中，可尋得弱點，從中突破。但即使他穿刺成功，阿星能揹起書生，隊伍很快就會圍過來，插翅難飛。何況，書生身受重傷，方才止血，就算兩人衝破隊伍，搶下書生，在抵抗與脫逃過程中猛烈移動，傷者必定被他們倆折磨致死。下下策。

藍甲隊長看來信心滿滿，吩咐雙鐵衛負責指揮移動書生，自己盯著德宇和阿星。

龍華營戰隊，緊緊圈住躺著的書生，緩慢推進，如同一條覓食巨蛇，或蜈蚣，充滿威脅。他免不了想起，龍其實是巨蛇。眼前龍華營做的事，就像蛇偷偷吞走獵物，蜿蜒而去。德宇回頭叫跟上的唯一護衛，趕快跑到門外，疏散鹿山莊四散倒臥的傷者，包含十二人中的三位，免得跟準備離開的戰隊人龍起衝突。現在他們已無法再戰，打不過的。

藍甲隊長又開口：「趁此機會，你二人傳達給鹿山莊反賊，以下消息。尊朝廷敕令，捉拿外號百手書生的趙公子，但依趙大人央求，命留下，雙手廢掉，送返趙府，永不離開，不再寫字，由不識字僕役照顧。此乃朝廷跟趙大人之約。至於公子的朋友，所謂五摯友，三位伏誅，兩位被擒，將送京師問罪。趙公子僕役也一併帶走。另外……」

原本口中趙某，改口稱趙公子，大概為了配合提到安國黨趙大人，不好再輕賤稱趙某。帶著得意的神情，隊長繼續，「就在你們方才打鬥之時，我已命人燒毀三明書院藏書閣，內有本地違逆滅佛令所收藏佛典，以及書院蒐集趙公子所有文帖原本、鈔本。延燒多時之後，目前相信皆付之一炬。本營會持續搜查各地流傳、私藏的趙公子文帖副本、鈔本、印本，絕對消滅殆盡。如此，趙公子此生無法再寫一字，無新文帖。先前所有著作，將全部消失，無舊文帖。不消多久，無人記得百手書生，或其議論，完全抹去。雪峰鎮治下的三明書院，將是百手書生滅跡之始。」

終於說完。一個隊長不發一語，另一個嗜言辭。

這些傢伙，不只傷人、殺人、囚人，還要燒書，抹掉記憶。原來，兩人闖進來尋找書生一行人時，看到院內東邊的黑煙，是藏書閣大火所致。

推測，兩支龍華營戰隊入山，狹窄山路上遭襲，損失了若干兵勇馬匹，但在三明書院周遭布陣，順利擊潰鹿山莊集結的三組人馬，殺入書院拿下百手書生一行人。之後，主力守住戰果，包圍鵲離齋，嚴密戒備，並派出一小隊人馬，白甲隊長領頭，赴南門清除鹿山莊殘餘力量，並防堵對方可能增援。另方面，戰事稍歇，命人趁機前往藏書閣焚書。當然，書燒了，閣豈有不倒？藏書閣於是焚毀。

過程中，阿星與德宇意外出現，原本並非白甲隊長不能收服，但兩人拚命衝撞導致戰隊折損，那是意外中的意外。不過，即使如此損失，龍華營捉到欽犯，焚燒書帖、佛經，目標達成。德宇忖，折損白甲隊長，對藍甲隊長而言，並非壞事，一人獨攬功勞。

想想自己靈機一動才免死於白甲隊長劍下，如欲擊敗藍甲隊長絕非易事，何況他大軍在側，根本無法近身。德宇一面看著如巨蛇般的部隊抬著書生往南門去，擔心門口是否撤退完畢？同時，開始打算如何在山路中截擊龍華營戰隊巨蛇，救出書生。

沒想到值此緊張之際，當年識真談到佛經裡面龍蛇混淆的事，竟然浮現心頭。也許為了美化，佛經譯者總是把蛇譯為龍，也許是巨蛇吧，非小蛇，但它們化龍的過程，其實就字裡行間而已。甚至還有人吹噓，某些佛經來自龍宮。是洞嗎？德宇眼前的龍華營，就是活生生的龍蛇不分。

阿星眼睜睜看著書生被搬走，直挺挺的，頹喪跑來說，遭捆綁押在隊伍最後的，是摯友洪公子、鍾公子，以及公子僕役與書僮各一。

「此刻救不了人，我們該去藏書閣看看。」德宇說，心想有沒人救火呀？

「好吧。」阿星視線不離戰隊巨蛇，不情願地跟著往東側跑去。

進來時書院不見一人，此時一批批儒生從藏匿處走出，快步往黑煙所在聚集。德宇心裡佩服他們，敢違逆朝廷禁令，收留百手書生一行人。也許是書院山長做的決定，但書院風氣才是真正冒險庇護書生的原因。

靈秀的書院樓宇間大火，劈哩啪啦的木材爆裂聲，不少儒生忙著汲水滅火。其他則急忙搬運閣內典籍，只能救出少許。

德宇回頭，往鵲離齋觀望，沒追兵。藍甲隊長大聲宣布戰果，並跟他們倆示威之後，顯然力圖維持所獲，不願節外生枝，不理他們了。德宇心中有點不服氣，覺得被小看，想說等會兒山路襲擊，一定讓你痛。

儒生排列數排，從書院裡庭園池水舀出一桶一桶水，傳遞至藏書閣滅火，手忙腳亂，來不及。火勢猛烈，藏書閣沒一時辰焚毀殆盡。少數典籍搬了出來，狀況不佳。儒生說，百手書生議論書帖，一頁未留下。

閣既毀，儒生們佇立周圍，感嘆唏噓書本之滅，私下咒罵龍華營，逐漸散去，若干留下滅餘火，以及清點救出書籍。

三明書院山長見到德宇阿星，垂詢他們是否「來自鹿山莊之人」？阿星答得理所當然，德宇則想起顏掌櫃第一次提起鹿山莊的時候。那時，哪知尋人結果是如此慘敗，鏢件被毀、被奪，眼睜睜地？還加上附帶損失。四周厚重煙塵味，以及滿目瘡痍。山長慰問德宇他們之失，德宇心想書院損失也不小，整棟樓宇不論，裡頭書籍無價，何況還有百手書生所有寫帖。

山長說，趙公子非三明書院門生。不過，由於公子恩師之一曾任山長，公子對此地十分嚮往，一直想來看看。長久以來，只要發表論帖，必輾轉寄送副本至書院，從未間斷。藏書閣完整編目，妥為保存，視為瑰寶。這次來訪，更將文帖原稿寄存於此。怎料今日毀於龍華營惡徒之火。

百手書生，已是斷手書生。藍甲隊長的話，似乎又在他耳中響起。

失去書生，或失去整樓書帖，損失何大？人或書？命或文？

德宇致敬山長，敢違反朝廷禁令，忤逆壟斷朝政的安國黨。阿星一旁點頭。山長回說鹿山莊不也一樣？而且，之前僅罔顧朝廷指令，如今正面衝突，龍華營目前執著於帶人回京師邀功，不日必回來清算。跟鹿山莊一樣，三明書院之毀在即，須自行解散門生，各自避禍。

同樣情形，這些年已發生在帝國治下無數寺院，如今山莊、書院遭襲、被毀，是一樣道理。寺院他走訪不少，儘管是廢寺，仍有機會漫步其間，沉浸於內。書院是頭一遭走進，卻是急沖沖衝入，面對挫折，等下也要迅速撤離。他感覺出自己身處跟寺院不同的清幽，可惜沒機會倘佯於樓宇、書齋、亭台之間。

交談幾句之後，阿星提醒，該趕快去探望原本聚集南門的傷眾，尤其是山莊統領，並報告鵲離齋發生的事。

告別山長，兩人正欲離開藏書閣廢墟，阿星往灰燼堆瞥一眼，突然大喊：「阿嘉瑪！」

廢墟前，所有人幾乎走光了，只見一名清秀少年的背影，著寬大瑠璃色袍子，肩膀抖動，似乎在啜泣。

「你怎麼在這裡？」阿星又說。

第十章　火墳

阿嘉瑪，是什麼名字？哪裡的名字？阿嘉瑪是誰？阿星認識，鹿山莊的人嗎？怎出現在此，孤伶伶一人？跟十二人中三人一起來的？還是百手書生？

百手書生，已是斷手書生。這句話，那人的聲音，似乎又在他耳邊響起。

阿星走上前好幾步，跑去講話。德宇沒動，看著他們。

奇異景象，眼前兩人立於火焚之地，幾乎靜止，身邊煙霧瀰漫，零星火花依舊。不遠處，幾位儒生還在澆滅火星，另些人則搬運殘存典籍，來來往往走動。

火漸滅，然灰燼下可見紅通通，底猶熱。火場邊，似乎有堵熾熱高牆，阻人進入，驅人離開。但阿嘉瑪看來不受影響。

阿星只顧跟阿嘉瑪說話，但阿嘉瑪沒回應。頭連轉都沒轉一下，似乎盯著藏書閣廢墟，以及點點餘火，格開其他一切。

德宇只見他們背影，自己乾脆找了個鄰近講堂台階，坐了下來。

才坐下，原本被他叫去疏散南門傷眾的鹿山莊護衛，快步走來告知，眾人避開龍華營，平安無事。而且，他還監視戰隊撤出三明書院全程，見隊伍已入山道。

德宇頓覺慚愧。應該由他和阿星負責監視戰隊運送百手書生行蹤，兩人卻被藏書閣大火吸引，如今甚至坐台階上望著阿星與阿嘉瑪，忘了該去支援南門傷眾。

詢問之下，知護衛名叫杜志遠，阿遠，機靈可靠，說方統領聽聞公子遭俘，失去雙手，十分痛心。避戰隊之銳氣後，已率眾潛回書院，待安排死傷，重新整隊後，力圖援救。

德宇請阿遠傳話，他等阿星一下，馬上跟大家會合。

阿遠離開前，望了望廢墟，丟下一句：「阿嘉瑪怎麼在這？」

過了一會兒，阿星走到他旁邊坐下，這下子兩人一起望著阿嘉瑪背影。

「阿嘉瑪，哪裡認識的？鹿山莊？別處？」

「在鹿山莊認識的，他是公子的書僮，大家都認識。我入莊的話，碰到會打招呼。」

「熟嗎？」

「不熟，沒說什麼話，打過招呼而已。只是，公子他們被抓走，但阿嘉瑪卻跑來這裡。怎麼沒跟公子在一起？所以要問問。」

「為什麼沒跟公子一起？」德宇問。

「龍華營快攻進來的時候，公子叫他快離開。」

「沒叫別人走？」

「好像，只叫他快走。我也不清楚那時情形。」

「應是叫他逃離書院，那為什麼還在這裡？」

「看到煙，發現起火，擔心公子存在這裡的寫帖被燒掉。不看不行，他說的。」

「就是因為寫帖存放在此，整棟都燒了。」

「別那麼大聲，阿嘉瑪難過的。」一向大剌剌的阿星，變得小心翼翼起來。

「他打算逃到哪去？」

「好像公子跟他說了什麼？沒告訴我。好像要去個地方。」

當然要去個地方。問題是哪裡？做什麼？沒跟阿星說，會跟誰說？

鹿山莊的人都認識阿嘉瑪，德宇覺得自己是外人。很熟悉的情況，他在哪裡都遇過，不稀奇。

「跟他說，我們要去跟方統領會合，商討如何營救公子。」

藏書閣廢墟零星火花幾乎滅盡，書院遣三名儒生一旁看守，以免風吹火勢再起。除此之外，只剩阿嘉瑪孤單身影，佇立傾圮樓宇殘跡邊緣，襯著落日暮光。

還有風吹起黑色餘燼，無數黑點、捲片，飄呀飄，往上飛散。

兩人一巨大一單薄，看似剪影。聽聞阿星告知前往會合，阿嘉瑪轉過身。一張秀氣的臉，頭髮只是隨手一綁，未依任何樣式。十五歲上下，眼睛泡泡的，大概剛哭過之故，頭低低，看不出眼神。單薄身形，瑠璃色寬袍，栗色布鞋，會讓人多看一眼。但看不出男女。

步履輕巧，卻又似一心一意專心在踏。

他們三人一同前往阿遠說的六賢堂，一路無言。

德宇心中亂，非因阿嘉瑪，而是今日經歷太多大事，到現在仍不知如何接受。自己首次殺人，由於過於緊急，不知該怎麼想，尤其又目睹被斬掉雙手的百手書生抬出鵲離齋，意味著他的尋人任務，既成功又失敗。意外找到人，但是眼睜睜見書生被人綁走。

他學武，又在鏢行當差，過程中偶需與人交手，傷人甚至殺人皆可能發生。之前運氣好，盡量少傷人，未曾殺人。如今真的殺死人，不是沒想像過，但真的親手砍下去，那情景、那激動，以完全不激動的樣子經歷，來不及激動。

極熱與極冷，感覺非常類似，他總這麼認為。

小時候，有次曾告訴母親，燙水與冷水難分辨，摸起來差不多。被罵了一頓。但他想法沒變。而且，殺死的是龍華營戰隊隊長，表示從此他無法在帝國安然度日。那還好，總認為自己有天要離開帝國的。不過，想起難再見小珪，腹部一陣空虛，應該是心內未接受自己始終告訴自己的，他倆終必無緣。

至於百手書生，他尚未承認失敗，應全力營救。看等下方統領怎麼計畫救援？

關於書生，阿星感受應該比他多，而書生的書僮，阿嘉瑪，必然更深刻。

阿嘉瑪走在二人之間，德宇仍然只見背影。那背影卻似乎被一層光環圈住，一方面吸引他去看，同時又什麼都看不到。

殘將傷兵聚集六賢堂暫歇，一棟講堂樣貌的平房，長形，頗寬敞。德宇見過不少，寺院裡大都有。書院不熟，似乎也差不多，只差有無佛像。

方統領看來恢復元氣，擺脫之前惡戰結束後慘狀。另兩位受託尋人的高手，前京師虎衛營探隊曾首席、海松門盧大師兄，也坐得直挺挺的，不像之前倒臥南門口的樣子。其他幫手，鹿山莊護衛，曾首席、盧大師兄帶來手下，傷者不少，大約只有六名站著，包括積極可靠的阿遠。

雖然兩人今天並肩作戰，但直到這時，德宇才可以好好看看阿星。沒了一路揹著的薪柴，剩個空木架，還真不習慣。衣衫凌亂，未受傷。沒想到兩小人物，竟然殺破龍華營阻擋，自己都不相信。沒問阿星，相信也不相信。只可惜功敗垂成，沒能救出百手書生，反而目睹他的綁俘。

阿星必定心裡難過，除非他自己開口，德宇想好了，問都不問。

方統領簡短讚揚兩人抵擋白甲隊長與雙鐵衛的功勞之後，馬上議論如何營救趙公子。曾首席熟悉軍務，推測戰隊取直接上京的路，建議在雪峰鎮北方三十里處的密林道截擊。我方需追上布局，要抓緊時間，立刻前往。盧大師兄說明，密林道狹長，我方可避開戰隊厚實陣式，設法從中突破，切斷隊伍，救出公子。海松門弟子，輕功擅長，可趁我方突擊時，發揮所長，迅速掠人。

海松門二位弟子，此刻正跟蹤監視，稍晚回報確認戰隊位置。

方統領深表贊同，表示方才跟曾首席、盧大師兄商議，做了評估，認為可行，問題就是時間是否來得及？需馬上動身，但我方傷殘羸弱，不確定是否做得到？

另外，他轉向阿嘉瑪，問他有無意見？

德宇相當意外。問一個小孩？不，算少年吧。問個少年？懂營救計畫？

沒問阿星和德宇，他明白。阿星大個子，山莊的人平常就不認為能說出什麼？德宇自己呢？反正局外人，而且完全不通曉形勢，沒問他最好。在聚英鏢行，也沒人問他意見。正常。

但，問阿嘉瑪？一定有什麼我不知道的事，他忖。剛才，火場邊，以及來到六賢堂後，他觀察到鹿山莊人士，包括阿星，對阿嘉瑪總是小心翼翼。不能說畢恭畢敬，不是遇到主子的樣子，但總會取個距離、說話聲音變輕，陡然沉靜下來，無論原先做什麼、講什麼。似乎生怕碰壞他，嚇到他。

當然，阿嘉瑪是趙公子書僮，也許大家對公子的敬重，延續到他身上？算合理。不過，那種小心翼翼，德宇明顯感受到。雖然過去這些日子裡幾次被稱為來自鹿山莊的人，畢竟自己不是鹿山莊的人，一定有什麼是我不知道的。

阿嘉瑪的確有意見，站著講。聲音平穩，但聲量小，整場立刻寂靜下來，大家都要聽。

「公子說，龍華營戰隊不會走直接上京的路，因為預想鹿山莊會攔截。他們會出乎眾人意料，不往北，而是往南走。從雪峰鎮，往沙鎮南下，過丘陵，在鎮海上船，然後北駛。應該在赤山或文州登岸，再走陸路入京。由於鹿山莊無船運許可，上船困難，失去抄截戰隊之力。而且等我方發覺，早失先機，即使後來取得船隻，要追上他們也難。

「待會兒海松門弟子應會回報，確認公子預測不虛。如此，公子建議，我方應在戰隊出沙鎮之後約十里處的嵩溪橋，進行截擊。那兒是必經之橋，高而狹，比密林道更好下手。而且，那裡大約兩日路程，我方有時間安排布置。但重點是，佯救公子，吸引戰隊全軍注意，真目標是連帶被俘的兩位摯友，以及公子童僕。

「戰隊攻入鵲離齋之前，公子已知自己雙手難保。安國黨與趙大人約定，保全公子性命，唯不得再出論帖，永久封筆。安國黨的大人們，並不在意公子死活，只要受到約束，不再為文，不再發言，不再現身，活著等於已死。所以接受趙人人保全性命之請。安國黨的大人必不滿足只圈禁公子於趙府，大人們之中，或龍華營裡，必有人不滿這些人追逐多年，捉拿不到公子的怨恨，幾成私仇，想施以懲罰，同時確保號稱百手書生不再執筆。有什麼比折損雙手，更能挫百手書生威風的方法?有什麼比剝奪書生寫字的手，能帶來更多痛苦?以及報仇的快意?

「公子盤算後，覺得如遭斷手，送回趙府休養，並非壞事。但如能免受牽連的摯友、僕童牢獄與折磨，他才安心。公子千萬叮囑，佯救自己，實援友僕，是營救重點。

「他叮囑，千萬不要真的救走他，那會付出慘痛死傷代價，無論是鹿山莊的朋友們，或龍華隊。兩方他都不願見到死傷，尤其鹿山莊方面。萬一有人執意救他出來，公子說，反而害他。因為我方並無力照顧身受重傷的公子，尤其在鹿山莊不得不棄守的情況下。讓他回趙府休養，無須相救。假救即可。」

阿嘉瑪停了下來，堂內眾人互相談論起來。德宇多次聽到「佯救公子、實援友僕」被提及。阿嘉瑪雖聲音小，但這段話講得清清楚楚。用字遣詞淺白，沒什麼高深，大家聽得懂，但怎麼聽，說不像眼前這位少年自己的話，裡面沒有半點遲疑，沒有嗯喔哦的停頓，或換口氣。從頭到尾，德宇覺得說話聲音，阿嘉瑪的聲音，跟說的事，說了什麼，似乎分開。

當然，他在傳達書生，就是趙公子的建議，不是發表自己看法。方統領問了他意見，阿嘉瑪講出公子的建議。但德宇總覺得怪怪的。太順了？聲音太平？

「以上是公子的話。我自己覺得，藏書閣那場火，是公子的火墳，我們該保住公子留下的。」

說完，向方統領鞠個躬，表示說完，找地方坐下來。

勸阻救自已？叫大家不要來救？德宇聽到盧大師兄談到，這符合公子論帖中，一再強調義理為先、私利於後的主張。

公子的火墳？什麼意思？燒掉公子論帖，也是燒掉公子，所以書與帖成灰，類似公子之亡？阿嘉瑪說是自己覺得，似乎是跟在書生身邊，得到的體悟。

書本焚燒，意味書生肉身之亡？所以說火墳？

好像他的骨與肉，被燃燒殆盡，一次又一次。

六賢堂裡，方統領、曾首席、盧大師兄對待阿嘉瑪的態度，再度點燃德宇不久前的疑問，為什麼大家對一位書僮，似乎小心翼翼，雖非畢恭畢敬？

難道眼前坐在那裡的少年，才是百手書生？

不會吧！怎麼看也不像。但他誰都不認識，哪知誰是誰？

總可懷疑吧。因為眾人對書僮的謹慎啟人疑竇。必定有什麼我不知道的事，德宇覺得自己在繞圈子，走不出來。

問人吧，他想。至少問阿星。怎麼問？我覺得阿嘉瑪不像書僮？阿嘉瑪是否才是趙公子，被擄走的其實是書僮？阿星知道嗎？不是說鹿山莊的人不太跟他講話？不，阿星一定知道，因為公子他們蓋了間小屋在阿星家，公子的樣子他必定知曉。找機會探探阿星便可知。

眾人紛紛議論的時候，阿嘉瑪靜靜坐在旁邊，完全沒動作。德宇發現自己又盯著他背影，看著那薄薄的肩膀，想到小珪。難道是女身？

好了，別再猜了。一下子想阿嘉瑪是否才是趙公子，一下子又想阿嘉瑪看不出男女，也許是女身？

「小宇，沒想到你這麼厲害，一刀砍掉那隊長的頭！」阿星找他講話了，既然堂中大家都在議論，顯然受影響。不過，那也自然，因為三明書院南門一戰後，事件接二連三，應接不暇，兩人根本沒機會說幾句話。畢竟他們彼此照應，共同打了勝仗，分別收拾龍華營戰隊高手。

「你才厲害，一人打好幾個。」德宇回，實話。

「可你斬掉的可是戰隊隊長，很不容易的。」

「運氣而已，我差點沒命，硬拚，用了怪招，僥倖啦。」也是實話。他想到破鐔式，絕對是怪招。

「怪招？我忙著砍那兩鐵衛，沒看到耶。教我好不好？不知道你會怪招。」

你不知道的多了，連我自己都不太知道自己，德宇想。

「好呀！明天如果你記得問，我就告訴你。」

「明天，不要忘了喔。」

「你不要忘了問，我一定教你。」停了一下，又說：「對了，阿嘉瑪怎麼一個人坐在那裡，不跟人講話？」問個無關痛癢的問題。

「沒伴，我去找他來。」阿星起身。

差點脫口而出，問阿嘉瑪的謎，不過吞了下去，再觀察一會兒。過幾天，人少點再問。反正阿星已經不在旁邊，跑去找阿嘉瑪。

此刻大家議論營救的事，他那些疑問，自己亂想的。顯然，在場沒其他人也認為阿嘉瑪其實是書生，趙公子。

搞不好說出來後，成為笑柄。安分點好。

海松門弟子返回六賢堂，報告戰隊動向，確認往沙鎮前進，符合阿嘉瑪傳達的書生預測。方統領跟曾首席、盧大師兄商討之後，宣布眾人今夜宿三明書院，明天趕赴沙鎮布局。確切營救地點、任務分配，屆時告知。

並補充，看來龍華營一心保存戰果，集中兵力運送趙公子，二日路程內，沒見到戰隊增援跡象。大夥今夜可安歇。

眾人放寬心一一離開六賢堂之際，方統領來找等待人群散去的德宇和阿星，向阿嘉瑪點個頭，然後跟兩人說：「你們全力顧好阿嘉瑪，無論發生什麼事。阿嘉瑪絕對不能傷。」見他們倆點頭稱諾，才離去。

似乎，德宇的任務，從尋找百手書生，變成了看護阿嘉瑪？也好，正好奇阿嘉瑪是怎樣的人？以及為什麼眾人皆小心翼翼？看護期間，也許可解疑惑。

阿嘉瑪說的，「那場火，是公子的火墳，我們該保住公子留下的。」什麼意思？火墳，被俘的書生，生擒斷手，等同死亡？

公子留下的，顯然是寫出的文章、論帖。各地各級官府、龍華營探隊正全面蒐羅、銷毀之中，今日三明書院藏書閣火墳，恰為一例。長此以往，書生過往精彩言論，漸被抹去，消失無蹤。民間人家就算留下篇章，未遭搜走，不過斷簡殘篇。因此，要如何保住？

也許他的疑問太多，外人之故。

帶著諸多疑問，德宇夜裡睡不安穩，跑去站了一趟警戒，聽見阿星鼾聲連連，睡得妥當。他遵方頭領吩咐，留意阿嘉瑪，完全靜悄悄。還得探頭去望，確定人在。次日，眾人拜別三明書院山長、眾師長，迅速動身，趕往沙鎮近郊。

龍華營戰隊在漆吳山損失約一半駿馬，走不快。又一日，眾人追上時，戰隊雖已離開沙鎮，仍未至書生建議的攻擊地點，嵩溪橋。發布任務前，方統領召喚德宇和阿星，說明兩人負責事項。由於前日傷損，人手有限，該派眾人裡，此刻戰力最佳的德宇保護阿嘉瑪，或派他去施行「佯救公子，實援友僕」策略前半？公子位於戰隊隊形核心，必須遣高手突襲，才能牽引最多戰隊兵力，逼出破綻，才足以營救出公子摯友與童僕。另方面，他囑咐阿星，這次無須出戰，因為要負責的是保全阿嘉瑪，不得傷到。折損失公子後，絕不能再失去阿嘉瑪。

「這樣啊！我不用打，這次？」

「阿星，你看好阿嘉瑪，不讓任何人近身，任務完成。」

「如果沒人來呢？我不能去幫小宇，或其他人？」

「不行。無論是否受攻擊，堅守阿嘉瑪，就對了。」

「好吧。不過你們人手不夠喔。」

那是實話。阿星在鹿山莊當差久了，通常不會質疑山莊的決定，但這下子也看出問題，人力不足。

「是啦，人力不足。海松門弟子有好幾位可戰，尤其他們輕功好。我們山莊只剩阿遠，還有幾位，是不太夠。之前傷勢輕的，包紮休息後歸隊。至於，我和曾前輩、盧大師兄有傷在身，可惜能做的有限。是的，人手緊了些。龍華營戰隊雖然之前也損失不小，甚至失去一名隊長，但防禦依然厚實。」

「好吧。遵從統領安排。」

海松門弟子來報，眼看戰隊不久將過橋，方老馬上要公開下令。

方統領的安排，德宇看不懂，忍不住，終於說出口；

「方頭領，在下有一事不解。為何一定指派阿星，護衛阿嘉瑪？把他安置沙鎮客棧，派一位山莊護衛陪伴，不夠嗎？」

說完，看了一眼阿星。阿星也看他，沒什麼表情，似乎對方統領的安排，以及德宇的疑問，都沒意見。

「林鏢師，阿嘉瑪之重要，當然不及公子。但如今公子被俘，阿嘉瑪絕不可失。原因複雜，日後告知。此刻，先跟你說，保全阿嘉瑪，是公子一向指示，從公子來到鹿山莊即如此。我們依公子意願辦事。」

沒時間解釋清楚，可理解。這麼說，並未解惑。強調了那是公子意願，意思是用書生的權威來壓。既然答應以後告知，好吧。他也不是反對方統領安排，僅覺得奇怪。如果你們想清楚了，我也問了，這時候，不宜再堅持問下去。

「既然是公子所願，在下謹遵統領安排。」暫且如此，其實更好奇了。

隨後，方統領聚集眾人，分配任務。橋南端，德宇負責佯攻，直取核心；橋北端，阿遠帶領山莊護衛六名，襲擊戰隊尾部，營救友僕三人；方統領、曾首席、盧大師兄，雖受傷不宜戰鬥，與其他傷眾陳兵嵩溪橋南端，虛張聲勢，引誘戰隊進擊，拉長隊形，減輕德宇以及阿遠等人在南北兩端的負擔。至於大個子阿星，完全未被提及，此時也未在場。德宇想，應該是護著阿嘉瑪，躲起來了。

戰隊集中全力，鞏固尋找多年的書生。既然到手，絕不放手。藍甲隊長為了邀功，必定不顧一切留住書生。如此一來，哪會在意書僮阿嘉瑪？運送欽犯途中，會派出手下去奪取漏掉的奴僕？誰知道？也許不會。德宇猜測，應該不會。

少了擅衝撞的阿星，可用之兵更侷促了。

但書生，以及方統領，卻認為龍華營可能會來搶阿嘉瑪，實在太耐人尋味了。

阿嘉瑪必然不只是書僮。但他是什麼呢？

之前推斷過的，阿嘉瑪不是阿嘉瑪，阿嘉瑪才是趙公子，百手書生？戰隊捉去的，替身罷了？鏢行當差這幾年，採用替身掩護，不是沒用過。另外，財主、高官、皇族為避仇家，雇用替身，偶有所聞。趙公子遭朝廷追緝，無論是摯友或鹿山莊，選用替身脫險，不失為應對之策。而且，德宇所見阿嘉瑪，言語低調，神神祕祕，似乎在遮掩什麼？遮掩真實身分？

不然，阿嘉瑪是書生的孌童？阿星家院子加建小木屋，不就是用來私會？或，是書生的小妾、童妻，女扮男裝？火焚的藏書閣邊，第一眼見到時，就覺得難分男女。或，血親？人們在意的，不外血親，或情欲。不然，難道阿嘉瑪是什麼忠良之後，趙公子受託誓死保護？嗯，他一時想不出別的。總之，阿嘉瑪如此被看重，必有身分之謎待解。先闖嵩溪橋，再說。

德宇跟三位前輩，以及好幾位受傷手下，在橋南端附近預備，先除掉派駐橋頭斥候，等龍華營戰隊編隊上橋，走還不到一半，他們現身橋頭一字擺開，盡量撐出個樣子，似乎人還不少。但戰隊不致撤退，往北端迴轉。一方面，那會壞了隊形，自亂陣腳。再來，雖然橋頭人看來不少，隊長應會判斷足以應付，因為他知道昨天鹿山莊方面損傷大，戰隊則失去一位隊長與鐵衛之外，傷亡有限。相比之下，戰隊仍占上風。

所以，戰隊抬著傷重的百手書生，在橋上繼續前進，決意掃除前方障礙。

書生躺在板輿上，而非之前的木板或門板。顯然戰隊從附近村鎮徵用一台板輿，並略加改造，足以讓人躺臥其中。如此，更看不見人了。

這時，德宇隻身往戰隊衝刺。之所以這麼早就行動，是為了刻意讓戰隊注意前方威脅，主力出動接戰。德宇雖然以寡擊眾，略為手忙腳亂，但由於並非真心求勝，只需接招應付，造成騷擾，不會試圖攻破戰隊隊形，救出書生。

橋身不寬，戰隊只能一次兩三人對付他，而非完整陣式，德宇甚至無須斷人手腳，阻其行動，只需讓他們塞在橋上。

戰隊主力應對德宇的同時，阿遠等人，加上輕功見長的海松門弟子，開始攻打戰隊後方，靠近北端橋頭的位置。由於戰隊並不看重書生的朋友與僕役，當初一併捉走只為了向上交差。甚至藍隊雙鐵衛很可能建議，不如在離開三明書院後，路邊斬殺，免得帶著走，成累贅。

隊長不會接受，因為上頭下的令，是帶趙公子所有友人與僕役回京。昨日，突破三明書院後，捕捉公子過程裡，五摯友損三人，事非得已，回報時說得過去。但如果把他們都除掉，難逃安國黨的大人們責難。

不過，雖帶著他們走，僅簡約配兵，絕大部分都編在趙公子板輿周遭。如此一來，德宇只交戰，不求勝，拖延時間，而且邊打邊後退，主力被牽住，隊長或許慶幸他們穩住了，打退鹿山莊營救的反撲。就算橋上交戰中，公子友僕被救走，相衡之下，不算損失，入京之後跟大人們報告，也可免責。

如方統領安排，無須阿星，阿遠他們幾人打散隊伍尾端兵士編隊，海松門弟子卓越輕功飛入，輕易將人帶走。

原本僅充場面的三位前輩與傷眾，在德宇衝入陣中就撤得遠遠的。等德宇見橋上隊形已亂，時間拖得夠久，也開始撤退時，橋北端已無其他人。

藍中隊長守在趙公子身邊，不敢冒險，自然未出戰。不然，德宇未必打得過。上次，白甲隊長差點打贏，若非怪招「破鐔式」。藍甲與白甲隊長，應伯仲之間，還好他不敢出戰。

他見德宇退走，或許相當得意。同時，後方來報，說友僕遭劫時，他或許覺得那也好，不然還得帶著那些人，一路到鎮海上船，走水路北上，晃到上岸，再循陸路入京，太麻煩了。劫走正好，省我多少麻煩。

只要百手書生擒在手裡，絕對大功一件。

藍中隊長不知道，安國黨的大人們令中，命戰隊帶回公子友僕，含重大緣故。其實，藍甲隊長在三明書院，漏掉阿嘉瑪，就已經會讓他付出慘痛代價。這也是為什麼趙公子獨獨讓阿嘉瑪，從鵲離齋脫逃的原因。

或許，兩位戰隊隊長中，僅白甲隊長獲高層密令，指定必須也捉阿嘉瑪歸案？或許，白甲隊長為了搜尋阿嘉瑪，而出來清剿？誰知他竟命喪三明書院南門，無名小卒之手？或許，他也不明白命令中深意？

眾人順利救出兩摯友、一僕、一僮，於附近高處梅仙嶺暫歇。確定龍華營未追來之後，前往沙鎮客棧，跟阿嘉瑪與阿星會合。

書生五摯友之二，洪生、鍾生，衣著凌亂、神情頹唐，悼念死去摯友。雖獲解救，心繫書生傷勢與安危，簡短交談方統領等三位前輩之後，梳洗安睡。至於書生老僕錢伯、書僮瑞祥，在沙鎮與阿嘉瑪重逢。德宇見阿嘉瑪露出的難得笑容，煞是好看。因為難得，忍不住多盯了幾眼。

老僕錢伯，據說從小照顧趙公子起居，看著他長大。公子書文批朝政，違父命倉促逃家時，錢伯未及跟上。趙母憂慮，遣人送錢伯至碧水城，輾轉與公子會合，繼續照料起居，如此已好多年了。而書僮瑞祥，就像一般少年，有著年輕小伙子的活潑舉止、情緒起伏，分享被俘過程時，比手畫腳、豐富表情。德宇本應不會特別注意瑞祥，但因為他跟阿嘉瑪，同為書生書僮，差別卻極大，形成明顯對比，反而留心他的一舉一動。比較下，凸顯阿嘉瑪之不同，甚至怪奇。

次日，方統領決定眾人應儘速離開沙鎮，憂心龍華營派人追捕。雖說龍華營看不起、也不信任州縣官府官兵，通常不會下令地方官協助，但目前戰隊支援部隊尚遠，誰知道會不會臨時叫州縣派員前來沙鎮圍捕？先離開為上。

鍾生將陪同錢伯與瑞祥，前往碧水城。錢伯打算返回趙府，眾人知其忠，皆勸阻。即使安國黨依約定送公子回府圈禁，必禁止舊僕伺候，尤其曾一起亡命的錢伯。同時，趙夫人應會願意收留，但趙大人保得了兒子，保不了老僕，難逃安國黨治罪。錢伯思慮再三後同意，抵達碧水城後，偕書僮瑞祥，一起回趙夫人娘家，位於帝國東部的青州，也是他們家鄉。

鍾生在碧水城，有事待辦。唯不便透露，僅說會順便拜訪聚英鏢行。

提到鏢行，德宇頓時精神來了。

離開總鏢行太久。原本單純的榮城運鏢，送幾尊滅佛令下禁止的佛像，快快交差即可，經顏掌櫃促成，走趟葛山行，一路驚險。之後，瓔珞寺結夏，坐雨安居，與小珪獨享二人世界。那時，是他自己不想回碧水城。解夏後，上曹夕山鹿山莊，受託尋人，其實尋紫。無果，巧遇阿星，兩人結伴，赴漆吳山麓雪峰鎮，遇上龍華營戰隊攻破三明書院，擄百手書生。如此好幾個月，從初春到仲秋，竟然未返碧水城半次。不曾如此過。他的臥鋪、衣物家當，以及其他幾把用刀，加上好幾件刀鐔，還放在那裡。雖知鏢行弟兄必定會幫他保存，但這時候，聽到鍾生要帶錢伯、瑞祥赴碧水城，似乎突然點醒，熱切想念起來。

唯有他的薪餉，不在碧水城。鏢行定期以莊票付給在鎮海做生意的舅舅，再由舅舅兌現後轉交孤島家裡。

幾個月中，不是沒想過。鏢行弟兄、總鏢頭，城裡的熱鬧，城外風景，尤其城西湖水邊高聳的天鏡塔。還有，好幾次想換刀鐔而不得。除了金烏，其他都在碧水城他床底下木箱裡。有時真的很想換，換著摸摸，換個心情。那時，會覺急躁。不過，這些日子，除了結夏期間，都忙這忙那，想念碧水城的思緒，起來一下，不久被別事蓋過，如此反覆，皆短暫。這下子，鍾生要去，累積的短暫思念，統統爆出來。

除了回榮城再會小珪，就屬碧水城，引他企望。

還有孤島，他沒忘記家鄉。

可現下書生與鹿山莊，慘敗於安國黨，眼看要垮了，自己應當幫點忙，雖然其實與他不太相關。看這情形，還要繼續幫下去都是顏掌櫃開的頭。不能怨他嗎？有些忙，一幫下去，不知何時才能了？

鍾生待辦的事，跟趙公子，百手書生，相關嗎？需護鏢嗎？他想。

鍾生是五摯友之一，但書僮阿嘉瑪似乎更被看重，怎麼回事？顯然他和阿星，跟阿嘉瑪綁在一起，阿嘉瑪去哪裡，他們得跟著，和護鏢差不多。

說不定阿嘉瑪也要去碧水城？甚至榮城？說不定。

眾人趕來沙鎮之南救人，不止讓他們各自返鄉吧？百手書生做什麼事，甚至寫個字，都在審慎考慮之列，指定嵩溪橋救人之計，必有其他目的。

人救回，馬上將各奔東西。方統領會跟阿遠等護衛，回曹夕山一探鹿山莊，評估能否恢復。如阿星所言，當時龍華營戰隊並未真正攻破山莊，五層護衛擋下進犯，損失頗大。預期下次戰隊進襲將更難抵抗，為保存實力與人命，先撤。如今，安國黨擄獲頭號欽犯，是否繼續整肅幫助書生的各方人馬？鹿山莊和聚英鏢行，跟朝廷各派大人，有些千絲萬縷的糾結。例如，多少大人需要聚英鏢行護送各種金銀、餽贈，含無數賄款、見不得光的禮品。鹿山莊目前全撤，而聚英鏢行屹立不搖。疏通之後，鹿山莊仍可安然隱身曹夕山，亦未可知。

統領要跟尹莊主、二當家、李副領會面，全盤計畫一番。第一步，先回去看看，並檢查沿路明樁暗樁，彙整留守探子的觀察。

阿星一起回鹿山莊嗎？最初不太對頭，後來道上相遇，意外組成旅伴，兩人一起趕了不少路，並肩作戰，也一起大吃客秋包。竟有些捨不得起來。

早晨的客棧亂烘烘的，大家分頭準備離開，並帶走三明書院之戰中受傷的同伴。德宇急著找方統領，一方面，昨天答應，救人回來後，解釋阿嘉瑪身分之謎，二方面，離開沙鎮後，阿星是否回鹿山莊？還有，德宇的尋人任務，找到人卻失掉人，算失敗吧。鹿山莊列他為第十三人的委託，應該結束了？簡單說，他想知道，是否有新的委託？

他是鏢師，雖然僅是小鏢師，但脫不了鏢行的基本行事。接受客戶委託，執行護鏢、運鏢，鏢件抵達後，雙方確認完成，就解除委託。初春，走榮城的鏢完成後，顏掌櫃在楊府臨時召他走葛山的鏢，新的委託；回來，混了段時間，顏掌櫃又推薦他去鹿山莊協助尋人。這有點不同，但德宇仍以護鏢視之，也是種委託。如今失敗了。不只他，其他十二人，十二位前輩，都失敗了。書生，或公子，沒了。於此眾人各奔東西的時刻，依照鏢師的習慣，他所要確定，先前委託已解除，以及看看是否有新的委託？

見著方統領時，幾位前輩與洪生在場，正話別。

昨天在梅仙嶺歇息時，阿遠跟他說，洪生大概是五摯友中最年輕一位。的確看來不比德宇長多少歲，艫色袍，不高，一副短小精幹的樣子，充滿活力，跟瘦弱的鍾生完全不同。

曾首席打算跟手下四名舊部，真正解甲歸田。原本從京師虎衛營探隊下來，退而不休，幫朋友忙，例如此次協尋書生。但這幾天惡鬥之後，體認身手不行了。未完成付託，深感江湖路走到盡頭，該回家了。曾首席致謝德宇，在三明書院南門，擋下白甲隊長的血腥清掃。

德宇回答說是運氣。那是實話。

德宇則向盧大師兄致敬，因海松門弟子優異輕功，無論放哨、追蹤、救人，發揮淋漓盡致。最後，剩方統領與洪生，用著顏掌櫃的眼神看著他。德宇知道，那是要叫他做苦工的意思。

「林鏢師，老夫說過，嵩溪橋救援之後，會告知阿嘉瑪的身分。我們救回洪公子，他正好為你解惑。除了趙公子，洪公子是最懂阿嘉瑪的人。他不只為你解惑，事實上，由於阿嘉瑪特殊，我們要託你幫個大忙。此刻由於無法聯絡上聚英鏢行孫總鏢頭，或顏掌櫃，無法請示，得他們點頭，所以直接請求於你，護送阿嘉瑪前往安居之所。由於最好在龍華營發現戰隊漏捉重要人物之前，趕快離開此地，免被攔截追上，詳情與地點，洪公子在路上慢慢跟你說。我只能先提一下，阿嘉瑪的確不是普通人。他的重要，也許不及趙公子，卻也超過趙公子。」

什麼意思呀？也許不及，卻也超過？

德宇想了一下說：「斬首龍華營戰隊隊長後，我猜聚英鏢行已經無法保我，無論我們鏢行跟安國黨有多少關係。我算自立門戶了，哈哈。」乾笑兩聲。

「林鏢師為了護我等而出殺手，不得已的事。我們無限感激。但林鏢師因此陷入無比困境，必入列安國黨追拿迫害之榜。對此，鹿山莊深深致歉！」

「當初，顏掌櫃問我願不願協助尋人，已告知風險。不過，沒料到竟然會殺死龍華營官員，真始料未及。想我武功平平，頂多就是些共犯小罪，鏢行可為我關說開脫。怎知惹這麼大的禍事，大約超出鏢行之力。」

「林鏢師過謙，武功絕非平平。」

「運氣而已，方統領千萬不要這麼說。」德宇認真的。

「我親眼所見，從沒見過的刀法！」方統領嘆說，引來那天不在場的洪生仔細看了德宇一眼，眼光還瞥至他的阿常師古刀。

「其實，」德宇轉話題，「安國黨未必知我是誰，只要聚英鏢行、鹿山莊保持緘默，我未必入朝廷捉拿之榜。根本沒人知道我是誰。」

「的確，如那樣最好。不過，安國黨密探，遍布帝國，如果他們撿起一絲線頭，連出一個關係，沒多久就會牽出一個名字，或一堆名字。只希望林鏢師不被辨認出來。」

「說到密探，我好奇龍華營如何找到趙公子一行人？另外，方統領與另兩位前輩人馬，又是如何找到的？我和阿星，純粹誤打誤撞，沒料到在雪峰鎮會碰上趙公子一行人，更不要說龍華營了。」

「林鏢師上鹿山莊時，二當家與李副領必定說了，本山莊委託十二路人馬，協尋公子？」

「說了，在山莊斜坡上不動堂說的，說有十二人。告訴了我十二人搜尋的方向，但未點明是哪些人物，去了哪裡？我算第十三人，多出來的。」

「十二人，其實十二組人馬，大多分配查探公子親族、老家、師友，甚至他想拜訪的佛窟。我算第十二人，負責京師查訪，監視龍華營總部動靜。某日，發現他們竟然出動兩支戰隊，前往漆吳山。不是探隊，不是一支戰隊，而是兩支戰隊，表示有明確結果。意味著，此非查訪，是要去辦事。我的人馬立刻跟上，中途向最接近雪峰鎮的兩組人求援，就是曾首席和盧大師兄他們。不過，我們十二人，配置尋人，非戰鬥。雖然趕路越過他們，先見到公子，卻無力抵擋隊形強大的戰隊，攻進三明書院。如果不是林鏢師、阿星現身，如果戰隊不是一心保住戰果，只在乎運送公子回京，我方傷亡會更慘烈。」

「原來是京師查訪建功。但龍華營如何探得公子一行人下落？」

「應該是尋隱婆婆。」洪生插嘴說。

「什麼尋隱婆婆？」德宇問，心裡茫然，未露聲色。

「尋隱婆婆乃前朝王爺之後，與本朝皇族多人交好，家世顯赫，文采華美。不同於一般貴族，不喜待在城內宮中，愛走訪各地探幽，尋訪舊時貴冑，散落山裡鄉間的子弟，說是尋隱。並為詩文紀錄尋隱之旅，時常發表，廣受歡迎。如此，自年少至今，年紀老邁，眾人於是稱尋隱婆婆。由於婆婆常年四處探幽，帝國境內，僻靜適安憩之所，以及各種藏身角落，無不知曉。加之其交遊廣闊，人緣奇佳，以致於無論皇族民間，友朋無數，也是眼線處處。只消稍做詢問，幾乎任何消息，皆可探知一二，官府不及。我們懷疑，尋隱婆婆僅需稍做詢問，得知趙公子所在，非難事。」洪生說。

方統領補充：「公子一群人，能在鹿山莊待這麼久，因為尹莊主對曹夕山附近，尋隱婆婆的關聯人物，加以屏蔽、監控，他們無消息可發。但一旦離開尹莊主的屏蔽範圍，難阻擋婆婆的探究，因為她的貴族、世族圈子太大，閱歷太豐富了。」

「而且婆婆非惡意，」洪生接著說，「她不是故意暴露那些避禍貴族子弟幽居或藏身之所。只要有人問，婆婆便願意探詢、告知。她太自豪自己懂這麼多，同時著作詩文，獲眾人讚賞。」停了一下，繼續：「只是，趙公子是當朝大臣子弟，非尋隱婆婆喜愛講述的前朝，或先帝流落各地子弟的傳聞。也許她被人誤導了。」

但我卻不知此婆婆？德宇自問，沒說出來。婆婆留心的，皆貴冑，不是我這種人，表示我的地位之低。心裡苦笑，並不在意。

「林鏢師，」方統領正色，嚴肅起來，「言歸正傳。大家各自啟程之前，要確定是否願意護送阿嘉瑪？阿星、洪公子會一同前往。事實上，洪公子對下一步，比我清楚多了。」

德宇當然願意護送阿嘉瑪。一方面，情勢凶險，失了書生，十二人中三人已不濟事，其餘九人來不及趕到，他必須出力，他瞭解。另方面，阿嘉瑪是極大謎團，吸引著他去解開。但他是鏢師，不是俠客，習慣以鏢件的委託來理解自己行事。以最近三次的鏢件為例，一次運佛像，一次運曼荼羅，一次尋人，都經過某種委託，都是顏掌櫃促成。所以，德宇都以護鏢視之。

現在，他願意護送阿嘉瑪，或者加上洪生。如果他還是以護鏢的態度看待，那誰來幫他訂約呢？顏掌櫃不在這兒，誰去談呢？

「現下我已自立門戶，如剛才說到。聚英鏢行不見得可以，或願意算在下是一分子了。可是，我是鏢師，需要一個約。」

方統領看似乍聽不懂德宇的意思。也許會覺得此年輕外地人怪裡怪氣，請他幫忙，願意或不願意？有何苦衷？比較簡單。說什麼約？

「酬勞的意思嗎？」洪生猜到了。

「不是錢財的酬勞，是個約，約定吧！」德宇解釋，自己也正試著釐清想法。

「也對！林鏢師不同於十二人，那是基於長久交情，以及往來。林鏢師前兩次幫忙，算在聚英鏢行的關係下。如今林鏢師自立門戶，鏢行的交情已無關。絕對應該重新締約。」洪生體悟說。

「的確，的確。說得有理。林鏢師想如何約定？直說無妨。」方統領跟上。

「很簡單，在下跟鹿山莊索三隻鹿。」德宇說。

「三隻鹿，哈哈哈，有意思！」洪生大笑說。

「三隻鹿，並非三隻鹿，對吧？」方統領問，睜大眼。

「在下會竭盡全力護衛阿嘉瑪，以及洪公子，到將去之處。」尚未說完。

「隨後告知。」洪生插嘴道。

「約定是，日後在下如需鹿山莊協助，山莊得幫我三件事。」德宇著眼未來。自從斬殺戰隊隊長後，他知道將無法平靜待在帝國，該回孤島了。如果有一天，帝國進犯孤島，他必竭盡所能抵抗。那時候，如能得到與朝廷不合的鹿山莊之助，力量超過千軍萬馬。

「當然是合情合理的三件事。」德宇補充。

「就此約定。」方統領答應得快，德宇意外。

「統領可作主嗎？」這麼問，有些失禮。但他覺得非問這句不可。

「最好是尹莊主在場，或二當家。但我絕對可以作主，請放心。」

「請包涵問了那句。」德宇抱拳。

「三鹿之約，如此說定，我作證人。」洪生笑著說，左右手拍拍兩人肩膀。

第十一章　智摩子

三鹿之約後，向方統領道別，德宇走向客棧大門，被洪生拉去廚房，到後門，看見門邊附近阿星和阿嘉瑪，等待一起出發。

捆捆巨大薪柴，竟然又回到阿星背上。什麼時候撿的？回到熟悉的老樣子。

「我們去書劍山，澄王府。」離開沙鎮一段路程後，附近無人，洪生宣布。

停步之處，是寺院參道入口，立著石碑，上書崇真寺字樣。入口荒草蔓延，顯然又是滅佛令下廢寺。不曉得裡頭還有沒有僧尼？本尊為何？參道入口，德宇喜歡的地點。洪生選得不錯，看不出是否刻意所為。

德宇點頭，但沒聽過書劍山這地方。他也算在外行走之人，怎沒聽過？果然洪生知道些隱密。

「什麼地方呀？」阿星直接問了，阿嘉瑪靜靜地聽。

「自己封的地名，威名尚未遠播，那附近人知道而已。」洪生解釋。

「為什麼去那裡？為什麼不跟大夥去碧水城？」阿星又問。

「公子認為儘管聚英鏢行頂得住，碧水城仍算在安國黨腳下，太接近。別人還好，如果阿嘉瑪到那裡，風險過高。」

「那麼，跑遠一點，往南嗎？」阿星要確定方向是對的。

「沒錯，南方。澄王府，其實不是真的王府，此人自封澄王，是個地主、富豪，占據一座他看上的山，稱為書劍山，等於自立為王。」

「像山寨寨主？」

「有點，但他此人不偷、不盜、不搶、不攔路，算不上寨主。說山大王也不對。算山主吧。」

德宇不需問問題，阿星會開口。想知道的，大都會問出來。沒問到的，等下自己問。前往雪峰鎮那段旅程，兩人為伴，阿星一路東問西問，滿愉快的，對德宇而言是新鮮經驗。今後這段路，就讓洪生負責回答問題，他專注警戒好了。前段路程，兩人不在龍華營眼中，自三明書院一役，朝廷不會放過他們。也許不是這兩天，但沒準龍華營什麼時候就追上來。

山主，他想起洞主，慶雲洞石先生。也是找個洞，掛個牌子，就成洞主。還有三明書院的主事，叫山長。

「去那裡幹嘛？」

「答案在書劍山這名字。為何取名書劍山？澄王愛書，愛收集書卷、字畫，鑿洞藏書。他挖的山洞裡，收藏天下能收到的書籍。」洪生說。

「真的假的？天下的書？」阿星問，很大聲。

「能收多少算多少吧。據說真的不少，頗壯觀。」

「你看過？」

「聽說而已，這次去看看。」

「所以叫書劍山？」德宇問。

「澄王認為，他的山裡，裝滿了書，天下的書，擁巨大力量，如劍。因此叫書劍。」

「不是既讀書，又舞劍，允文允武的意思？」德宇說。

「應該也是。到時候問問澄王。」洪生回答。

「那我們到那裡，為了看澄王的藏書？」阿星似乎覺得不太有意思。

「當然不是。我們去尋求保護。」

「澄王會保護我們？他不怕安國黨？能華營？」這下子，德宇好奇了。

阿嘉瑪依然沒說話，望著路旁樹木、風景，但還是注意聽。袍子紮上腰帶，俐落不少。

此處已不見沙鎮，既然位於崇真寺參道入口，相對寬敞，易觀察雙向來人，同時也方便入內閃躲。大概是洪生在此開講的原因。德宇和阿星，頻頻查看有無人走近。同時，他想，如果大家往寺裡走，在寺內談，多好。有些好奇裡頭的狀態，佛像安好嗎？還是不見了？聽說，各地官府執行滅佛令寬嚴不一。雪峰鎮、沙鎮距離京師這麼遠，說不定僧人未棄伽藍，保存完好？如此希望。然而，他閃過念頭、沒提，覺得不適合吧。

「其實，澄王跟安國黨往來頻繁，算安國黨一派，他是重要盟友。」洪生說，一本正經，不像開玩笑。

阿星揹著巨大薪柴，站在路中。偏起頭，表示不解：「我們自投羅網呀？」

德宇不禁擔心起來。洪生在耍什麼把戲？

「別擔心，澄王會保護我們，儘管他是安國黨盟友。因為，嗯，你們一定會問，所以我先講了。他願意背叛安國黨來保護我們，因為我們擁有安國黨沒有的東西，而他非常想要。非得到不可！」

難道洪生要賣掉阿嘉瑪？德宇知道，自己和阿星都不值錢，必然是阿嘉瑪可賣。澄王認識阿嘉瑪？喜歡阿嘉瑪？

「澄王不是喜歡書嗎？我們有什麼書？」阿星還是站在路當中，還好此刻沒其他路人。不過，也是因為無其他路人，洪生才會在這裡高談闊論要去投靠書劍山。阿星左右看看四人，都只攜簡單個人包袱，哪有書本的影子？

洪生笑著說：「你們看不出來，我們帶著趙公子全集，發帖過的、未發帖的，都有。帝國各地無一人一處，完整收藏。你們看到，龍華營到處搜、到處燒，決意焚燒一切。其實，連公子自己，都無法保留如此完整。」

阿星和德宇盯著洪生，不確定他到底在說什麼？

「洪公子，您帶著毫芒冊子嗎？」德宇在花島見過，某次被識真帶去一間寺院，說我們去看寺寶，寺寶耶，或稱祕寶，把握十年才公開一次的機會，一定要去看！就是小到不行的書冊，字根本無法看清，毫芒密冊。

「澄王，為了得到天下獨一無二的趙公子全集，或稱百手書生全集，必定願意收留、庇護我們四人，即使龍華營追至澄王府門口。他姓范，靠南海通商致富，擁有龐大船隊，超出朝廷南方水師規模，是南方一霸。歸屬安國黨，只是想跟安國黨維持好關係，保住財富。但如果要跟他對書的投入相比，尤其是公子全集這海內外孤本，他一定會選書。」

「洪公子，確定嗎？」德宇聽著，覺得有點離奇。真的有為了書本，跟朝廷翻臉的富豪商賈？而且，書在哪裡？

「其實，不是我確定，是趙公子確定。趙公子與澄王有約，他認為澄王可信。」

「那書呢？沒書，拿什麼去換庇護？」

這時，一直高談闊論，似乎沒遮攔的洪生，望了望道路前後，望了望崇真寺參道，空蕩無人。才說：

「書在智摩子身上。」

一時無人發聲，似乎不確定自己聽到什麼？智摩子？

「什麼智摩子？」阿星回過神，脫口而出。

德宇注意到，聽到智摩子三字，阿嘉瑪突然抬頭，眼神一亮。他知道些什麼。

「此人過目不忘，能記得整棟屋子書本內容，每字每句，毫無疏漏。如果他翻閱過三明書院藏書閣裡的書，必可一字不漏背誦出來。趙公子因奇緣遇此奇人，讚嘆不絕，送上一個道號作稱號，智摩子，智慧絕頂的意思。」洪公子邊說，邊抬頭望著樹間露出的天空。

「你在說阿嘉瑪嗎？阿嘉瑪就是智摩子？」

洪公子看著，微笑。

「我就說，在鹿山莊遇到的時候，不管多久前講過的幾句話，阿嘉瑪都記得，我早忘了。」

德宇雖沒說半句話，臉上也露出淺淺笑容，釋然之故，不過也許不太自覺。

如此一來，原先不懂的怪事，都瞭解了。

為什麼說要全力保全一名書僮？討論書生被擒後續時，為何要詢問書僮的意見？為什麼冒著戰力不足的危險，也不派阿星在嵩溪橋之役出戰，只護衛阿嘉瑪？方統領為什麼說公子被俘之後，阿嘉瑪絕不可失？為什麼說，阿嘉瑪的重要，也許不及趙公子，卻也超過趙公子？為什麼要訂三鹿之約，委託德宇一路護鏢，前往澄王府書劍山？

以及阿嘉瑪那句，一直困擾德宇的話，公子的火墳之後，我們該保住公子留下的？

他猜想，意思是說，阿嘉瑪記得所有百手書生所寫，一字不漏。書生發出的所有論帖，通通存在阿嘉瑪記憶之中，只消花點時間，可全部背誦出來。應該是這樣吧？

「智摩子記得一切帖子？龍華營燒了也是白燒？」猜的不夠，得問個確切。

「的確如此，阿嘉瑪就是奇人智摩子。」洪生正色回答，「幾年前某日，還在趙府的時候，公子發現母親指派給他的書僮，竟然能記誦他數月前寫的文章，而且無一錯誤。公子記得自己寫了什麼，也記得其中字句，但無法記得每一句、每一字，更無法把數月內自己所寫全部背誦出來，阿嘉瑪卻輕易做到，似乎天經地義。令人嘖嘖稱奇。反覆觀察，依然如是。從此，我們極看重阿嘉瑪，不僅讓他在公子寫字時在旁記下所有內容。甚至以前所寫，以及公子投入書寫的著作，也讓他翻閱過目。如此，不止各地傳送的公子批評朝政、時事的論帖，其實公子更深刻作品，都進入了阿嘉瑪記憶。」

「好厲害！我看他就是不一樣，很特別。」阿星說。

「公子為他取了智摩子的稱號，像道號，非佛號，以免引禍，目的是避開用阿嘉瑪之名，減低被發現風險。阿嘉瑪是書僮，我們摯友之間提到背誦文章、論帖之事，就用智摩子，分開身分。你們二位，目前是阿嘉瑪性命之所依，所以此時告訴二位。之前人多口雜，方統領見林鏢師見疑，只能推託，不願明說。需等到現在，位於沙鎮外，樹林中，無人山路，才好說出。」

「所以，阿嘉瑪是會走路的書本！」阿星笑著說。

「要說智摩子。」洪生以私塾先生的口吻要求。

「那麼，智摩子是會走路的藏書閣！」德宇說。

阿嘉瑪隔小段距離，望著三人搞笑，眼裡似有笑意，但笑容不現。

「叫阿嘉瑪，要說智摩子，我會叫錯耶！到底叫阿嘉瑪，還是智摩子？」阿星怨說。

這是個問題，德宇預期自己也會搞錯。

「從今起，我們都叫他智摩子，暫隱阿嘉瑪之名。以前，在趙府和鹿山莊，我們都用阿嘉瑪稱呼，智摩子只是公子給的別號，表示讚賞超群智慧，偶爾叫。這次，赴書劍山，陌生之地，阿嘉瑪至關重要，對外人，我們一律稱之為智摩子。為防自己搞混，之後十多天路程，以及待在澄王府期間，求習慣、一致，我們姑隱其名。」洪生解釋。

見阿星似有些疑惑，補說，「換用他別號，智摩子。」

「好呀！叫新名字，好像交個新朋友。」阿星開心說。

真是新朋友，對德宇而言，他想。全新，無論叫什麼。

「但阿嘉瑪，也不是本名，不是嗎？」他問。

「對對對！這說來話長。我們先趕路，今晚再告訴你們。」

阿嘉瑪看著三人談論他的名字，未顯特別留神，不過應該都聽進去了，而且牢牢記得，德宇猜。

大概四人杵在崇真寺參道入口，說太久，繼續趕路之後，都靜靜地走。

阿星開道，阿嘉瑪走著走著，伸出手碰觸路邊草木，輕輕掠過。德宇殿後，偶爾抬頭，見著他背影。

花島期間，某次參拜山寺，爬不完的階梯，識真講了個故事，意在引他興趣，免得爬階梯太單調，或太辛苦。其實一點都不辛苦，儘管那天山裡毛毛雨，石階梯有點滑，巍峨山谷景色讓他覺得值得雨天上山參拜。

識真說，佛家三藏，指經、律、論。佛滅之後，信徒結集，討論佛陀遺留教誨。佛弟子阿難，長年隨侍佛陀左右，於結集時，背誦所有佛說，成為經，而律則由優婆離誦出。記憶超群的阿難，誦出經典，之後整理出來，稱為阿嘉瑪。阿嘉瑪即最初收集佛說，所成佛經。當時，識真說著故事，兩人雨中一階一階，留神往上爬，他心裡想，這麼厲害，記得所有佛陀教誨，算神通了。

現在，眼前背影的百手書生書僮阿嘉瑪，類似佛弟子阿難，雖然未及二十幾年佛說那麼浩瀚，能記住書生所有文字，仍十足神通，對德宇而言。

他猜想，洪生答應要說的，大概是阿難與阿嘉瑪之間的關連吧。

心中感謝識真，當年遊山玩水，結伴參拜名寺，依然不忘教他東西。只是那時他沒仔細聽，漏掉許多。但也沒全忘就是了，他默默自嘲。

當晚，他們夜宿景林寺，伽藍略顯失修，然大致尚佳。寶殿供奉釋迦如來，坐像，面容祥和，左臂丟失，不見左手與願印，只見右手施無畏印。寺領不大，地處偏僻，但禪房裡的精舍，小而巧構。伽藍布局，寶殿小，講堂大，表示寺僧重佛理、勤學習。

阿星與德宇很快整理出過夜的鋪墊，打掃過後，精舍留給年紀最小的阿嘉瑪，或應該叫智摩子。阿嘉瑪不愛說話，但做事挺勤快。三人合力，找出餐具，煮了一鍋湯，裡頭放了阿星從沙鎮帶來的青菜，配上早上多買的燒餅，四人如此解決往澄王府之路的第一餐。

此路非要道，旅人少，廢棄的景林寺當晚僅他們四人，洪生接續崇真寺參道入口所說，阿嘉瑪名字的事。獲贈智摩子的別號之前，由於趙公子派新來的書僮整理所藏佛經，結果井井有條，公子就叫他阿嘉瑪，說是記錄佛說的最早佛經，佛弟子阿難背誦出的，只可惜傳來帝國後，佛教宗派不看重。但在趙府不同，當時公子告訴大家。

新名字好聽，大家愛叫，人人看重阿嘉瑪，以致於家裡給的原名，沒人記得了。

「只剩阿嘉瑪自己記得吧。」洪生說。

「還有公子。」阿嘉瑪接著說，指趙公子。

洪生所言，符合德宇在路上的猜測，不禁想像阿難於眾人結集時，誦出佛說的場景，多麼神奇。到了澄王府之後，阿嘉瑪要如何誦出百手書生全集呢？他試著想像。

四人上路，對德宇又是個新奇經驗。從葛山行的獨行，到跟阿星結伴，現下則四人成行。有意思的是，四人中，配對走在路上，他有時碰上阿星，兩人胡扯一大段路，或什麼都不說。或，他跟洪生並肩，談了紫紙之事。最早，跟著二當家到紙坊，商量紫紙供應，就是洪生。德宇記得清楚，周師傅提過。如此一來，紫紙成為談論話題。

洪生說，愛用紫紙，是公子的小放縱。對物，公子不會執著，不貪戀，唯獨喜愛寫字於紫紙之上。公子摯友們，私下討論，認為紫紙之愛，也是物之戀，但沒人怪他，朋友歸諸於士人之癖。許多人犯癖，而癖於紫紙，小偏愛罷了，不及愛著紫服、紫冠，那麼顯著。大家不以為意。

雖跟洪生不算談得來，並肩恰好提供機會，讓德宇提問解惑。趙公子對哪一種紫，是否獨鍾？沒有，只要淡淡紫色即可，無論出於何種染劑。貝殼紫，太貴，公子明說不要，紫根加椿灰，可以，更簡單的二藍，混紅綠藍，也接受。德宇見洪生負責紫紙事務，還真的頗熟周師傅提過的分類。

再者，公子一行人，原本安穩待在鹿山莊，為何突然離開？後來發覺，也許是摯友中，掌管安危的蓋生，誤中龍華營奸計，洪生說。蓋生接獲京師來的消息，說龍華營探隊已得知藏身處，應速離避險。然而，其實朝廷未必確認公子在隱莊，也摸不透隱莊虛實。結果一動不如一靜，移動之下，被尋隱婆婆流落雪峰鎮的前朝舊友之一發現告知，以致龍華營派戰隊一路追至三明書院。

德宇接著想，那麼，阿星所說龍華營攻上鹿山莊，似乎早於公子一行人暴露最後行蹤？放出消息後，得知下落前，不惜代價的搜捕嗎？斷百千書生退路嗎？鹿山莊是老仇敵，欲去之而後快，距離又近得多，因此派了一營兵力？

還有，留在阿星處的黑智石硯？遺忘或贈禮？洪生說，公子想致謝阿星，但臨去匆匆，手邊無適合之禮。贈金似乎欠妥，扭曲謝意。公子於是留下備用石硯，黑智石足夠貴重，又具多重意義，望能傳達感激。

德宇回說，由於他正煩惱依紫尋人無果，遂改以硯追人，其實毫無把握。阿星見山莊遭襲又撤，擔心公子一行人安危，於是兩人搭檔起來，沒想到竟然在三明書院遇見眾人。或許公子預感，需要援助，留下那塊硯恰如救命之羂索？

對此，洪生思索良久。兩人因而默默走了很長一段路。

直到當日夜裡，飯後，過夜的另一座廢寺善水寺裡，洪生才回答。如公子下棋，可預測數十手後戰局，他不能排除公子留下石硯，雖的確是禮，同時也暗示他們將往硯坊不遠的書院。不過，洪生並不知石硯具此作用。

此後數日，德宇一直考慮，是否該問阿星家旁，另建小木屋之事，以及密會密友。既然硯台是否為求救之用，讓洪生沉默半天，問密友之事，也許是禁忌？德宇在帝國是外人，在鹿山莊是外人，在趙公子圈子，更是陌生人。他跟阿星、洪生、阿嘉瑪，都不同，不宜問密會密友，他忖。而且，也許根本無須知曉。

大部分欲知之事，都得到解答，不錯了。不必全部。

不對，他還有一堆問題沒問，關於阿嘉瑪。

更不能問了，因為他的人就在左右，大多時間走在德宇前面。

不適合在人家背後，打聽他的事吧。

四人在途，宿廢寺，也宿客棧，不然老是在荒寺湊合，洪生和阿嘉瑪會受不了。德宇一路觀察，心裡留意不同寺院，棄置程度不一。伽藍堂舍，有些被拆了別用，有的失修稍傾。佛像，或殘缺，斷手斷頭，或整座失蹤。滅佛令頒布後，只要擔任獨鏢，他一直借宿各處寺院，走走看看。比他之前跑的幾趟，此次南方之行，沿途佛寺損壞情形，相對輕微。甚至有　兩處，見少許僧侶伽藍內走動，似乎留守。四人未敢驚動，默默撤走，另尋投宿之地。

他才想起，假若識真在此，我必領他走一趟廢寺參拜之旅，回報當年花島的兩人寺院巡禮，識真帶著他一間間介紹，教他種種。繼而想，這什麼主意？自覺有趣而已。作為佛門中人，廢寺之旅，只會讓識真目睹佛法之劫、伽藍之毀、僧尼之難。簡直莫大折磨。

約再過幾天，快到澄王府的時候，洪生說，龍華營應該快要發現漏捉人，安國黨下令抓回公子一行所有人，若漏其他人，包含洪生自己，無關大局。漏掉智摩子，必定究責，並派人追捕。安國黨大人們中，應該有人知道智摩子的神通。我們到澄王府，雖受保護，仍應提高警覺。

對了，這麼多天了，大家應該已經習慣以智摩子稱呼。記得維持，不讓人曉得智摩子真實身分。

德宇其實早做了決定。他可以用智摩子來招呼，但心裡只能叫他阿嘉瑪。

也許阿星也是如此，但他沒問。

十多天下來，還是沒跟阿嘉瑪說上幾句話。他不是特別會跟人搭話，通常需要活潑點的對象，像阿星，講個不停。或小珪，靈巧聰明，總是會逗他說出許多話。所以兩人才這麼密。阿嘉瑪不是不聰明，他能力超群如有神助。但跟聰明、智慧，不太一樣。也許記得一切所見所聞，但不太理人。大概是某種專注吧。

結果便是，他們倆沒話講。即使有幾次並肩機會，德宇一時找不出話，阿嘉瑪鐵定不會自己講什麼的。於是，默默走，然後變成一前一後。

距書劍山大約兩天路程，由於遠望三級磚造浮屠猶在，滅佛令下十分難得，他們拖著有點疲憊腳步，走進這座寺院參道。門口不見碑或牌，後來才知叫太康寺。尚未入伽藍，參道上遇三煞伏擊。

有點意外，也不意外。離開沙鎮後，他們始終預期會碰到攔截，問題是何時？之前多日，無人追上，覺得慶幸，但也更認為攻擊會在次日來臨。如此日復一日。三煞殺出，四人好像鬆口氣，終於！怎麼現在才出現？

繼而，覺得怪。

三煞身材一致，武器有異，動作協調佳，顯示勤練套招，移動迅速。不過三煞面目不清，穿著也各管各的，看不出是一組人，但動起來則是搭配無間，攻守交替。他們不發一言，一現身就打，看不出目的，也完全不見情緒。

三煞圍著四人，德宇和阿星分別護著洪生、阿嘉瑪。阿星使他的老招，用巨大薪柴阻擋來襲，攻擊者往往連位置都站不住，被逼後退，或往左右換位。洪生跟著他轉。雖沒習武，洪生意外地靈活，也許短小精幹之故，配合阿星移動薪柴，沒被撞著，也沒被擠出去。阿星自己似乎也沒料到。

德宇瞥見，閃過的念頭是，天生好手？或，懂兵書者也懂布陣？

他和阿嘉瑪，則沒那麼流暢。三煞中兩人針對他們，通常寧可先等待的德宇，早早拔刀出鞘。刀身滑出伴隨的聲響，漸次回音，每次聽，依然興奮。一人對付二煞，阿嘉瑪閃躲慢半拍，差點護不住，好幾次。得設法解決，快撐不住。

想起花島時，師父教的，面對圍攻，多人中，必定不平均，要找出最弱的那個，從那裡突圍。道理簡單，只要一慌就亂了，找不出來。此刻，德宇不慌，但阿嘉瑪跟他，兩人動作不合。阿嘉瑪也許具神通，行動有自己韻律，德宇第一次就看出來。只是，危急之時，他改變有限。那是他的長處，但現在是弱點，而且變成德宇的弱點。

他決定，既然處劣勢，擋不是辦法，先砍一個再說。師父教的砍招，快又狠的。

此時，怪事發生。分殊二煞中哪個較慢後，尚未出招，阿星那邊的一煞，脫離戰鬥。而德宇這裡的二煞，拉開包圍，故意露出縫隙，讓阿嘉瑪跑走。然後，三煞合一，專注圍攻德宇。

阿嘉瑪脫身了，跟阿星他們團聚，遠離攻擊，好事。但三煞為何獨獨攻打他呢？怪吧，他心中自嘆。

三煞武器一長二短，二煞使刀，一煞使槍，長短相間，一波又一波，輪番來襲，對他不利。

阿星此刻，必須護著洪生、阿嘉瑪，不宜跑來助陣。他只能靠自己。

決定往太康寺裡跑，也許能利用建物，作為屏障，再尋破綻出擊。

只不過，開始往內奔跑之後，聽不到後方有動作。三煞並未追來。來到三重磚塔底，側頭餘光查看，才發現不見人影，他們根本沒跟上。擔心他們去對付阿嘉瑪、洪生，阿星撐不住，他急忙回參道入口。

「他們撤了。」阿星說。

「怎麼回事？」德宇問。

「搞不懂呀！」

「看起來不像龍華營。」

「一點都不像。」洪生往前一步說。

「龍華營是軍隊，此三人絕對江湖人士。」

「會不會是龍華營買通的？」阿星說。

德宇走到阿嘉瑪身邊，以防三煞突然不知從哪裡現身，虜走他。

「龍華營太高傲，不會去買江湖打手。而且，如是龍華營所託，不搶到人不會停，至少不會輕易撤。」洪生判斷。

「所以？」

「來測我們的，或來測你的。應該是澄王府差遣來。」洪生推。

「搞什麼？大概不知道我們這趟，是來投靠他們？」阿星抱怨。

「他們知道吧。所以來測，測兩位武功虛實。或，嗯，有其他目的。」

「什麼意思？」

「還不確定，等到了澄王府，再探探。」

「我們還要去嗎？他們看來詭詐。」

「當然要去。如果龍華營發現漏捉了人，殺過來，這一帶只有澄王府可擋下。何況，我們有他們要買的東西。」

「但他們不值得相信。」

「公子說過了，我們給他們要的，澄王府必定會保我們。但沒說他們是好人。」

書劍山氣勢不凡，四人遠遠看見山麓豪華宅邸，位於鄉間山裡尤其突出，走著走著忽然冒出眼前。其實，未見澄王府前，沿路暗樁處處，卻不怕你知道，標示地盤意味，看得出實力。經過三煞在太康寺的接風，或圍攻，德宇難免覺得走入澄王府，像羊入虎口。只是，非他作主，若情勢不妙，才是他出手的時候。

洪生看來不像來過此地，跟他們一樣頭轉來轉去，望著樓高五級的府第。

王府總管率僕役迎接，皆著青蓮色服，整齊有素。洪生負責交涉，四人被安排住豐樂樓三樓東廂，少住樓房的德宇相當新奇，頻頻遠眺。一人一間，比之於十多天路上簡單湊合，連阿星都暫時擺下疑慮，不問澄王府是否可靠。洪生與阿嘉瑪早熟悉類似府第環境，但澄王府的奢華，顯然高出趙府甚多。

當夜宴請來客，不見主人。總管說，澄王晏起，下午才見人，今遇要事待辦。明日下午澄王將於獨樂亭接見。總管說完，請大家享用晚宴，隨後告辭。似乎冷待走了十幾天才抵達的客人。除了伺候上菜的婢女之外，他們四人就單獨吃了起來，其實也不錯，自由自在。等菜上得差不多了，洪生屏退婢僕。

「不用擔心被冷待，只要湯是熱的就好。」他看出同伴疑慮，解釋說。

「菜不錯耶。」阿星大口吃，德宇想起雪峰鎮那幕，大啖客秋包。

「如果澄王熱烈親自接待，那才麻煩！我們不是貴客，如此相待，已經豐盛。你們倆以為會如上賓款待？是嗎？」

的確，洪生猜中了。德宇是盡職的鏢師，把此趟的鏢物阿嘉瑪，看得比朝廷欽犯趙公子更為重要，此念深植心中。而且為了他，跟鹿山莊，訂下三鹿之約。自然會認為，書劍山主人如果很在乎阿嘉瑪記得的論帖，理應親自出面接待，以示重視。但，那其實壞事。他以自己想法為圭臬，期待別人反應，只會暴露大家於險境。實在太沒經驗，沒城府了。洪生一語點醒。

得好好反省才行，他對自己說。

「我是從碧水城來澄王府參觀藏書的洪公子，你們是我書僮、護衛。只要有人問起，這麼回答。表面要看來輕鬆，我們來此，目的單純。」

次日下午，近傍晚，循蜿蜒廊道，才在澄王府樓宇後方的巨大池泉庭園，園東獨樂亭，見到主人。亭外，四位高壯力士圍繞，持椎劍護衛，如四天王。澄王四十許，沒一般富商發福的樣子，算壯碩，著絳紫袍，十分醒目。那紫，對於曾依「紫」尋人的德宇，相當有感。或許因為事涉機密，或許因為地點位於景致秀麗的池畔涼亭，不宜集結大隊人馬，除四力士，澄王僅一人陪伴，叫做蘇芳。

蘇芳，那是種接近紫色的紅，德宇記得。

蘇芳配著劍，立在澄王左後方幾步，水邊。

「終於見到智摩子！」澄王說。

阿嘉瑪不太會應對，或許不願應對，只點點頭，說：「是。」

「真的什麼都記得？」澄王問。

那不是真問，是讚嘆，德宇覺得。沒認定智摩子能力，幹嘛請來作客？不對，富人做事不同，只聽說，或旁人吹捧，就願意花錢。試試也好，損失可承擔。說不定，澄王真的不確定，真心問的。

「王爺請放心。智摩子通曉公子每一字一句，明日誦出，王爺即可過目。」洪生保證。

德宇信得過洪生。雖然訂三鹿之約時，無法全信此人，畢竟當時才剛救回來，不算認識，這些日子的行程裡，洪生所說所做，無不可靠。四旅伴建立互信基礎，即使阿嘉瑪，言行舉止異於常人，德宇私下給外號背書仔，背書仔不太會說謊的。

「真神通！」澄王笑著說，滿意的樣子。「除了趙公子這幾年世人爭相傳頌的每月三論帖，如《平教論》、《別教論》、《眾說篇》、《西教辯》、《論禍虛》等等，還包括公子筆記，以及未曾公開的《鹿林不動書》三十六篇，對嗎？公子的遭遇，令人惋惜！然而，人世有盡，文章長存。這都得仰賴阿嘉瑪無瑕記誦之力。」

只差沒唸出篇卷目錄，澄王愛書，仰慕之情溢出。

「完全包含，全部誦出。」洪生再保證，身朝澄王，頭卻轉向著阿嘉瑪，徵求確認。

阿嘉瑪沒發聲，只點了個頭。

那已足夠，澄王讚說：「期待！期待！」

眼光轉至德宇：「林鏢師，聽說是你找到他們，還救了大家？」

四人背景，澄王府人士應早已匯報給主人。

「運氣而已。」對找到人的事，他決定都這麼回答。心裡認定其實是阿星找到的，因為那塊硯的緣故。

「我認識尋隱婆婆，這次她惹禍了。年紀那麼大了！」澄王笑著說。德宇到了獨樂亭，聽到這句，才閃過念頭，說不定是你漏給尋隱婆婆，阿嘉瑪才會落難來書劍山，求庇護？洪生是否也想過？我太慢了，如果心思快點，路上會問，時間那麼多。

「尋隱婆婆厲害，但你也不差，應該叫尋隱劍，哈哈！對了，你的劍，據說很特別。可否借來一觀？」

聽到「尋隱劍」三字，阿星動了一下，似乎想說什麼，忍住了。知道的可真多，連我的古刀長得像劍，都掌握了。不愧為澄王。

「是刀。在下的刀，擺在房內，不敢佩著在王府走動。」

「是刀啊！那更要借來看看。王府可佩刀，勿擔心。你瞧，蘇芳不是佩著劍？」

這句，眾人眼光都轉向蘇芳，以及她的佩劍。不過，蘇芳不似一般女子，不覺羞赧，嘴角極淺笑，看著大家。他很好奇，蘇芳的劍，裝飾而已，或真利器？聽說帝國文人或官員，佩劍只做樣子，鮮少使用。或舞一舞，伸展筋骨用的。蘇芳的呢？他想好好端詳一下。如果交出阿常師古刀，供澄王一觀時，能換來蘇芳的劍，觸摸一下，有多好！不過，他沒地位請求交換看武器。

另外，他也好奇，四力士外，僅蘇芳出席作陪，似乎認為足矣。以澄王富可敵國的身分，這陣容似嫌單薄。是自信，或蘇芳真的很行？她是護衛、僕役，或侍妾？佩著劍，像護衛，但長得太漂亮，疑是侍妾。真有容貌如此出眾，身手又了得的女子嗎？很多人會這麼想，他該怎麼想？不該猜是侍妾，不公允。至於身手，不宜太早論斷，才剛見面而已，還有機會觀察。

澄王府未禁帶刀佩劍？沒人說可或不可。昨大看不出來，僕役們皆無。如果真的可以，那澄王府與眾不同。富豪高官，擔憂遭劫遭搶遭屠，禁刀劍入府，常態。澄王獨行特立，或有恃無恐？他想起，連鹿山莊都得「卸劍、解刀」，那幕印象依然深刻。

「改日必交出，供王爺審視。」他說，心裡念著蘇芳的劍。

「太好了！蘇芳會安排，到時候我要見識一下。」側著頭，交代工作。

「遵命。」蘇芳回，在澄王後方微微鞠躬。

第一次聽到蘇芳聲音，為之一振。不高不低，德宇喜歡的音調，像小珪。不過，小珪沒那麼豔麗，是輪廓精緻，眉宇間的聰慧吸引人，以及會講話。蘇芳成熟些，充滿神祕的魅力，微微動一下都會發出，他覺得身體不由自主被挑起。小珪有兩個面貌，看起來純而慧，但未著衣衫時，華麗動人。差別大，平時看不出。也許蘇芳也有雙面，不知另一面是什麼？大概沒機會看到，他認定。

「說不定要你們舞一舞劍，」澄王說，然後補充，「舞一舞刀。」

「在這裡嗎？」德宇問，蘇芳從後方看了他一眼。

想到要跟蘇芳交手，若僅演練一番，而非你死我活，還真不錯。那可以接近蘇芳。他開始期待，有點興奮起來。

「到時候找個寬一點的地方，獨樂亭太秀氣了。再找個地方。」

蘇芳聽到，知道澄王在下指令，似乎應答了什麼。德宇聽不到，但澄王知道她已收到。

「本王府適合地點很多，光是雲澤池周邊就不知道多少，哈哈。」澄王得意，然後說：「不過，智摩子的誦出，更值得期待。」

不忘回到主題，他們四人來此目的之一。

「吾等全力配合，王爺放心。」洪生適時發聲。

「太好了。智摩子、洪公子，明日，府內專職抄書的筆帖司主管，筆帖長，會帶各位至池西文思齋，伺候阿嘉瑪誦出所記，書寫下來，編輯成冊。慢慢從容行事，求完整無誤為要。四位作客書劍山，澄王府保證安全，可任意行走，放寬心享受日常。」

洪生帶領他們致謝後，退下，好像拜見真的皇親國戚。

離開獨樂亭，四人沿雲澤池邊慢慢走，欣賞黃昏水色，放下多日以來，行程中的提心吊膽。可以放輕鬆了嗎？德宇不相信。

阿嘉瑪從謁見澄王開始，沒講過兩個字，只是聽，其實才是來訪書劍山的緣由。可是會面的話語，卻大多繞在德宇的刀上打轉。在池邊，也是如此。

「尋隱劍，好名號。」阿星靠過來，邊走邊笑著說。

「鏢師不用名號的。」他回答。始終認為江湖人士給自己取些又龍又虎，又威或猛的外號，大都誇張，很好笑。用來嚇人的，大概是。最好能嚇到人，讓人退卻，不然真的打起來根本名不符實。江湖人士，黑道，或盜匪，才那樣吧。鏢師，就是來對付那些取了可笑吹牛外號的江湖人士。他始終排斥那些稱號，非鏢師所當為，絕對抗拒。

不過，無法否認，尋隱劍聽起來不錯。萬一以後行走各地，需要個稱號，似乎可用，那是萬一。缺點是不符合事實，他認為，自己根本不太會找東西，包括人，如何尋隱？

「我聽說，有名鏢行的鏢師，也有名號，真的。尋隱劍也會越來越有名，小宇。」阿星似乎很樂。

他沒回話。隨你叫，他想。無法阻止阿星以小宇稱自己。如果阿星執意封他尋隱劍，擋也擋不住。多說無益。

四人順來時路回去，環池迴廊。在如此美景待段時間，也不錯。猶記得春季初詣楊府，書房外的小山水，以及花島時師兄弟帶他去的庭園，還有識真跟他一起參拜的寺院，裡面園景至今難忘。

看來，阿嘉瑪要在此，待上滿久。我必須陪在左右，應該會再遇見蘇芳吧。美豔的蘇芳。問題是，是敵是友？大概不會是朋友，只希望不要成為敵人。

第十二章　蘇芳

一人早，筆帖長領著兩位屬下，到豐樂樓東廂三樓，要導引他們去誦出之所。

即使在澄王府內，仍須隱密，阿嘉瑪的使命僅極少數人知曉。其他人，都以為智摩子是伺候洪生，至池畔文思齋讀書的僕役。洪生仰慕澄王府藏書，特別自碧水城來此，參觀學習。因此，筆帖司人員領他們四人，通過迴廊，入文思齋定位之後，第一件事，就是前往書劍山的洞中藏書庫。本應阿星陪洪生去，但德宇想跟去瞧瞧，於是交換，阿星留下護著阿嘉瑪。

書庫，又是另一批人負責。前來帶領的僕役身著勁裝，佩短刀，不像管書本的。洪生和德宇跟在後面，小聲交談，大概書庫裡收藏太多朝廷禁書，不得不防刺探，或偷盜。如此，似乎更珍貴了，德宇輕聲說，洪生看來相當興奮。

走出庭園後，他們被帶入小棟的托塔天王殿，裡頭實為地下通道入口，連通書庫。通道內微明，油燈供光源。洪生一面跟著走，一面讚嘆，妙極、妙極，托塔天王亦釋亦道，不逆朝廷亦不違佛法。

至書庫，庫長引導參觀，說是澄王吩咐，務必讓洪公子見證書劍山之卷帙浩繁。令兩人驚訝的是，洞中藏書庫不止書卷、鈔本、刻本，還有佛像、佛畫、曼荼羅，甚至藏有出土的竹簡、帛書，包含早被認為佚失的《生封》、《梁丘藏》、《師春》、《繳書》，洪生驚嘆不已，超越奇觀二字所能言傳。而且發現，藏書不只儒釋道典籍，連景教、摩尼教、祆教教徒也憂他們的經書將毀，來到澄王府留下譯本，盡入書庫。以上於洞中分室放置，雖然依舊是庫房的樣子，未如展場，但洪生已經全心投入，愛不釋手，最後需德宇拉他，說該回去看看智摩子，才願意回文思齋。不忘借閱好幾冊書，由德宇扛回。

阿嘉瑪並不在文思齋。幾步之遙，筆帖司以鄰近的天童齋，作為誦出之所。兩位書記負責記錄阿嘉瑪誦出文字，各寫一份，每告一段落，三人比對勘誤，再繼續。齋內由筆帖長監督全局。

德宇扛著從洞中藏書庫借來的書，跟著洪生回來，走近時聽到阿嘉瑪誦出的聲音，平穩、不快不慢、不高不低、斷續有節，正是他倆熟悉的少話阿嘉瑪。如今成了源源不絕的智摩子，聽著聽著，還真不習慣。兩人互望一眼，大概感觸類似。

「這篇應是《言虛篇》，公子早年所做，」洪生聽到鄰近書齋傳出聲音，辨別出來。

此距離內，阿嘉瑪誦出之聲，聽得到，但絕非清楚，欲分辨內容，不容易。至少那是德宇的感覺。如此看來，洪生也熟悉百手書生著作，不愧摯友，他認為。

「此篇寫得早，但寫得好。講我們說的話，不只常有謊話，而是根本難以顯示我們想的、我們看到的、我們感覺的。公子提出論點之後，再引好幾件例子，一一破解。寫得真不錯。智摩子能背出來，真好。」

他們已習慣在與人交談時，用智摩子，心裡面，還是叫阿嘉瑪。有時搞亂了，但在別人面前，尤其在澄王府，最好別搞混。

洪生講起那篇，充滿懷念。當時，阿嘉瑪更小吧。

兩人去洞中藏書庫之前，去天童齋看過筆帖司的流程安排，才安心去借書。回來看見阿星坐在門口地上，也在聽，當然沒了幾乎總是在他背上的巨大薪柴。應該跟我一樣，聽不懂，德宇推斷。但阿嘉瑪的聲音會讓人聽下去，一直聽。

誦出各篇、章、帖之前，阿嘉瑪先誦出目錄。這是百手書生趙公子在三明書院那最後幾天裡，跟阿嘉瑪確認過的。如此一來，以目錄為本，經過數日誦出之後，筆帖司估計，一個多月後，可完成全部誦出。

這期間，他們日復一日做同樣的事。當然，阿嘉瑪誦出篇章不同，洪生去書庫借回來的書冊，一直在變，但是他們在同樣的地點間打轉。雖重複，對他們三人而言，日子很輕鬆，大不同於之前的逃亡、搜尋、解救，那麼高低起伏，甚至生死關頭。最累就是阿嘉瑪。每天結束工作，他都筋疲力竭。多少文字，每天從他口中流瀉出來！以致，每日晚飯時，阿嘉瑪只能向另三人點點頭，原本少話，現下更少了。

洪生每日經托塔天王殿，入洞中藏書庫，阿星和德宇輪流跟去，幫他扛書回來。

阿星總嚷嚷：「這麼多書，看得完嗎？」或，「借這些書，真的有看嗎？」

至於阿嘉瑪的安危，乃德宇被賦予的任務，因此也是掛在心上的事，洪牛在那次獨樂亭見過澄王後，似乎很放心。回答追問時，說了一句可疑的話：

「別擔心，才剛開始，不會有事。」

什麼意思？剛開始，沒事，之後會有事？為了讓阿嘉瑪誦出百手書生全集，澄王府一開始絕對保障安全，可得到全集之後，就會出賣阿嘉瑪，以及我們？滿合理推想。那為什麼書生指示他們來此？書生不傻，這類陰謀暗算把戲，在安國黨圈子，看多了。澄王在算計什麼？百手書生又在算計什麼？德宇想，我們小人物在大官、富豪的算計中，要怎麼求生？

當他不是完全憂慮的那幾天，德宇繼續發展「劍雨飄花」的招數。加上一路下來，斷斷續續增加，「劍雨飄花」已經進入第九式。三明書院南門大戰勝利的經驗，破鐔式建功，給了他自信，終於相信他自創的武功招式，沒那麼糟，堪用，緊要關頭說不定足以自救救人。誰會想到一介小鏢師，竟然創出一套刀劍招式？

依循三鹿之約，守護阿嘉瑪的同時，他注意到蘇芳在觀察他們四人。那也是應該，蘇芳是澄王府護衛團之一，看來負責澄王人身安全。德宇相信，蘇芳的觀察，一方面是監視，另方面是護衛，護衛澄王的賓客。保護阿嘉瑪一行人，不正是澄王與百手書生交易的重心嗎？至少一開始是這樣。

來此七日之後，四人已慣於每日固定流程，他通報有意交上所用古刀，供澄王審視。當夜，他被請至時雨台。距第一次覲見的獨樂亭不遠，也依雲澤池而建，時雨台無頂，寬敞許多，台面足夠幾組舞伎獻藝。來個刀劍武術展示，應該也行，德宇估計。選此地點，意味著今晚免不了有場測試，他的刀與自己，都要在時雨台上，接受考驗。

這次，夜裡謁見，四力士持椎劍立於台下。台上，澄王身旁多了一個人，不只蘇芳。澄王左側立一高䠷男子，著紺色袍，氣質翩翩，讓德宇想起在鹿山莊為他開門、卸刀的年輕男子。不同於山莊霧氣中現身的蒼白，此人年紀稍長，膚色黝黑，似乎久晒太陽。雖著袍而非勁裝，站姿與體態看來似乎習過武。難道是傳說中的金剛手嗎？蘇芳這次站澄王右側，依然退在後方幾步。

今夜的蘇芳，比上次見豔麗許多，不知是否夜間燈火之故，陰影使其部分五官突出，眼眉則更加神祕。再見比初見更好看的女子，要留神，他告訴自己。小珪就是他每次再見，都覺得比印象中好看。小珪給他平安，蘇芳代表危險。不能對蘇芳動情，不適合，也不會，他想。

至於金剛手。洪生在路上提過，據說澄王府有一利器，稱為金剛手，但沒人說得清楚，澄王府的金剛手到底指的是什麼？是人？是物？澄王的鐵衛？殺手？頭領？花鳥時期，識真教過德宇，金剛手，又叫執金剛神，釋迦牟尼佛的護法，手持金剛杵，保護佛祖。當年兩人寺院之旅中，金剛手並不常見，大多寺院沒這位菩薩。就算有，也被設為祕佛，少公開。他大概見過一次或兩次，印象模糊，因並未太用心。約略記得手持金剛杵、張口威嚇的樣子。

紺色袍男子打扮不像武將，但他站的位置，以及體態，不乏護法的模樣，加上傳聞，德宇才會聯想到金剛手。

來王府七日，從來未佩刀，只有今夜。解下腰際阿常師古刀，站得比較遠的蘇芳反而走向前，到他身前，接過刀子，轉身交給澄王。澄王輕輕拔刀，因此沒有用力拔時的巨響，卻還是有微微的鏘聲，很淡的回音，德宇依舊聽得清楚。澄王看得仔細，不只看看刀身、刀柄，起身握刀輕輕揮舞，還盯看刃紋半天。難道他懂刃紋？德宇忖，接著又彎著頭，認真端詳刀鐔，他的金烏刀鐔。這時候，他心思轉到仍在碧水城的另兩把刀，也是花島帶來，以及在寺院市集買的好幾支刀鐔。

等他回過神，古刀已傳給紺袍男子，又給了蘇芳。

「果然特別，直刀，長得像劍，卻又是刀。沒弧度，又要砍而不斷，刀匠有兩下子。本府鑄劍師也會造吧？改天命他們造兩支來看看。」澄王說。

「鍛造層次繁複，不容易呀！」紺色袍男子評說。

「重心特別。不能說沒做好，但需要習慣才能使。」蘇芳說，握刀在手。

「果然澄王府臥虎藏龍，都是刀劍高手。」德宇做揖，表示敬意。

「這樣子，說它是劍，也沒問題。不是必得雙刃才叫劍。」紺色袍男子笑著說。

「所以，稱林鏢師尋隱劍，也沒錯。」澄王回到上次覲見時的話題。

「多好的稱號！尋隱婆婆出名太久了，該有後浪來襲，競逐一下。」紺色袍男子笑容更大了。

「對了，龍華營戰隊隊長頭顱，就斷在此刀之下！剛才刀在我手，卻忘了它跟生死有多麼接近。」澄王想起。

「交手時，俐落砍下人頭，不是每把刀都能。尋隱劍做到了，而且幾乎毫無痕跡。」紺色袍男子感嘆。

「天下名刀、名劍，哪一把沒掛上幾條人命？這把，記上龍華營戰隊隊長，十分匹配。」

「那隊長，據說姓雷，應該沒想到自己竟然在雪峰鎮那小地方喪命。據說出身將門，兄弟任職探隊，號稱雙雄。」

顯然澄王府消息靈通，掌握了那天發生的事，頗詳盡。甚至知悉白甲隊長姓什麼，他卻不知。兄弟在探隊？在櫺谷遭遇過的探隊嗎？

聽到白甲隊長姓雷，兄弟也在龍華隊，德宇心中一震。死在三明書院南門的白甲隊長，原本面貌不清，沒名沒姓，只有個稱呼，以致於只覺殺死了敵手，不覺殺人。如今，檀王說出隊長姓雷，還有兄弟，也在龍華營，死者變得相對具體，且有人倫關係。斬首白甲隊長的事，不再只是禦敵。他心裡沉重起來。

「武將，對於可能喪生山溝、小徑，或任何不起眼之處，早有覺悟。」蘇芳此時插話進來，似乎心有所感。

「命喪三明書院南門，算是風雅吧。」澄王說，「對了，我說過，要看它動一動，才感覺得到它的威。」

蘇芳聽到，立刻收刀入鞘。往前走交給德宇。德宇清楚感覺接近蘇芳美豔的光環，不是真的發光，是種接近的距離。

「比劃比劃，不傷人，點到為止。」澄王下令。蘇芳點頭，德宇抱拳，表遵從。

夜裡，雲澤池畔，在目前節氣，開始微寒，雖在南方。

風不小。時雨台燈火明亮，因風勢搖曳，德宇和蘇芳尚未出手，影子閃動。

我是客，該先出手吧，他想。於是拔刀，聆聽那出鞘聲，聽不厭。蘇芳隨即拉出她的劍，也十分鏗鏘。

由於僅展示之用，無輸贏勝負，兩人施展基本的攻防招式。雙方也許都想趁機探探對方虛實，因為現下兩邊是友，哪日為敵亦未可知。基本招式工整施為之後，德宇開始壓迫蘇芳。刀刃越來越逼近身體，力道也增加。蘇芳應對得宜，一一解決。但德宇看出她的弱點，雖然夠快，但力道稍弱，可能女子之故。如果雙方纏鬥拖長，會不會體力透支而犯錯，被攻破？有趣的是，蘇芳似乎也清楚，只在乎擋住對方進擊，不在乎可能無法久戰，而急於速決，信心十足。

當然，也許只是場展示，蘇芳有恃無恐。不過德宇懷疑，這，似乎是她習慣的打法，顯得遊刃有餘。

這很像德宇的打法。德宇是小人物，一向以弱勢之姿出戰，靠基本功撐住，尋找對方破綻。不同的是，德宇遇見的高人，雖然名聲、武功高於他，大都涉世已久，年齡稍長。德宇體能，超過名震各界高手，只要自己不破，必等到對方暴露缺失。蘇芳依賴致勝反轉的，跟德宇不同，是什麼呢？

也許蘇芳力道中等，但體力持久？不無可能。年少時在孤島，跟朋友玩追捕遊戲，阿濤跑得沒他快，但可跑很久，等德宇沒力了，輕易追上。他對當年的挫敗，常反省，學教訓。

或她有其他依賴？其他方法克服力道不足的限制？

刀劍交錯，身形換位，比試二人，極端接近，卻又遙遠。交手之際，對方氣味、喘息、汗水、眼神，無比貼近。對手是其他男子就罷了，德宇會忍受，調息而閉氣，避免親密。花島學藝時，捉對操練，常需忍受師兄弟的身體逼近，汗臭體味。但德宇幾乎未跟女子對陣過，如此貼近，快受不了。這時候，不是想避免親密，而是渴望親密，尤其身旁扭動身軀的，是美豔的蘇芳。

久未見小珪，德宇身體很久沒接近任何女子了。此刻，他很敏感，反應強烈。王府中接觸不少婢女，如侍餐的；有幾次，筆帖司派來抄寫女，負責阿嘉瑪誦出任務；在洞中藏書庫，遇過幾位管編目的女子。注意到若干長得清秀、標緻，但他身體沒反應。蘇芳不同。

德宇期待接近蘇芳，但除了對打，他們沒有接近的理由。他也不知道怎麼接近她，不會攀談、搭訕。經過好幾回合的交手，他們沒互相說一句話，也完全沒碰觸到彼此，但兩人以招式和刀劍交纏了一段時間，幾乎已經親密。其實當然沒有。

快結束交手時，他才想通，今日一會，與其說是來謁見澄王，不如說來會蘇芳。

猜不到蘇芳如何感受。除了武藝上的交流，有無其他意思？他不是特別有魅力的人，很少吸引到女子，小珪是例外。看過很多男人一廂情願，自認對方如何對自己有意，不過是自己騙自己的假象。

差不多該結束了，德宇覺得。

很意外地，兩人同時加快互砍、拆擋，連續數回，分開，又再來，似乎發展出某種默契。沒想到，彷彿之間有種拉力。最後，一陣繁花似的炫技交鋒，如浪過高峰，再戛然而止。

比劃結束，澄王大樂，大讚精彩，連說：「果然好刀！連過招的聲音都好聽。兩位比試，看得過癮，沒排練卻能緊密接合，超出本王預期。明日打賞。」

澄王還命德宇交出刀子，讓他檢視刀刃缺口與痕跡。這次是紺色袍男子一個箭步，前來取刀，交給澄王。

不得不佩服澄王，不只看熱鬧，竟然也要看砍痕。

時雨台上，更夜，風更大了。他不敢看蘇芳，怕自己盯著看，移不開目光。

預感，也許下次再跟蘇芳這麼接近，是你死我活的摩擦。

回去後，跟洪生說了今夜時雨台的事，算報告。

洪生說，照德宇描述的樣子判斷，紺色袍男子應該是澄王堂弟，也起了個封號，檀王，檀木的檀。此人掌管澄王旗下兩大南海船隊之一，金象船隊，以鎮海為母港。藍甲隊長率龍華營戰隊循海路，運送百手書生趙公子北上，從鎮海上船，說不定是檀王安排的船隻。

原來，皮膚黝黑，這麼來的，德宇回想。

「所以，不是金剛手？」

「我看不是。他是檀王，澄王給封的。金剛手是誰，我還在查。檀王相當招搖，引人注目。佛門裡的金剛手，是祕密佛，十分隱密。澄王的金剛手，也應如此。再等一會兒，總會現身。」

「看他打扮，也不像。」德宇補充。

「蘇芳也是個謎，你要留意。」

我已經很留意、在意，德宇心裡嘲笑自己。或許太留意，那就不留意了。

「美豔如她，功夫又好，很危險的女人。」洪生很直接。

洪生難道沒有欲？抵達後第二天，澄王府就明白告知，他們可提供侍妾，洪生拒絕了。埋身書本就夠了嗎？還真的猛借書、讀書、抄書，待在文思齋裡，最多至池泉庭園逛逛。德宇來帝國後，見過書生、文人、官員納妾狎妓，多了。洪生怎能不同？因為在百手書生圈子嗎？或者，洪生有欲，只不過目前寄在澄王府，別人眼下，最好不要妄動。他忍住了？

蘇芳危險，你最好也忍住，這是洪生提出警告嗎？

德宇自忖，我又不會調情，蘇芳也未來引誘，什麼事都不會發生。很確定。

未來，沒有來。現下如此。但如果未來，例如此次交手比劃之後？洪生在提醒他，未來。

或者，什麼都沒做，不夠，須什麼都不想？想，就是危險。這也太佛了吧！

德宇的確會想，比劃時對方未挑逗，只因身體接近，被吸引，人自迷起來。有一天，這會是他的弱點？

不揹薪柴的阿星，連人都難見著，不知道幹什麼去了？由於德宇和阿星兩人輪流護衛阿嘉瑪，一個上午班，另一個就下午。早上送去天童齋，筆帖司的人已備妥一切，阿嘉瑪開始誦出，負責護衛者在齋外警戒。洪生叮嚀，不僅防備外來闖入者，也要留神澄王府的人。中午交接，下午則送回，吃晚飯。如此，兩人中午交接，匆匆問候，而晚飯時刻，體諒阿嘉瑪筋疲力竭，其他三人默默吃完。

不當班的那位，會被喚去扛洪生借的書，一下子就做完。所以，想知道愛講話的阿星，這段時間裡幹了什麼？以前嫌講話機會太多，如今不夠。一直想問，但始終沒問，公子那塊黑智硯呢？

後來才知，個性隨和的阿星，每日幹半天活，然後到處跑，澄王府內交了不少朋友。肯定是四人中最多的。

晚飯結束，各自回房時，會聊幾句，因兩人房間在阿嘉瑪的左右。阿星常聊的是，今天認識了什麼新朋友，以及前幾天朋友的重逢。雖然不再需要撿薪柴，這裡也沒得撿，他跟府裡的園藝工往來不少，花草樹木，尤其是管樹的。他也會提到些女婢，講不多，可見他也不是什麼都跟德宇說。最近，說起比較多的，是位戴生，三十出頭，比洪生長幾歲，個子不高，斯文模樣。戴生說，不愛讀聖人書，不考功名，喜歡算書、百工圖錄、天文地理，尤其愛計算數字。阿星和他，在庭園的楠木樹下第一次遇見，當時戴生正在登錄澄王府草木名稱，並分類。阿星感興趣，跟著學。每兩三天，阿星就會講到戴生，做了什麼、教了他什麼？

原先擔憂他們四人，在府中各做各的，阿星會不會無聊？結果，似乎比他還忙。

誦出執行順利，澄王熱絡起來。每七天，設宴款待他們，並垂詢生活狀況。那是出於客氣，真正關切的，是阿嘉瑪的誦出，與稿件訂正整理。筆帖司負責那些，每天報上進度。

澄王設宴時，才見得到蘇芳，每次都比記憶裡美豔。

入府二十一天，澄王宴畢，洪生告訴大家兩件事。第一，十多天之後，智摩子的誦出將告一段落，完成後會比完成前忙碌，大家要有準備。第二，藍甲隊長乘船北上，被查出未能擄回智摩子，安國黨另派人馬搜尋，大約這時候會趕到澄王府。幾天後，書劍山周遭會很熱鬧，但勿擔心，澄王會依約保護我們，斥退龍華營人馬。

果然，三天後，澄王府中傳聞，龍華營一戰隊一探隊，率州縣地方軍共五千人，從北天王門、東天王門兩方向進逼，要求交出智摩子一行四人。

府中眾人議論紛紛，澄王派總管面告洪生，強調無須憂慮龍華營，王爺的保證不變，書劍山會讓來人知難而退。

阿嘉瑪的誦出，不受影響，進度不變，依舊入天童齋，傳出平穩、持續的背誦聲音。洪生那天未入文思齋讀書，而是趁機向智摩子的兩位護法金剛，說明戰局。朝廷不准民間私建城牆，澄王府依舊立了四個大門，稱為天王門，取四大天王之意。相當自負，不稱東門、東大門，或甚至東天門，他要叫東天王門，比皇帝還要神氣。澄王底下真有四大將，被封為四大天王，鎮守四個方位。另方面，龍華營一向看不起州縣地方軍，今次為了逼澄王府交人，面對占據書劍山稱王的澄王，僅一戰隊加上一探隊，顯然不夠壯盛。為了彌補疏漏，奪回智摩子，不惜打破慣例，借用州府兵員，壯大陣容，勢在必得。

他說明時，背景是阿嘉瑪誦出之聲，洪生看來冷靜，慢慢講。當初趙公子託付帶阿嘉瑪投奔書劍山的時候，他並不相信經商致富、自封澄王的巨賈，敢跟安國黨對陣，拒不交人。帝國之土上，凡違逆朝廷者，最終難逃被滅。他很遲疑，表達異議。但公子再三保證，澄王必定信守諾言，叮囑洪生務必帶眾投奔至此。

「這麼有把握！」聽著，阿星大聲說。

洪生補充，除了擁有巨富、廣大土地、四大天王的厚實兵力之外，書劍山也是安國黨在南方的主要同夥。朝廷裡雖盡是安國黨人馬，但心存不滿、陽奉陰違的人不少，而且各地舊黨殘餘勢力無法完全剷除、散落各州縣，安國黨會願意為了一位據說能背誦百手書生全集的小書僮，跟書劍山澄王府鬧翻，冒著失去南方局勢穩定的風險？這或許是澄王敢如此強硬的原因。

「很會算耶！」阿星又下了評論。

不過，應不只以上。趙公子與洪生當初在三明書院鵲離齋秉燭夜談，認為澄王應有其他招數，兩人思索對策，等形勢明朗，再告訴他倆。總之，眼前的龍華營包圍之勢，一定有解。

龍華營圍了五天，府內一切如常。阿嘉瑪也是準時入天童齋。

北天王、東天王守住據點，龍華營戰隊引戰企圖失敗。雙方對峙。

第六日，聽說澄王遣檀王出東天王門，直奔龍華營戰隊商議。三日後，龍華營退兵，北方與東方包圍解除。

沒人知道檀王談了什麼條件。但德宇注意到，從那天開始，洪生找上阿星，說要跟他的新朋友戴生弈棋，連續數日。

「不是每天跑去洞裡借書，關在齋裡讀書，怎麼突然說要找人下棋？」阿星在交接時，向他抱怨。早先認識的阿星，回來了。

「跑去下棋，你不高興呀？」德宇想，下棋又怎樣？

「他們倆下棋，很專心，都不講話。我在旁邊幹嘛？」

「你是說，洪生搶了你朋友？」

「我不會在乎朋友是誰的，但他們下棋，又說觀棋不語，我要找誰講話？」阿星愛講話。當初德宇入曹夕山，欲往鹿山莊，揹著巨大薪柴的阿星擋住路，出於山莊的防護需要，結果兩人講了不少話。

「你不是交了很多新朋友，在這裡？」

「對啦，可是戴生很有意思，懂很多東西。」

「把戴生讓給洪公子好了。你也知道他難得想要見人。之前，整天在文思齋裡，除非去洞裡借書。」

「好啦，我知道了。你呢？你在這交到朋友嗎？那個女殺手怎樣？」指蘇芳。

「女殺手？女劍客啦。碰不到，沒緣分。沒講到一句話。」他想去找蘇芳，但瞭解最好不要。所以，沒動作。後來，想也許會碰到蘇芳，但都沒有。一方面，那表示無緣。另方面，那表示，蘇芳沒想找他。

那時候，德宇才明白，他和小珪住不同城鎮，卻常見面，只因他們互相找了對方。終於明瞭他和小珪是怎麼回事，特別想念她起來。

他們把阿嘉瑪隔開，不讓他受外面的動盪影響。阿嘉瑪誦出不能停。保留一份完整的百手書生全集，是書生或趙公子最大願望，也是澄王渴望獲得的。這幾乎是兩人唯一相同之處。

阿嘉瑪也的確一如往常，專注自己，少管世間紛擾。

十多天過後，洪生趁德宇等待中午換班的時候，叫他到文思齋，就在天童齋旁邊不遠，雲澤池濱。

「德宇，這麼多日相處，我已經不能再以林鏢師相稱，」這是洪生第一次叫他德宇，「阿嘉瑪誦出，將近尾聲，這兩天會誦完。完畢當天，就要走人，不要吃晚飯。」

德宇聽到，腹中一涼，緊張起來。一直等待結束這天，那是攤牌時刻。儘管心中早有覺悟，到臨頭還是會緊張。

他也注意到，只剩兩天了，洪生恢復以阿嘉瑪稱呼，非智摩子。

「一旦取得百手書生全集，澄王必定要殺阿嘉瑪。如此一來，澄王擁有天下唯一的百手書生全集。朝廷到處查書、禁書、焚書，公子廣發的論帖只會越來越少。到頭來，幾乎沒幾人擁有趙公子著作，有也僅零散殘篇。如此一來，書劍山這部全集，獨一無二，連皇帝都沒有，何等珍稀。條件是阿嘉瑪不能到別處，再誦出一部全集，或更多。所以，公子清楚澄王為人，知道他會不惜跟安國黨對峙，也要維護正在誦出的全集；同時也清楚，他會為了鞏固其價值，不惜殺掉贈書給他的童子，阿嘉瑪。

「他可能會放過我們三人，因毫無價值，但我們不能讓阿嘉瑪死。你必須帶阿嘉瑪逃走。目前，書劍山仍然全面戒備，理由是之前龍華營的包圍，其實也是預防我們逃走。記得，誦出結束當天，我會找到機會，打亂戒備。你們要把握，從缺口出去。中途遇攔截，你要當機立斷。」

洪生是指蘇芳嗎？一定是。機會，所指為何？洪生不願明講，說：「很容易察覺，而且轟轟烈烈。」

「還有，德宇，我沒辦法跟你們走，只能到這裡。不，你不要勸我。剛才說的那個機會，如果我們四人一起逃，那機會出不來，我們四人都逃不了。好，澄王也許不殺我們三個，但他必殺阿嘉瑪，你很清楚。所以，你要我們都被抓，然後阿嘉瑪死，或把握機會，你們三人逃生？算一算。不要勸我。」

德宇不知怎麼回答，因為他手上沒別的招數。

「趙公子當初遭擒，雙手被砍，換得阿嘉瑪和我和其他人逃出。如今，另一個交換，你應知利害。」

他很不喜歡事情發展成這樣，換來換去。

「到時候，記得帶他們倆往南天王門跑。別嚇傻忘了！」

「我怎知時候到了？」

「你一定知道，我剛才說過，轟轟烈烈。」

兩天，來得快，也來得慢。眼睜睜看著日常作息一一開展，心中卻無比沉重。澄王府是他這一年，除了瓔珞寺跟小珪的結夏之外，住最久的地方。雖是別人地盤，卻已相當習慣，每天作息固定、輪班替換，像極了花島學藝，以及碧水城聚英鏢行的大夥生活。四人臨時結伴，延佇於此，竟覺得像熟悉的夥伴。貌似密跡金剛的阿星，讓他想起孤島的童年玩伴，近來雖各忙各的，但只要一聊起來，那個愛講話的阿星又跳出來。洪生，僅大他幾歲，說話、想法，連動作，都神似顏掌櫃、阿常師、方統領這些長輩，總是教他些什麼。德宇似乎跟長輩特別投緣，洪生不算長輩，像大哥，差不多意思。至於阿嘉瑪，沒說過幾句話，剛開始覺陌生，後來看出對誰都差不多，頂多跟洪生多講幾句，認識太久之故。這些日子下來，阿嘉瑪就像家裡的小弟小妹，不太說話，但總是默默跟隨，你上哪他們也跟著，一種不言自明的信賴。

現在，這家人的考驗來了。能一起逃走嗎？必得落下一個嗎？

不太願意接受。

剩兩天，他過得像行屍走肉，覺得自己晃來晃去，心思不在身上。

阿星注意到他無神無神，赴天童齋上工時，問說：「小宇，怎麼了？怎麼都不像小宇了？」

阿嘉瑪走在旁聽到，瞥了德宇一眼。

我自己是什麼樣子，還真不知道，他想。

最後一天，阿嘉瑪的聲音依然從齋裡流出來，淺淺地流，不疾不徐。他擺了張椅子，坐著聽，眼望雲澤池。比僧尼念經好聽多了，他覺得。大家都說念經單調，但德宇認為念經其實很熱切。

如果虔誠的話，那念經一定相當投入，是種頌讚，根本不單調。不信者，才說單調。德宇分辨得出來，佛堂誦經，其實過於熱切。

阿嘉瑪的誦出，冷靜清晰，他比較欣賞。

過午之後，洪生說要去戴生處弈棋，如同之前數日。沒人注意他走哪個方向，庭園歧路轉一轉，迷宮一般，人就不見了，如同之前數日。

原來戴生那裡，可以提供洪生所說的脫逃機會，想起洪生的話。

他慢慢等，如同之前一個多月每天，等阿嘉瑪收工，等他誦音行板如歌，終於休止。

筆帖司文員工作完成，笑嘻嘻，一面收拾寫好的帖卷、筆墨硯台，另方面恭喜智摩子，直說他辛苦了，連續誦出這麼多天，實非凡人。從誦出一開始，他們早被智摩子驚人的記憶懾服。誦出時，展現神通，一字不漏背出，如神人、如天使。收工後，智摩子變為沉默少年，少話、少搭理人。這些日子以來，筆帖司已習慣兩個截然不同的智摩子。智摩子工作終於結束後，是否只剩阿嘉瑪？

德宇探頭進天童齋，見筆帖司文員向阿嘉瑪致謝，並提及澄王今夜或許會現身慶祝，意思是吃飯的時候。他急忙走進去，做揖，然後第一次拉起阿嘉瑪的手，跟筆帖長說：「該讓智摩子先休息一下，先走了。」

筆帖長連說，「當然當然，智摩子真辛苦。」

澄王豐樂樓東廂三樓，阿星已在等待，手指頭勾著三只簡單包袱，跟揹巨大薪柴的樣子大不同，但他沒揹薪柴已很久了。阿星指指德宇的包袱，看得出古刀在內，因為梗於其中。兩人進屋再多拿了一兩件物品，三人隨即下樓。

剛下到二階，突然一陣巨響，樓宇震動，忙抓住扶手，除了阿星。

德宇急忙看阿嘉瑪是否安好，但自己差點滑倒，才定下來，又是一巨響，樓宇再度震動。此時，房間裡的人們跑出來，大呼小叫，都問怎麼回事？然後又一巨響。眾人左探右看，尋找聲響來源。

回過神來，德宇想起洪生說的機會，轟轟烈烈。

這洪生搞的？應該是吧。

少數人跌坐地板，其他人抓緊扶手，震動越來越大。遇事向來冷靜，甚至冷漠的阿嘉瑪蹲著，皺著眉，一臉擔心的樣子。阿星站得穩，嘴巴開著，似乎想說什麼，但說不出來。德宇也沒搞清楚是什麼巨響，卻幾乎可認定這就是了，洪生提到的。先不管巨響哪來，該做的，是跑向南天王門。

阿星身邊，跑來一中年僕役，不知說了什麼？巨響暫停，但周遭人聲、走動聲不斷，都往下走。

阿星揮手示意德宇、阿嘉瑪也往下走，走向他。

「老徐說，那是金剛手砲台發的砲，大概龍華營又打來了。」阿星等他們走近之後說。

德宇知道不是龍華營，只是這時誰去反駁？他想上樓去瞧瞧確認，視野寬遠，砲打到哪裡去了？不過，不能往回走，要往前走。德宇拉起阿嘉瑪的手，開始跑。阿星跟了上來。

「我們要去南天王門。」邊跑邊說。

「洪公子在南天王門？」阿星問。

「我們先走，公子會跟上。」只能這麼回。

三人遠離豐樂樓，德宇才想起阿星提到金剛手三個字。阿星人緣好，認識朋友多，好處也多，果然不同，消息得來全不費功夫。他一直以為金剛手是武功高手、殺手，從沒想過金剛手是火砲。原來巨響來自澄王府的隱密利器，金剛手砲台。抬頭轉向，想看出打到哪裡了。雖然沒有樓台的視野，循冒起黑煙，猜測大概東邊、北邊被打，也許是東天王門、北天王門附近。

識真曾教他，金剛，也是雷霆之意。金剛手，持神器金剛杵伏魔，施放雷霆，好似強大的火砲。不能不稱讚砲台的名字取得真好，必出自嗜書如命的澄王本人。王府亭台樓閣名稱，皆頗有典故，砲台也是。

洪生還是厲害，從阿星結識的戴生下手，為他們掙得機會。喜讀算書、愛弈棋的戴生，在砲台當差？指揮砲台？無從而知。洪生一個人幹，讓三人跑。之前，在嵩溪橋，百手書生也願意一人承擔，其他人獲救。不過，都是為了阿嘉瑪，以及他所記得的一切。洪生跟不上來，阿嘉瑪就成了德宇的責任了。勿忘三鹿之約。

澄王府自己的金剛手砲台，意外砲打東天王門、北天王門，帶來破壞與混亂。之後，澄王派兵攻下砲台，遣人去兩天王門救災。南天王門沒事，天王大將嚴加看守，理應難突破。但其實，全書劍山的人都心繫動亂據點，德宇三人只要偷偷摸摸，理應能摸出去。除了一道關卡。

德宇帶領阿星、阿嘉瑪走池畔小徑。那是一個多月來，他們活動範圍的延伸。德宇探訪小徑歧路多次，相信洪生趁借書、還書也去探過。此刻，夜幕下，池邊風大、寒氣逼人，他們縮著身體快步走，沿途亭台寂靜無人，只有月光落下。這條道上，只要再多一個人，即致命的過剩。

洪生警告過了，要當機立斷。

他大概做不到。

月光下，接近紫色的紅，只偶爾呈紫紅而已，大部分時候看來是黑。

小徑邊，蘇芳等待，單人孤影。她有能耐擋下德宇加上阿星？

然而阿星不能理蘇芳。見德宇停下腳步，他護著阿嘉瑪迅速閃過，繼續往南天王門前進。蘇芳連看都不看一眼，顯然後面埋有伏兵，或等解決德宇之後，再截殺阿嘉瑪也不遲。總之，她只盯著德宇。

面對蘇芳，他滿滿疑問。一個多月下來尚未解密，如此對陣太不利。

兩人打法類似，但蘇芳依賴致勝的密技是什麼？

強烈被蘇芳吸引的德宇，能否出手傷她？或殺她？他覺得做不到。

一直企望有機會跟蘇芳獨處，卻發生在對決。德宇知道，他絕對無法傷像蘇芳這樣美豔的女子。也許他還沒到那個年紀，沒到某種心境，沒狠到那個地步。

其實，不那麼美的女子，他也殺不下去。蘇芳這樣的，絕對沒辦法。難道要賭上阿嘉瑪的性命？蘇芳？或阿嘉瑪？

第十二章　普賢尼寺

「留下智摩子，你們可平安離開。當然，想留下也行，繼續作客。」蘇芳說，聲音稍低，對德宇而言每個字都成了跳動的引誘。

德宇搖頭，「我們一起來，一起走。哪有丟下人的道理？」

阿星帶著阿嘉瑪已跑到遠處，從小徑一路看去，不見人影。說不定碰到澄王府派來堵他們的人馬，已經接戰？沒聽見什麼。德宇心急，想趕去。但他知道不能急，誰急了，誰就要輸。

「你們洪公子留下來，沒跟你們一道來。」蘇芳捉到破綻。

「洪公子有事耽擱，隨後會跟上。」

「是嗎？我看他走不了。」蘇芳似乎篤定。

難道洪生被擒了？大鬧金剛手砲台，砲打兩天王門之後，被捉了嗎？不能問洪生的生死，現在顧不了他。

「智摩子交出百手書生全集，澄王得到他要的，沒道理要他留下。」理直氣壯。

「筆帖司說，仍須跟智摩子訂正錯漏字。他還不能走。」筆帖司也搬出來，德宇相信筆帖司並不知澄王要殺掉他們口中的智摩子。一個多月時間，筆帖司和阿嘉瑪幾乎日日見面誦出並記錄，已發展出情誼，儘管阿嘉瑪不太表達出來。

美麗女子，如果說謊，美麗會支出、減損。這是對德宇而言。對不少男人，美麗女人越說謊，越有魅力。蘇芳不該說謊，他覺得好可惜。

魔咒威力於是減小。

「你聽命於澄王，他下令除掉智摩子，你照做。但智摩子無償贈海內孤本給澄王，價值連城，回報卻是殺身之禍。你想想，根本沒道理！」德宇知蘇芳不會因他說了什麼，而放阿嘉瑪一馬。不過，他一定要講出來，讓蘇芳知道自己站錯的一方，帶著理虧的心情進入對決。

另方面，他要把握跟蘇芳講上話的難得機會，多說幾句。如果洪生知悉此想法，不會斥責，但鐵會勸他幾句。只不過，德宇想就是多聽蘇芳講話，自認不算失禮。

「林鏢師，無論你怎麼說，智摩子非留下不可。你不用抗拒了。」

終於稱呼他，林鏢師，心裡小小一震，指觸金烏刀鐔。如此接近，看著蘇芳完美嘴形，說出這些字，無比珍貴。不管說的內容是什麼，儘管是拒絕退讓，德宇不得不喜歡她嘴巴的動作。很少見女人說話這麼好看的。當然，小珪也是。

記得識真講過，有些人主張美形超越對錯。識真不以為然。

德宇覺得，蘇芳就是美形超越對錯。他不知自己主張什麼。

「林鏢師，你們必得交出智摩子。」一邊說，一邊拔劍。

再次呼喚他，可惜是交戰的呼喊。講不下去，訴諸武力。這也是道理，力量的道理。

寶劍直擊，阿常師古刀擋、解、化、回砍。十幾回合。

兩人似乎回到那晚在時雨台的比劃。當時，近身交手，像調情，對他而言。感受到氣味，聽到喘息，無不新奇。現在，讓人近身，會失性命。比劃與對決之別。

那次，蘇芳隱藏了實力。此刻，德宇感受到她每一擊，力道強於上次。

德宇想早點去支援阿星，不知道那一頭發生了什麼？蘇芳顯然專心對付德宇，所以完全沒擋阿星和阿嘉瑪。他再度告訴自己不要急。

兒孫自有兒孫福。舅舅愛講的，他還在孤島的時候。阿公阿嬤常念舅舅，跑去鎮上想做生意，不好好種家裡的田。舅舅頂回去，總是說：「兒孫自有兒孫福啦。」母親告訴他，那句話是老人家在講的，不是少年郎。

跟舅舅一樣，他也扭曲用法。此刻，阿星他們也是兒孫自有兒孫福，非德宇管得了的。

才稍一分神，蘇芳左右，出現異象。月光下，樹影間，蘇芳左右，多出兩雙手、兩支劍。蘇芳退一步，雙影進擊。他差點反應不過來，右邊幾乎失守。等回過神，蘇芳加倍力道刺向他，只好退三步避讓。

原來，蘇芳不是一個人，是一組三人，二分身。這就是她的密技，見過的對手大概都死了。時雨台比劃之後，他看出蘇芳弱點，可猜不著她賴以獲勝的密技，只能等待。現在要真正開打了。

蘇芳一如以往，著蘇芳色，接近紫色的紅。雙影皆玄黑。月色下，肢體擺動時，偶爾顯出冷暖色差異。

三女組合的打法，像如意輪觀音。如意輪觀音多臂，造像中數量不一，六臂最常見。六臂三人，一明二暗，輪番交錯。尤其在夜裡，雙影隱入暗處，常沒見著人就被解決。要對蘇芳另眼相待，能當上澄王貼身護衛，果然有兩下子，惑人的密技。

一個多月前，三級磚造浮屠尚存的太康寺參道外，突然冒出的三煞，原來意在試他。那時，四人尚未入澄王府，阻止他們離府的陣式已開始演練。高明！真心思縝密。三煞測試德宇面對三人組合進攻的反應，與對策，供蘇芳他們參考。如今德宇的對應被預期、納入，德宇幾乎困在對方圈套裡，優勢盡失。

即使陷入險境，他還是忍不住被吸引。蘇芳檀口微張，連番進攻，魅惑力十足，或持劍反手側擊，肩腰腿的姿勢與身段，帥氣無敵。戰鬥中仍欣賞這些，或許有人以為輕薄，他自省。但沒說出口，沒輕薄動作，應該還好，他自覺。

正因蘇芳對他的強大魅力，反而提供缺口，擠出如意輪觀音打法的閉鎖。真的要用擠的。劍雨飄花第九式，「投懷送抱」，入澄王府之後開發的新招。蘇芳三人組，一進二退，一退二進，無縫接替，德宇快招架不住。突破之道，不在於對抗，是順勢而為。

蘇芳他們快，缺點是力道不夠深厚，靠三人二組，換手接力，調和力氣，彼此補強。德宇遭受連番攻擊，居劣勢，欲脫身，決定黏著蘇芳，跟著她移動，而非阻抗。她退、雙影進，那極短時刻，德宇全身投入，順著蘇芳退後之勢，讓自己被帶出去，擠出交替的縫隙。

見德宇全身撲過來，出乎蘇芳意料之外，踉蹌多退了兩步才停下，跟雙影有點距離。德宇雖然看起來是跌入蘇芳的撤退路線，其實早有準備，再蹬一步，飛出去，以刀刺向蘇芳。本來該用砍的，但他沒砍，用刺。最簡單原因，不願意砍蘇芳。他並沒喜歡上蘇芳，是欣賞美形。如果砍了她，那至少斷手斷腳，或喪命，他做不出來。另一原因，是角度。如果要砍，得站定了再砍，那時蘇芳已重新整備，而雙影馬上從後跟上來對付他。此刻好不容易掙得分毫優勢，時間只夠順勢刺下去。而且，會是小傷，讓蘇芳慢下來，不破壞她的美豔。

選擇刺中小腿，小傷口。紫紅衣滲血，不顯，感受得到。為此，他讓自己冒了些險，差點挨蘇芳一劍，幸好躲過。如果是別的對手，一定刺上半身，若非直接取要害奪命，至少傷手或肩或臂，使無法再舉劍。

蘇芳腿傷，跟不上，德宇馬上回頭，趁雙影急著趕過來救蘇芳，雙手握刀，施砍功，卸掉一人一臂。他們是蘇芳的搭檔，德宇也不願取性命。其實，除了龍華營白甲隊長，出於情況危急而下殺手，他從來未取人性命。總之，由於三人組是高手，必須立刻失去戰力，以致砍了她們手臂。還是捨不得，不過實在沒時間了。

看著蘇芳帶著痛苦的容顏，加深了個性的複雜，美形提升，德宇捨不得。捨不得不得不刺她，雖然已盡力保存，也捨不得此刻看著她，以後應更無緣，心裡珍惜。

儘管試圖追上去，她自知那沒意義。腿傷讓她變慢，不只追不上，而且不能打。加上，雙影失臂，傷重，需要幫助。沒完成澄王之令，頗失望。但願南天王能堵到智摩子，那麼究責下來，會比較好過。

「還沒完喔！」蘇芳在他後面大喊，可惜看不見她咬出這四個字時，嘴唇的動作。聲音混夾了怨與挑釁，依然迷人。

月光下，望著小徑歧路遠處，漸漸消失的背影，蘇芳瞭解德宇手下留情。

因為他傻，跟很多男人一樣。

拋下蘇芳三人組，他快速跑向南天王門，心裡惦記阿星和阿嘉瑪。但願兒孫自有兒孫福的心法管用，兩人平安躲到某處去了。他不是沒擔心洪生，只是不敢想下去。需要先憋住這口氣，解決眼前威脅，洪生的生死安危，以後再擔憂。

跑步途中想起，剛才施展的劍雨飄花第九式「投懷送抱」，類似葛山行遇到山寨幫眾為難一家三口，他介入，對方一堆烏合之眾圍過來，他採中央突破，衝斷人牆，直接擒獲幫眾領頭。差別是，當時他找最弱一環下手，這次選了最強的一個。相似的是，都用鑽、用擠、用塞，通過窄縫，打斷封鎖。

小徑是常用雲澤池畔眾書齋的少數人，避開澄王府內大道，愛走的幽靜通路。平時清靜，此時覺得死寂，只聽到自己腳步點在飛石上的聲音。

轉幾個彎，南天王門的燈火越來越近，傳來交戰聲。聽起來不像阿星一人孤軍奮鬥。有趣了。

由於朝廷不准建城牆，澄王府用障礙和防禦工事，把地盤大致圍起來。池畔小徑的南方終點，是個距南天王門不遠的出入口，類似邊門，日夜派人看守。出入者皆澄王親戚、親信、友好，或澄王自己，都認得，只要打招呼就放行。德宇沒走過，只聽說，他們四人當初入了書劍山，沒離開過。

放緩腳步，從林間觀察。阿嘉瑪躲在一排土垣邊，附近還有巨木搭的拒馬，阿星背對他，揮舞短斧，另隻手似乎抓了一根棍子，臨時撿的樣子。土垣矮，沒城牆高和堅固，說防盜匪，朝廷大概可接受。

另一頭，二十幾人，跟南天王手下交戰，占上風。南天王顯然因北東兩天王門遭砲擊，派人支援，導致只剩百人左右在場。那二十幾人，相當精銳，壓制人數超過頗多的澄王府人馬。夜色下，看不明。後來才發現，領頭的不正是鹿山莊李副領，稱穿雲手？還有幾位，看來眼熟，對了，他看到了阿遠。

終於。早該來了，他跟自己說。從林間看到援軍，德宇鬆一口氣，覺得勝算提高。三明書院之役以來，總居巨大劣勢，雖然幸運撐了下來，撐久了，到今天快覺得不行，沒辦法帶阿嘉瑪逃離澄王府。這些日子，沒跟洪生提，也沒跟阿星抱怨，只心裡估算著。估算，十二組人馬中三組抵達三明書院，大戰之後，剩三成可用。德宇、阿星誤打誤撞碰上，之後兩位小人物孤軍奮戰。如此撐著，兩個多月了，鹿山莊怎沒招人來支援？龍華營好幾天前來了，包圍、要人。鹿山莊人馬，該到了吧。總算。

盱衡全局，德宇衝向阿星那頭，阿嘉瑪眼睛睜大，露出難得笑顏。

「小宇，美女解決了？」阿星面對南天王手下，邊甩動短斧邊說。

「當然，不然怎過來。」

「你捨得嗎？」阿星看出德宇對蘇芳的興趣，儘管他從沒承認。

「沒出人命，小傷沒事。」

「小宇，你竟然傷了她！」阿星大叫一聲。

知道那是玩笑，無須理會，德宇轉頭看了看後方的阿嘉瑪，加入戰局。南天王並未善用兵勇，只讓他們各自攻防，未發揮編隊組織，失去優勢。如此一來，一旦德宇與阿星合力，散亂的兵勇很快被擊退，受傷或逃走。

他拉起阿嘉瑪的手，開始往外跑，阿星跟上。李副領見阿星三人成功逃出，不再戀戰，令鹿山莊護衛撤退。另方面，南天王並未下令兵勇尾隨，追回阿嘉瑪。或許因為受金剛手砲台砲擊影響，南天王門已經人手不足，不宜派人去追？或許因為反正智摩子逃走之事，別人該負更大責任，他無須太拚命？或許根據澄王計算，自己既已取得獨一無二的百手書生全集，如能除掉智摩子，使他所藏成為永遠唯一，最好。如果除不掉，別人也許會替他完成，例如曾包圍書劍山的龍華營，澄王因此並未令南天王追出去？只擋勿追？或許兩人勢力訂約劃分，書劍山澄王府內，我的，出此範圍，你的，作為解除包圍的條件？

「龍華營其實並未走遠。」這是李副領帶著手下跟上德宇他們，會合之後，說的第一句話。戰隊、探隊，加上州府兵員，駐紮距書劍山二十里處，尤其東方。「我們要小心，不要離開了澄王府地盤，卻誤入龍華營陣地。」

岐嶺，書劍山勢力範圍之南八里左右，是嶺也是小鎮。鎮外不遠，普賢尼寺，就是李副領等人駐在之地，已經多日。德宇三人跟著他們回到尼寺，得知三明書院一別之後，另一半的故事。

前虎衛營曾首席、海松門盧大師兄帶他們的人返鄉，方統領則奔碧水城，因為鹿山莊遭襲後，尹莊主避居碧水城，受聚英鏢行庇護。除了宣布趙公子不幸被俘，並失去雙手的消息之外，方統領也報告，嵩溪橋之戰後，洪生、德宇、阿星計畫護送阿嘉瑪到書劍山澄王府，誦書以保全公子全部文字，交換澄王收留。當然，方統領並未忘記述說，德宇和阿星如何擋住龍華營清洗，並在對決中斬首白甲隊長。尹莊主向總鏢頭表謝意，讚聚英鏢行人才濟濟，第十三人及時抵達救回眾人。

尹莊主決定，由於方統領負傷，須休養，請穿雲手李副領帶隊，前來書劍山澄王府，伺機救援。澄王並非正人君子，為私利可以對抗朝廷，拒絕交出阿嘉瑪，但也隨時可能出賣，如果符合自身利益。同時，方統領當初進行京師查訪時，留下的眼線，傳來消息，說龍華營派戰隊、探隊，正火速趕往澄王府。李副領召集鹿山莊撤退至碧水城的人馬，加快腳步，幾乎是尾隨龍華營來到書劍山。

李副領等人監視之下，龍華營包圍書劍山多日後，澄王派人協商，雙方似乎達成協議。龍華營退兵，於二十里處，廣布崗哨，嚴控出入，守株待兔。研判應是打算在阿嘉瑪離開澄王府時，加以逮捕或殺害。鹿山莊人員於是以普賢尼寺為基，低調行動，避免引起書劍山與龍華營兩方注意，並監視四大天王門，準備在阿嘉瑪一行人逃離時，給予援助。

德宇一面聽，一面觀察普賢尼寺。記得碧水城也有間普賢尼寺，在城西。不知岐嶺這間，位於鎮外不遠，與碧水城的是否相關？寺院同名的不少，有些屬同一宗派不同地點，有些則為巧合。

關於尼寺他自有意見。不是對尼寺本身，而是要不要借宿尼寺？滅佛令之後，處處廢寺，他如一人行路，常借宿，省錢省麻煩，順便查看伽藍、佛像受損狀況，純好奇。不過，他盡量不入尼寺，怕萬一遇比丘尼留守，打擾清靜，豈不尷尬。相比之下，入廢寺如遇和尚未離開，打個招呼探求許可，可留可不留，一切好辦。所以他一向避免借宿尼寺。

李副領他們，也許無此考量，而且也許這裡並無殘留比丘尼。借宿於此，並無不妥。是我多慮，而且不習慣罷了，他自己反省。

鹿山莊眾人，見到阿嘉瑪，急著問候，並圍繞著詢問澄王府內之總總，以及逃脫過程。除了京師趙府，鹿山莊對阿嘉瑪而言，也算是家，跟大家都熟。他依然十分冷靜，但有問有答，臉上表情輕鬆。在德宇看來，這已經是阿嘉瑪最熱絡的樣子了。

阿星也聊得開心，聲音不小，恢復講個不停的樣子。至少這次，不會說沒人聽他講話了。德宇在旁，替他高興。

李副領拉著德宇問洪生的事，那才是困難的話題。四人進，三人出，留下遺憾。此時，鹿山莊的朋友團聚了，洪生卻未能一起出來，是大家暫且不提的陰影。除了李副領。德宇告知洪生最後的安排，戴生弈棋、金剛手砲台等等，難過須以洪生的犧牲，換來三人脫逃。

李副領笑著跟他說，洪生目前受困澄王府，不表示以後出不來。

「澄王商賈出身，據地稱王，是個現實的人。洪生出招，砲轟兩天王門，造成混亂，阿嘉瑪遁走，他會火大，但應不至於要致人於死。洪生壞了澄王永遠獨擁海內孤本之夢，但阿嘉瑪不見得能再誦出一部百手書生全集。要完整誦出，並妥善記錄、保存，以澄王的財力、勢力，也花了一個多月，在極度維護情況下，才完成。其實很不容易。他的海內孤本，也許會維持很長一段時間。如果澄王能這麼想，態度樂觀，過段時間，也許就不怨洪生了。如果投其所好，進行交易，也許我們可把洪生換出來。所以，不要難過了。你們三人逃出，洪生計畫完成，他應該很滿意。我們現在只要找出澄王願意交換之物，就好了。」

這李副領還真會勸。他看出澄王生意人的習性，慣於做買賣，什麼都可交易。洪生聰明人，應不會進一步激怒澄王，不致惹來斷頭砍手之類的懲罰。因為洪生知道，澄王計算，哪天可把這傢伙賣掉，賺點什麼回來。

經過這麼一勸，德宇心頭陰霾解除，跑去普賢尼寺的寶殿看看佛像，一如他慣常參拜時做的。不過普賢跟坐騎白象被人分家，菩薩不見了，白象尚在。雖稍微失望，白象雕得不錯，值得多看兩眼。不再被壓坐，牠可昂首闊步，悠然行走。他想，白象終於可以自由自在，無須聽命於菩薩，想去哪就哪。也不錯吧。

帶著轉為愉悅的心情，他漫步講堂附近，遇到上次表現優異的阿遠，以及德宇闖關入鹿山莊時，為他「卸劍、解刀」的年輕人，這次才知其名，阿韋。昨晚，在南天王門，德宇見他打鬥，雖然在莊門口負責卸解刀劍，原來是位用槍好手，膂力過人。今天，阿韋則不忘問德宇他的古刀。當初等德宇交出此刀，阿韋捧在手上看著，覺得不刀不劍，一直想問問來歷。

不久，數位年齡相仿的青年，加入聊天。他們都是鹿山莊原護衛團成員，包含德宇印象深刻的弓箭隊。一群人講起龍華營攻上曹夕山，但終被擋下，如何未能拿下鹿山莊。年輕人分享自己在不同崗位，一步一步削弱龍華營兵勇的力量與數量，最後讓對方不得不放棄。講到興奮處，多次引起歡呼，儘管不敢太大聲，讓德宇回憶起跟鏢行弟兄相處的時刻。

慶祝與暫歇兩日，他們不能繼續留駐普賢尼寺。德宇、阿星這兩日也加入輪哨，瞭解到澄王府完全沒派人追捕，似乎放任龍華營捉人，符合之前猜測，兩方好像達成協議。探隊人馬曾來到尼寺前院查看，由於全寺寂靜，沒人窩居的樣子，來人也許懶得深入檢查，眾人成功躲過。但下次不見得。李副領決定，既然阿嘉瑪已救回，下一步是帶他離開。大夥兒盡早撤離這塊書劍山與龍華營兩大勢力，共同擠壓的生死之地。

第三日清晨，召集眾人至講堂，李副領宣布，主要計畫是送阿嘉瑪到碧水城。鹿山莊目前情況不明，雖然曹夕山，山上山下周遭，總計三十幾處暗樁仍在，山莊本身在龍華營監視之下，不宜回返。轉述尹莊主判斷，趙公子返回家中，嚴加看管，身受重傷，復原修養中。而即使復原，無手的公子，由龍華營插手戒護，將難再寫作，連口述都無法辦到。公子摯友洪生，為救阿嘉瑪而身陷澄王府，雖難搭救，目前無危險，也許未來伺機交涉換出。

普賢尼寺講堂，奉祀藥師如來。木雕佛像殘破，左手斷裂，持物藥壺無蹤影，他聯想到四人離開沙鎮後，首夜借宿的景林寺釋迦如來，缺左手與願印。這裡，眷屬十二神將也遭盜走，只餘空位。德宇望著李副領背後的折損藥師佛，心裡浮現景象。期待一見的書生，直挺挺地被抬出鵲離齋，雙臂包纏白布，以及前幾天金剛手砲台轟出的巨響。

「百手書生，已成無手書生。」藍甲隊長的話，像惡夢一般重複。

李副領繼續說，眼下能做之事，安全送回阿嘉瑪，在碧水城誦出第二部百手書生全集，以公子言論對抗把持朝政、下令滅佛的安國黨，引發各地起義。

「可是阿嘉瑪已經很累，背書一個多月了！」阿星突然發聲，出乎大家意料之外。沒預料這時有人插話，李副領頓了一下，目光掃過大家，看出是阿星講的。

德宇也驚訝。

其實，他也類似感覺，阿嘉瑪在澄王府這些日子夠累了。他完成誦出，沒抱怨，也沒任何意見，只是天天進天童齋。筆帖司的人待他以禮，澄王府根本上視之為貴賓。德宇每天聆聽誦出之聲，其中亦無不快，總是平和。可是，他們三人都看得出阿嘉瑪累，心頭累，裡頭負重物的樣子。

他也質疑讓阿嘉瑪誦出第二部全集的計畫，但沒阿星那種脫口而出的直爽。他會考慮，我是誰？又不是讀書人，懂什麼？不會直接說出來，尤其不會在眾人面前，講堂全員集合的時候。

「是啊，是啊！我知道阿嘉瑪很累。到碧水城之後，必定給他充分休息，才會安排誦出。一定照顧妥當，不會讓他累壞。」李副領不習慣被小人物質疑，但他回答得體。阿星應該還想說什麼，不過這場合連他這麼愛說話的人，也靜下來。點點頭，表示接受。

阿星大概要說，你們沒見過阿嘉瑪的辛苦。每天每天，背那麼多篇。他不說，我看得出來。你們沒見過，沒在那裡看著，不知道。德宇明瞭阿星想法，因為他也這麼想。但比阿星糟，一句話沒說。

李副領繼續跟大家說，會的，會讓阿嘉瑪充分休息，才開始誦出，會做妥善安排。那是之後，如果我們能離開此地。現下最大挑戰，便是如何衝出封鎖。最初，龍華營對峙書劍山，要求交出阿嘉瑪。為了軍容壯盛，向附近州縣調兵馬。儘管看不起地方軍體格、訓練不佳，為了數量上不輸人，勉強忍受。那時大約五千到六千人，聲勢不小。現在沒那麼多了，地方軍有一半歸建，回返原本勤務。大概只剩不到三千，依然比我們多很多。大多分散在書劍山周邊地區，廣設關卡，過濾往來行旅。另外，用於探訪、巡察。如此，關卡與巡察，三千人其實不夠用。龍華營戰隊、探隊也必須加入。

說了一堆，李副領意思是，龍華營方面負責的區域廣袤，兵力分散，雖然多，實則少。鹿山莊小隊僅二十多人，但集中一致，如果路上遭遇交戰，人數會多於對方。如此一來，突圍成功不難。重點是找對路線，以及突破點。

德宇心裡同意，這讓他想起上駟對下駟的故事。小時讀過，欽佩，覺得真聰明。沒什麼花招，只是調整安排，就足以取得優勢，獲致勝利。

突破龍華營封鎖之處，選定在蘆溪鎮外，往北道路。根據近日觀察，此關卡守備馬虎，由州縣兵勇負責，研判容易拿下。但事情總有萬一，萬一進行不順，萬一有伏兵，萬一遭遇巡邏小隊，萬一衝散、失聯，記得會合的地點，在紫雲洞山腳竹林，蘆溪東北約兩天路程。遇狀況，去紫雲洞山，等待會合，勿忘。

早飯後出發，把握時間整理物品。

講堂之會後，見到阿嘉瑪走去跟阿星講話，猜測是致謝吧。認識阿嘉瑪這兩個多月，少見他主動與人攀談，這可是唯一。可見阿星提問，點到阿嘉瑪心裡。

德宇對地點選擇沒意見，反正不懂，都是由鹿山莊小隊探路。但一事勾起他的舊疑惑。平常就算了，此刻覺得怪。也不是多不得了，也不是奇怪，但是怪。那就是，來到帝國之後，發覺官民皆不愛用地圖。因為他習慣了花島學藝時，各種告示或書本，提到地點，多輔以地圖說明，找到地方很容易。帝國則不然，關於地點的書冊，極少附地圖，全靠文字說明。他不是讀書人，僅有時為了鏢案遠行，去翻閱地方誌之類的，想知道城鎮在哪裡。前前後後找，什麼圖都沒有。真怪，私下覺得沒道理。但他從來沒跟人提，覺得自己只是個鏢師，對書本或公告有無附地圖，哪有說話的份？

這次，也許鹿山莊人馬盤旋於此多日，熟悉地點，無須圖示。大概吧。不能說怪，只怪自己。

這時，李副領跑來跟他解釋，為什麼需要阿嘉瑪誦出第二部百手書生全集。德宇心裡歉疚。鹿山莊小隊帶頭的，來跟小鏢師說明，受不住。李副領說，理解德宇和阿星，與阿嘉瑪朝夕相處，在澄王府如一家人般，所以關注阿嘉瑪會不會太辛苦。如此關切，真誠可感，值得尊重。然而，阿嘉瑪所背誦，趙公子到目前為止的終身著作，乃思惟結晶，當列經史子集之列。如此，所屬非一人，實為大家共有，甚至非趙公子一人，遑論阿嘉瑪。

出於緊急手段，洪生銜公子之命，委身澄王府，以求誦出全集，作為保全，權宜之計，實非得已。澄王正邪難辨，黑白不明，百手書生全集在他手上，禍福難料。如今阿嘉瑪既回歸公子盟友照顧，尹莊主之議，誦出第二部全集，實為周全之策，對傳世，對抗暴，皆非做不可。李副領慷慨陳辭以上。

德宇當然聽得懂，明白其道理。也接受。

阿星發言，李副領卻跑來跟德宇解釋？滿聰明，瞭解兩人夥伴關係密切，彼此好說話，比直接跟阿星講，委婉許多。

於是他保證，會跟阿星談，阿星也會懂。他只不過感情用事、真情流露，所以大聲嚷嚷。德宇代為致歉，請副領包涵。

他覺得自己進步了，學會講場面話。

尹莊主的考慮，自然有道理。阿星的反應，也有他的道理。

沒人問阿嘉瑪的意見。也許因他從小在趙家為僕，服侍公子，不會有意見吧。不過，三明書院六賢堂那次，方統領倒是問了阿嘉瑪意見，當時德宇滿訝異。如今回想，那是因為阿嘉瑪當時傳達了趙公子指示，只算傳聲筒，並非表達自己意見。

李副領才回過身，碰到阿韋衝進來，神色凝重，並未壓低說話聲，講堂裡大家都聽得到。他說，寺外崗哨傳來消息，附近村人說，五里外的永源寺，三個叫花子打一個叫花子，因為那人本來蹭普賢尼寺，最近跑去蹭永源寺，闖入三叫花子地盤。他們不要他，趕他走，滾回你的普賢尼寺！那人說被一堆人占了，回不去，不走。結果三叫花子揍他，打成一團，鬧很大聲，附近村民都聽說了。據說，打架的事，傳到龍華營那裡去。恐怕會過來查看，我們應馬上走人。

派員登高瞭望，確認龍華營來向，李副領指示。小隊所有人，立刻上馬，聽令出奔，第二道令說。

此趟，鹿山莊小隊騎馬趕來書劍山救援，並多拉了七匹馬，作為替換，也準備供阿嘉瑪等人使用。德宇私下問過兩人，他們會騎馬，但不熟練，因少騎，尤其阿星。德宁說他也不靈光，可沒時間講葛山行時，為了躲龍華營探隊，狂奔狹窄山路，差點從馬背上摔下來。他們如果聽了，一定笑死。

瞭望報告，龍華營從北與東逼近，塵土飛揚，看來不少，約各五十，總共百騎。數量上相當不妙，而且原本盤算的上駟對下駟優勢沒了。李副領決定，不宜硬碰硬。我們往西撤，小隊分三批，第一批帶走阿嘉瑪，第二批、三批，含弓箭組，分別阻擋兩方向龍華營騎兵，爭取時間，讓第一批迅速離去。戰事之後，在紫雲洞山腳竹林會合。計畫有變，會合地點不變，大家記住。

德宇、阿遠、阿韋等八人，護衛阿嘉瑪立刻離開。阿星分入第二批，因為擋人是他專長，穿雲手李副領親率第三批，做殊死抵抗。一場生死大戰即將開打。

緊隨阿嘉瑪衝出普賢尼寺大門之後，他轉頭查看快速進逼的龍華營兵馬。雖然塵土蔽天，勒馬定睛　看，依稀分辨出著黃色甲冑。難道是黃甲隊？他遇過探隊，著藍色勁裝，非甲。也遇過兩戰隊，白甲藍甲。如果這次是黃甲，是最精銳的龍華營嗎？

眼看黃甲頂著黑雲席捲過來，德宇趕忙策馬加速，跟上阿嘉瑪，心裡難過。剛才倉促上馬，根本來不及好好道別，未免也太匆忙。這一別，不會再見到阿星，或李副領。

三明書院以來，打硬仗都有他，這次不習慣第一批出奔，別人出頭幫他頂住。不過，黃甲隊數騎脫隊，往德宇這邊追來，也許硬仗馬上就趕上他了。

第一批奔跑了一段路，回頭幾乎看不到普賢尼寺了。追殺主力被擋住，但脫隊四騎即將趕上。阿韋回馬斷後。阿韋馬上使槍，架勢十足，槍法熟練，果然有兩下子。奔騰中，迅速挑擊追兵，格開對方馬刀，連續用槍刺進胸膛，鮮血噴出，如此挑倒兩騎。另二騎趁機超越阿韋，追趕上來。阿遠聽到聲音，側頭瞥見，停下、回馬，雙腿夾住馬身，側斜身躲過攻擊，同時腰斬一騎。

德宇刮目相看，沒想到阿遠馬術精湛，才能出此絕招。這兩位的馬上功夫，高他太多。怪不得李副領分派他們同批，保護阿嘉瑪。

德宇的阿常師古刀，不適合騎馬作戰。太短，沒弧度。其實，花島有人用長彎刀，適合馬戰，但那要有馬的人才行。師父根本沒教，因為師兄弟都是平凡武者，地上走的。

剩下一騎落單，往德宇方向衝來。他拔刀擺了個準備接戰的樣子，擔心不已，知道只是空架子，如果打起來，他一定從馬上摔下。阿常師古刀，平常從不讓他失望，獲得讚賞，昨晚也照規矩保養，狀況極佳。然而，此刻在馬上舉著它，卻顯得非常不足，太短又太細。

唯一可確定的，是來人穿了黃甲，此時相當接近，看得明。眼看他的空城計快破功，阿韋、阿遠追上來，在他兩側，落單的龍華營黃甲騎兵見狀，快馬往東方撤離。好險。

「快跟上！」阿韋從身旁超越他的時候，丟下這句。

第一批其他人已跑了段距離，阿嘉瑪落在那群後面，德宇趕忙騎到他身邊。阿星他們負責擋，不知死傷如何？德宇捨不得，心中陰影漸大，真不習慣在獲救這端，還是站在去救人那邊好些。此後，未見龍華營騎兵尾隨的樣子。阿韋多次騎到後頭觀望，以及視野好的位置，似乎沒追兵。

不過，阿嘉瑪始終難以駕馭他的馬，至少騎不快，總落後一截。阿遠頻頻回頭查看，見他們倆跟上，才繼續前進。沒人怪他，畢竟阿嘉瑪是書僮，擅長背書，怎能要求馬術好？沒落馬，已相當不錯，這是德宇的評語。只是，阿嘉瑪不僅騎不快，似乎也操縱不了馬的方向，頻頻偏離路徑。好幾次要靠德宇把馬拉回道路。

紫雲洞山在北，兩日路程，怕途中遇攔截。龍華營終必派人追過來，騎太慢相當不利。可德宇自己也好不到哪裡去，絕對沒理由抱怨阿嘉瑪。

當日傍晚時分，阿韋、阿遠他們在隊伍前方，商量在哪裡落腳的時候，阿嘉瑪落在後面，騎著騎著，孤伶伶入一岔路。密林小徑，裡面暗暗看不清，此時天光已暮。德宇急忙追上，提醒他走岔了。阿嘉瑪沒理他，繼續往前。德宇想拉韁繩，控住馬，阿嘉瑪避開，動作靈活。他只好跟下去。

「阿遠他們會著急，看你不見了。」他憂慮說。

通常，這麼說，阿嘉瑪會順從。他從來不鬧脾氣。

「天快黑了。不，天已經黑了。我們趕快回到路上。」德宇督促。

阿嘉瑪沒回答。沒見過他如此，感覺怪怪的。其實，除了輪到護衛天童齋，德宇少跟阿嘉瑪單獨相處，都是跟洪生、阿星一起。兩人脫隊，置身密林，他已經不太習慣。現在阿嘉瑪不回應他請求，也沒發生過。以前，他總是跟上，無論戰況多惡劣。可此刻平靜，雖仍在逃命，暫無追兵，跟上很容易。為什麼繼續走向歧路？

「過兩天就到紫雲洞山，很快。之後，到碧水城，就沒事了。」

阿嘉瑪沒回答，眼睛看著地下。是不是要哭出來了？密林太暗，看不出有沒有流淚。

「紫雲洞山在北，走偏了，很麻煩。走岔了路，要花多少工夫才找得到路回去，你知不知？」略有指責之意。德宇後悔，不該催，他可能累了。但不知道還能怎麼辦？

沒想到阿嘉瑪突然回說：「我不要去紫雲洞山！」語氣堅定，一點都不像阿嘉瑪。

他不確定自己聽到了什麼？這不是他認識的阿嘉瑪，至少認識了兩個多月。不算長，卻是朝夕相處，度過不少生死關頭。沒見過他表示過反對，任何事。

「我也不要去碧水城！」阿嘉瑪大聲說。

「為什麼？」德宇大聲問，似乎失去耐性，自己也嚇一跳。

第十四章　枯木灘

為什麼不要去碧水城？阿嘉瑪對碧水城有反感嗎？他心裡不解。

他還滿想回碧水城，好久沒回去了，從榮城那趟鏢開始。想念他的刀鐔、刀、鏢行弟兄、他的臥鋪，想念風景，天鏡塔、昭明廢寺的玉蓮池、想念愛吃的煎魚飯、櫻桃煎、方柿，很多。不過，他是回去那裡，已經熟悉那裡。阿嘉瑪似乎沒去過，難道他有特別原因，不想去碧水城？

德宇有點愣在當場。不只因為碧水城，而且因為回話的方式。口氣果決、堅定，知道自己不要什麼。大不同於傾向接受別人安排的阿嘉瑪。

「為什麼？」又問一次，沒那麼大聲，覺得剛才太強硬了些。大概因為阿嘉瑪一向溫遜，他出乎意料被嚇到，大聲反問。

紫雲洞山非問題所在，是碧水城。

「為什麼不去碧水城？」第三問，語氣溫和。

阿嘉瑪等了半天才擠出：「我已經忘了，背不出來。」

兩匹馬佇立密林，天光快射不進來，只有微弱幾道。已入冬，怎麼林子還這麼密，即使在南方？阿嘉瑪騎在馬上，眼望地下。

「忘了？背不出？」德宇猜想那是什麼意思？最好不是他想到的意思。「忘了什麼？背不出什麼？我聽不懂。」

「公子的文章，我忘了。到碧水城，背不出來。我不要去碧水城。」

這樣清楚多了，但真的嗎？才誦出百子書生全集，三天前。現在全忘？有這種事？

「你確定？」

點點頭。

不會吧。德宇很不會背書，從小上學堂都討厭背。即使如此，也不是全部不記得。忘了幾句，接不下去，或忘了整段，要不漏字。各式各樣的忘記。哪會全部都忘了？他不相信。

「你唬我的，對吧？沒時間開玩笑，阿遠他們看你不見了，會擔心。」阿嘉瑪會開玩笑？沒碰過，第一次就大玩笑？

「真的記不得。」小聲說。

「你病了？」這種事，不該他來處理。是顏掌櫃，或洪生，他們才懂。怎麼會給他碰上？

「不知道。」

天快黑了，不能跟阿遠、阿韋他們失散，要趕緊歸隊。

「好，你忘了。我知道了。我們去跟阿遠他們會合，一起想辦法。好嗎？」逼阿嘉瑪沒用，勸他歸隊，大家一起解決。他一個人，沒辦法。

「他們會逼我去碧水城背書，我不要。」不是碧水城本身，是不願被逼背書。

大概是兩人自三明書院認識以來，交談最多的一次。阿嘉瑪果然聰明，無論忘光與否，他知道德宇是最可能同情他的人。阿遠、阿韋、李副領，或其他人，聽從鹿山莊指揮，以莊主或趙公子意見為圭臬，不會聽信她。可德宇是外地人、局外人，不是僕役，不聽命於人，請來幫忙的。最可能相信他。

阿遠他們此刻應該很著急，回頭找他們。錯過密林小徑入口嗎？現在，不只龍華營在追他們，鹿山莊也在找。

「好，那不找阿遠他們。你有什麼想法，下一步？」直接問阿嘉瑪好了。

「往南走。」回答頗快，早想好？

「哪裡？什麼地方？」

「去海邊。沒去過。」

以為阿嘉瑪會說什麼城鎮，結果說海邊。海邊可多了。德宇從小常去海邊，他家不是一眼看得到海，但走小段路就到了。

從此地往南，的確是到海邊最近的路，到鎮海。阿嘉瑪清楚藍甲隊長的運囚路線，抬著負傷百手書生往鎮海登船北上。說忘了書生寫的東西，往南去海邊的路，倒是沒忘？所以他是真忘，或假忘？

「就不管阿遠、阿韋他們了？不管阿星？他們會擔心你。」德宇想用舊情說動他回去。畢竟阿嘉瑪認識鹿山莊的人滿久了。

「跟你走，他們沒什麼好擔心。」理所當然的語氣，德宇聽了，差點笑出來。未免對我太有信心！我一個人幹不了啦。他心裡抗議。

「大家一起，才能保護你。我一個人不夠。」實話。

「可是他們要送我去背書，你不會。」

我不會嗎？德宇自問。不會逼人做什麼吧。誧出第二部百手書生全集滿重要，他同意。如果阿嘉瑪不願意背，總不能逼他吧。德宇自己從小討厭背書，可以同情。何況，阿嘉瑪說他忘了。能怎樣？

「先找地方過夜，再說。」拖一下，也許明天阿嘉瑪改變主意。

可是天都黑了，密林裡更黑，連月光都擋著。不能往後，只好往前。兩人下馬，牽著走，因為路看不清。經過一間土地廟，實在太小，路邊角落那種，只得繼續向前。覺得密林裡，不會有寺院，果然沒，連石佛都不見。後來，走進林間一塊空地，不大，但月光射下來，看出空地旁一巨石，就說我們靠大石頭邊睡一晚吧，有個屏障。

阿嘉瑪沒反對。野外過夜，連個廢寺也尋不著，他造成的，當然沒話講。

護鏢久了養成習慣，德宇會擠下少許上一餐食物，在包袱裡備用。取出分一半給阿嘉瑪，算混過一餐。

第二天，他寄望被阿遠等人叫醒，因為他們追了上來。沒有，失望了。另一方面，龍華營也沒找到他們倆，一好一壞。阿嘉瑪跟他差不多時間醒來，畢竟都是別人伙計，早睡早起是習慣。

想問問，改變主意了沒？去紫雲洞山會合，好嗎？想想，還是等吃飽再談好些。

「我們去找東西吃。」他說。

他喜歡廢寺，因為總找得到鍋或盆，可以煮東西，至少煮水。他不喜歡生飲湖水、河水、泉水之類的，必得煮滾。母親教誨。現在，連喝口水，都沒把握。

騎著餓肚子的馬，擔心走出密林，會遭遇不測。遇到龍華營，不要說戰隊，僅探隊，他一人對付不了的。阿嘉瑪卻看來輕鬆，似乎認為已經說服德宇，但不忘提醒：

「往南走，我會辨方向。」

這傢伙，竟然給我下指示，他心裡不太爽。

「往南走，去海邊，你昨天說的？你確定？」他要再問清楚點。

阿嘉瑪點頭。

「去海邊，做什麼？」他其實想說：阿嘉瑪，書僮，去海邊幹嘛？

「去看海呀！沒看過。」

阿嘉瑪想去海邊，因沒看過。他可接受。他也想看，他當然看過但很久沒看了。以前常往海邊跑，看海，無論孤島或花島時期，調節心情。每隔一段時間就去走走。來到帝國之後，幾乎沒去過。帝國的人說遊山玩水，水指河或湖，無關海水。阿嘉瑪好奇，想看海，其實很難得，在帝國遇見的人之中。

「你知道，這條路往南走，會到鎮海喔？」問清楚，需確定。

點頭。

於是，離開密林，騎到一個村落，餵飽自己，馬兒勉強吃了點。兩人往南走，過午之後，他想知道阿嘉瑪回心轉意了沒？

「小宇哥，我已經都忘了。到了碧水城也沒用。」阿嘉瑪回答。

竟然叫他小宇哥，顯然跟著阿星的叫法。只有阿星叫他小宇，阿嘉瑪十幾歲，當然要加個哥字。過了一天，依然很訝異阿嘉瑪的改變，跟之前兩個月完全不同。不怎麼講話的，變得咄咄逼人；本來什麼都沒意見，變得很堅定，或堅持；通常不打招呼的，竟然叫他小宇哥。也許忘記百手書生全集真會改變人？也許丟掉負擔，讓人輕鬆？好像一個人頂著很高一堆書卷，走路、作息難免緩慢、謹慎，小心翼翼。扔掉那一大疊後，整個人說話、動作、心情，都不同了。似乎說得通。

被叫小宇哥，德宇想起阿星。一路上揹著巨大薪柴的大個子，吃客秋包飽到不能動的樣子。不知普賢尼寺外一擋，後來如何？不太敢想下去。

這次，變成跟阿嘉瑪結伴，真沒想過。兩人騎了三天路程，沒遇到追兵，也沒碰到朋友。也許沒人認為他們會選擇藍甲隊長的撤退路線。

覺得騎馬拉開足夠距離之後，德宇把馬賣了，主要怕引人注意，另外也藉此籌點盤纏。

「賣馬的錢歸你，但我沒錢雇你。」阿嘉瑪說。

阿嘉瑪年紀輕，卻清楚德宇是受人雇用的鏢師。之前雇主聚英鏢行，幫鹿山莊尋人也因聚英鏢行推薦，後來算自立門戶，跟鹿山莊訂三鹿之約，護送阿嘉瑪至澄王府。如今兩人自行離隊，要怎麼算這趟鎮海行？

「沒關係，」本來他要說朋友一場，常聽鏢行弟兄這麼講，但其實跟阿嘉瑪不算朋友，不適合說朋友一場。改稱：「跟鹿山莊訂的約，仍然有效，酬勞沒問題。」

阿嘉瑪似乎接受此說法。

其實，三鹿之約並沒有講清楚澄王府之後的事，主要關注護送阿嘉瑪至澄王府的部分。其餘模糊。當時不覺有問清需要，因為書生被擒，情況危急，如能至澄王府獲得保護，謝天謝地，根本沒去想要怎麼離開，還要躲澄王下令追殺，以及美豔的蘇芳。

這麼說來，三鹿之約執行完畢了？搞不清楚，此時無法跟方統領、洪生問明白，約處於模糊階段。不過，就算有效好了。反正他沒想向阿嘉瑪收錢。這麼說就好。

之前騎馬，趕了些路，眼前其實剩兩三天路程，將抵達鎮海。越來越接近海港，周遭村鎮熱鬧起來，路上人車變多。賣馬後，手頭寬裕點，德宇不再找廢寺，而是住店，而且一人一間。

結伴同路，接觸機會增加。德宇和阿星，從原本有摩擦，兩趟路下來，竟成好搭檔。至於阿嘉瑪，四人同行時，德宇和他相當陌生，講不到幾個字，洪生、阿星跟他接觸稍多，畢竟舊識。自從阿嘉瑪脫隊之後，德宇不得不順他意，一起往南。但只兩人相處，有些困擾，覺得需要距離，所以才有一人一間的想法。

他和阿星，兩個粗人，怎麼湊合睡都好辦。阿嘉瑪斯斯文文，德宇不習慣。

不過，其實最主要，因為阿嘉瑪是女生。他判斷，無法證實。

德宇一直這麼認為，但這事沒人講清楚。他是百手書生書僮，很久了，大家似乎把他當男生看。至少，這是德宇半路認識之後的印象。但第一眼，三明書院焚毀的藏書閣邊，就覺得阿嘉瑪是女的。後來，儘管接觸有限，但看得出來，感覺得出來。動作還好，不易分別，聲音、衣著也是，然而皮膚，以及味道，完全顯露。臭男生只要近身，立刻聞得出，可阿嘉瑪散發淡淡香味，女生獨有。德宇知道，小珪就那麼香。

由於沒人說破，他也沒理由問。大部分時候，不分清楚男女，也沒事。

記得跟小珪躺在瓔珞寺僧房，抱在一起，談觀音菩薩是男是女，或男女不分的那些時刻，兩人講到半夜，同意兩人喜歡不男不女的觀音像。

阿嘉瑪是女生，看起來不男不女，但大家當他男生。德宇接受。

如此模糊，四人成行，一堆人成行，都好。唯獨兩人在一起時，有疑慮。

阿嘉瑪不是他喜歡的樣子。不像小珪，聰慧而玲瓏有致，不像蘇芳，美豔而神祕陰沉。偶爾，他也會想起葛山行路上，遇見的婦人，成熟而風韻十足。阿嘉瑪打扮像男生，但仍然清秀而香氣襲人，不是不能引人遐思。

有一次，占據一棄置佛堂過夜，叫靈雲院。那房間牆面上畫著地獄十王圖，褪色斑剝，原先沒注意。半夜月光照入，大概阿嘉瑪看見，害怕，擠到他身旁。他覺得不妙，因為睡著睡著，平時身體會起反應，那晚阿嘉瑪無意間擠過來，柔柔的，還有那香味，對他而言，都是危險。他們需要界線。

阿嘉瑪看來是少年，所以是少女。無論少男或少女，都不能碰，維持距離之必要。把他當少年，跟以前一樣，德宇打算如此。

就像觀音，不男不女，沒關係。

界線畫好之後，路途中一如往常，他習慣東想西想，思緒回到阿嘉瑪是否真忘了？

「你回心轉意了沒？」

馬賣了，他們用走的，沒那麼高高在上，不會引人注意。

「回心轉意？」阿嘉瑪一時不知所指。

「去碧水城。現在早過了會合時間，我可以直接帶你去碧水城。」

「我不是說不要去嗎？好多天前講的。怎麼又問？問幾次了？」

「過了好多天，以為你改變主意了。這麼大的事，一定要確認！」

「忘了公子寫的，去了也沒用，講過了。」

「記那些太累，所以忘了？」

「滿累的，真的。」

「以為你們背書很輕鬆，其實不用去背，自然記得？」
「是不用去背，就會記住。可是累積很多，會累。」
「所以你因為累積太多，全集的關係，多過頭，裝不下，塞壞了？」
「我不懂啦。你說得有道理。」
「我不相信你，其實。那天在密林裡。你說全忘了，我不信，但不想逼你。心存希望你第二天也許願意去紫雲洞山會合。但沒用。」
「真的很累，沒騙你。」
「我還幫你想了另一種講法。因為你把全集誦出，記錄在澄王府，你已經把東西交出去，自己腦袋空空的了。這樣講，通不通？」
「真有道理。」
「那是我胡說的。又不是東西，交出去，自己就沒了。」
「其實會耶，記那麼多，需要維持。如果交出去，心裡放鬆，真的會忘。」
「但不是全忘了，對不對？忘了一些、一點，也許。哪有通通忘了的？」
「病了，或撞到，會一下子忘光光。聽說過。」
「但那不是你，你不是那樣，你沒忘光光。你只是想要忘光光。」
「好啦，我承認，我沒忘光，但想要忘光。」
「你騙我，耍人。」

「抱歉啦！不說全忘，你那天一定不會放過我，一定逼我回去阿遠、阿阜那批人那裡。我說全忘了，你一下子被搞混，不知怎麼辦，會先安撫，不會逼我。」

聰明人，耍人騙人，還理直氣壯。德宇雖成功讓阿嘉瑪承認並未忘光，但惱火那天在密林遭算計。

此後，一整天沒跟阿嘉瑪說半個字。他們就在這樣心情下進入鎮海。

沒來過，常聽說。跑去鎮上做生意的舅舅，後來也參一腳船運，跟人合夥。大概只有一兩艘船，跑孤島跟鎮海之間。小時候，常聽說舅舅去了鎮海，他知道過段時間舅舅會回來鄉下，帶東西送阿公阿嬤，還有母親和他。所以，他對鎮海滿滿好印象、好回憶。當時沒聽說有澄王這號人物，不知澄王船隊龐大，遠超過舅舅。

據洪生在王府時所言，澄王船隊之一，泊於鎮海。德宇和阿嘉瑪進城，兩人因之前彆扭不講話，各自感受城鎮的繁榮與富裕。熱鬧街市，買賣興盛，行人穿梭，德宇馬上想到榮城，覺得相似，那種人聲鼎沸。小珪、阿藍常跟著她們夫人上榮城街市，又買又吃。他也曾在街上碰過她們。在此當然碰不到，但他多希望小珪倩影能在街頭轉角出現。

由於鬧彆扭，他故意不看阿嘉瑪走入鬧市的反應，僅不時稍用眼睛餘光顧一下，心想不要走失就好。想他是百手書生書僮，始終待高門大戶裡，如趙府，或深山幽境，如鹿山莊，無須像小珪等僕役跑上街採買辦事，如今現身鎮海街頭，是新鮮體驗吧。不過，此刻無法相問。

跟榮城最大差別，是海的味道。鎮海是大港，碼頭緊鄰街市，而且是最熱鬧街市，海的味道、港的味道，陣陣傳來，隨風而至。

海之味提醒，德宇考慮，來鎮海之後，如何作為？

原本事情由別人安排，鏢行安排、顏掌櫃安排，後來是鹿山莊、方統領、洪生、李副領安排。阿嘉瑪呢？都是趙公子安排，也就是百手書生。好了，阿嘉瑪自己決定，走不同的路，不去紫雲洞山、不去碧水城、不再背書誦出，表示不再聽老闆的安排，伙計自己作主。

阿嘉瑪脫隊，把一切都打亂。說要來看海，會帶他去，完成心願。之後呢？看海，只是純粹心願達成，或具其他意義？阿嘉瑪想做什麼？去哪裡？他自己知道嗎？德宇跟著脫隊，部分是職責，算在三鹿之約內。部分出於形勢，跟入密林，總不能棄他而去。結果跟到現在。德宇不是他跟班，是為自己打算的時候了。下一步，不是阿嘉瑪說了算，德宇不需要聽他的。兩人一起？或各走各的，拆夥？他們甚至不算一夥。

兩人站在人來人往的街頭，一家藥鋪旁，需要商量一下，不講話不行。

「我們先住下來，吃一頓，休息一晚。明天去看海。」他終於開口。

「吃什麼？」真是變了，以前的阿嘉瑪從不問要吃什麼。

「海港當然吃海產，就是海鮮。沒道理吃牛吃羊的。」

「什麼海鮮？」

「問就知道了，簡單。」他說。不記得舅舅說過在鎮海吃了什麼，就算說過也不記得。當地人會熱心推薦，無論你有沒有問，護鏢幾年的經驗告訴他。

聊吃什麼，僅為打破僵局。通常，吵架後都靠這招。

「好啊，好吃就好。」阿嘉瑪回答，聳聳肩。

真不像阿嘉瑪，德宇不知第幾次跟自己說。

「先逛一逛，我看看住哪裡比較好。鎮海是龍華營選擇運送你家公子北上的港口，他們必定對這裡有把握，駐有官兵。另外，這裡澄王的勢力不小，船隊泊於此。因此，要格外注意。」

「不過，我們倆人應該不起眼吧。」阿嘉瑪推測。

的確，比之於李副領帶隊，或大個子阿星，他們倆就是普通人家。

常見一種人，覺得大家都認識他，容易被認出，或應該被認出。這類算自信高的人吧。德宇恰是另一極端，總認為自己不會被認出來，沒人認得自己。算沒自信嗎？不曉得。他覺得這算符合真實吧。誰會認得他？阿嘉瑪想法，看來跟他差不多。

「對了，有件事，你先想好。等看過海，了你心願，之後你要去哪裡？你現在有自己主張，不去這裡，不去那裡。所以要去哪裡，你想想。」

點頭。顯然還沒想，或想好。

「我會去找我舅舅。他不一定在鎮海，但說不定在。」

「你舅舅在這裡？真的？」

「也許啦。他以前常跑這裡。好多年沒聯絡，說不定他不跑船了，或者正好不在。只是碰運氣，看會不會正好在。我不知道他上岸住哪裡，但記得他的船叫什麼。也許他換了新的船。總之，碰碰運氣。」

「沒想到你親戚在這附近。」

「我來自孤島，離這不算遠，隔一道海。你知道嗎？」

「沒印象耶，沒聽人說過。」

雖然書生全集記得滿滿，阿嘉瑪應完全沒聽過孤島的名字，更別說方位了。

「他們應該沒提，不然你會記得。」

他們，指鹿山莊的人，還有百手書生一行。他們只會提到德宇是聚英鏢行的人，不會講到他是孤島來的。

「沒有。」之後沉默。過了一會兒，才說：「你也不知道我哪裡來的。」似乎是反擊。

「其實我知道。」德宇笑著回。

「其實不知道。」阿嘉瑪得意地說，「洪公子在崇真寺參道前說過，公子母親讓我過去當書僮，所以會猜一定是從夫人家鄉來的。但找不一定來自夫人家鄉。」

說對了，德宇只知那麼多。他想，再講下去自己更不利。阿嘉瑪記得離開沙鎮那天大家講的話。還是恬恬去找地方住吧，講話講不贏。慢慢順著街道、跟著人群踱離，不發一語，阿嘉瑪一面笑他，一面跟上。

住進叫運福的客棧，一人一房。夜裡海風增強，滿冷，他們沒走遠，在附近佘家海鮮館，點了紅蟳、鯖魚豆腐、蚵仔煎。阿嘉瑪都沒吃過，蚵仔煎又叫了一客。

次日，看海日。先到港區逛，從最熱鬧的街市，一直走下去，即往東，就是碼頭所在。看一艘艘大小船隻，桅帆或高聳，或小巧，交互錯落，貨船、漁船分泊，各據一方，碼頭裝貨卸貨，十分忙碌。他們要蜿蜒前進，才不會撞到工人和推車。阿嘉瑪滿興奮，問東問西，德宇則順便留意，看舅舅的船是否停泊。

不見舅舅的船，但遇見舅舅的帳房之一，運財叔，在碼頭監督卸貨。當年到鎮上去玩，在舅家，見過幾次，今天差點認不出來。運財叔也是，德宇報上名字好幾遍，才想起來，直說認不出來了。也難怪，當年德宇是少年，大概阿嘉瑪現在年紀。

兩人家鄉話交談。運財叔說，你阿舅跟船，都在孤島。他留在鎮海，負責卸一批南海三佛齊來的貨，丁香、檀香、荳蔻、樟腦、龍腦香、珍珠、象牙、珊瑚樹等，甚至還有番布、番劍，會存在碼頭倉庫，部分在這裡賣。等到了十五的時候，你阿舅來鎮海，把部分裝船運回家。運財叔又問了德宇去花島學藝，以及目前幹什麼活之類的。德宇一一相告，並說此次臨時有事，跑來鎮海，雖沒遇上舅舅，碰到運財叔，也是好運，感覺跟家人團聚一樣。運財叔聽了很高興，說如果德宇跟朋友，指站在一旁的阿嘉瑪，要回孤島，或需幫忙，都可找他。你阿舅在鎮海街市有間鋪子興隆行，用來辦事、接生意。運財叔住在二樓，你阿舅駛船來鎮海的時候，也住那裡。

德宇不知道興隆行，也許小時候未留意？也許後來生意好才購置？他只知，聚英鏢行的薪餉，以莊票付給舅舅，在鎮海提領後，帶去孤島家鄉。也許未經興隆行？

運財叔告知興隆行所在之後，兩人繼續逛碼頭。德宇沒想過要去住，推測那裡應該是相當湊合的地方，船泊鎮海時，舅舅之外，跑船的船員大概也擠在那裡。眼下還是住客棧好些，等錢不夠用，再去那裡不遲。

一大段碼頭停泊著掛同樣旗幟的大貨船，好幾艘，靛底紅邊三角旗繡上橘色金象圖樣，跳舞狀。這就是大名鼎鼎的澄王兩大船隊之一，金象船隊，歸檀王掌理。德宇他們在書劍山澄王府就聽說，也見過檀王。不料事情離奇轉折，逃離澄王府後，沒幾天工夫，金象船隊高桅寬帆、厚實船身，聳立兩人眼前。由於數艘並列，整齊壯觀，兩人哇一聲看傻，半晌才回神，想到別被檀王看見。澄王曾提供保護，也下令滅口阿嘉瑪，全繫於自己利益考量。保阿嘉瑪時，不惜對抗龍華營，等用完了阿嘉瑪，澄王大轉彎，會願意把阿嘉瑪賣給龍華營。

他們沒走完金象船隊碼頭，德宇督促阿嘉瑪速速離開，但沒拉他手：「我們去漁港那邊看看，澄王人馬在那裡一定不多。」應該幾乎沒有。

漁港位於北端，幾乎獨立的碼頭。味道比商船區更強烈，夾雜著魚獲的腥味。此時，差不多漁船返航的時候，大量魚獲於碼頭卸下，熱鬧非凡。阿嘉瑪皺著鼻子，忍著不熟悉的氣味，跟在德宇後頭東看西看。

德宇說，剛返航的漁船載著最新鮮的魚獲，在漁港吃海鮮勝過任何地方，包含昨晚才吃過的海產。找了家搭出來的棚子，漁船碼頭邊，似乎是討海人惠顧的地方。顧客在碼頭邊的魚販攤，挑選剛捕上來的魚蝦等，交給棚子裡師傅現做。德宇買了大隻白鯧，點做鯧魚兩熟，一魚切分兩面，兩種作法，一面乾煎，一面蔥蒸，不同風味。配上現擠魚丸的極鮮魚丸湯。鯧魚刺少而軟，阿嘉瑪吃起來沒昨晚那麼費力。

來鎮海，逛街市、碼頭，吃海鮮，比之前出奔普賢尼寺的滅頂憂患，是大轉變。德宇擔心龍華營追上，想盡早滿足阿嘉瑪說要看海的願望，越快越好。然後另謀他途。

百手書生本人雖然已經不是問題，百手書生的問題並未離去。安國黨要趕盡殺絕。拿下書生不夠，要斬其手。還不夠，要殺阿嘉瑪。因為，阿嘉瑪不是百手書生，但他也是，他記得書生所有文字。

阿嘉瑪說他忘了，意思是，不想繼續當百手書生，不想承擔那些文字，那些不是他。看著除刺吃魚吃到雙手沾滿汁液的阿嘉瑪，德宇懂了。

小時候，母親常說，多吃魚會聰明。沒想到在漁港棚攤吃海鮮，也能幫忙想通事情。懂了，但不知怎麼做？

阿嘉瑪是吉星，也是災星。帶來保護，也帶來追捕。搗亂脫隊，卻意外帶德宇到距孤島這麼近的鎮海。此地菜色、街景、海港、甚至講話腔調，都讓他想起家鄉，回去探望的念頭，油然而生。如果不是阿嘉瑪，他任職聚英鏢行，住碧水城，雖想念家鄉，遲遲沒成行。反而會抽空跑去榮城，會小珪。他知道母親會怎麼說。這次，阿嘉瑪捨棄碧水城，說要往南走，要到鎮海，似乎是天意，把他拉到這裡，遇見舅舅部屬，簡直等於開一百扇門，呼喚他。乾脆趁此機會離開帝國，該回去了。

結夏時想過，哪裡是家？碧水城，工作所在；榮城，小珪所在；還是孤島？明天，追兵將至，他估計。今天大約是最後放鬆，好好到海邊一遊的機會。

枯木灘，舅舅沒提過，也非運財叔推薦。客棧掌櫃告知的，當他順口問，「附近哪片海灘最好看？」鎮海北方，未過北岬，不遠。簡言之，位於鎮與岬之間。那好找。沒再多問其他，就這裡，因為名稱好，枯木，滿有意境。小時背過關於枯木的句子，喜歡那種孤獨、蒼涼的感覺。其實，各地不缺叫枯木灘的海岸，大概到處都有枯木在水邊。識真提過花島的枯木灘，但他們沒去過，因為兩人的旅程沒排上靠近的寺院。孤島家鄉也有，也許不叫這名字，不過只要暴風雨之後，做大水，家鄉河口會堆積大量浮木、漂流木，大家都說是枯木。

鎮海的枯木灘，名字不是因為漂流木而來，是個岩石海岸，侵蝕的平面，有點光禿禿的，岸邊後方立著小山崖。靠海岸的樹木稀疏，幾株樹枝幹彎曲，寥寥幾片樹葉而已，山崖上尤其，大概海風吹拂造成。岸外，散布若干礁石。如此，被稱為枯木灘。

德宇和阿嘉瑪吃完漁港海鮮，向北走，往枯木灘看海。海浪拍岸聲越來越大，轟隆轟隆。阿嘉瑪相當興奮，越走越快，幾乎有點跳著走，不像他。德宇耳邊聽著海浪聲，鄉愁起來。小時候，多麼常跑到海邊玩耍，多麼常去看海，自己有多久沒聽海的聲音？對阿嘉瑪，這是第一次，對德宇這是長久以來第一次。他們倆都需要來一趟，不只阿嘉瑪要求而已。德宇心裡也要求，不過自已漠視了。

走越近，地越多沙、多礫，草木越來越矮，只剩後方幾株高一點枯木。

遠遠看到海平面，阿嘉瑪從跳步，變為跑步，口中叫著：

「到了，到了！我看到了！」

德宇心裡笑他，土包子沒見過海，也加快腳步。

由於已是冬季，天空晦暗，不是青天藍海那樣。也因此，除他們倆，附近沒別人。

不過，兩人都不講究，看到就好。

沒下雨就好，德宇忖。阿嘉瑪第一次。

地面礫多於沙，等兩人一步步走近海岸邊，目光可涵蓋全景，面對海洋，一種坦然的喜悅升起。耳邊拍浪隆隆聲起落，人似乎被巨響包圍。

浪打在礁石上，浪花撞擊、濺起，高低不一。

德宇側望一眼阿嘉瑪，看來愉悅，帶著微笑。海風不小，頭髮、衣服都被吹亂。

他挑了一個礁石平台，視野遼闊，未被海水泡濕，坐下去，靜靜享受海的一切。

阿嘉瑪站了許久，等到海風吹到累了，才在德宇旁坐下。

大海之前，德宇情緒總能平撫。但今天，靜靜思索，身邊如果是小珪多好！多希望能跟小珪肩並肩看海，坐著站著都行，無論哪個海邊，都行。他們不該認定兩人終必不能在一起，不該接受小珪必得嫁給村莊附近男人。如果年少如阿嘉瑪，可以脫隊，說我不背書了，我不去碧水城，那麼他和小珪也應該喊出自己要的。學學阿嘉瑪！

海，再度教了他，像以前那樣。也許救了他。

海，讓他想清事情、釐清道理。海，一直說話，滔滔不絕，很大聲。人靜靜聆聽。一言不發，只有浪濤聲、風颼聲，夾雜稀疏海鳥叫聲，兩人坐礁石平台良久。始終面向大海，天色漸暗，阿嘉瑪才吐出一句：「小宇哥，謝謝！」

意思，帶他來看海，信守承諾。

「我才謝謝你呢。」德宇回。兩人依然面向大海，好像其實跟海說話，向海道謝。似乎，到了海邊，人們自然而然望向海，遠望，望向至遠、至寬。

「謝我？」阿嘉瑪問。

「好久沒到海邊看海，是你要來，但也是我要的。」

「那好，沒拉小宇哥做不喜歡的事。」阿嘉瑪好像鬆口氣。

「小時常跟同伴跑去看海，在孤島，離家本來就不遠。每隔一段日子，會想跑去看。如果心情不好，更想去。如果一人想去，同伴會陪。常跟阿城、阿韜去，阿城最常。我們村附近有片海灣，很漂亮，往北一條弧線彎上去，長而遠。明明一片海灣，卻叫七里潭，不知怎麼回事？」

「七里潭，好名字。」

「今天，好像跟老友重逢。」

「我沒看過海，但今天也像遇見老朋友。」

「你才幾歲?哪有老朋友?」

「有啦，第一次見，覺得以前好像見過。這意思。」

「你看到海了，看夠了?天色變了，我們該走了。」

「不行，我還沒碰到海水。」阿嘉瑪說，才想起來的樣子。

「行，你該碰碰海水，但我們快點。」

德宇起身，小心翼翼往礁石下方走，在小山崖下方找到一片沙灘，不長，由於前方好幾塊礁石擋住，海浪強度減弱，只是輕輕拍岸。

「你第一次，沒經驗，先遇小浪，輕鬆玩。以後記得，海浪很賊，難預料，時大時小，一不小心，突然暴起，會吞掉人。被拉下去，你就完了。」

「真的?突然暴起?」

「海就是這樣，難預測。你剛才盯著海，看那麼久，也許還是沒看出。畢竟第一次。以後就知道。這段沙灘目前還好，你先去玩吧。」

阿嘉瑪連褲管都沒捲，就跑向沙灘。

「不要靠太近，會暴起!」他大喊。

覺得自己從保鏢，變成帶小孩。人也變囉唆，變成自己不喜歡的樣子。繼而想，帶小孩不會帶太久吧。兩人總會分道揚鑣。

蹲在旁耐心等，也注意浪的變化，尤其潮汐。

阿嘉瑪脫了鞋去碰水，腳陷沙灘，但不深，再用手打水。第一次看海的傻事，都做了，弄得全身濕。德宇看著，確定阿嘉瑪是女身。儘管旁邊沒別人，還是不敢直視，覺得不妥，又怕海浪暴走，只好盯著腳，女生的腳。

實在該走了，才大喊說走人囉。

他懂，小時候去海邊，總是玩到最後一刻，才拖著自己離開。總是錯過晚飯時間，總是挨罵。他沒罵阿嘉瑪，只大喊非走不可。

兩人看完海，離開枯木灘，捨不得走，但心裡滿足，願望完成。

「看過了，以後到哪裡都可去看海。」德宇說。

「那我要去搭船，看更多海。」

「搭船？那要去哪裡？你根本不知道有什麼地方可去。」德宇笑他。

「船到哪裡就哪裡。」阿嘉瑪回。

是呀，船總要停泊，總會到某處，那裡就是目的地。

阿嘉瑪是不是說了什麼佛理？德宇問自己。

此時，他們離海岸不遠，腳下的路土裡含沙，兩旁矮樹或高草，連彎曲枯木都沒。天色越來越暗，兩人腳步自然加快，德宇問阿嘉瑪想吃什麼？這時，一隊人馬在轉彎處突然出現，往他們方向過來。天濛濛，不過很明顯是官兵，十多人的樣子，雙排，皆騎馬，卻不知哪裡的官兵。猜想，就算是找他們倆人，此刻也許只是碰到，對方應沒認出，還那麼遠。只是運氣差遇到。兩人頭放低，默默前行，連商量都不用。

如果天色更暗一點就好了，德宇心想。

官兵騎馬，速度快，兩方很快錯身而過。應該說，快交錯時，德宇和阿嘉瑪停下避開，往路邊站，免得妨礙官兵馬匹通過。此動作正好給他們十足理由，把已經放低的臉，完全轉向路邊。

官兵才剛通過，德宇馬上知道那是龍華營探隊。兵強馬壯，非地方州縣官兵，騎士著藍色勁裝，非戰隊護甲。即使轉了頭，看不到此隊官兵徽章，戎服上那隻醜醜的龍，用餘光瞄，仍可辨出。

官兵騎過，兩人繼續行進一段距離之後，德宇叫阿嘉瑪開始跑，因為龍華營探隊一時沒察覺，卻可能等下懷疑而掉頭。探隊騎馬，一下子就會追上，他們要先動。跑一陣了後，德宇看見路邊一大片墳墓，占地頗廣，自己跑進去，再叫住阿嘉瑪，揮手示意進來。萬一探隊掉頭來查他們，墳地是躲藏的好地方。

因為很亂。鎮海東北方這片墳場裡，墳地大小不一，方向錯亂，互相阻擋，而且由於墳擠在一起，地面高低不平，加上雜草叢生，高及腰，草根竄生，連人都難行走，別說馬。墓碑也是大小不同，高低錯落，而斷裂、傾倒的不少，更增加在墳地移動的困難。德宇和阿嘉瑪此時，太需要這片墳場幫忙阻擋人和馬。

沒一會兒，馬蹄頓地聲響逼近，墳地震動，龍華營探隊果然來了。

兩人爭取時間，已經深入墳地。德宇幫阿嘉瑪找了個狀況不錯的墓，小有規模，像個稍大土地廟，叫他躲在裡面，別出聲。德宇會扮墳場厲鬼，吞噬探隊，送他們上路。

剛才狹路相逢時，德宇想這次真的慘了。除了葛山行之外，跟龍華營打交道都不是單獨應付，總有同伴相助，例如阿星，以及鹿山莊其他人。儘管龍華營是安國黨專屬菁英，儘管每次他看來慘了，總是逢凶化吉，逃過一劫。可是阿嘉瑪脫隊之後，他只有一人，知道不妙，有天一定會遇到化解不了的困境。所以，問了好幾次阿嘉瑪，是否回心轉意？他武藝沒好到足以一人對付龍華營，不管是什麼隊。

前幾天沒碰到，只確定後幾天必定碰上。

今天是看海日，當然要輕鬆一點。一直希望明天才遇上殺戮，今天開心點。

老天也不是沒應驗他的期望，的確給了他們倆愉快一天。只不過，到了黃昏時刻，殺戮馬上追至。如果能跟老天論理，老天會說，今天已經給你很多好運，到了夜裡，當然用光了。

所以，德宇以為他的好運用光了。可是當他看見這片亂七八糟的墳地，知道好運尚未用盡。死人會救了他們，或鬼。

見過很多類似的墳地，說是亂葬崗也不為過。護鏢行程經驗裡，快到城鎮時，有時會碰上這種墳墓埋葬無章法、無整理、無規劃的葬身之所。很多。家鄉孤島也是，在德宇的村落外，有跟鎮海這片極相似的墳場，也在海邊。有一次，堂嫂過身，說找不到地方埋，母親叫他幫忙找，結果進墳場一個下午，目睹墳場亂象。大家各自為政，看到空地就挖，還要看風水，每次每位死者的方位各不同，造成裡面沒一塊平地。那次，他在裡面摔好幾次，實在太難走，連扶著墓碑，也會碰到正好裂開斷掉的。不過，雖然那麼亂，他竟然從夾縫中，硬是認出一塊足以埋人的土地，解決堂嫂無法入土的困境，獲得眾多親戚好評。母親高興，以他為榮。

暮光中，一眼看到墳地，德宇立刻知道今晚不會死。

他，和阿嘉瑪，會從死人地脫身，活下去。

問題反過來，成了他要砍多少人？

自從他具備傷人的能力後，時時考慮這問題。當然不是主動傷人，而是必須保護或防禦時，自己能接受傷人嗎？能接受傷多少人？還有是否殺人？但他一直延遲考慮需要殺人的事，不願意去想。告訴自己說，傷人的問題，尚未考慮好，殺人就先不考慮了。他的鏢師工作，相對單純，傷人機會極小，殺人更幾乎沒有。所以，作為習武者的根本問題，如何運用傷人、殺人能力，始終延後考慮。

永遠也不會想清楚吧，自忖。

讀書人思索奪人性命是否恰當，但他們議論朝政時，一字一句即可殺千人萬人。不見血殺人，才真狠毒。而德宇，是否殺一人都足以困惑良久，臨到關頭卻迅速做出動作。

沒決斷的動作，動作決定？但他不是只殺不思索的武夫，他是什麼？

每一次，都是情況使然，由另一位德宇浮現、出面。

那位隱密刀手，今日大概會在鎮海的海邊墳場，做出德宇自己都無法預測的事。

震動土地的奔騰聲暫歇，龍華營探隊耽誤了 段時間才現身。德宇知道為什麼。他們發現馬匹進不了墳場，地崎嶇，道受阻，墳堆起伏、墓碑斷落和傾倒，馬匹再走下去，必斷腿，兵勇摔傷。猜得出隊長不得不下令，下馬之後十二人立刻退到跟德宇一樣立足點。他拉平了優勢，少輸一點。他也剔除了探隊編隊戰力，原本十二人若堅守隊形，武術高手都會敗下。一入墳場，那也沒了。折抵對手戰力的優勢，目前還輸數量，但他會慢慢打平。

再過一刻，日將落。一刻之內，他得解決十二人。聽到兵勇無法從墳間狹窄通道行進的抱怨，心情上煩躁，更傷戰力。窺見探隊兩員往阿嘉瑪藏身處跌跌撞撞前行，德宇的阿常師古刀早已拔出。這次犧牲出鞘之聲的享受，慢慢抽刀，劣勢中，只得先傷一人，先賺一棋子再說。

有時候，轉折來得很快。化解的方法，就是比它更快。

第十五章　死人之劍

墳與墳之間，位置歪斜，雜草之外，墓碑碎石、留置祭拜器皿散布，行走困難。龍華營探隊兵勇無法編組搜索，只能落單在墳間移動。德宇已傷一員，還在慘叫，在幾乎天黑的墳場，聽來格外淒厲。德宇像一隻單獨狩獵的猛虎，默默觀察，挑選獵物，伺機出擊。

你知道，什麼地方既有獅又有虎？這時，他想起識真問過。

在墳地他有優勢，只需傷了兵勇，讓他們停下來。估算，十二員的探隊，如果傷了六名，就會撤退。如果是州縣兵勇，大約四名，如果是龍華營戰隊，傷了八名，他們才會考慮要撤。

碰到兩人一組，德宇未用偷襲，從墓碑後現身他們面前。兩人訓練不錯，而且有勇，搭配進攻。不過，德宇應付他們綽綽有餘，擋住進攻後，各一刀傷腿，兵勇倒下爬不起來。他取走兩人兵器，丟在一塊形貌容易辨認的墓碑後面，墳場東方。大概是個富人的墓。

首位傷兵的刀，已擺在那。再放兩把時，德宇放心了，自己沒記錯墓碑，還找得到。

為爭取時間，他開始偷襲。窺見一員被墳地草根絆住，把握機會在他腿上劃一刀，相當深，血流如注。雖然今日掌握地形優勢，無須殺人，但如果傷兵不及時醫治，照樣喪命。端看探隊隊長如何定奪。

遭遇一兵勇，算機靈，逮到德宇沒注意他在身後，想偷襲。然而，這就是為什麼死人地給德宇希望的原因，急於出刀的兵勇一個步伐不穩，因為地不平，踩歪，德宇聽到聲音，左手反手橫向一揮，傷其腹部，腸子流出來。德宇有些懊惱，不想傷這麼重，但由於緊急出手，為保護自己揮刀，下手重而且部位致命。此機靈的探隊士兵會殞命於此。

依然收起兩人武器，丟到富人的墓碑後。那裡已經疊了五把刀。

傷兵的慘叫此起彼落，其他隊員喊話安撫，或跑去身邊止血，但隊長完全無聲。

德宇知道，那是怕暴露位置，被德宇收拾。隊長在等德宇，或阿嘉瑪，露出藏身方位。你在等我，我還等你咧。德宇想。

另方面，他擔心阿嘉瑪被搜出。探隊剩七員，以及隊長，抓到阿嘉瑪機會不小。他開始回防，回到阿嘉瑪藏身的墓碑附近，就近保護。這時候，誦書的聲音傳出。

開什麼玩笑？阿嘉瑪在墳場誦出百手書生論帖？無法像洪生，認出是哪篇，其實也辨識不清句子，只聞聲，聽得出在唸東西。此時已完全天黑，墳場卻吵得不得了。受傷兵勇哀嚎，充滿痛苦，混上阿嘉瑪背誦聲，冷靜平穩。好似鬼哭神嚎，對上和尚念經。

德宇愣了一下，才搞懂阿嘉瑪意圖。他被發現了，誦聲意在求救。本來正擔心，正往那方向走，現加快腳步。不過快得有限，墳地障礙多，怕跌倒，不能求快。見探隊兩員兵勇，快摸索到阿嘉瑪那塊墓地，德宇急忙出刀掃過去。

鏗一聲！一把快劍來擋，隊長現身阻德宇，並發聲叫手下：「快捉住智摩子！」

德宇迅速脫離隊長，轉身反手橫切，砍到一員，血濺出。探隊隊長抽劍，再從上方砍向德宇。他反手再檔下，擔心顧不到阿嘉瑪，被另一員捉住。但誦聲不絕，表示尚未被俘，這時他邊擋劍，邊移到墓正方，才看見阿嘉瑪併腳站立，雙手合十，十足菩薩模樣，口中念念有詞。

探隊兵勇顯然被懾，一時不知如何舉措。四周時間似乎暫停。阿嘉瑪那種氣質，不屬此世，不染塵埃，像菩薩或仙。德宇閃過此念。持刀者砍不下去，被一股力道定住，非武之力。

隊長出言命令兵勇上前捉拿，但德宇把握掙來的時間，再度從隊長旁抽身，揮刀靠近。兵退了幾步，後方另一員也是。因他們未對阿嘉瑪動手，德宇不願意傷二人，大力打落他們手中之刀，二人抽腿跑了。

德宇回身重擊追上來的隊長，雙手握緊，連續出刀，拿出最強的砍功，隊長未料如此強的反擊，退了好幾步。德宇想，等下再對付你。跑去拉阿嘉瑪，躲到鄰近的墓碑後面。

傷了五員，跑了兩員，剩五員，及隊長，他心裡算。還是太多，他應該出重手了，快速消解龍華營探隊戰力。不然在無法顧及阿嘉瑪的情況下，人必定會被抓走。

探隊也再重組。隊長指揮所剩五員，進行包抄。

德宇他們此時一起動作，在墳墓之間穿梭，謹慎不要被絆倒。這些高矮不一的墓碑，讓他想起一些寺院的碑林，而墳場的碑亂而多，類似陣式機關。兩人低著身，半摸半爬到一處墓碑間隔特別狹窄的角落，請阿嘉瑪再度誦書起來。他躲到附近。

傷兵的叫聲已經微弱，甚至靜下來，只剩阿嘉瑪的誦聲，源源不絕，理直氣壯，有股不受任何因素打斷的氣勢。不是強勢，只是堅持。從澄工府天童齋，到鎮海外郊的海邊墳場，德宇始終敬佩。背書仔有兩下子。

不過，這次探隊不上當了，無人前行。顯然隊長命令兵勇守住定位，不出戰。形成僵局。兩邊都在等對方動作。等待中，傷兵流血過多殞命，但逃走兩員可召來救兵。如此說來，等待對德宇一方不利。他可以突圍，但帶著阿嘉瑪不行。

利用墳場地形，減少探隊人數，算得。但僵局持續，算失。僵局、突圍之外，應該選對決。他一向不願以對決為出路，主要原因在於，他武功不高，勝算不大。不過，近來他打贏好幾次對決，信心提升。走投無路之下，只得對決。

對決像賭博，而他賭運一直不好。直到最近。

猶豫中，別人已做出決定，向他喊話：

「林德宇，你在三明書院斬殺我二哥，在欖谷施迷藥戲弄我探隊。別再躲了，快出來面對。敢作敢當！」

阿嘉瑪誦聲在背景，但幾句話在墳場上、夜空下，清清楚楚。

時雨台上，澄王與檀王曾提過，德宇斬殺的戰隊隊長姓雷，兄弟在探隊當差，讓他想起長相，猜測是他遇過的探隊隊長。之前在路上錯身而過，他和阿嘉瑪低著頭無法看清，但剛才的幾招交手，看清是葛山行的隊長。所以，真碰上了，白甲隊長兄弟，公事私事，新仇舊恨，竟然在死人之地遭遇。

平時，德宇看輕復仇、恩怨之類的事，但此事另有意義。這是他首次遭人點名叫陣，叫陣林德宇。不是林鏢師，而是林——德——宇，大不相同，非代表聚英鏢行，或鏢行委託的楊府、鹿山莊，而是他自己，林德宇。

他必須回應雷隊長叫陣，唯一針對他，也是首次針對他。兩件事的確是他做的，依據當時情況與緣由，無論如何，是他沒錯。

有責任回應如此叫陣，因為是種肯定。

這場，不是為了智摩子、阿嘉瑪，不是為了百手書生，不是代表鹿山莊、聚英鏢行，是為了他自己，以及他做的事。當初為了護密鏢，不得不戲弄探隊，以求脫身。為了保護鹿山莊人士及友人，而不得不跟白甲隊長一戰。但他願意為他所為負責。

在沙鎮，德宇自立門戶，與鹿山莊締約。

逃離普賢尼寺後，隨阿嘉瑪入密林，等同前解約，自願保護阿嘉瑪。

鎮海外郊墳場，雷隊長叫陣，給予另一個機會。

德宇從墓碑的陰影中走出，好似鬼魅踏出地府。左手持刀，拇指按著金烏刀鐔。

「令兄在三明書院，奉命辦事，在下則職責在身。櫺谷之時也是。」他盡量委婉。你們兄弟替安國黨辦事，我也受人之託。各有理由。

「你那是什麼職責！」探隊隊長表示輕蔑，刺了過來。

隊長腳步不穩，那一刺並無力道，輕易拆解，擋到側邊。

看不起別人的職責。龍華營從安國黨立場看天下，哪有東西比他們更重要？更有理由？從朝廷以上對下，他們一向是這麼看人事物。兄弟皆龍華營，對他們而言，安國黨甚至高過朝廷，德宇所謂職責在身，聽起來簡直是笑話。什麼職責？

「你今天受死吧！讓你走不出這墓地。」隊長說，語氣凶狠。

原本德宇想，要如何激對方，使失去沉穩？看來沒必要了，隊長自己激動起來。沒說你們，說你受死，好消息。表示想殺他，不含阿嘉瑪，如此可放心一搏。最差，阿嘉瑪被俘，再做打算。另方面，誤打誤撞入墳場時，他已知自己今天不會死。

隊長連番攻擊，德宇採守勢穩穩擋下，隊長更急躁了。雷氏兄弟，分屬戰隊與探隊，有其緣故。二哥壯、武功高，入戰隊，弟弟除個子稍小，武藝也平凡。入探隊，也許偵緝能力不錯吧。德宇可作證，葛山行被他帶隊堵到，到鎮海又被碰上，不能不說弟弟擔任探隊隊長，頗適任。兩兄弟皆顯傲氣，相當自然，如果出身將門，照檀王所說。

白甲隊長當時差點打贏，德宇幾乎招架不住，用了劍雨飄花的破鐔式怪招，才保住性命。後繼斬首之舉，其實意外，非德宇希望的結果。今日的探隊隊長，看來無須動用劍雨飄花。

無論身分多卑微，無論對手武功多高、稱號多嚇人，基本功絕對有用，可以不敗，甚至獲勝，他始終如此相信。從不相信門派或神功。此時，墳地裡，他們對決的小塊平地，擠不進兵勇。亂葬墳墓、墓碑，殘破露出土外的棺木，把此處幾乎圍起來。兵勇見阿嘉瑪念念有詞，漠視兩人對決依然誦出，大概覺得怪異或神聖，不敢動他。

德宇守了這麼久，覺得該結束了。運氣施力，刀鋒一轉，移動三步，砍下隊長右臂，劍脫手，跟臂膀一起落下。隊長大叫，然後忍住，急忙帶傷鑽向西邊的墳墓堆，手下兵勇護住他。

德宇以為聽到阿嘉瑪說，斷他雙臂！斷他雙臂！但那不是阿嘉瑪，他還在誦出。聽到的，大概是自己心裡的話，斷他雙臂，給百手書生報仇。雖然百手書生失其手，非探隊隊長所為，但斷他雙臂，可送龍華營一個呼應的羞辱，殺其銳氣。

他沒做，除了不愛復仇的心情，是為了避免刺激龍華營死命來追殺。一臂足矣。

德宇等他們撤退，包含抬走幾員尚未流血而死的傷兵，才去找阿嘉瑪，此時早已停止誦出。他想讚美阿嘉瑪用誦出混淆兵勇，但講不出來。覺得那樣會不會太得意？他總認為，對決之後，如勝出，應哀矜而勿喜。

離開墳場前，德宇不忘取回剛才沒收的龍華營刀械，五支，以布巾捆綁，揹在身上，想起阿星。

「你揹這麼多把刀，要幹嘛？」阿嘉瑪問，回鎮海的路上。

「當然有妙用。不然，這麼晚、這麼累，誰要揹這些，這麼重？」

「你又不是那種很多手臂的菩薩，怎麼妙用這些刀子？」阿嘉瑪問。

千手觀音、不空羂索觀音、如意輪觀音，還有幾位明王，和佛陀的護法，具多臂、持多種法器，但他的妙用不同。

「變不成菩薩啦。太累，以後再告訴你怎麼用。」

實話，兩人都累壞了，撿回兩條命。回鎮海路上，一句話都沒說。終於拖著身體回到街市時，所有館子食攤都已打烊。實在太餓了，德宇跟客棧討了些廚房剩菜剩飯，兩人算勉強吃了一頓。

「今晚可住這嗎？他們會不會追來？」阿嘉瑪問。

「我們從死人之地走一圈回來，誰敢來追殺？至少今晚不會，明天一大早我們再跑。」

次晨，他們離開客棧，但並未直接去興隆行找運財叔，而是去吃魚肉羹。阿嘉瑪表示不解，昨夜該離開，卻在原地睡一晚。今早最好立刻走人，卻跑到街市，吃早頓。攤子上，阿嘉瑪偶爾望望左右，似乎怕追兵趕到。

「小宇哥，你怪怪的。以前跑得最快就是你，還拉著我跑，拉手喔。現在拖拖拉拉，一直晃，不怕龍華營追來？」

「我看你才怪怪的。以前那麼穩，天塌下也不動一下的樣子。現在怎一直催我。」又說，「你吃魚肉羹呀！小心燙，外面涼了，裡面會燙，別被騙了。」

「你怎麼不叫一客？不是推薦嗎？自己又不吃？」阿嘉瑪邊吃邊問。

「我等下才要吃。來吃羹，是讓你嚐好吃的，沒什麼好抱怨。還有，要趁機會再確定。」

「要不要去碧水城？你問幾次了？我不要背書了。我背過，我背完了。好嗎？」阿嘉瑪有點激動。

「我不記得問過幾遍。昨晚躺床上，我還在數，到底問了幾次？無法確定到底幾次。不過，這大事，當然要問好幾遍。你突然變了，我跟不上嘛。」

「羹好吃，吃完再跑路是對的。」阿嘉瑪以湯匙指著魚羹說，然後繼續：「好啦，我懂你為什麼一直問，不能怪你。畢竟我是趙府的人，又記得公子所有寫的文章，他們請你保護我，是為了保住公子所寫。我也很認命，甚至在澄王府花了一個多月誦出一切。突然講不背了、不記了。把小宇哥弄糊塗了。所以問很多次。我懂。」

「好，你清楚，我搞清楚，就好。我知道了，不再問。」德宇說。

「公子文章至為重要，公子對我恩重如山，我懂。但澄王府誦出後，我不想再記了，覺得交出去了。我不想再幫公子記那麼多。」

這跟德宇昨天在漁港，吃白鯧兩熟時的體悟符合。

「如果鹿山莊要百手書生全集，該去找澄王，不該要你再誦出一部。對嗎？」

沒想到如此順從的書僮，頓時改變。其實，應是慢慢累積，誰知那匹馬走入密林，他們就脫隊了。

「就是要說清楚，才找你來吃魚肉羹的。」德宇停一下，又說，「你說要看海，看到了，在枯木灘。之後，你說要搭船，搭船出海，是嗎？」

「也要確定嗎？」

「大事，當然要。」
「對，想搭船，到處看看。」
「船到哪裡，就哪裡。你說的，不是開玩笑，對嗎？」
「沒錯。」阿嘉瑪說完，正好吃完最後一口魚羹。
「我跟你說，我會帶你去搭船。船有船期，要查一下。等下帶你到運財叔那裡，記得運財叔？碼頭碰到那位。他會照顧你幾天，等我確定船期，辦完另一件事，會去找你。你那幾天，不要亂跑。如果你被捉走，我一個人上船，不會去找你。」
「什麼另一件事？神祕兮兮。」
「要斷後。龍華營會來找你，或我。得確定我們上船時，他們不會跟來。鹿山莊也是，可能派人來找你，不會找我。要說服你去碧水城，等等。需要斷後。」
「小宇哥跟我一起上船，不是把我交給誰，對嗎？」阿嘉瑪認真問。
「當然想把你帶上船，交給別人操心，可惜日下找不到可託付的人。」
「那好，只要小宇哥一起就好。」阿嘉瑪笑著說。
竟然會笑了，德宇不太習慣。
「不過，託給運財叔幾天可以吧，只限興隆行。記得，不要亂跑，不然我一人上船。」
興隆行也在街市，距離不遠，他們走幾步抵達。運財叔正準備開門做生意，德宇跟運財叔小聲商量幾句之後，叫阿嘉瑪到二樓稍等，他們倆要去吃早頓，馬上回來。原來，德宇沒吃魚肉羹，是打算跟運財叔談事情，利用早頓時間。

他們去了一家扁食店，點扁食拌麵組合。兩人家鄉話交談。德宇問運財叔，阿舅何時到鎮海？還要十日。那麼，其他往孤島的船呢？一兩天就有，很方便。昨天碼頭卸貨那艘來自南海三佛齊的船呢？運財叔說，往三佛齊那艘，叫南滿福號，卸貨後三日內可裝妥，五日後出發返三佛齊，已取得市舶司許可。德宇於是託運財叔，跟南滿福交涉，買兩個鋪位，去三佛齊。運財叔驚訝，不是要回孤島？回說，送朋友過去，再返孤島。運財叔說，三佛齊位於鎮海正南方，冬月順風，航行一個多月抵達。也有人曾經不到二十天抵達，也是冬季，十一月。但那很少。那裡做生意的孤島同鄉不少，運財叔會寫兩封信給德宇帶去，抵三佛齊後有人照應。最後，德宇說尚有事待辦，需把阿嘉瑪託給運財叔五天，到南滿福出發前，屆時德宇回興隆行領人。唯獨，這五日內，務必不讓阿嘉瑪被人見著，尤其是龍華營。運財叔說，孤島人對帝國官兵，一向謹慎，對安國黨龍華營，更是十足警戒。

回興隆行後，德宇上二樓告訴阿嘉瑪在此等五天，聽運財叔安排，之後他們將乘船赴三佛齊。

兩場鎮海街市早頓，安排妥當出海準備。之後，開始斷後的事。

先去鎮海周遭勘了一圈，包括稍遠山丘，相上一座廢棄寺院，作為場子，稱場子，不是做什麼生意或賭博，也非藏身之所，而是辦事的地方。當然，等待駛往三佛齊的船起錨這五天，他睡這，但更重要的，是希望在此解決尋找阿嘉瑪和他的各路人馬。此地夠寬敞，也夠狹窄，不同對手，打算引到不同的角落解決，依照他們的屬性。今年以來，遇多次衝突，存活下來的原因，無非製造優勢，或利用、避開自己缺點，發揮優點。

其實，之前遇險存活，還有一因素，就是夥伴合作，如阿星、阿遠、洪生，甚至昨晚念經相助的阿嘉瑪，然而如今他必須一人斷後，無夥伴之助，只好另行設法，盡力擴大優勢。

找到松淨寺，鎮海之西五里，夠近卻獨立。尤其，伽藍裡幾間院堂，符合德宇制敵之需求。意思是，整間小寺可成為武器，而且多處可用。位於小丘之上，松淨寺從進山門，到各院堂、房舍，都靠階梯聯繫，高低起伏。如有兵馬衝進來，必須下馬，改隊形，才能上下行動，自己削弱力量。

或許因為規模小，或已傾圮，未見佛塔，但寶殿、講堂、觀音堂、彌勒堂、食堂，各有風格。德宇也想好，如何運用它們。

查看時，見有四人窩居此寺，他提供銀兩，請他們至別間寺院，或附近廟宇，十天後再回來。雖然沒辦法盡心，打掃到滎城近郊的瓔珞寺那樣，還是比一般借宿山寺，多做了整理，畢竟至多會待五天。萬一來人夠強，招架不住，那可住不到五天，他嘲笑自己。

覓妥寺院之後，再去取回昨晚從龍華營兵勇沒收的五把刀。當時考量，數支武器，即使包起來，仍不宜帶回鎮海，太顯眼，儘管當時街市已打烊。更不宜攜入客棧，人多口雜。他把那一捆，五把刀，放置在郊外一處矮樹叢裡，準備今日取回。五把刀不輕，揹至松淨寺之後，德宇檢查一番，並保養。結夏時，用小珪費心從梁家莊弄來的椿油保養，一般刀具適用。但保養武器用刀，要用丁子油。一行人客居澄王府時，油品取用無虞，臨走他隨身帶了兩小瓶。如今，準備工作中，除了他的阿常師古刀，五把借來的刀，儘管形貌大不同，也用油，以及其他護刀工具，做了保養。

德宇需要這些刀，維持頂尖禦敵狀態。接戰時，武器交鋒，刀刃會花、會開、變鈍，武藝再強，也有砍不下去的時刻，刀刃無法再切開任何東西。一般用刀時，短暫交戰，分出勝負，不會持續損耗刀具，事後保養即可。但遇到龍華營之後，皆軍隊規模，雖然非全面大戰，僅遇小隊，但刀具損耗甚大。三明書院南門、嵩溪橋、澄王府南天王門，遇敵數量，越來越多，德宇一直想如何修改對戰方式。從原本不太拔刀的小鏢師，到身陷墳場，需面對十三名龍華營探隊，改變甚多，挑戰越來越高。

昨夜墳場一戰，更令他提心吊膽。以往有伴相助，如今獨自一人護阿嘉瑪，他必須做更多，才能完成斷後，阿嘉瑪和他才有生路。好在從枯木灘回返鎮海路上，他已經對自己的單薄，心生畏懼，於是想起識真講過的故事。也因此，他在墳場放倒探隊兵勇時，已設想蒐集武器，備用於最後一戰。

記得識真和他倘佯在寺院巨松之下，忘了寺名，只記得松樹幾乎遮天的枝幹，以及他們身邊的松毬果。

識真說，曾有位武藝高強的將軍，力圖復興逐漸褪色的權威，但地方勢力對他的調解不滿，舉兵攻打將軍府邸。將軍把所擁有天下名刀，統統插在身旁地板上。叛軍攻入之後，將軍親自禦敵，只要砍鈍了一把，就從身邊再抽出一把對戰。如此，據說五百名叛軍依然無法近身打敗將軍。

最後，只能以亂箭射死。

松樹下，聽識真娓娓道來，德宇充滿想像，那場景太壯觀。將軍身旁插滿名刀，比阿常師古刀長的彎刀，隻身對敵，一支鈍了換一支，太帥了。這是眾多劍俠故事裡，唯一提到刀劍會鈍的。大多數傳說裡，大俠的刀劍，如佛經裡面的金剛，永不壞損，可以殺到地老天荒，無須修補。那些是說給不懂刀劍的人聽的，缺乏細節，才會大受歡迎，人們傻傻沒想那麼多。對德宇而言，細節至為要緊。識真的故事裡，那些插在地板上的刀，說劍林也好，刀林也好，擺明了刀會鈍會壞，證實那是真正的武者故事。

借來這五把刀，跟將軍的天下名刀沒得比。不過，反正他也不是將軍，配小兵的刀，豈不適合。寶殿門口，進門處，他把五把刀一支支插起來，一排，那是他的小小刀林。如果遇到對手人數過多，預備跑到這裡決戰，如果能跑得過來的話。從參道往寶殿看，他的刀林立在那邊，十足準備好的樣子，帶著最後結局的篤定，心裡踏實。

當然，照例他還是在寺內翻出鍋碗、撿柴火，找了睡覺的角落，從井裡打好水到水缸。很像瓔珞寺結夏安居那次，不過那次預期住得久，而且小珪來伴，用心多了。這次五天或更短，大致可以便是。不過，比平常的一日寺院借宿，還是讓他覺得接近瓔珞寺那次，帶來許多甜蜜回憶。當時夏日，如今冬季，還好南方沒那麼冷。最大缺憾，就是沒小珪。

差不多可以了。他包好阿常師古刀，揹著去鎮海街市，想今晚吃什麼呢？今天由於打掃了松淨寺要住的角落，晚上才去鎮海買吃。明天開始，他中午赴鎮海，大搖大擺。如果有人要收拾他。

路上動手，或尾隨他回松淨寺，猜測也許可找到阿嘉瑪。那麼一場斷後大戰將展開。

如此等待，會遇見誰呢？誰會出手？他好奇，也好奇是哪一天？

首夜，慢慢從街市往西邊行進，完全無人，他留意是否有埋伏。風不小，頗冷，位於小山丘的松淨寺尤其。南門參道入口外，兩棵高大青松，在月光下似乎發亮，德宇覺得走進一個神奇領域。當晚，他找的僧房角落，十分溫暖，睡得平和。

次晨，先練一套基本式，再把劍雨飄花九式走一遍，想著這五天也許會悟出第十式。

中午快到時，前往鎮海街市吃中晝，點了沙茶麵。

回來路上，盤算今天誰會現身？要跟誰打？他覺得是蘇芳。她的腿傷不嚴重，但才過沒多久，應尚未復原。不過，蘇芳個性傲，好勝，德宇從她手裡逃走，離開澄王府，必定讓她沒面子，急於扳回。跟她搭配三人組的雙影，被德宇卸下臂膀，無法再戰。但澄王資源雄厚，再找兩名好手，重組出動，非難事。何況，書劍山離鎮海不遠，至少比京師或碧水城近。還有，澄王船隊之一，以鎮海為母港，必以自己地盤視之，澄王府眼線很可能發現德宇行蹤。以上因素，導致德宇在一串可能造訪松淨寺的對手裡，首先挑選了蘇芳。

但他也反省，自己也許只是想見到美豔的蘇芳，才猜她是第一位。那只是他的期待罷了。對於自己喜歡小珪，卻常希望能見到蘇芳，他也不清楚為什麼。從澄王府那些日子就如此，直到現在，告別帝國的前幾天。即使遇見蘇芳，代表碰上危險，依然想見見。心裡苦笑，不理解自己。

如果真如所願，蘇芳來襲，他會設法逃到松浮寺寶殿內陣應戰。寶殿奉阿彌陀三尊，觀音與勢至隨侍左右。三尊雖損，威儀尚存。引蘇芳來此，表示以三打三，不僅是個姿態，德宇要穿梭其間，讓三尊佛像似乎動起來迎敵。蘇芳採三打一的組合，上次德宇使劍雨飄花第九式投懷送抱，切入蘇芳與雙影替換出入的縫隙，有點運氣。這次，換了雙影，就算功力稍差，練習時定會合上此缺口，或利用上次的縫隙引誘他投入，再擊殺。

所以，蘇芳來的話，他自評五五波，也許會贏，也可能輸。

只可惜，等待一天，不見蘇芳豔影。

第二天中午，照例前往鎮海街市，選吃海蠣燒豆腐。

今天預估是檀王出手。類似昨日猜蘇芳會來，鎮海跟澄王、檀王的密切利害關係，使他認為，若非蘇芳，便是檀王。澄王不會親自出馬，吩咐底下的人來做就夠了。那晚在時雨台見到檀王，德宇印象極佳。那也許是他想變成的樣子，高大英挺，充滿自信，似乎什麼都在掌握之下。德宇沒那麼厲害，總得運用些招數，才存活下來。檀王的風範，算他理想，儘管並非全面肯定。畢竟澄王府依然支持安國黨，雖然也會為利益翻臉。加上聽說澄王正幫助安國黨建造水師，準備入侵孤島。這部分，檀王參與多少，不得而知，但絕不會無關。因此，儘管德宇想變成那樣，他同時也質疑英挺表面下的黑暗。

如果檀王來攻，必定帶一團手下，到處收買來的高手，無論來自江湖，或引退於官軍。記得澄王身邊，四位持椎劍力士，立於四方，看來勇武過人。推測檀王也應有四力士，像四大護法、四大天王。德宇沒把握鎮住他的四大天王，會死得很慘。他在路上思量許久，決定引四力士入松淨寺食堂，長形，前後兩出入口，距廚房、柴房很近。那就困住四力士，燒他們。只是，檀王一定不止四力士，還有一堆打手。這就是自稱王的寇，難免採用的打法，一堆人上。當初葛山行，德宇一人逼退山寨幫眾，但那時帶隊的只是好色小頭目，今天面對的是野心勃勃的檀王。

所以，如果檀王帶手下殺過來，德宇認為自己必敗。比對付蘇芳，勝率更差。

不過，檀王忙碌，沒時間理德宇小人物，未現身。

第三天中午，大搖大擺從小丘往鎮海走，吃了雞卷，和潤餅。

接下來是誰？當然是龍華營。探隊的小隊多人在墳場受傷，一人傷重流血而死，連雷隊長也重傷，營部三天後才有反應嗎？三天後才找出反賊蹤跡？官僚無能？可龍華營不是一般官府，其實三天後回應，算效率高的官僚了吧？真官僚可拖三個月，德宇邊走邊想。雷隊長帶小隊巡邏，遇上德宇和阿嘉瑪，優勢人數與武力之下，竟然遭逆反。龍華營會調派在普賢尼寺領兵進攻的黃甲戰隊，來對付他嗎？是不是殺雞用牛刀？黃甲戰隊，適用於攻打鹿山莊，以及澄王府，怎派來鬥他，一人加一少年，或少女？他們不知是少女。黃甲戰隊若攻來，兵員齊全，他毫無勝算，準備犧牲，德宇估計。

普賢尼寺外，李副領帶隊接戰，含弓箭隊。龍華營戰隊配備齊全，應也有弓箭隊。德宇擔心，不僅無法應付戰隊眾多刀槍手，如加上弓箭隊，就算他把龍華營引到松淨寺寶殿前，運用羅列之刀林反抗，最後，絕對不像識真所說故事裡將軍那樣，一人抵五百人之後才被箭射死。他會很早被萬箭穿心。這次可沒梅花鹿也幫他擋了。

之前三次遭遇龍華營，他們另有考量，才未對他全面攻擊，僥倖生還。第四次，大軍如果列陣松淨寺，針對他。那麼，必死無疑。

顯然，龍華營出兵，為打擊相稱的勢力。

若僅德宇一人，大軍不會出動。

那麼，安國黨會不會派出殺手呢？他聽說不少江湖殺手的故事，但行走州府縣護鏢幾年，沒遇過一個。那是傳奇的材料。安國黨既然擁有自己的武力，當然用自己人。如果他們要私下殺人，派出龍華營裡的好手，也許那算殺手了。但，如果要說殺手，最接近的，不就是德宇自己？從保鏢，護送物件，到受託尋人，到受託保護人，也許差一步，有人會雇他去殺人？想來覺得好笑。

那就找錯人了。他的殺人紀錄，停在一，或二。

第四天中午，心裡不知道該開心，或擔心。開心，活到第四天，猜想會現身的對手，無一出現。擔心，怕沒引來對手斷後，反而忽略保護對象。自己在松淨寺逍遙，每天上街吃喝，阿嘉瑪現在說不定已經被抓走，甚至殺死。不是沒想過阿嘉瑪的安危。興隆行不會有事吧？運財叔可靠吧？

中午去鎮海街市吃飯時，轉去看看？忍住，不接觸才對。想起舅舅愛講的：兒孫自有兒孫福。

第四天他吃了紅糟肉。

回松淨寺時，坐在參道外土堆，望著南門兩側松樹，思索今天會是誰？覺得是李副領，帶著阿韋。也許阿遠也來，也許不會。阿嘉瑪脫隊，未跟隨去紫雲洞山會合，當時鹿山莊對於阿嘉瑪失蹤，以及德宇也不見，必定疑惑。但那時兵分二路，李副領和阿星等人負責阻擋黃甲戰隊，生死未卜，阿韋、阿遠一時不知如何處理，該去找阿嘉瑪？還是先赴會合處？當然先赴會合處，那就是為了失散之用。但不知在紫雲洞山等了多久？如果李副領生還，必下令尋找阿嘉瑪，因為誦出第二部百手書生全集的大計仍待實施。鹿山莊投入保護百手書生已久，確認書生著作價值，肯定其抨擊朝政，尤其關於安國黨作為。他們認定誦出第二部百手書生全集是對的，無須去跟澄王搶奪第一部。書生與洪生送阿嘉瑪到澄王府，乃權宜之計，能留存一部頂好，再得一部豈不更佳？

鹿山莊不會懂得阿嘉瑪心情，不會覺得他背負多重，不覺得再誦出一次有何辛苦。阿嘉瑪本來就是趙府的人，是僕役，為主人做事理所當然。

他們必定來尋。如果李副領不幸殉職，如果阿韋、阿遠在紫雲洞山等不到人而去碧水城報告，尹莊主、方統領想法一致，會派阿韋他們，跟其他增援，來找阿嘉瑪。他們不會特別來找德宇，對他們沒意義。不過，他們若發現他行蹤，必定跟來到松淨寺，以便尋得阿嘉瑪。

德宇心中暗暗希望，如果來的是阿星，絕對勸說一起航向南海，去三佛齊。

如果鹿山莊來人，一開始不會開打吧，他想。今年以來，對手換來換去，僅在測試時，跟友方交手，如楊府的崔捕頭，以及鹿山莊幾道關卡，包含最後的穿雲手李副領。

應該會勸說，告訴他們阿嘉瑪所在，希望帶兩人至碧水城，等等。曉以大義之類。他會同意嗎？大概會吧。他一向聽話，在聚英鏢行好好做事，沒抗命、沒怨言，每件鏢都安抵。今年一連串違反滅佛令的密鏢，他沒拒絕過。那麼，會同意帶阿嘉瑪去碧水城嗎？

他會願意暴露阿嘉瑪藏身所嗎？鹿山莊會逼他嗎？

如果他同意，阿嘉瑪不同意，怎麼辦？要動武嗎？

面對同陣營，認識的人，他大概不會贏。沒那種必勝的壓力。

如果鹿山莊的人現身，會請他們移駕松淨寺彌勒堂，請出少年彌勒，開示他們放手。

一面期待友人出現，一面不想面臨難題，他掙扎一夜。

天亮，未見穿雲手，也沒長槍影子，德宇擔心起來，他們是否安好？

第五天中午，不確定該或不該繼續等，卻照常下山丘，上街市，心想著鎮海最後一道中晝。逛著逛著，他選了荔枝肉，其實並無荔枝。

如果鹿山莊的人未出現，那剩下最後一人，叫他去鹿山莊的人。

顏掌櫃。一切都從顏掌櫃開始，楊府緊急密鏢至雲莊，再推薦他到鹿山莊，做最不擅長的尋人，然後一路到現在。心裡埋怨過顏掌櫃多次，後來想通。雖然因顏掌櫃推薦，他經歷諸多險阻，但在一一克服過程中，德宇感覺自己的變化，不再只是跟著一隊人走鏢的小鏢師。考驗多，見識多，對戰多，超越了鏢師的道路。不能埋怨，應該感謝顏掌櫃，尤其是把他跟一流老手與好手並列，成為尋找百手書生的第十三人。別人大概認為他不配，但顏掌櫃力推，得到總鏢頭支持。這不只是賞識，而是看到別人以及他自己，都沒看到的潛質。心想，顏掌櫃是害他的人，也是伯樂。

顏掌櫃如果現身，會很神奇。瓔珞寺結夏的時候，他自己因葛山行的疲累，以及想補足跟小珪相處的日子，他自己放假，沒到榮城自家鋪子報到，也沒回碧水城，混了一段日子。結夏安居後期，一直幻想顏掌櫃會不會找到瓔珞寺來？會以什麼方式出現？山門口？或直接跑到寶殿？

當時的焦慮與幻想，此時又出現了。

顏掌櫃如現身，當然用勸的，不會打。請他到松淨寺講堂。但顏掌櫃開口，他幾乎無招架之力。因此，列為最後一位對手，意味著最難對付。他講不過顏掌櫃，那種溫柔、權威、堅持、客氣，集合一身的氣質。你很難講贏他。

只要顏掌櫃張口，他就輸了。

也許會帶顏掌櫃去勸阿嘉瑪，畢竟顏掌櫃看來不用強迫手段，而德宇也不會防他。阿嘉瑪會不會被說服？難講。阿嘉瑪原本順從，承擔百手書生的一切文章，但一旦不願意了，誰都難改。

如果顏掌櫃對上阿嘉瑪，一長一少，那是菩薩鬥法，德宇無法插手。

等了一夜靜悄悄，東方天光乍亮之時，德宇體悟，他已經打敗對手。經過五天想像可能對手的種種，他已經克服恐懼。

他也發現，「劍雨飄花」第十式已成。那就是「死人之劍」，不是招式，一種心法。置之死地，從死人之墳的戰鬥活下來，通過松淨寺的等待，沉思五天之後而成。

照慣例，他去寶殿，跟松淨寺主祀阿彌陀佛告別。三尊雖損，阿彌陀如來依然佇立，但來迎印和與願印不見，雙臂丟失，手印自然無影蹤。德宇想，這代表一些意思。左右脇侍觀音與勢至菩薩立像只剩半身，但三尊規模尚在，德宇發願，他和阿嘉瑪將自行尋找淨土。

如果無阿彌陀淨土，也有瑠璃淨土，或彌勒淨土，不然還有自己的淨土。

道別之後，稍做收拾。埋起五把刀，揹阿常師古刀下山丘，回首山門古松，離開松淨寺。

天亮沒多久，德宇已經到興隆行二樓，見到阿嘉瑪打包好，等他。

看到彼此，沒說話，阿嘉瑪起身。德宇說：「走吧！」

要問的，之前都問了。沒問的，他自有答案。

樓下未見運財叔。「應該已經到碼頭去了，天剛亮聽到出門聲。」阿嘉瑪說。

他們沿街市走向碼頭，起來的人不少，碼頭那頭更熱鬧。

海水味湧起，德宇記得要避開檀王金家船隊人員，好在那一排壯觀巨艟距離南滿福號好幾船位。碼頭邊小販叫賣各種朝食。時間有點趕，不好蹲坐小板凳吃魚粥或魚丸湯，但他忍不住買了五個大飯糰，誰知道船上伙食如何？

天這麼早，穿紺色袍的檀王不可能這時到碼頭，他手下不見得認得出他們，除非蘇芳領澄王命令到此。不要再亂想蘇芳了，他訓誡自己。

阿嘉瑪跟人揮手，運財叔已經在南滿福號的船位等候，提著兩大包袱。運財叔說，一包是吃的，兩人份，船上伙食不怎樣。另一包，裡頭有兩封寫給三佛齊孤島同鄉的信，引介德宇，異鄉得照顧。也有些銀兩，運財叔說會跟他阿舅說明。另外，塞了些藥草、藥膏，備不時之需。運財叔考慮周到，德宇一時只能道謝，心裡希望來日再會能多說一點。

運財叔說，忘了要事。他跟南滿福船長講好了，也付船資。舅舅跟南滿福合作多年，生意做得順，可以放心。冬季南下順風，一個多月可達三佛齊。祝福平安。

又補充，你小兄弟不吵不鬧，五天裡一步都沒踏出興隆行。德宇聽他說，看了阿嘉瑪一眼，阿嘉瑪則望著碼頭人來人往。

運財叔催促兩人登船，並揮手跟船上的人打招呼。阿嘉瑪踩著木板，小心翼翼，盯著下方海水。德宇想嚇他一下，作罷。沒上過船的人，玩笑開不得。

看得出來阿嘉瑪在甲板上，有點緊張。正常，腳底下隱隱浮動，港內小波瀾而已。沒上過船的人，需要適應，德宇小時候也是。記得第一次上船是十月一個晦暗的日子。為什麼搭船，已記不得，但忘不了全程從頭吐到尾。大概一年後，他才敢再度搭船，並堅持一定要風和日麗。

十一月了，今日天色不算明亮。他想，也許不是阿嘉瑪初次體驗的好日子，但事情總這樣，你不見得可選。船開動之後，兩人看著海岸慢慢退去，阿嘉瑪雖然怕怕的，仍覺十足新奇，甲板上走動。他理解，當年也如此。海岸越來越遠，船身的漂浮感越來越強，風漸漸大起來，搖晃開始加劇。阿嘉瑪靜下來，縮起身子，慢慢蹲了下去。

去下面休息吧，德宇說。帶到下層甲板，他們的臥鋪。途中順便跟人要了個木桶。

阿嘉瑪吐了半天，沒得吐了才停止。偶爾吐些汁液，沒東西。

「小宇哥，要搭多久呀！」能講話，還不錯。

「說過了，一個多月。算快的。」

「怎麼這麼久？」

對呀，半天暈頭轉向，夠難受了。一個多月，怎撐得下去？

「要到三佛齊，就得那麼久。不過，也曾不到一個月就抵達。」

「你選的地點。」意在責怪。

「你說船到哪裡，就到哪裡。我問了問，正好有航向三佛齊的船，而且熟人介紹，所以上了這艘船。」

「三佛齊在哪裡？」

德宇想，百手書生沒寫三佛齊的事，你就不知道了吧。

「南方，南海。大港，很熱鬧。我問問別人，再告訴你。」其實，他也不清楚三佛齊，但舅舅似乎跟那裡人做了不少生意。

「我以為你會帶我回你家鄉。」阿嘉瑪說。

問對問題了。德宇有私心，就是不想帶阿嘉瑪回孤島。帝國與孤島之間，情勢緊張，之前曾有孤島天火的武力展示，企圖恐嚇島民。德宇未親睹，但從家鄉來的朋友清楚描述。他身在帝國做護鏢工作，行走各地，今年更走過以往護鏢路線之外的天地。他知道帝國的野心，安國黨的作為。百手書生論帖所抨擊，未提孤島之事，多為談論朝政敗壞、滅佛令之不仁，以及新朝政應當如何，於是不見容於朝廷。如此，依然記得書生文字的阿嘉瑪，如果跑去孤島，豈不給安國黨多一個進犯的藉口。德宇不希望給家鄉添加風險，所以刻意避開往孤島船班。正巧舅舅不在鎮海，而生意往來的友船，將返航三佛齊，於是跟運財叔說，就是這班。

他不能跟阿嘉瑪說實話，只能說；「孤島太近了。你躲遠一點，不是好些？到三佛齊，如果你搭船這麼不舒服，大概龍華營也害怕去那裡捉你。」

阿嘉瑪聽言，做了個表情，算苦笑吧。身體不適，無力表達所感。德宇所說，聽起來似乎有理，但建立在暈船的苦楚上。你搭船不舒服，來捉你的人同理可能不搭船來捉你。

「你亂講，他們派不會暈的人就好。」阿嘉瑪指出。

「那就少很多人了。」

德宇知道，駛離鎮海往南，一兩日內，航線相當接近孤島。一方面思鄉，一方面擔心，如遇暴風，船為避難，他們被迫在孤島的港口停靠。或更糟，船出事，他們喪命，或流落孤島海岸。想都不敢想。

兩日後，阿嘉瑪終於穩定下來，稍微習慣，開始問問題。例如，皮膚黝黑的船員，說的話你聽懂嗎？船員一半以上是三佛齊人，說的話德宇也聽不懂。

半日後，夜晚，船身劇烈搖晃，好不容易適應了的阿嘉瑪又開始吐，連德宇也吐了。大雨一排一排重擊甲板，強浪拍打船殼。阿嘉瑪縮身，很難過的樣子。船艙裡，幾乎天翻地覆起來。

船員們用他們聽不懂的話，似乎在向上方祈求什麼。他們在祝禱。

識真曾說，一位高僧印度求法時，乘船而行，遭水賊劫持，說要殺了祭拜女神。高僧鎮定異常，向慈氏菩薩祝禱。果然狂風大作，摧毀賊船，化解危機。德宇想，自己不信佛，向菩薩祝禱沒用，但任何人都可祈願，那就是他的祝禱。

抽出阿常師古刀，他砍斷船艙裡長板凳的腳，用繩索把阿嘉瑪和自己，綁在長板凳上。祈願，無論漂流到哪裡，千萬不要漂到孤島海岸。

後記

沒料到會寫一本以武俠為架構的作品。

其實小時候想過，大約國中時，當時甚至想好招式，「劍雨飄花」。國三之後，開始閱讀嚴肅文學作品，興趣轉向。但偶爾仍看報章武俠連載，以及影視。

《撕書人》出版後，歷經幾個寫作計畫，都寫一兩章，都不滿意，都擱置下來。二〇二一年夏，突然想試試武俠。情節構思、章節設定、前面幾章，意外順利。因此繼續做下去。不過，《尋隱劍》的世界，非我熟悉，需要極大努力去建設。於是，寫寫停停。有時跑去查閱跟小說細節相關著作，還不少，以便運用；有時去讀不相關、其他題目書籍，作為逃避。如此三年，心理壓力非常巨大。

然而，最讓我寫寫停停的，是 a sense of futility。不在此贅述。

原本負責的編輯，先後兩位離職，對他們深感歉意。

說《尋隱劍》具備武俠架構，沒直接稱它武俠小說。因為我借用文類元件，選擇性配置，呈現一個世界。也許有那個樣子，卻不見得達到武俠的期待。

聯合文學出版社周昭翡總編輯，始終沒放棄這本書。在此致謝。

引用說明：本書第八頁兩處佛像題字，依北朝佛像實例改編，引用自侯旭東著《佛陀相佑：造像記所見北朝民眾信仰》（北京：社會科學文獻出版社，二〇一八年）。

國家圖書館出版品預行編目資料

尋隱劍 / 伍軒宏作 . -- 初版 . -- 臺北市：
聯合文學出版社股份有限公司 , 2024.09
376 面 ；14.8×21 公分 . --（聯合文叢；752）

ISBN 978-986-323-633-7 (平裝)

863.57　　　113013236

聯合文叢 752

尋隱劍

作　　　者／伍軒宏
發　行　人／張寶琴

總　編　輯／周昭翡
主　　　編／蕭仁豪
資深編輯／林劭璜
編　　　輯／劉倍佐
資深美編／戴榮芝
業務部總經理／李文吉
發行助理／詹益炫
財　務　部／趙玉瑩　韋秀英
人事行政組／李懷瑩
版權管理／蕭仁豪

法律顧問／理律法律事務所
陳長文律師、蔣大中律師

出　版　者／聯合文學出版社股份有限公司
地　　　址／(110)臺北市基隆路一段 178 號 10 樓
電　　　話／(02)27666759 轉 5107
傳　　　真／(02)27567914
郵撥帳號／ 17623526 聯合文學出版社股份有限公司
登　記　證／行政院新聞局局版臺業字第 6109 號
網　　　址／http://unitas.udngroup.com.tw
E-mail:unitas@udngroup.com.tw

印　刷　廠／沐春行銷創意有限公司
總　經　銷／聯合發行股份有限公司
地　　　址／(231)新北市新店區寶橋路235巷6弄6號2樓
電　　　話／(02)29178022

出版日期／ 2024年9月　初版
定　　　價／ 420 元

ISBN 978-986-323-633-7（平裝）